U0574232

HUIGUI QIMENG

回归启蒙

《呐喊》《彷徨》新解

王富仁 / 著

刘勇　李春雨　宫立　张悦 / 编

NAHAN

PANGHUANG

XINJIE

北京师范大学出版集团
BEIJING NORMAL UNIVERSITY PUBLISHING GROUP
北京师范大学出版社

图书在版编目（CIP）数据

回归启蒙：《呐喊》《彷徨》新解 / 王富仁著. 刘勇等编.
—北京：北京师范大学出版社，2023.3
ISBN 978-7-303-28200-5

Ⅰ.①回…　Ⅱ.①王…　②刘…　Ⅲ.①鲁迅小说－小说
研究　Ⅳ.①I210.97

中国版本图书馆 CIP 数据核字（2022）第 190109 号

图 书 意 见 反 馈　gaozhifk@bnupg.com　010-58805079
营 销 中 心 电 话　010-58807651
北师大出版社高等教育分社微信公众号　新外大街拾玖号

HUIGUI QIMENG：NAHAN PANGHUANG XINJIE
出版发行：北京师范大学出版社　www.bnup.com
　　　　　北京市西城区新街口外大街 12-3 号
　　　　　邮政编码：100088
印　　刷：三河市兴达印务有限公司
经　　销：全国新华书店
开　　本：730 mm×980 mm　1/16
印　　张：24.75
字　　数：340 千字
版　　次：2023 年 3 月第 1 版
印　　次：2023 年 3 月第 1 次印刷
定　　价：88.00 元

策划编辑：周劲含　　　　　　　　责任编辑：李锋娟
美术编辑：李向昕　　　　　　　　装帧设计：李向昕
责任校对：陈　荟　冯　倩　　　　责任印制：马　洁

丛书前言

　　虽然王富仁先生离开我们已经五周年了，但他的身影似乎一刻也没有离开我们。随着王富仁先生的离世，我们有一种越来越强烈的感觉——王富仁先生在世时，外界对他的研究和评论其实并不是很多，这主要和他一直以来的平和、低调个性相关。直到王富仁先生去世之后，人们才越来越深刻地感受到他在现代文学研究领域的价值和贡献。这几年关于王富仁先生的追思录、纪念集和学术选集陆续出版，仅追思录就已经出了好几个版本。应该说，这只是一个开始，随着时间的推移，王富仁先生学术研究的价值会越来越明显地显现出来，对他的讨论也会越来越多。

　　作为王富仁先生曾经长期学习和工作的地方，北京师范大学在此也献上一份自己的心意。王富仁先生是从北京师范大学毕业的现代文学专业的第一位博士，毕业后长期在北京师范大学工作。在鲁迅研究等方面里程碑式的贡献，使他长期被视为北京师范大学现代文学研究的一面旗帜。今天由北京师范大学出版社来出版这样一套论文精粹集，既是应有之义，又有着特殊的意义。我们对王富仁先生学术论著的精华部分进行了整理和编选，形成了上下两册。

上册《回归启蒙：〈呐喊〉〈彷徨〉新解》："思想革命的镜子"是王富仁先生学术的重要起点，也可以算作新时期鲁迅研究的一个重要拐点。在此之前，从政治革命的视角进入鲁迅的文学世界并建构鲁迅的形象，是学界一个极为重要的研究思路。但王富仁先生发现，这种观点虽然在一定时期内发挥了重要的作用，但在更为广阔的空间范围和更为悠长的时间范围内，如果继续沿用政治革命的思路，是比较难接近鲁迅小说创作的真实意图和思想本质的。虽然鲁迅的作品在政治革命方面具有不可忽略的重要意义，但事实上鲁迅创作的根本价值在于他是从思想启蒙的层面来影响中国社会革命进程的。由此王富仁先生大胆地提出应该"以一个较为完备的研究系统来代替"它，并明确提出《呐喊》《彷徨》"首先是中国反封建思想革命的一面镜子"这一具有划时代意义的论断。从"政治革命的镜子"到"思想革命的镜子"，王富仁先生开创了一个全新的鲁迅研究视角和系统，这对后来的学术研究具有极其重要的方法论意义。在这一册中，我们比较完整地选编了王富仁先生关于"思想革命的镜子"的相关论述，以求在研究内容和研究方法上给予读者以启示。

下册《多元探究：中国现代文学的深层体悟》：王富仁先生专注于研究鲁迅，但是他的视野远远不止于鲁迅研究。从研究的对象来看，他不仅关注鲁迅，而且还写过包括胡适、郭沫若、冰心、曹禺、端木蕻良等在内的多位现代文学作家的"作家论"；从研究的文体来看，他不仅关注小说自身的各种分类，对诗歌、戏剧、散文也都有所涉及；从讨论的话题来看，他既关注着现代文学学科的整体走向，也关注着一些文学流派的具体研究方法，既有对学科过去历程的反思，也有对未来发展的展望。关于这些内容我们都选取了相关的代表作放在这一册中，以求为读者朋友呈现王富仁先生广阔丰富的思想图景。

遗憾的是，由于篇幅所限，我们未能将王富仁先生的所有论著都完整呈现，有些篇章的内容还做了适当的节选。目前，保留在论文集中的都是王富仁先生的学术精华所在。按理说以上下两册来呈现王富仁的学术思想是远远不够的，但是我们认为，文学史也好，文集的编撰也好，只能越写越薄而不是相反。即便是论文集的编纂，也多少会有遗漏，一味地追求全反而可能会本末倒置。精选有精选的价值，这种编选可以更好地凝聚视野，更集中地呈现王富仁先生的学术核心和价值。而且两册的论文精粹也更适用于广大读者的学习和研究，特别是对于在校的进修教师、博士生、硕士生、本科生来说，能够更加容易接近王富仁先生思想的本质，也能更加直接地领略王富仁先生的学术风采，在精短的篇幅里尽快把握王富仁先生的学术逻辑和思想本质。至于这样节选的方式，不免会对某些章节的完整性带来一些遗憾，这一点也希望各位读者理解和原谅。

学术的发展是代代相传的，从各位先贤前辈，一直到王富仁先生，我们既看到一代又一代人的学术承传，也看到了这种传承中每一位学者独特的思考和贡献，如何在传承中创新，在创新中稳步前进，这是每一代研究者的学术使命和责任。将王富仁先生的学术思想、学术方法传承下去，正是我们编撰这套文集最衷心的愿望。

编者

2022 年 5 月于北京师范大学

序　言

　　这是王富仁同志博士研究生的毕业论文，大家觉得有出版的必要，要我写篇序，略为介绍。我开始感到有些为难，作为他的导师，较难说话。继而又想到：何不采用在他的"论文答辩会"上几位专家、教授对他的论文的"评语"和"答辩委员会"建议授予他博士学位的"决议"来写序呢？这比我个人的评价要全面和客观一些，同时也把我的"评语"写在最后，供读者参考。我就这样写下了这篇不像"序"的序。

　　不过我要说明的是，他的论文共有四章，全文很长，按论文答辩规定，可以取其中具有代表性的一部分进行答辩；我们选取的是全文第一章《中国反封建思想革命的一面镜子——论〈呐喊〉〈彷徨〉的本体意义》，包括全文"内容概述"在内，约有四万七千字，可以由一斑而窥全豹。

　　以下是"评语"和"决议"：

　　　　《中国反封建思想革命的一面镜子》，是一篇很有深度的学术论文。它从宏观的角度准确地考察了《呐喊》和《彷徨》的历史内容和思想特质，科学地论证了鲁迅前期小说的重大价值首先在于它是中国思想革命的镜子。史料翔实，论述充分，角度新颖，分析精到，包含着很多深刻的独创性的见解、基本论断，令人信服。鲁迅小说研究原是中国现代文学研究中一个水平较高的领域，本文在前人已有成果的基础上又有可喜的重要进展，澄清了过去一些论著从政治角度考察两本小说集所得到的与作品实际不尽相符的结论，从而带来了鲁迅小说研究上的某种新突破。不足之处在于：有些段落文字稍嫌粗糙，个别具体论断或提法尚可斟酌修改。

这篇论文的写作目的，是要在几十年来《呐喊》和《彷徨》研究已经取得的成就上面，再进一步从"作者的主观意图与作品的客观效果、思想和艺术、内容和形式的内在有机联系中，对《呐喊》和《彷徨》的特征做一以贯之的有系统、有整体感的统一把握"。这是论文作者对论文写作提出的一个相当高的标准，是个难度较大的课题。

论文首先对过去研究的"最高成果"进行了认真的分析，肯定了"这个研究系统帮助我们开掘了此前所未曾或较少开掘的思想意义"。指出这一点是很必要的；但更为重要的，是指出了"这个研究系统"的不足，诸如"鲁迅小说研究与鲁迅前期思想研究的不协和性""思想分析和艺术分析的彼此分离的二元观"等，都是这些年鲁迅研究中存在的问题。为此，作者想要"以一个更完备的系统来代替我们现有的研究系统"。作者说这是个"初步的尝试"，并且说"这个尝试可能是失败的，但这个尝试本身将会是有意义的"。我以为这个尝试是相当成功的。

这篇论文写得成功，主要在于作者实事求是地分析了鲁迅前期思想的实际情况和《呐喊》《彷徨》的实际内容，从而提出了自己系统的见解。其中很重要的一点是作者对于鲁迅前期思想，诸如进化论、个性主义、人道主义等，进行了具体的分析，突出地指出了"鲁迅前期思想与西方各个历史时期的资产阶级学说的本质差别"，指出了鲁迅前期思想的深度和民族特色。这些论证，是有分析的，有说服力的，是避免了片面性的。再一点很重要的是，作者从"思想革命"这一角度分析《呐喊》和《彷徨》的思想内容，完全符合鲁迅前期思想的实际和小说创作的实际。作者说：《呐喊》和《彷徨》的整个布局，体现着中国五四思想革命的特定对象和任务——没有反帝题材的作品，对不觉悟群众的重点描绘，重视社会舆论的描写。这样的看法是对的。鲁迅前期确实非常重视思想革命，而且是从思想革命出发从事小说创作的。鲁迅对中国的传统思想了解极深，对中国社会各阶层所受封建思想的影响的了解也特别深；他对于中国的封建势力，尤其是封建思想的势力，比一般五四青年有更高的认识，所以，在他的笔下，劳动人民之不觉悟，封建势力之根深蒂固，都写得十分深刻，思想革命的艰巨性也写得非常充分。《呐喊》和《彷徨》的深刻性正在这里。作者说鲁迅"确实认真地思考了中国封建传统思想的性质和特性，并且对它的现实表现有深切的感受"，这看法是很对的。

此外，这篇论文对于鲁迅两部小说集的创作方法和艺术手法的阐释，也都言之成理；对于几十年来在这方面的研究中存在的问题，诸如关于浪漫主义、象征主义等，也都提出了自己的系统看法。

由于作者从鲁迅前期的思想实际和两部小说集的内容实际出发进行了认真的研究，也就阐明了鲁迅创作思想的特点和作品的艺术特点，可以说，这篇论文基本上达到了预期的写作目的。

当然，在一系列的具体论证中，有的地方也还可以商榷。例如，讲到"现实概括"和"历史概括"的"艺术手法"的时候说："少量文言古语插入大量的白话语言中造成读者思路的轻微语言阻隔，把读者的思路从对现实具体事件的关注中暂时弹射出来，以建立与封建传统和封建历史一贯本质的联系，是鲁迅加强读者古今联想的艺术手段之一。"云云，就不一定准确。鲁迅在大量的白话语言中插入少量的文言古语，其原意是否想要"造成读者思路的轻微语言阻隔……"，尚可进一步研究。

论文"答辩委员会""关于建议授予王富仁中国现代文学鲁迅研究博士学位的决议"（六票一致通过）：

王富仁的《中国反封建思想革命的一面镜子——〈呐喊〉〈彷徨〉综论》一文，运用马克思主义的观点和方法，对《呐喊》和《彷徨》进行了深入的、富有独创性的研究，取得了为学术界许多人所承认的突破性成果。他的研究工作表明，他已经达到了获得本学科博士学位的水平。因此，建议授予他中国现代文学鲁迅研究博士学位。

以下是我的"评语"：

从该生所写的《中国反封建思想革命的一面镜子——〈呐喊〉〈彷徨〉综论》的第一章和全文的"内容概述"看，他能运用辩证唯物主义、历史唯物主义和毛泽东思想（尤其是《新民主主义论》和他的文艺思想），并用比较文学的方法涉及从文艺复兴到19世纪外国资产阶级的著名作家作品所表现的思想，论述了《呐喊》和《彷徨》所表现的五四时代思想革命的意义；表现了作者能运用马列主义的立场、观点、方法和中国"五四"实际相结合；运用比较广博的中外历史、文学史和有关哲学的知识，从思想革命这个角度阐发了《呐喊》和《彷徨》的革命意义。并且说明了这个思想革命是政治革命的折射，是政治革命的先决问题；没有进行好这个"反封建的思想革命"，所以辛亥革命失败了。

着重从"中国反封建思想革命的镜子"这个角度来评论《呐喊》和《彷徨》，而不只是从社会政治意义上来评价它们；又从多方面细致深入地分析了两部小说集的所有作品，有了充足的论证，在鲁迅研究界开辟了一片新天地，是颇有创见的。而这主要是由于作者多年独立钻研业务和学习马列主义毛泽东思想的结果，导师的作用是很小的；这是实情，不是谦虚。

这篇论文是 1984 年 10 月 31 日在"答辩委员会"上通过的。一年来，作者又依照大家的意见进行了修改和加工，成为现在这个样子。缺点和错误也依然难免，尚待学术界继续研究、指正，以便这一研究课题得到更好的解决。

李何林

1985 年 9 月于北京

目　录

引　论

　　《呐喊》和《彷徨》的研究在整个鲁迅研究和整个中国现代文学研究中都是最有成绩的，从 1919 年 11 月 1 日《新青年》6 卷 6 号发表了吴虞的《吃人与礼教》一文以来，在迄今为止的半个多世纪中，中外鲁迅研究学者和其他各界人士发表了难以数计的文章，出版了大量论著，对《呐喊》和《彷徨》以及其中诸篇小说做了多侧面的细致而深入的研究，但如何在作者的主观创作意图与作品的客观社会效果，在思想与艺术、内容和形式的内在联系中对《呐喊》和《彷徨》的独立特征做一以贯之的有系统、有整体感的统一把握，至今仍然是一个没有得到完满解决的课题。从 20 世纪 50 年代开始，我国逐渐形成了一个以毛泽东同志对中国社会各阶级政治态度的分析为纲、以对《呐喊》和《彷徨》客观政治意义的阐释为主体的粗具脉络的研究系统，标志着《呐喊》和《彷徨》研究进入了一个新时期，反映了新中国成立以后《呐喊》和《彷徨》研究在整体研究中取得的最高成果。这个研究系统帮助我们开掘了此前所未曾或较少开掘的思想意义，论证了《呐喊》和《彷徨》与中国民主主义政治革命斗争的内在有机联系，在较前远为广阔的历史背景和社会背景下衡定了《呐喊》和

《彷徨》的思想艺术价值，在迄今为止的三十余年间，实际规定着我们对《呐喊》和《彷徨》的主要研究方向。但当这个研究系统帮助我们从中国社会政治革命的角度观察和分析了《呐喊》和《彷徨》的政治意义之后，也逐渐暴露出了它的不足。人们越来越多地发现，它与鲁迅的小说原作存在着一个偏离角。由于这个偏离角的存在，它所描摹出来的《呐喊》和《彷徨》的思想结构图式与我们在原作中实际看到的相比，在构架上发生了变形，在比重上有了变化。例如，在《阿Q正传》的艺术描写中处于次要地位的关于阿Q要求参加革命的描写，在我们的研究文章中被大大强化了，成了《阿Q正传》之所以成为伟大现实主义作品的主要标志，而在原作中用大量篇幅和主要笔墨加以表现的阿Q精神弱点的艺术描写，则在无形中被降到了一个较次要的位置上，并且常常被认为是鲁迅较多地看到人民的弱点的例证，作为鲁迅当时思想局限性之所在。与此同时，在对阿Q革命的分析中，其积极意义得到了片面的夸大，其消极意义只剩下了轻描淡写的几笔附赘之词。很显然，这与鲁迅原作的艺术构成在整体面貌上有了很大不同。这个偏离角产生的根源在于，这个研究系统是以毛泽东同志关于农民阶级在中国新民主主义革命中的政治动向为纲来分析《呐喊》和《彷徨》关于农民阶级的艺术描写的，这样，便只能在农民阶级革命性的首要前提下表现农民阶级所存在着的某些次要的、非主流的思想弱点，舍此则无法说明《呐喊》和《彷徨》的杰出思想意义。由于这个研究系统所描摹出来的《呐喊》和《彷徨》的思想内容的图式是一个变了形的思想图式，所以势必与鲁迅前期的实际思想产生不谐和性，有些地方甚至于彼此抵牾。例如，在鲁迅前期思想研究中普遍承认的鲁迅的个性主义思想倾向，在鲁迅小说的研究中却做出了相反的说明，人们不但没有发现其中对个性主义、对个性解放的肯定，反而发现了对它们的批判和否定，鲁迅关于知识分子描写的深刻性常常被人们铸定在这种批判和否定的意义上。我们还能看到，在三十年间的研究过程中，这个系统始终未曾在思想与艺术、内容和形式的辩证联系中把《呐喊》和《彷徨》的艺术研究纳入自己的研究系统中，思想分析和艺术分析彼此分离的二元观仍然是这个研究系统的主导倾向。艺术和内容是彼此不可分离地交织在一起的，特定的内容要求着特定的艺术，特定的艺术又固定和加强着特定的内容，二者在一个完美的作品中只是同一个事物的两个侧面，原应是可以彼此过渡、相互说明的。思想研究的系统理应能够带动并组织起艺术的研究，将其主要的特点从内容的表现方面进行适当的说明。这个研究系统之所以不能做到这一点，主要原因就在于变了形的思想图式再也难以与原作的艺术图式达到像在原作中那样契合无间的程度了。例如，当把对吕纬甫、涓生、子君、魏连殳等觉醒知识分子的批判强调到了不适当的地步，以致将此放到与对他们的肯定同等重要或更为重要的地位的时候，思想内容的分析便再也难以与这些篇章的浓重的悲剧性的艺术分析统一在一起了。"悲剧将人生的有价值的东西毁灭给人看"（鲁迅语），否定性的批判专注于人物自身便构不成人物自身的悲剧性内容。同样，假若我们把阿Q要求参加革命的描写作为对农民是中国革命主力军的政治认识的艺术肯定，这些章节的喜剧性质也便没有了内容上的依据。"喜剧将那无价值的撕破给人看"（鲁迅语），本质意义上的巨大价值不可能构成鲜明的喜剧或笑剧的内容。《呐喊》和《彷徨》创作方法的研究在这个研究系统中基本上也是孤立存在的。在毛泽东同志提出"两结合"的创作方法之前，我们几乎未曾发觉《呐喊》和《彷徨》中有什么明显的浪漫主义因素，只是在此之后，我们才开始认为它们与浪漫主义也有着不可分割的因缘。近年来，我们又重新肯定了其中的象征主义因素。显而易见，我们对它们的创作方法的研究在很大程度上是以文艺理论界对某种创作方法的肯定性评价或肯定性程度的高低为转移的，而较少从鲁迅当时的思想需要和艺术需要出发，说明它们的哪些需要决定了鲁迅必须采用现实主义的艺术方法，又是哪些需要使他还必须在特定倾向上靠近浪漫主义和象征主义。假若我们更严格地要求这个研究系统，便会发现它对我们更深入地研究中国现代政治史、思想史和鲁迅思想、鲁迅小说都有可能制造一些障碍。例如，按照这个研究系统的结论，中国共产党人在此后数十年间用大量的鲜血换来的对中国新民主主义政治革命规律的认识，似乎鲁迅在《呐喊》和《彷徨》中已经做了正面的、明确的艺术表现，这不能不相对降低了中国共产党人政治革命实践活动的意义和毛泽东同志对中国新民主主义政治革命理论的伟大贡献。与此同时，它反转来又不利于对鲁迅思想和鲁迅小说深刻社会意义的分析及其独立价值的评价，因为仅从这个角度衡量鲁迅思想和鲁迅小说的意义，其任何对中国政治革命规律的忽视都会降低它们的思想性的高度。而当毛泽东同志早已对这些规律做出了更明确、更完整、更精当的理论归纳之后，鲁迅思想和鲁迅小说便不存在任何意义了，剩下的只能是"艺术""技巧"和"手法"，思想的探索就此止步，思想家鲁迅便终止了他的独立作用。这方面的弊病发生在这个研究系统的方法论上，它主要不是从《呐喊》和《彷徨》的独特个性出发，不是在研究这个个性与其他事物的多方面的本质联系中探讨它的思想意义，而是以另外一个具有普遍性也具有特殊性的独立思想体系去规范和评定这个独立的个性。这样，这个个性体便必然以另一个个性体为标准、为极限，前者的意义是以符合后者的程度被标示出来的。这种研究方法只能导致两种结果：一是极大地提高了这个个性体的意义而使它达到与前者并驾齐驱的地步，这样势必便以前者代替了后者，降低了后者的独立意义和价值；二是永远把这个个性体严格限制在后者的包容之中，它的意义只能是后者的一部分或一局部，这样这个个性体便势必失去了自身的价值和意义。当然，这绝非说不能从中国新民主主义政治革命的角度去研究和考察鲁迅的《呐喊》和《彷徨》，而是说这个研究系统基本上仅仅以此规定着它们的思想意义而相对忽略了它们的个性特征的分析和研究。事物的意义主要在于它的个性的意义，在于它的个性总是与一般相联系，而一般只是大致地包括个别的事物，在于它的个性所反映出来的普遍意义虽然经过转化而与另一个个性所反映出来的普遍意义相联系，但是绝对不会等同于另一个独立个性的普遍意义。鹿茸的价值不能以人参的价值来确定，电子计算机的作用不能用电视录像机的作用来评定，反之也是这样，虽然它们都有着不可忽视的联系。一个伟大的思想家和文学家的杰出意义不在于他提供了另一个伟大思想家或文学家所已经提供了的东西，而在于他提供了为任何人所未曾提供的东西，在于他具有为他人所不可逾越的独立贡献。否则，他便只能是一个平庸的思想稗贩或文学工匠。总之，当《呐喊》和《彷徨》的这个研究系统已经做出了自己应有的贡献之后，当它已经发掘了它可能发掘的思想内涵之后，我们若继续自觉或不自觉地限制在这个研究系统之内，将不再有利于我们对《呐喊》和《彷徨》做更深入、更细致的研究。在这里，是一个整体的研究系统问题，而不是一个局部细节的问题，任何单从局部细节问题着眼而想纠正这个研究系统所带来的弊病的做法，都可能使我们从一个错误的结论走向另一个错误的结论。例如，曾有些同志企图以鲁迅否认阿 Q 革命的结论来与原来鲁迅赞扬阿 Q 革命的结论相对立，这在局部研究中似乎也只能如此，但这个结论同样陷入了片面性。假若认为鲁迅对一个走投无路的农民企图通过革命的变动而改变自身命运的愿望也予以否定，实际与原来所说的阿 Q 革命反映着农民是中国革命的主力军的结论同样是难以令人置信的。因而，我认为有必要调整《呐喊》和《彷徨》的研究系统，以一个较为完备的系统来代替我们现有的研究系统。这个研究系统不应当以毛泽东同志对中国新民主主义政治革命具体规律的理论结论为纲，而应当首先以鲁迅当时的实际思想追求和艺术追求为纲，它应当在鲁迅主观创作意图及《呐喊》和《彷徨》客观社会意义的统一把握中，以前者为出发点，以后者为前者的自然延伸和必然归宿；既要改变那种随意在鲁迅那里寻找各种不同思想理论的依据、随意团揉鲁迅及鲁迅小说的"纯客观意义"的分析方法，又要充分发掘鲁迅小说所可能具有的、为鲁迅当时所没有直接意识到的客观思想意义，从而做到客观意义的分析不脱离鲁迅主观创作意图的基础，鲁迅主观创作意图的阐释不妨碍对它们的客观思想意义的进一步探讨，进而较正确地描摹出《呐喊》和《彷徨》自身所独具的基本思想图式。这个思想图式应当接受鲁迅前期思想实际状况的检验，应当在主要结构构架上同鲁迅杂文中所直接陈述的思想认识呈现出谐和一致的状况，它不应当与鲁迅前期思想研究中得出的令人信服的正确结论发生抵拒，而应当对鲁迅前期思想研究中可能出现的偏差有所矫正和补益。这个思想图式应当能够带动并组织起对《呐喊》和《彷徨》创作方法和艺术特征的研究，能够帮助我们说明如何由思想的需要产生了它们的艺术需要，而艺术需要又如何满足并加强了它们的思想需要。它还应当能够说明，《呐喊》和《彷徨》的艺术优长如何在思想性的加强趋势中表现出来，而它可能存在的艺术弱点又怎样在思想性的削弱趋势中表现着。在方法论上，它不应当以任何一个其他的具有独立个性的思想理论去规范和要求这一个独立的思想艺术个体，不应当让《呐喊》和《彷徨》的艺术表现仅仅作为马列主义、毛泽东思想所得出的现成的、已有的结论的具体注脚，而应当严格从这个特殊的个体出发，从它的特性出发，着眼于它们的独立价值和意义，我们的任务只是要用马列主义、毛泽东思想和中国社会历史的实际状况说明它们独特发现的真理性，而绝不能以之删去它们的独立意义和不可代替的独立价值。

本书试图在这方面做一些初步的尝试。

本书共分四章。第一章可以认为是《呐喊》和《彷徨》的本体论。在这一章里，我们首先考察《呐喊》和《彷徨》作品本身所表现出来的实际意义。这个意义是社会现实在鲁迅思想观念中的反映，是鲁迅以自己独特的思想个性把握客观现实的结果，可以说，是客观与主观的交融，是内与外的化合，是注入了鲁迅主观思想、感情和情绪的客观社会现实。而对于我们，它们则是不以研究者的主观意图为转移的客观存在。我们的任务是发现它们自身所呈现的实际面貌，并尽可能用马列主义基本原理和中国社会发展的实际状况说明其独特的深刻思想内涵。在这一章里，我们将论证《呐喊》和《彷徨》不是从中国社会政治革命的角度，而是从中国反封建思想革命的角度来反映现实和描写生活的，它们首先是中国反封建思想革命的一面镜子，中国社会政治革命的一系列问题是在这个反封建思想革命的镜子中被折射出来的。第二章可以认为是《呐喊》和《彷徨》的抽象本质论。任何一部文艺作品，都不可能是社会现实的纯客观记录，而是作家、艺术家以特定的观念意识自觉或不自觉筛选、提取集中化、立体化了的社会现实，在这种客观事物主观化或主观感情、主观思想客观化的过程中，在客观与主观的交吻、渗透、化合的过程中，艺术作品以各种明显的或不明显的、直接的或非直接的方式体现着作家、艺术家创作这件艺术品时的意识本质。在这一章里，我们将探讨鲁迅当时是以怎样的观念意识观察现实和反映现实的。这里的问题将非常明显：假若鲁迅的《呐喊》和《彷徨》是对中国社会政治革命规律的深刻反映，那么它们的意识本质就将是对中国社会政治革命的特点和规律的深刻认识，而假若它们的意识本质只有在中国反封建思想革命中才愈见其超群绝伦、深刻警拔，那么也就能够证明《呐喊》和《彷徨》主要是中国反封建思想革命的一面镜子。通过这一章的论述我们将说明，《呐喊》和《彷徨》所体现出来的鲁迅思想意识，与他在杂文中较为明确地表现出来的思想观念在整体上是一致的，这个思想观念深刻体现了中国现代社会思想意识的根本特征，是中国反封建思想革命的锐利武器。这种思想意识的先进性、革命性和深刻性，赋予了《呐喊》和《彷徨》反封建思想内容以先进性、革命性和深刻性。形象可以大于思想，但必须以一定思想做基础；创作方法可以帮助作家超越某些世界观所造成的障碍，但它必须有更内在的意识本质做动力。鲁迅的《呐喊》和《彷徨》反映现实的深刻性，直接说明了鲁迅当时思想意识本质的先进性和深刻性，鲁迅前期以进化论、个性主义、人道主义为基本组成部分，以彼此制约、相互渗透的特定组合方式为基本构架所形成的独立思想观念，是与中国传统封建意识在各主要方面尖锐对立的现代中国的观念意识，否认这个思想的先进性和深刻性，必将导致对《呐喊》和《彷徨》杰出思想意义的否定。第三章是《呐喊》和《彷徨》的艺术方法论。多年来，我们都企图寻找一种绝对正确的、永远先进的、普遍有效的创作方法，但这种企图本身就是不合理的和没有成效的。创作方法的优劣只能在与作家的独立个性、作家所要达到的主要创作目的相对应的关系中来确定，用巴尔扎克的现实主义表达雪莱的浪漫主义激情是根本不可能的，在这时，巴尔扎克的现实主义便是一种粗笨的、不顺手的武器，反之亦然。《呐喊》和《彷徨》的创作方法的特征是与它们所要达到的思想艺术目的相吻合的，否则，它们便不会成为杰出的艺术品。在这一章里，我们分析鲁迅《呐喊》和《彷徨》创作方法的特征与它们反封建思想内容的内在有机联系，说明它们的现实主义、浪漫主义、象征主义是怎样结合在一起的，三者之间的关系如何，它们各自与鲁迅的何种思想需要联系着，它们各建立在鲁迅当时的何种思想观念的本质上。第四章是《呐喊》和《彷徨》的艺术特征论。艺术特征与思想特征是交融在一起的统一体，世界上不存在绝对完善的创作方法，也不存在绝对完善的艺术技巧，艺术形式的完善与否以及完善的程度，只有在与特定内容的关系中去寻找，二者相谐和的程度便是艺术技巧、艺术形式完善的程度。在一部优秀的文艺作品中，我们完全可以从它的艺术特征发现它思想内涵的特征，也可以循由它的思想特征发现它的艺术特征。在这一章里，我们将分析《呐喊》和《彷徨》的艺术特征是怎样在反映中国反封建思想革命的具体思想需要中发展起来的。这一章又分三节，分别从环境展现和人物塑造、情节和结构、喜剧与悲剧的复杂交织三个主要侧面，论述《呐喊》和《彷徨》的艺术特征与它们的反封建思想主题有着怎样的有机联系。

文学研究是一个无限发展的链条，鲁迅小说的研究也将有长远的发展前途，任何一个研究系统都不可能是这个研究的终点，而只能是这个研究的一个小的链条和环节。所以，我们不应当以寻求终极性的真理为自己的职责，而只是为鲁迅小说的研究寻求一个更可靠的基础，一个较为开放的体系。本书的主要口号是：首先回到鲁迅那里去！首先理解并说明鲁迅和他自己的主导创作意图！首先发现并阐释《呐喊》和《彷徨》的思想个性和艺术个性！个性的研究应该是最具开放性、最少封闭性的研究，因为任何一个独特的个性都必须放在它的无限复杂的联系中来确定。地球的独立运行轨道是由诸种复杂力合成的，假若仅存太阳对它的吸引力，地球便会被太阳吞没，地球的个性便不复存在。文学作品也是这样。我们将要建立的《呐喊》和《彷徨》的这个研究系统，绝无意将鲁迅小说的研究固定在本书涉及的范围之中，相反，它的目的仅仅是打破原有研究系统的封闭性，力图把只在两个个体之间进行考察的单侧面研究，解放到更为广泛、更为复杂的多侧面研究中来。由于种种条件的限制，由于本人知识、学力的局限，特别是由于该书所要解决的问题的特定性，该书的论述还主要是单侧面的，它还不可能把鲁迅的性格、气质、经历、阅历、艺术修炼、创作时的各种偶然的和必然的因素全部包容在本书的论述范围中，但我们将致力于研究诸种复杂侧面中的一个主导性的侧面，并且绝不以这个主导性的侧面抹杀其余任何一个可能存在的侧面，其中也包括《呐喊》和《彷徨》通过对中国反封建思想革命的表现与中国新民主主义政治革命所发生的间接联系。本书只能在前人研究的主要成果的基础上起步，为力图解决当前《呐喊》和《彷徨》研究中的实际问题而展开，它的论述还主要停留在有形的浅层次空间，但它却力图为深层次空间的无限挖掘在浅层次空间找到一个合适的中心地盘，并且绝不以自己的论述限制或斫断向深层次空间做无限伸延的研究根须。

我们愿做起点，不愿做终点。

第一章　中国反封建思想革命的一面镜子

——论《呐喊》《彷徨》的本体意义

一

　　现在我们来看鲁迅的《呐喊》和《彷徨》。在鲁迅这两部小说集中，要想一一缕述它们所涉及的所有事物、分析这诸种事物所包含的或可能包含的思想意义，将是不可能的。我们可以抽取其中任何一个细节、任何一个形象进行大量的分析，这些分析也可能是正确的、有益的，但也可能把我们带到与《呐喊》和《彷徨》毫不相关的远处。我们要想为其中所描写的诸种事物都确定一个恰当的位置，发现它们在作品中的而不是彼此游离状态下它们各自原有的意义和价值，便必须首先找到它们的思想意义和艺术价值的凝聚点——这座雄伟的艺术建筑的正面立体图像。

　　那么，《呐喊》和《彷徨》思想意义和艺术价值的凝聚点何在呢？这座雄伟的艺术建筑的正面立体图像呈现出来的整体面貌是怎样的呢？我认为，它们首先是当时中国"沉默的国民的魂灵"①及鲁迅探索改造这种魂灵的方法和途径的艺术记录。假若说它们是中国革命的镜子的话，那么，它们首先应当是中国思想革命的一面镜子。

作家、艺术家创作时的思想、感情、情绪，他的社会认识、审美感受，有形或无形地驱使着他将把自己的视点落在纷纭复杂的社会人生的哪一部分社会生活画面上，决定着他将从哪个角度观察它、审视它、表现它，因而也规定了他所描绘的这个生活画面将具有什么样的主体意义。鲁迅当时是从什么角度审视人生和表现人生的呢？他自己说得十分明白：

> 凡是愚弱的国民，即使体格如何健全，如何苗壮，也只能做毫无意义的示众的材料和看客，病死多少是不必以为不幸的。所以我们的第一要著，是在改变他们的精神，而善于改变精神的是，我那时以为当然要推文艺，于是想提倡文艺运动了。②

由此可见，鲁迅的艺术追求，从他从事文艺运动伊始，便是自觉地融化在中国思想革命的追求之中的。他首先不是把它当作政权变革的手段，而是当作思想、精神变革的手段。

鲁迅对中国思想革命运动的集中关注，是与他失望于旧民主主义政治革命息息相关的。在日本留学期间，他参加过光复会，亲身从事过革命活动，对那些旧民主主义革命者的政治革命活动曾寄予热切的希望，但越到后来，他的思想与那些实践的革命家便越显现出了不同的特点，较之他们，他更敏锐地看到了中国社会思想改造的严重性。基于这种认识，他提出了"首在立人"的思想，认为"人立而后凡事举"③。但是，任何理性的推断都不如历史的事实具有那么大的雄辩力，而对于热切希望

---

① 鲁迅：《集外集·俄文译本〈阿Q正传〉序及著者自叙传略》。
② 鲁迅：《呐喊·自序》。
③ 鲁迅：《坟·文化偏至论》。

中国进步的鲁迅来说，更不愿以自己对中国命运更为暗淡的判断来绝对抹杀那些民主主义革命家以政治革命的一次性胜利根本扭转中国命运的乐观估计。所以，当辛亥革命爆发之时，鲁迅的情绪是高涨的，他对这个革命的胜利曾怀抱过很大的希望。而此后的事实，却使他深感失望。"见过辛亥革命，见过二次革命，见过袁世凯称帝，张勋复辟，看来看去，就看得怀疑起来，于是失望，颓唐得很了。"①他失望什么呢？就其实质而言，实际是对单纯政治变革的失望，对像辛亥革命那样脱离开社会思想革命的政权更替的失望。这进一步加强了他的中国要有根本命运的改变，必须首先有一个社会思想的变革运动的认识。所以他后来说："此后最要紧的是改革国民性，否则，无论是专制，是共和，是什么什么，招牌虽换，货色照旧，全不行的。"②鲁迅从来不是无涉于政治的"纯艺术家"，他自始至终以极大的政治热情从事文艺创作，但应当说，在鲁迅写作《呐喊》和《彷徨》的整个期间，他的几乎全部的政治热情是倾注在中国思想革命的理论和实践之中的。所以，他的《呐喊》和《彷徨》，并不是直接从中国政治革命的角度，不是直接从夺取政权和巩固政权的政治实践的角度，而是从中国思想革命的角度来反映现实、描绘生活的。

　　鲁迅首先是一个伟大的思想家，他对社会问题的理性认识始终在他的文艺方向的确立中起着决定性的作用。但这并不意味着鲁迅仅仅依靠这种理性认识便建构了《呐喊》和《彷徨》这两座中国现代艺术的大厦。不是的！我们必须看到，他的这种理性认识本身，便已经凝聚着他的丰富的生活感受，积聚着他的感情情绪和他的痛苦的人生经历。早在他少年时期，他便饱尝了在中国封建意识形态占统治地位的中国社会里的世情的浇薄，人与人感情关系的淡漠。在他十三岁的时候，他祖父周福清因科场案入狱，此后便是他父亲周伯宜长期患病终至病死，他的家境日渐

---

① 鲁迅：《南腔北调集·〈自选集〉自序》。
② 鲁迅：《致许广平（一九二五年三月三十一日）》，见《两地书》。

塞蹙，家势顿落。此时，鲁迅恰在能感人情冷暖而又值感情脆弱、感觉敏锐的年龄，在此之前的世情之"暖"记忆犹新，此后的人情之"冷"也便愈见分明。"有谁从小康人家而坠入困顿的么，我以为在这途路中，大概可以看见世人的真面目。"①当他说他在质铺里"在侮蔑里接了钱"②的时候，当他说他在亲戚家"被称为乞食者"③的时候，包含着当时他那童真的心灵中的多少痛苦啊！在这里，还不是阶级对阶级的政治压迫，也不是地主对农民的物质剥削，而是封建意识形态浸泡着的人与人关系间的冷酷，是社会的思想观念的表现。可以说，鲁迅身上的每根感情的神经，都是在这种愚昧、冷酷的封建思想意识的拨动下颤抖着的。在这里，他的感情的烈焰包容着他的理性认识，他的明确的知性认识给他的感情的烈焰续着燃烧不尽的柴薪。而二者都在中国社会思想革命的基点上燃烧着，跳动着，决定了《呐喊》《彷徨》基本的创作方向。

《呐喊》《彷徨》的上述特殊性质，还不仅仅是由鲁迅的主观意图决定的，同时还是由它的历史时期的特殊性质决定的。"必须有某种精神气候，某种才干才能发展；否则就流产。"④时代向鲁迅输送了关于中国社会思想变革的信息，时代为鲁迅反映这一基本主题提供了历史的可能性，同时，《呐喊》《彷徨》的巨大现实意义和深远历史意义又是在它们所处的历史时代得到衡定的，是在与这个时代的历史需要的适应性中得到体现的。以"五四"为标志的历史时期，是两次政治大革命的交接期。1911 年的辛亥革命，以资产阶级国家的政体组织形式，替换了清王朝的君主专制政体，余下的实质性的革命任务，中国资产阶级不太愿意也没有能力完成了。旧民主主义政治革命的浪潮在一度蓬勃开展之后已经相对平息下来。正在孕育中的中国无产阶级领导的新民主主义政治大革命，不论就其政党的成熟条件，还是就其阶级的、群众的觉悟程度，都

---

① 鲁迅：《呐喊·自序》。
② 鲁迅：《呐喊·自序》。
③ 鲁迅：《集外集·俄文译本〈阿 Q 正传〉序及著者自叙传略》。
④ ［法］丹纳：《艺术哲学》，35 页，北京，人民文学出版社，1983。

决定了它暂时还不可能采取重大的、具有全民性影响的大规模政治行动。就在这两次政治大革命的驼峰中间，在政治革命浪潮相对平静的短暂历史时期，中国的思想革命却涌起了巨澜。总之，五四时期是这样一个历史时期：它是中国政治革命运动的低潮期和间歇期，是中国思想革命运动的活跃期和高潮期，是以思想革命的方式对旧民主主义政治革命进行总结的沉思期，也是对将至的新民主主义政治革命进行思想准备的孕育期。假若说作为观念形态的文学艺术原本与社会思想的变动有着直接的联系，那么，五四时期的文学艺术与中国思想革命运动更是丝丝入扣、血肉相连的。一般来说，我国五四时期的文学作品，都在一定程度上、从不同的侧面反映着中国思想革命的面影，构成了它们有别于其他历史时期文学的特殊性质。总之，时代的要求，鲁迅的理性判断、生活感受、感情体验，以及文学艺术的固有特性，在当时都在思想革命这个中心点上连接起来了，它在《呐喊》和《彷徨》的全部艺术画面上是一个最鲜明的亮点，其他的所有意义都是从这个亮点辐射出去的。

在论述中国现代革命问题的时候，我们常常不注意区分中国政治革命和中国思想革命的不同规律和特点，这给鲁迅《呐喊》和《彷徨》的研究造成了不应有的混乱。毫无疑义，这二者是紧密联系、不可分割的，但这绝不意味着二者是完全等同的概念，它们彼此交织但并不互相重合。中国独特的历史发展进程，在某些方面将二者彼此融合的趋向加强了。但在另一些方面，则又把二者彼此分离的趋势加强了。鲁迅的《呐喊》和《彷徨》是以中国思想革命为轴心来解剖现实和反映现实的，用中国政治革命的实践经验和理论认识的某些结论来直接说明它们，有时可能是适合的，有时则可能妨碍我们正确理解和深入挖掘它们的深刻思想意义，甚而会得出不正确或不精确的结论。

二

在《呐喊》和《彷徨》中，鲁迅对辛亥革命的描写是深刻而又全面的。辛亥革命的惨痛失败，中国资产阶级革命的不彻底性，他们向封建势力妥协的政治软骨病，他们脱离群众、无视广大农民群众革命要求的阶级劣根性，都在《呐喊》和《彷徨》中得到了生动的反映。这一切描写，在客观上显示了中国资产阶级无力领导中国革命走向胜利的社会真理，表现了旧民主主义革命为新民主主义革命所代替的客观必然性。但是，这个结论，是我们立足于马克思主义的阶级分析，从《呐喊》和《彷徨》的有关艺术图画中，独立得出的政治性理论认识。而鲁迅，显然在当时没有也不可能得出这样的结论。

譬如，我们常常由以上的结论来规范《呐喊》和《彷徨》中对旧民主主义革命者的描写，从而认为小说《药》表现了鲁迅对夏瑜脱离群众、不发动群众的阶级局限性的批判。当然，对于《药》中夏瑜的牺牲和群众不觉悟的因果联系，我们完全可以从两个方面加以理解：以夏瑜为代表的旧民主主义革命者脱离群众导致了群众的不觉悟；群众的不觉悟又使夏瑜白白捐弃了自己的生命。但是，鲁迅的表现重点却只是后者。以前我们为了从中得出资产阶级革命者脱离群众的政治性结论，片面强调了夏瑜脱离群众的政治性结论，这分明是与鲁迅的整个艺术构思不相和谐的。鲁迅不是从个别人的主观愿望上，不是从个别人的行动上来看待旧民主主义革命的历史错误的，所以他并没有把这个革命的缺陷放在夏瑜的个人品质中。我们在下文还将说明，鲁迅实际也不应当把这种缺陷放在他的个人品质中。夏瑜身陷囹圄，还在向狱卒宣传革命道理，我们有什么理由责备他没有发动群众呢？鲁迅的镜头，主要摄取的是不觉悟群众的艺术画面，他所强调的，是群众不觉悟状况对革命者革命活动的制约作用，亦即社会思想革命对政治革命运动的制约作用。只有在这个整体的意义上，我们才可以说《药》是对旧民主主义革命失败教训的总结。

《药》中夏瑜的悲剧是革命者为群众奋斗而不被群众理解的悲剧，《头发的故事》中Ｎ先生和所述的革命者的悲剧则是为革命受苦而社会毫无变化的悲剧。前者是辛亥革命前革命者的英勇牺牲没有唤起群众的觉醒，后者是辛亥革命后革命者的斗争成果被群众磨损，他们的牺牲精神被淡忘的悲剧。它的思想倾向性则更为明确：

> 他们对！他们不记得，你怎样他；你记得，又怎样呢！
>
> 我最佩服北京双十节的情形。早晨，警察到门，吩咐道"挂旗！""是，挂旗！"各家大半懒洋洋的踱出一个国民来，撅起一块斑驳陆离的洋布。这样一直到夜，——收了旗关门；几家偶然忘却的，便挂到第二天的上午。
>
> 他们忘却了纪念，纪念也忘却了他们！

有些研究文章在分析鲁迅对辛亥革命本质上失败的描写时，似乎认为鲁迅是把失败的责任归咎于这个革命本身的，似乎鲁迅是肯定群众对它的淡漠和遗忘的。这是对鲁迅作品何等严重的隔膜呵！从上面几段引文里，我们不难看出，鲁迅的全部同情心是在辛亥革命这一边的，他愤激于对它的冷漠，慨叹着对它的淡忘。对那些为这个革命而奋勇斗争的革命志士们也是如此。

> 我也是忘却了纪念的一个人。倘使纪念起来，那第一个双十节前后的事，便都上我的心头，使我坐立不稳了。
>
> 多少故人的脸，都浮在我眼前。几个少年辛苦奔走了十多年，暗地里一颗弹丸要了他的性命；几个少年一击不中，在监牢里身受一个多月的苦刑；几个少年怀着远志，忽然踪影全无，连尸首也不知那里去了。——
>
> 他们都在社会的冷笑恶骂迫害陷里过了一生；现在他们的坟

墓也早在忘却里渐渐平塌下去了。

　　我不堪纪念这些事。

　　这难道有半点对这些革命者进行批判的意思吗？鲁迅并没有把辛亥革命失败的责任推给这些革命者。《狂人日记》中提到的徐锡麟，是被社会吃掉的；《药》中出现的夏瑜（秋瑾）是被社会的愚昧吃掉的。这里提到的这些革命志士，是被社会的沉滞守旧吃掉的。N先生的怨愤，实质是对当时中国社会思想的保守守旧、沉滞落后的怨愤。鲁迅通过他的怨愤之词向社会发出的呼吁，则是要人们高度重视思想革命运动、改变这种沉闷的社会思想状况的呼吁。

　　《阿Q正传》的不朽社会意义之一，在于它从辛亥革命本身的弱点和不觉悟群众的辩证关系中，从二者的对照描写里，十分广阔地总结了辛亥革命失败的深刻教训。它与上述几篇的根本区别在于，它所表现的二者之间的因果联系，不是定向的，而是互为因果的。辛亥革命的领导者无视农民的革命要求，不注意发动群众，向封建势力妥协，而阿Q也始终处于愚昧落后状态，他的"革命观念"与愚昧落后的观念是扭结在一起的。这两者互为因果，造成了辛亥革命的失败。但《阿Q正传》之所以从阿Q精神弱点的描绘出发去表现辛亥革命，其根本原因仍在于从社会思想状况，亦即从辛亥革命的政治革命行动脱离思想革命运动的角度来总结辛亥革命的失败教训。从这个教训中，鲁迅有力地表现了中国思想革命的极端重要性和必要性。

　　我国近现代历史的发展进程，不是在自身的自然发展状态中形成的，它遭到了帝国主义侵略的半路狙击和外来影响的外因催化，从而产生了与西欧资本主义国家历史发展的不同特点。在西欧的资本主义国家里，各种革命运动都比较严格地伴随着相应的经济发展和社会思想的发展变化，是循着经济的发展、社会意识形态的变化、新的政治要求的提出、政治革命运动的发生这一较清晰的脉络有秩序地进行的。只有在资本主义的经济关系从封建社会内部得到了较为充分的发展，并在这种逐步发展中资产阶级的意识形态逐渐侵蚀着封建思想的世袭领地之后，只有在这种思想力量成长到了足够撼动飘摇在社会思想水面上的封建政权统治的时候，资产阶级才在一般的经济要求和思想要求的基础上产生了鲸吞全部国家政权的愿望，进而提出了自己的完整的政治纲领，并迅速由政治要求转化为政治革命运动。在这时，这个阶级的思想已经不是少数几个革命领导者和先驱者的思想，甚至也不再仅仅是这个阶级的思想，而是普遍的社会群众的思想了。不是"自由神"引导着一两个领导人物，领导者领导着广大群众去夺取封建统治者的政权，而是"自由神"的旗帜被整个人民群众高擎着，在他们的组织者的领导下向封建堡垒进军。这样，资产阶级所完成的政治革命，就具有相对稳固的特征。其后的每一次封建复辟，遇到的都是广大社会群众的抵抗，并且迫使复辟者也不得不顺应社会潮流，保留资产阶级革命中取得的许多社会成果。在资产阶级夺取政权之后，资本主义经济、政治关系很快地上升为社会的主要关系，资产阶级的思想观念也更加广泛地得到传播。在中国近代史上，则经历了与此明显不同的变化过程。直至鸦片战争，中国资本主义经济还是相当微弱的，所以资产阶级的自由民主观念在整个社会意识形态中仅仅有点微弱的萌芽。鸦片战争后，与其说是由于中国资本主义的经济发展，不如说是由于帝国主义的侵略和清王朝的腐败无能，使资产阶级民主主义革命者过早地从婴儿期的朦胧状态苏醒过来。直至辛亥革命，不但我国资本主义经济的缓慢发展，不足以使资产阶级的思想意识在社会上取得起码的地位，就是那些早熟的资产阶级民主主义思想家们，也较少能够彻底摆脱封建思想意识的影响。就是在这种情况下，他们适应中国人民富国强兵、救国救民的要求，增强了自己的政治欲望，进入了政治革命实践的阶段。这是一个在帝国主义侵略、清王朝腐败无能的强力催生下早产的一次资产阶级民主革命，是没有深厚的社会思想基础的革命运动。鲁迅《呐喊》和《彷徨》中的有关描写，正是从政治革命和思想革命的关系中，从思想革命对政治革命的制约作用上，独特地、创造性地总结了辛亥革命的失败教训，从而深刻反映了中国近现代政治革命运动所必然遇到的特殊问题。假若我们从这个基本认识出发，重新反观鲁迅关于辛亥革命的艺术描写，便会发现，不论就其历史概括的深刻性，还是就其历史把握的精确性，都远非我们以前的研究文章所充分估计到了的。

中国旧民主主义政治革命与社会思想革命相分离的特征，首先产生了旧民主主义革命者与中国产业资本家阶级相分离的特征。就其性质而言，旧民主主义革命者所从事的革命，是资产阶级性质的革命，是有利于中国资本主义工商业发展的一次革命，这些旧民主主义革命者，按其一般的情况，应该是由中国资本主义工商业的发展养育着，由中国资本家阶级拥戴出来的本阶级的代表人物。但在中国，情况却不尽如此，这两者之间的裂痕，较西欧任何一个资本主义国家都要大得多。中国实业的资本家阶级，远没有西欧资产阶级那么光荣的历史。西欧资产阶级是从初期的作坊主一步一步挣扎着爬起来的。在它夺取政权成为新贵之前的漫长历史时期里，都与其他下层群众有着比较密切的联系。在法国，它是被公开排斥在第一、第二等级之外的第三等级。在封建等级制度的压制和束缚下，它有着强烈得多的自由、民主、平等的思想要求，它的母体不是封建地主阶级，也不是封建官僚，它身上极少带有封建阶级思想观念的遗传因子。所以，在资产阶级革命中，这个阶级是以一个独立的阶级出现的，它拥戴了自己的领导者，培育了自己的知识分子，并联合了广大下层群众，与贵族僧侣阶级做了壁垒分明的战斗。在这里，政治的分野与思想的分野是一致的，阶级的思想与革命领导者的思想是谐和的，它们都植根于资本主义工商业相应发展的基础之上。但是，中国的实业资本家阶级，从一开始便是从地主阶级的母腹里降生出来的。在外国资本的刺激下，封建地主阶级、封建官僚、封建富商转营或兼营工商业资本，产生了中国第一代的实业资本家阶级。可以说，当他们一转身便成了资产阶级的时候，他们不但在思想上仍然是封建地主阶级的，并且其中许多人在政治经济上仍然同时是封建官僚和封建地主。以后它虽然逐渐同地主阶级发生着缓慢的分体现象，但在它发生和发展的整个历史阶段，都没有最终割断它与它的母体——地主阶级联系的脐带。它没有西欧资产阶级那么强烈的自由、民主、平等的思想观念，因为在它的成长过程中所需要的自由、民主和平等的量较小，而它所接受的地主阶级思想的遗传因子又相当多，它一开始便在落后的、贫穷的中国跻身于上等人的行列，广大人民群众与它较少有共同的利益。假若具体到辛亥革命之前，这种情况则更有些严重。中国民族资产阶级取得较大的独立发展，是在 1914—1918 年帝国主义忙于第一次世界大战的空隙，在辛亥革命之前，地主阶级和资产阶级的分体过程还处于初级阶段，二者的面目虽非而实体相连。我们完全可以说，不论就它的经济发展的程度，还是就它的政治、思想的发展程度而言，它都没有可能发动和领导一场反封建的民主主义革命运动。那么，这场革命是谁发动和领导的呢？是向西方寻找救国救民真理的先进知识分子！

辛亥革命是资产阶级领导的，这是一个颠扑不破的正确命题。但当我们具体理解它时，却绝不能像理解西欧资产阶级革命那样，把它想象为中国产业资产阶级革命性成熟到一定程度的标志，是这个阶级整个阶级的愿望和要求。不是的！我们说它是资产阶级领导的，是资产阶级性质的，其主要含义是说它的纲领是资产阶级性质的，它的指导思想是资产阶级的政治学说，它反映了中国产业资产阶级的根本利益和长远利益，其真正成功后建立的政权是资产阶级性质的政权，这个政权有利于中国资本主义工商业的发展，因而它也是世界资产阶级革命的一部分，但不能把它理解为是中国产业资本家阶级发动的。实际上，它主要是当时先进知识分子向西方寻找救国救民真理的结果。这些先进知识分子仍然属于资产阶级范畴的知识分子，他们当时找到的仍是西方资产阶级的政治学说，但他们与中国资本家阶级有着很大的相对独立性。在西欧资产阶级革命中，资产阶级知识分子也起了很大作用，但他们是由本国资本家阶级养育出来的，是吃着它的奶汁长大的，是由本国资本主义工商业的发展以及由此发生的社会生产方式、生活方式的变化培养而成的。而中国这些先进的知识分子，多数是与资本家阶级同时从地主阶级中分化出来的，他们与其说诞生于资本家阶级夺取政权的愿望中，不如说诞生于中国人民救亡图存的爱国热情中。他们一降生，便被寄养在西方资产阶级上升时期所建立的政治革命学说的"乳母"那里，是吃着它的奶汁长大的。这当然也与中国已有了初步的资本主义工商业的发展有关，但他们革命性的增长，却不是由于他们与中国资本家阶级的发展程度更相契合，而是由于与它的发展更不相契合。这些知识分子从中国资本家的具体经济利益中摆脱出来，更多从整个国家的独立富强出发，才有可能走向政治夺权的道路。总之，发动和领导辛亥革命的那些民主主义革命者，与中国实业资本家阶级的联系，较之西欧的同类关系，要松散得多，假若说西欧以彼此的高度统一性为特征，中国则以二者的分离性为特征。

假若我们把这些先进知识分子与中国实业资本家阶级相对地区别开来，我们便再也不会仅仅依照毛泽东同志对中国资产阶级的经济状况以及与之相联系的政治态度的分析来硬性衡量鲁迅笔下的有关人物了。他笔下的这类人物，可以说看不到与中国资本家阶级在政治关系和经济关系上的外部联系，这不是鲁迅的局限性之所在，而是他的严格现实性之所在。这些知识分子，为了救国救民，接受了西方资产阶级的政治学说，并向封建的政治制度发动了革命的攻势。他们也有软弱的一面，但整个中国资本家阶级的软弱性是由自身经济地位的不稳定造成的；他们也有革命不彻底的一面，但中国资本家阶级革命的不彻底性，是由他们在经济上与封建地主阶级、帝国主义的联系决定的，在当时历史条件下不可能将资产阶级民主革命进行到底，所以他们表现出来的革命不彻底性又是与他们自身彻底摧毁中国的封建政治制度、建设独立富强的新中国、彻底完成民主革命的主观愿望结合在一起的。他们也有脱离广大工农群众的一面，但中国资本家阶级的脱离广大工农群众，是由他们与工农群众政治、经济利益的对立造成的，而他们的脱离广大工农群众，则是由于当时中国还没有一个广泛的思想启蒙运动，广大社会群众还缺乏起码的现代民主观念，而面临帝国主义侵略、急于救亡图存、推翻腐败的清政府，他们还没有也不可能有广大的群众基础，所以他们的脱离群众又是与他们希望群众觉醒、希望得到群众支持的主观愿望并存的。他们当时的政治理想还是建立资产阶级的民主共和国，但他们这种理想绝非为了让资本家阶级赚取更多的利润，而是为了反帝救国，所以中国资本家阶级的政治局限性产生于本阶级的经济利益，而他们政治上的局限性只是因为他们还不可能认识到西方资产阶级政治学说在中国特殊的历史条件下对于现代中国的救亡图存是不中用的。而在本质上，他们是可以随着历史的发展走上新民主主义革命道路的，因为要达到他们所追求的救中国的目的，新民主主义革命道路才是唯一有效的道路。因此，他们当时的阶级局限性又是与他们自身发展前景的无限性结合在一起的。

不难看到，我们在分析为辛亥革命献身的旧民主主义革命者的历史地位和基本品貌的同时，也是在分析鲁迅笔下的这类人物形象。夏瑜是这类人物的代表。鲁迅赋予了这个人物以最高的政治尊崇感。在这个人物的个人品质中，我们找不到中国资产阶级革命动摇性的影子，他在监狱里仍然坚持斗争，宁死不屈，最后为革命献出了自己年轻的生命；在这个人物的个人品质中，我们找不到中国资产阶级革命不彻底性的影子，他公开宣称"这大清的天下是我们大家的"；在这个人物的个人品质中，我们也找不到中国资产阶级害怕群众、不敢发动群众的影子。他悲叹群众的不觉悟，运用一切机会启发群众觉醒。狱卒打了他，他反而认为他可怜，是愚昧落后的表现。鲁迅不是企图把一个革命者降低到愚昧群众的思想高度，而是希望愚昧群众提高到一个革命者的思想高度。鲁迅认为群众理解夏瑜，就是理解革命；同情他，就是同情革命。这种表现是完全正确的。

显而易见，中国社会思想改造的必要性，并不主要表现在夏瑜这类民主主义革命者自身。假若当时绝大多数社会群众都具有夏瑜的思想觉悟，辛亥革命是不会半路夭折的。所以鲁迅并没有把夏瑜这类革命者的形象，放在自己艺术画面的中心位置。鲁迅所着重描写的，是他们的具体处境，是他们活动的社会背景，因为他们悲剧命运的原因，亦即辛亥革命失败的原因，不在这些人物自身，而在他们所处的社会思想环境。我们说鲁迅是从思想革命对政治革命的制约作用来表现辛亥革命失败的教训的，实际上也就是说他是从这些知识分子在中国的具体思想处境来表现辛亥革命的失败的。

中国社会思想的落后性是怎样扼杀这些民主主义革命者的革命理想、怎样扼杀辛亥革命的呢？这些革命者在当时的中国人数极少，他们为了发动和领导一次革命，就不得不利用更多人的单纯反帝爱国情绪，而这种反帝爱国热情又常常是与反清复明的民族情绪结合在一起的。《阿Q正传》中写的革命党"个个白盔白甲：穿着崇正皇帝的素"，真实地反映了民族情绪在革命军中的强大势力。这部分人在思想上仍是封建主义的，但他们参加了辛亥革命，在当时也起了进步作用。甚至对这部分人，鲁迅也只是在小说的背景上略有提及，并没有把辛亥革命失败的原因主要归结到他们身上。可是，我们也可以想象得到，一旦推翻了清朝封建政权，面对中国庞大的政权机构，面对整个社会思想的落后状况，那些真诚的民主主义革命者不但会立即落入这些封建复古主义"革命者"的思想包围，并且所有这两部分人还要受到像蝗群般纷纷倒戈过来的封建地主官僚的包围。不与他们达成更大的妥协，他们便无法维持这个政权。也就是在这个时候，辛亥革命的上层集团，从床底下拉出来一个黎元洪，从《阿Q正传》中的未庄的钱府里，走出来一个"假洋鬼子"，他们都充当了革命势力向封建势力达成更大妥协的中介人。鲁迅特地让"假洋鬼子"与他的"洪哥"攀亲拉故，难道不是暗示了他们之间的内在本质联系吗？

我认为，迄今为止，我们对"假洋鬼子"这个人物典型重视得还是不够。在《呐喊》和《彷徨》的全部篇章中，他是一个极其特殊的人物。他之所以出现在《阿Q正传》中，而不出现在鲁迅的其他小说中，是因为鲁迅认为他与辛亥革命的失败有着必然的不可分割的联系。历史注定了他与他的同类们将成为封建阶级末代政治统治的代理人。为了适应时世，他到城里进了"洋学堂"，后来又留学"东洋"，但他没有放弃地主阶级的思想立场，没有接受"科学和民主""自由和平等"等新思想的洗礼，其目的只是从外国回来"做大官"，传地主阶级之种，接封建主义之代。但不幸被进步学生灌醉了酒剪了辫子，如丧考妣，半年后跑回国来，弄得老娘"大哭了十几场"，老婆"跳了三回井"，只好装上假辫子，准备留长头发，再出仕。但就是这样一个人物，辛亥革命一来，便成了未庄"革命"的首领，执了未庄政局的牛耳。

应当说，在当时的情况下，"假洋鬼子"之成为未庄的"革命"代表，不但是势所必然，而且也是理所必至。他反对过革命，敌视过"剪辫党"，但他到底已经不仅仅会"之乎者也"，而且会说"Yes、No"了，并且不论缘由如何，头上到底早就少了一条辫子。在他这里，我们可以感知鲁迅当时内心的深沉的悲哀：在广大群众没有普遍的思想觉醒之时，"革命"的大权势必会首先落入这种外新内旧的"假洋鬼子"们手里，因为他们到底比别人还虚有一个外形新的空招牌。也就是说，是中国社会思想的沉滞落后状态，为"假洋鬼子"混充"革命"首领提供了有利条件，并经由他的手扼杀了整个革命事业。

"革命政权"一经操在"假洋鬼子"的手中，这个革命的失败也就在所难免了。他的第一步便是为地主阶级的同伙大开绿灯。虽然赵秀才与他历来"不相能"，但革命一来，他们便谈得很投机，立刻成了情投意合的同志，"也相约去革命"，但拖着辫子的赵秀才当然是不便于进城的，他也便历史地成了赵秀才与"革命政府"的沟通桥梁，为赵秀才从城里取来一块"银桃子"，地主赵太爷家也便骤然大阔，革命前的威势未减，反有日增之势。他的第二步便是不准阿Q革命，因为在他的地主封建阶级的本能意识里，不会觉得阿Q这样的穷小子还会有"革命"的资格，更莫提阿Q心心念念地想从地主家里往自己的土谷祠中搬东西了。所以，"阿Q当时的所谓革命，不过是想跟别人一样拿点东西而已。可是，这样的革命假洋鬼子也还是不准"①。只准地主阶级"革命"，不准贫苦群众"革

---

① 毛泽东：《论十大关系》。

命"，这种"革命"还会落得一个什么结果呢？所以他们一取下尼姑庵里那块"皇帝万岁万万岁"的龙牌，也便万事大吉。再有——便是有更多的人盘起了辫子。值得注意的是，在这个过程中，是没有阶级与阶级的政治斗争的，"假洋鬼子"很轻易地便因自己少了一条辫子取得了当然的"领袖"地位，阿Q也不能不认为他就是"革命"的代表。其后的发展，只是按照"假洋鬼子"的思想观念安排未庄社会的问题。"政治"还仅仅是"假洋鬼子"的政治，"斗争"是未曾有过的。

除了"假洋鬼子"外，还有一个赵太爷。他仍然是一个中国封建制度下的纯种地主，革命初起时，他也曾有过一场虚惊，但也很快便转忧为喜，稳住了阵脚。可以说，他自始至终也未曾与"革命党"进行过"刀对刀、枪对枪"的较量。他之依然居于"社会主人"的地位，靠的完全是固有的思想"权威"。社会群众既然连"自由"这个词也还不知不晓，而把"自由党"误为"柿油党"，既然他们依然以封建的等级观念权衡人的价值，赵太爷的地位便不会动摇。

这里重要的还有一个阿Q。在未庄这种特有的情势下，阿Q之成为"革命"的第一批祭品，是必然的。他之受到鲁迅的最高度重视，就在于恰恰是他最能广泛地反映当时社会群众的思想状况。就他的地位和处境而言，他是最应该理解革命、理解革命党的，他是最应该争取民主、争取自由的，但假若连他也没有民主、平等的要求，辛亥革命也便毫无成功的希望了。《阿Q正传》的深刻之处恰恰在于，它是把阿Q视作辛亥革命之所以失败的最关键的因素的。由于阿Q的不觉悟，"假洋鬼子"才得以以一点外形的新攫取了未庄"革命"的领导权，赵太爷才得以保持着自己的固有社会地位，与此同时，鲁迅还异常明确地表现了，即使阿Q成了"革命"政权的领导者，辛亥革命依然毫无胜利的希望，他将以自己为核心重新组织起一个新的未庄封建等级结构。鲁迅常说："我觉得革命以前，我是做奴隶；革命以后不多久，就受了奴隶的骗，变成他们的奴隶了。"①这里所说的骗人的"奴隶"，实际便是阿Q式的"革命党"。革命前，他们是奴隶；革命后，他们执掌了政权，因为其思想观念仍是封建帝王思想，毫无现代民主、平等思想，便把群众当成自己的奴隶任意驱使。辛亥革命之后的统治政权，就其实质而言，可说是赵太爷掌权；就其形式而言，可说是"假洋鬼子"掌权；就其变化而言，又可说是阿Q掌权。前者代表了"革命"前后的封建性质的恒定性、持续性；中者代表了"革命"后政权形式之新与政权实质之旧的统一；后者反映了"革命"后掌权者可能发生的某些变动。所以鲁迅有时也称之为"阿Q"掌权。

总之，鲁迅在《阿Q正传》中，把辛亥革命放在以阿Q为主的所有三种思想势力的社会背景上做了生动的描绘，从而雄辩地证明了，这三种思想势力没有一种可以将辛亥革命引导到胜利的坦途，没有一种可以将那极少数的民主主义革命者的理想贯彻下去，所以辛亥革命的失败是不可避免的。

鲁迅关于辛亥革命描写的实质意义是什么呢？它告诉我们：辛亥革命是在封建思想还弥漫在中国社会各个角落，在中国还没有一个全民性的深刻思想革命运动的情况下，发生的一次政权更替、名目翻新的革命运动，它遭到了惨重的失败。鲁迅所试图证明的是：中国需要一次深刻的、广泛的思想革命，政治革命若不伴随着深刻的思想革命，必将与辛亥革命一样半途流产。

三

《呐喊》和《彷徨》不但尖锐地提出了中国必须有一个深刻的思想革命运动的问题，而且形象地回答了这个革命的一系列主要问题。

中国当时政治革命的对象是帝国主义和封建主义，假若我们简单地

----

① 鲁迅：《华盖集·忽然想到(三)》。

把鲁迅小说与中国当时政治革命做直接的类比，很容易发现其中根本没有明确的反帝主题。而假若我们以政治革命的任务要求《呐喊》和《彷徨》，无论我们怎样为鲁迅辩白，都不能根本洗刷掉使人们感到《呐喊》和《彷徨》的思想意义和时代意义残缺不全、半身瘫痪的印象。但是，如果我们从中国当时思想革命的角度考虑问题，它就会以一种迥然不同的面貌呈现在我们面前。它异常分明地启示了我们，中国当时思想革命的对象，与政治革命的对象，有着不尽相同的内容。

鸦片战争之后，中国逐渐沦为半殖民地半封建国家。中国人民的反帝斗争不仅是维护中华民族基本生存权利的关键任务，而且是摧毁国内封建主义统治的必要前提。

当时中国思想革命的主要对象，则与政治革命有所不同。在当时，资产阶级思想不但不足以构成思想革命的重点对象，而且在反封建的思想斗争中，还是一个必不可少的积极力量。至于帝国主义在华的奴化宣传，与中国几千年的封建传统观念相比，其影响是微乎其微的，并且一般与中国封建思想和迷信思想相结合，通过它们而施加影响，所以它当时也构不成一支独立的、强大的反动思想力量。帝国主义对中国广大人民群众的思想控制力量则不但远远不如它的政治、军事、经济的物质控制力量，而且也根本无法与中国封建思想的巨大控制力量相比拟。所以，在五四时期的中国思想革命，主要还是一场反对封建主义的思想革命运动。"五四运动所进行的文化革命则是彻底地反对封建文化的运动。"①

我们不但不应当把当时政治革命的任务同思想革命的任务简单地等同起来，而且还应当注意到它们在外部表现上所可能出现的"逆差"现象。当时中国与世界各国的政治联系和经济联系，主要还是国家与国家间的联系，是通过政府、通过各国统治集团实现的，而在这个范围中，中国作为一个被侵略、被压迫的半殖民地半封建国家，反对帝国主义的

---

① 毛泽东：《新民主主义论》。

政治压迫和经济压迫当然便是政治革命的主要任务了。但在思想革命中情况则大不相同。当时中国人民的反帝政治斗争是与先进人士向外国寻找救国救民真理的过程同时进行的，是与加强中国人民与世界人民的思想文化联系的历史需要同时存在的。在思想文化科学的国际联系中，占主导地位的不是统治集团与统治集团间的交往，而是人民与人民、文化与文化之间的交往。在这种关系中，占主导地位的不是外国的文化侵略，而是如何大胆地、积极地吸收全人类所创造的全部文化财富，特别是西方文艺复兴时期以来在反封建斗争中所建立的资产阶级民主主义思想成果和科学成果的问题。在这里，主要的危险不是开放主义，而是盲目排外主义。封建性是与封闭性并生并存的，狭隘的农业经济长期在一个封闭的生产体系中进行着，狭隘的封建观念同时也是一种排他性的封闭性的思想观念。在几千年间的中国封建历史上，中国基本上只是在封闭状态中自行发展着，当时有限的国际联系，最多只是同质间的封建联系，更大量的则是与相对落后民族的交往。这样，盲目的民族自大主义和盲目的排外主义，便构成了中国封建社会意识形态的主要特征之一，这在中国突然被外国帝国主义的侵略打开了闭关锁国的大门、面向世界的时候，便异常突出地表现出来。而不彻底破坏中国封建主义的封闭性，便无法摧毁中国的封建制度。开放性是促使中国封建主义解体的最基本条件。所以，反对盲目排外主义、建立中国人民的世界观念、扩大中国人民的思维空间、破坏思想意识的狭隘性和封闭性、加强与他民族间的平等意识、树立主动积极地向世界各民族学习的思想精神品格，是当时思想革命在外部表现上与当时反对帝国主义政治任务存在着"逆差"的一种重要任务。

我们看到，鲁迅从政治革命的追求向思想革命的追求的主要追求方向的过渡，同时也伴随着由直接反帝的号召向反对排外主义思想的主要致力目标的转变。在留日初期，他译述了《斯巴达之魂》，其主旨在宣扬民族精神。在该小说的译者小序中，他写道："我今掇其逸事，贻我青年。呜呼！世有不甘自下于巾帼之男子乎？必有掷笔而起者矣。"①在《中国地质略论》中，他哀叹着"强种鳞鳞，蔓我四周，伸手如箕，垂涎成雨"的状况，并向中国人民发出了激情的呼吁："中国者，中国人之中国。可容外族之研究，不容外族之探捡；可容外族之赞叹，不容外族之觊觎者也"②。在《摩罗诗力说》中，他对"头戴花布裹头去助希腊独立"的拜伦，对反抗异族统治的"波兰的复仇诗人"密茨凯维支，对"匈牙利的爱国诗人"裴多菲，对为祖国献身的德国青年诗人台陀·开纳，都做了热情赞扬。其注目点都在于鼓动中国人民反帝爱国的政治热情。但在其后，鲁迅的注目点逐渐发生了转移。

在《呐喊》和《彷徨》里，鲁迅没有直接描写当时的反帝斗争，反而着重鞭挞了盲目排外主义的思想。他深刻表现了，盲目的排外主义导向的不是对帝国主义侵略的奋勇反抗，而是对社会改革者的无情摧残，对封建传统思想和封建制度的有力维护。《头发的故事》中的N先生，穿着西服，废了假辫，在街上一路走去，"一路便是笑骂的声音，有的还跟在后面骂：'这冒失鬼！''假洋鬼子！'"在这里，"假洋鬼子"成了人们残酷迫害改革者的借口，一经被扣上这顶帽子，人们也便可以任意笑骂、任意痛斥、任意摧残，封建秩序在这种对改革者的嬉笑怒骂中得到了有力的维护。但是，这种盲目排外主义思想，又是与封建的奴隶主义结合在一起的。对弱者的蹂躏同对强者的屈服并行不悖地在这两种思想中贯穿着。不难想象，以奴性为基础的盲目排外主义者，同时也必然是在帝国主义强权面前屈膝投降的奴才。所以N先生继之提起这样一件事实：

我在留学的时候，曾经看见日报上登载一个游历南洋和中国的本多博士的事；这位博士是不懂中国和马来语的，人问他，你不懂话，怎么走路呢？他拿起手杖来说，这便是他们的话，他们都懂！

---

① 鲁迅：《集外集·斯巴达之魂》。
② 鲁迅：《集外集拾遗补编·中国地质略论》。

在分析《阿Q正传》的时候，我们常常赞赏地提到阿Q对"假洋鬼子"的厌恶，似乎这是他的阶级立场的自然表现。实际上，鲁迅主要表现的是他的盲目排外主义思想。他厌恶"假洋鬼子"不在于"假洋鬼子"是封建地主阶级的"孝子贤孙"，而在于他被剪了辫子。鲁迅写道："阿Q尤其'深恶而痛绝之'的，是他的一条假辫子。辫子而至于假，就是没有了做人的资格；他的老婆不跳第四回井，也不是好女人。"我们不能肯定阿Q这种排外主义思想表现。值得注意的是，鲁迅接着表现了阿Q的怯弱，当"假洋鬼子"举起哭丧棒向他打来的时候，阿Q毫无反抗的表示，只是"抽紧筋骨，耸了肩膀等候着"，并极力分辩说不是骂"假洋鬼子"，而是骂的一个比他更弱小、无力反抗的孩子。所以，阿Q骂钱大少爷为"假洋鬼子""里通外国的人"，丝毫不说明他的阶级立场或爱国主义，而只是表现了他的盲目排外主义。

鲁迅写作《呐喊》和《彷徨》的历史时期，是中国急需扩大与世界的国际联系而社会生活中尚极少反映着这种联系的历史时期，现实生活自身的封闭性与鲁迅思想的开放性，使鲁迅只能着眼于中国社会思想自身的狭隘性和落后性的描写，但他也常常利用这种描写暗示出这种封建意识在对外联系中所表现着的特征来。鲁迅曾写到阿Q对城里和对未庄的两种态度，他进过几次城，因而很自负，但又很鄙薄城里人。三尺长三寸宽的木板做成的凳子，未庄叫长凳，他也叫长凳，于是他认为城里人叫条凳便是错的、可笑的；油煎大头鱼，未庄都加上半寸长的葱叶，城里人是加上切细的葱丝，他认为城里人也是错的、可笑的。但他同时又嘲笑未庄人没有见过城里的煎鱼。鲁迅的这种描写，实质上也表现了一个缺乏个性意识的人，一个不承认个性、不承认差异、仅以自己的是非为是非的人，将会如何对待外来事物。把本民族的一切绝对化，嘲笑一切与本民族不同的他民族的事物，盲目自尊自大，是在这种意识支配下的必然表现。但在同时，他们也可以以外来事物自炫，作为傲视同类、歧视他人的工具。

综合这一节的意思，我们可以看出，《呐喊》和《彷徨》的实际描写，生动体现了我国五四反封建思想革命的主要对象只有一个，亦即反对统治中国两千余年的封建传统思想观念，而破除它的狭隘性和封闭性、反对盲目的排外主义、扩大中国人民的思维空间、建立现代的世界观念，则是现代中国社会思想发展的重要任务之一。

四

当时中国的思想革命不但在主要对象上有与政治革命不尽相同的地方，而且两者的具体任务也有迥然不同的历史规定。作为政治革命，主要对象和主要任务一般是一致的。但作为思想革命，二者则并不完全契合。当时中国的思想革命，主要对象是封建主义思想，但它的主要任务并不是改造这种思想的制定者、倡导者和自觉维护者——封建地主阶级统治者。中国反封建思想革命的主要任务，始终是清除封建思想在广大人民群众中的广泛社会影响。这虽然是一个极其浅显的道理，但对于分析研究《呐喊》和《彷徨》，却有着十分重要的意义。

作为一个杰出的讽刺大师，除了像《肥皂》《高老夫子》等少数篇章外，鲁迅极少像果戈理一样，把封建地主阶级的代表人物作为小说的主人公进行正面的讽刺和挞伐。一般说来，他总是把自己在政治上完全否定的人物放在小说的背景上，用极精简的笔墨，粗线条地勾勒出他们的丑恶面目，其性格多属于扁平形，其典型性多偏于类型化，实质上，他们主要作为小说主人公的生活环境的一个重要侧面而活动在小说中。鲁迅所孜孜不倦地反复表现着的，是不觉悟群众和下层知识分子。这表明鲁迅始终不渝地关怀着广大人民群众的思想觉醒，并把它当作自己文艺创作的唯一神圣任务。人们常常责备鲁迅过多地注视着人民群众思想中的落后面，并认为这是鲁迅前期小说的主要局限性之所在。我的看法恰恰相反，我认为鲁迅小说的最大优长就在于他充分表现了封建传统思想意识在广大群众中的根深蒂固的广泛影响，这是它们的强大思想生命力和艺术生命力的基本源泉，因为鲁迅致力的这个目标，恰恰是中国反封建思想革命所应当、所必须致力的目标，而没有一个现代作家，在这方面足以和鲁迅的伟大贡献相比拼。试想，假若鲁迅真的没有了我们所说的这种"局限性"，《呐喊》和《彷徨》是否还会达到现有的思想成就和艺术成就，不就是颇值得怀疑的吗？假若他稍微低估了封建社会意识在广大群众中的深远影响，《阿Q正传》这个最光辉的艺术篇章能否出现在鲁迅手下，不也是颇难断定的吗？

　　构成《呐喊》和《彷徨》中不觉悟群众典型形象的根本特征是什么呢？就是作为政治地位和经济地位的人与作为思想观念上的人的不合理的分离，封建思想观念对他们的思想束缚则是这种不合理分离的根本原因。正是这种不合理分离的状况，使我们对阿Q的典型形象产生了各种不同的看法。有的根据阿Q的思想观念，把他当作超阶级的国民性弱点的具象化，或曰中华民族"乏"的方面的典型人物。有的甚至认为他主要概括了中国反动统治阶级的可笑特征。有的则根据其阶级地位，把他当作农民阶级的典型。我认为，我们应当在统一性中把握他的分离特征，又要在其分离性特征中看到他的统一性。他的统一性就在于"愚昧""不觉悟"，所以这个就其阶级地位而言是被压迫、被剥削者的阿Q，才拥有大量与自身长远利益和根本利益相矛盾的封建思想观念。这些思想观念，在不同阶级的人中出现是并不奇怪的，在某些方面甚或表现得更为突出、更为强烈，因此《阿Q正传》对反动统治阶级的代表人物也有间接的讽刺作用，对普遍存在于社会各阶层的相类似的可笑思想观念，也是有力的针砭，对于这一点，我们还将在讨论阿Q典型的历史概括的长远性和现实概括的广延性的特征时具体分析。但作为阿Q的阶级地位，他又不是超阶级的，而是一个标准的"上无片瓦、下无插针之地"的雇农。作为一个完整的艺术形象，当我们对他做一个相对稳定的概括时，他的根本特征既不能认为只是他的"精神胜利法"等思想概念，又不能认为只是他的受剥削、受压迫的阶级地位，而是这两者的怪诞的、不合理的而又是必然的、历史的特定结合。可以说，阿Q是一个超越阶级界限的思想意识特征与严格阶级性的政治经济地位特征的同构体，这二者的同构形成了他喜剧性与悲剧性的同构，从他的思想观念的角度视之，他主要呈现出喜剧性的形象；从他的悲惨的阶级地位及命运的角度视之，他主要呈现出悲剧性的形象，但任何一方，都无法单独构成他的喜剧性，也无法单独构成他的悲剧性，而失去了这二者及二者的结合，我们也就根本失去了阿 Q。所以，他应当主要是不觉悟群众的典型形象，其他所有典型意义，都是从这个主体意义上辐射出去的。他的基本特征，也正是所有不觉悟群众必备的根本特征。

不觉悟群众这种阶级地位与思想观念两相分离的特征，导致了他们作为一定社会地位的人与作为思想力量的人的严重对立。

> 他们——也有给知县打枷过的，也有给绅士掌过嘴的，也有衙役占了他妻子的，也有老子娘被债主逼死的；他们那时候的脸色，全没有昨天这么怕，也没有这么凶。①

假若我们承认鲁迅笔下不觉悟群众的根本标志，是还受到封建思想观念的控制，假若我们又承认封建思想观念是一种"吃人"的思想观念，我们就不应当否认上述鲁迅这段话的本质真实性。而这种思想观念从社会各个角落里蒸发出来，汇聚在一起，便形成了封建主义的社会舆论。

封建地主阶级对劳动群众的政治压迫，主要借助于封建政权的力量来实施；封建地主阶级对农民阶级的经济剥削，主要借助于生产资料特别是土地的占有进行。在这两种关系中，都主要表现在封建地主阶级与被压迫、被剥削者的直接关系中，即使其中充塞着像地主统治者的仆役、走卒一类中间环节，他们背后的统治者与他们的从属关系仍然是异常明显、十分清楚的。但封建思想的力量，却带有大得多的曲折性和复杂性，只有当它转化为社会广大群众的思想，亦即转化为社会思想舆论

---

① 鲁迅：《呐喊·狂人日记》。

的主要力量时，它才能实施对整个社会的控制。否则，封建思想的控制便不复存在，所余者仅是以封建政治统治力量维护着的表面的思想统一。因此，要表现封建思想的"吃人"力量，必须重视社会舆论的性质和动向。不难看到，自觉地、明确地重视社会舆论的描写，是鲁迅小说区别于其他作家作品的一个重要特征。很少有人会像鲁迅那样，反复地、不倦地揭示当时社会舆论力量的封建愚昧性质，表现它对"小人物"和进步知识分子的思想命运的窒息作用和扼杀作用。在《孔乙己》《药》《头发的故事》《祝福》《长明灯》《孤独者》中，代替封建统治者直接向悲剧主人公扑来的，几乎都是这种笼罩一切的舆论力量。对其中的某些具体人物，鲁迅的感情态度是有差别的，但当这种舆论力量一旦从具体人物中抽象出来，成为社会的一种异化力量时，鲁迅则显然怀着异常沉重的感觉予以深沉、决绝的否定。我们时刻可以感到他在向这种力量做着坚韧的搏击。鲁迅在这种从社会各个角落里蒸发出来的封建思想势力中，具体而又深切地感到了封建思想在社会上的根深蒂固的影响，而改变它的封建主义的反动性质和消极性质，则是他致力的主要目标之一。

五

鲁迅的第一篇白话小说《狂人日记》，没有承袭晚清谴责小说的传统，集中暴露官场的丑行和政治的腐败，也没有像梁启超的《新中国未来记》等晚清政治小说一样，重点宣传新的政治理想。这说明鲁迅从创作白话小说一开始，便不是直接从政治革命的角度，而是从思想革命的角度提出反封建的问题的。《狂人日记》对封建主义的抨击，不集中于它的政权形式，不着眼于政治状况，而将重心放在这种制度所赖以存在的思想支柱上。

世界各国的封建制度，都是以严格的等级制为其特征的，封建的等级观念构成了封建社会思想意识形态的总基础和总纽带。以中国儒家思想为主体的中国封建思想体系，有与西欧中世纪宗教神学共同的思想本质，但又有其鲜明的"民族特点"。在具体的历史发展中，中国儒家虽然也经常与佛道等宗教的思想相结合（这在鲁迅小说中也有表现），但由"不语怪力乱神"①的孔子奠基的儒家思想，最终仍然不像西欧宗教神学那样，以对神的顺从维护对人的顺从，以虚幻的现实控制真实的人间现实。它更多地把重点放在现实世界上，适应狭小的农业自然经济的需要，形成了一整套调整人与人关系的伦理道德规范。这种以"修身、齐家"为基础达到"治国、平天下"目的的封建学说，以封建正常秩序下的长幼尊卑为主要内容，把全社会的人固定在封建关系的地位各不相等的网络上，用以维护现存的封建秩序。《呐喊》和《彷徨》的艺术描写，生动地体现了中国反封建思想革命的特点。他以犀利的解剖刀，透过一幅幅似乎平静安详的田园诗般的社会图景，揭示了封建等级观念以及在此基础上建立起来的封建伦理道德观念"杀人、吃人"的残酷本质，揭露了由这种道德造成的习惯性的虚伪以及它们的保守性、落后性、陈腐性，剥去了罩在这些观念上面的神圣的灵光。

当多数新文学作家对中国封建传统的揭露还停留在浅层次空间，还主要针对它的压制婚姻自由、实行家庭专制等有限的外部表现形式的时候，鲁迅却已经深入到它的深层内在本质中去了。鲁迅看到，封建传统伦理道德两千余年的长期贯彻，造成的不是个别的生活事例和部分的社会现象，而是沉潜在广大社会群众心理素质和思维方式中的慢性隐毒，是在自觉与不自觉中表现着关于人的价值观念的荒谬性。我们知道，封建的伦理道德是调整封建制度下人与人关系的行为规范，它不是以人的具体言行的真理性为准则的，不是以人的个性的价值为标准的，而必须以特定的等级关系为转移。这种长期的社会实践，使人们在与人的交往中首先要确定对方的地位，是在己之"上"呢，还是在己之"下"呢？是"尊者""贵者"呢，还是"卑者""贱者"呢？在这里，"上""下""尊贵""卑

---

① 《论语·述而》。

贱"都作为前提而存在着，不是一个人对对象的实际价值独立做出的价值判断。这样，一个人在封建社会中的等级地位便成了人们对他进行价值判断的首要标准。

这种荒谬的等级观念，支配着整个的社会舆论，也支配着封建社会各阶级、各阶层人物的思想言行。它具体表现在不同社会地位的人身上，各有其不同的表现形式和不尽相同的社会含义，但作为观念形态的基本性质，则是相同的。

《孔乙己》中似乎存在着两个互相平行的主题：一是由科举制度对孔乙己的思想毒害，揭露科举制度的罪恶；二是由咸亨酒店的酒客对孔乙己的残酷戏谑，表现封建关系的残酷实质。实际上，这两者都统一于一个更根本的主题意义，即暴露封建等级观念的极端残酷性。孔乙己穷到无以为生的地步，仍不肯脱下长衫。他轻视劳动，轻视劳动人民，极力维护着自己的"读书人"的体面，其思想根源都是封建的等级观念。封建科举制度对他的思想毒害，集中表现在这种思想观念上。与此同时，周围人对他进行残酷戏谑的内在心理根据，在于他实际沦落到了比他们更低的社会等级上，在于他的言行与他的实际卑贱地位的极端不协调性。在小说的背景上，鲁迅提到了一个丁举人，他分明代表着在科举制度中的得胜者，是通过科举制度的等级阶梯爬到了上等人的地位的人。人们对这一胜一负的两种读书人，其态度是截然两样的：

> ……"他总仍旧是偷。这一回，是自己发昏，竟偷到丁举人家里去了。他家的东西，偷得的么？""后来怎么样？""怎么样？先写服辩，后来是打，打了大半夜，再打折了腿。"……

孔乙己之所以被人歧视讯笑，正是因为他"连半个秀才也捞不到"。这种封建的等级观念，竟连只有十几岁的小孩子的思想意识中也严重存在着。当孔乙己要教"我"写字时，"我"便想"讨饭一样的人，也配考我么？"于是便"回过脸去，不再理会"。正是这种等级观念，将似乎对立的双方——孔乙己和周围群众——在思想性质上联系了起来，把两个似乎平行的主题扭结在了一起。孔乙己，在内外两面上，都是这种观念的牺牲品。从这个角度我们再重读《孔乙己》全文，便会发现它的思想内容上的高度统一性。第一个自然段它重点描写那个曲尺形的大柜台，它可以被视作封建等级观念的物质化，是凝固在物质环境中的封建等级观念，它分隔了长衫顾客和短衫顾客。第二个自然段写酒店掌柜对两种顾客的不同态度：对长衫顾客要殷勤招待，"我""样子太傻"，不适宜；对短衫顾客则要又瞒又骗，在酒里羼水，"我"也干不了。就是在这样的一种社会思想背景上，孔乙己要极力维持自己的长衫读书人的位置，周围人则以孔乙己的卑贱地位对他进行残酷的奚落。所以，《孔乙己》是封建等级观念的残酷性的见证。

"隽了秀才，上省去乡试，一径联捷上去，……绅士们既然千方百计的来攀亲，人们又都像看见神明似的敬畏""屋宇全新了，门口是旗竿和扁额，……"就是这种如火如炙的等级观念和向上爬的欲望，使《白光》中的陈士成疯致死。

"阿呀呀，你放了道台了，还说不阔？你现在有三房姨太太；出门便是八抬的大轿，还说不阔？……"这是封建等级制度在豆腐西施杨二嫂思想观念中的投影。也正是这种观念，在鲁迅和闰土真诚的友谊关系中吹进了凛冽的冷风。闰土一声"老爷"的唤声，在他们之间树起了一层厚障壁。（《故乡》）

《孤独者》中的魏连殳，曾想与封建的等级观念决裂，他不阿事权贵，同情落魄者，平等对待少年儿童和劳动群众，却遭到了以等级观念衡人待物的社会的冷遇。他最后的结局，实质上是宣布向这种社会观念投降，并利用它实现了个性主义的精神复仇。"我已经真的失败，——然而我胜利了。"在反对封建等级制度和等级观念的斗争中，在自己的思想追求和精神追求中，他"失败"了；在封建等级制的人与人的斗争中，他成了"师长的顾问"，成了"上等人"，对那些曾经歧视、鄙薄他的人，他施行了精神上的复仇，他"胜利"了。

封建等级观念的广泛社会影响，在《阿Q正传》中也得到了格外深刻的艺术表现。它在这方面的无比深刻之处，在于不仅广泛地描写了封建等级观念在封建社会的和平环境中的各种表现，而且表现了在封建社会的动荡过程中它是怎样得到贯彻的。地主赵太爷平时的作威作福，是在自己居于"上等人"地位上的表现，但在辛亥革命发生后，当阿Q有可能升到"上等人"的地位而自己有可能沦为"下等人"地位的时候，他的奴性本质马上表现了出来。"做主子时以一切别人为奴才，则有了主子，一定以奴才自命：这是天经地义，无可动摇的。"①阿Q在居于下等人地位时，奴性十足，但对比他更弱的小尼姑，他也极尽欺侮之能事。他的基本思想观念，同样是封建的等级观念，而在这种观念指导下的"革命"，必然是"取而代也"式的革命：

> 古时候，秦始皇帝很阔气，刘邦和项羽都看见了；邦说，"嗟乎！大丈夫当如此也！"羽说，"彼可取而代也！"羽要"取"什么呢？便是取邦所说的"如此"。"如此"的程度，虽有不同，可是谁也想取；被取的是"彼"，取的是"丈夫"。所有"彼"与"丈夫"的心中，便都是这"圣武"的产生所，受纳所。②

封建等级观念，是以承认封建等级制为前提的思想观念。在这种观念支配下，意欲改变自身卑贱地位的人，便必然只是想把自己提高到可以为所欲为的"上等人"的地位，把他所疾视的"上等人"踩到"下等人"的地位上去。取而代之，重新以自己为中心组织一个新的封建等级制的社会结构。所以在阿Q关于"革命"成功后的情景的遐想里，埋伏着革命的大危机、大灾难。因为他的那幅图画，是用封建等级观念描绘出来的。鲁迅向我们说明，在这种观念支配下的"革命"，将会用新的封建等级

---

① 《南腔北调集·谚语》。
② 《热风·随感录五十九"圣武"》。

制，代替旧的封建等级制，其结果只能是封建社会的改朝换代。"奴才做了主人，是决不肯废去'老爷'的称呼的，他的摆架子，恐怕比他的主人还十足，还可笑。"①与此同时，阿Q的悲剧命运，又是在封建等级观念维系着的社会上形成的。周围人对阿Q的欺侮、凌辱，"假洋鬼子"不准阿Q革命，都是建立在封建等级观念之上的。我们看到，阿Q自身地位的每一次变化，都带来了周围人对他态度的变化，他自说姓赵之后的反应，他从城里归来后的情景，他大叫革命之时的别人的态度，都是在他的地位向上波动时发生的。但他始终未曾爬出低贱的社会阶层，所以他的命运便不能不是悲剧性的。

中国的反封建思想革命，重点在于破除封建的等级观念——我认为，这便是鲁迅的结论。

六

假若说西欧中世纪封建思想统治的社会实施，主要依靠宗教机关的推行，那么，在没有统一的国教的中国封建社会里，家族制度便是封建思想统治的基础，封建礼教制度首先在这里实施，人的精神发展首先在这种环境中开始，它为整个社会的观念意识的形成制造了最初的基因。所以，封建儒家学说一向重视家族制度的推行，把封建的宗法关系作为国家政治关系的预演。鲁迅在《狂人日记》中，把"狂人"的大哥作为合谋吃掉"狂人"的始作俑者，并写到他曾吃掉自己的妹妹，所暗示的正是封建宗法关系的"吃人"本质。

但是，鲁迅在《呐喊》和《彷徨》中，重点揭露的还不是儒家家族制度的具体实施，而是它与封建礼教制度的长期实施所造成的思想后果。

中国传统的封建思想，同世界上其他国家的封建思想一样，是以禁

---

① 《二心集·上海文艺之一瞥》。

欲主义、抑情主义为主要特征的。表面看来，先秦儒家学说的创始人似乎并不否认人欲和人情，不像西欧宗教神学一样，主张原罪说，把人的感情和欲望作为一种罪恶的表现。儒家学术道德不把主要基础放在对来世天国的幻想中，而是放在现世的封建关系中，为了调整这种关系，就必须承认人的欲望和感情有一定程度的合理性。但是，这并不说明它的本质不是禁欲主义和抑情主义的。它对人欲和人的感情表现的承认，有一定限度，以不破坏封建礼教制度为前提。而在它的一整套烦琐的礼义要求下，人们必须经常压抑自己的自然欲求和真实感情。因而它所提出的修身要求，便是压抑欲望和感情的要求。鲁迅敏锐地感受到封建礼教对人的感情的强烈压抑，在《呐喊》和《彷徨》的艺术描写中反复做了细致的表现。《明天》中单四嫂子的沉重悲剧性，便在于她的痛苦、她的悲哀，是不能说，也不能诉的。她的儿子死了，人们关心的不是她的痛苦，而是一套烦琐的丧葬仪式：

> 下半天，棺木才合上盖：因为单四嫂子哭一回，看一回，总不肯死心塌地的盖上；幸亏王九妈等得不耐烦，气愤愤的跑上前，一把拖开他，才七手八脚的盖上了。
>
> 但单四嫂子待他的宝儿，实在已经尽了心，再没有什么缺陷。昨天烧过一串纸钱，上午又烧了四十九卷《大悲咒》；收敛的时候，给他穿上顶新的衣裳，平日喜欢的玩意儿，——一个泥人，两个小木碗，两个玻璃瓶，——都放在枕头旁边。后来王九妈掐着指头仔细推敲，也终于想不出一些什么缺陷。

人们只注视着礼仪规定，谁也不再关心人的感情、人的内心痛苦，因而逾越了这种规定的感情表现，人们便认为是不合理的，必须予以制止和压制。

鲁迅通过《呐喊》和《彷徨》的全部描写向我们说明，在封建社会人与人的关系中，凡是人的内心真实感情的自然流露，凡是不加虚饰的自然欲望的要求，都被周围的人视作可笑的举动，而那些虚饰性的言词和伪善的行为，反被认为是庄重的、知礼的。在《离婚》中，爱姑在七大人面前无所顾忌地说了几句话，便被丈夫抓住了把柄，谓之为不知礼法，反转来证明了爱姑的一向无理。

> "七大人看看，"默默地站在她后面的"小畜生"忽然说话了。"她在大人面前还是这样。那在家里是，简直闹得六畜不安。叫我爹是'老畜生'，叫我是口口声声'小畜生'，'逃生子'。"

爱姑可说是据理力争，转述了丈夫在家骂她的话，因其语言粗俗，无所遮拦，便一下惹恼了七大人。我们分明可以知道，爱姑的丈夫在家养婊子，骂爱姑，无所不为，但他在七大人面前却态度谨慎，说话和顺，一副知礼的样子，因而也便可以被视为好人。

我认为鲁迅在《呐喊》和《彷徨》里，实际描写了由情感压抑带来的四种主要精神病态表现。

第一，情感压抑向内的发展，首先造成了苦闷麻木，这是当时善良劳动群众的基本性格特征。单四嫂子丧子之后，哭诉无门，只默默咀嚼自己内心的精神痛苦；闰土"只是觉得苦，却又形容不出""苦得他象一个木偶人了"；祥林嫂向人诉说自己丧子的痛苦反被讥笑后，便只好把痛苦深深埋进自己的心底，鲁迅说死前的祥林嫂已经"消尽了先前悲哀的神色，仿佛是木刻似的"，是说长期的精神压抑已经使她的精神麻木，对痛苦已没有敏锐的感受。第二，情感压抑向内的发展，其恶性发作便是自我意识的完全丧失，便是对自己痛苦的漠然无觉。实际上，这是精神麻木的极端表现形式，是变形了的忍耐、凝固了的痛苦，其典型的表现是阿Q的"精神胜利法"。在《阿Q正传》里，鲁迅实际向我们真实地描写了他的"精神胜利法"的发展过程，这是伴随着周围人对他的感情表现的强行抑制逐步发展起来的，正是在感情抑制的逐步升级中，他的"精神胜利法"才不断由"低级"向"高级"发展，最后达到了登峰造极的地步。开始他受到侮弄，"不问有心与无心，阿Q便全疤通红的发起怒来，估量了对手，口讷的他便骂，气力小的他便打"，作为弱小者的阿Q，受了侮弄也不能不流露出不满的情绪，结果，他总是由此招来更严重的惩罚，此后再遇侮弄，便不再公开反抗，"大抵改为怒目而视了"。但这无言的感情表现也不得允许，仍然遭打，他就只好在心里骂一句"儿子打老子"。这已经不再是感情的表现，而只是感情的内在意识。这种意识也瞒不过人的眼睛，后来阿Q便采取自轻自贱主义，直至赢钱被抢，无可奈何，才发展到自己打自己的登峰造极的地步。所以，阿Q的"精神胜利法"，实质是自我感情的抑制法，是不得发泄的精神痛苦的自我排解法，是忍耐精神痛苦的"高级心理法术"。普遍的自我感情的压抑以及对封建礼教制度压抑感情表现的必要性的承认，在社会的交往中造成了普遍的感情交流的缺乏，在这种社会状态下，形成了感情压抑向内发展的两种精神病态的表现。这就是：第三，对别人精神痛苦的漠然无觉。由于长期缺乏感情的交流，长期压抑自己的感情表现，以致对自我痛苦已有麻木感，对别人的精神痛苦也便失去了必要的敏锐感觉。《药》中的华老栓，《祝福》中的短工等很多人物，都突出地显现着这种特征。第四，这种漠然态度的恶性发展，便形成了第四种也是最严重的精神病态：对弱者的精神摧残。表面看来，这是一种感情的表现方式，但这种表现却是转移了对象、转换了方向的感情宣泄，是在强者面前受到欺凌、不得表现而积郁起来的怨毒之气自觉或不自觉地向弱者、向比自己地位低下的人身上的恶性发作。在这里，我们有必要停下来分析一下《风波》这篇小说的思想内容。

在过去，我们一直把《风波》作为反映张勋复辟这一政治事件的小说，当然我们不能说它与张勋复辟毫无关系，但我们必须看到，它像《药》《阿Q正传》一样，是从社会意识形态的角度表现这一政治事件的。否则，我们便无法说明，这个复辟传到七斤一家吃饭的临河土场上，已成强弩之末，鲁迅何不正面反映这个历史的政治变动，而要到穷乡僻壤去寻找它的微末的残迹呢？实际上，这场"风波"的真正源头并不在新起的张勋复辟,而在两年前七斤喝醉了酒,骂过赵七爷是贱胎。七斤的这一举动,说明七斤与赵七爷早有嫌隙,但在重重的礼法人情的裹缠中,对赵七爷这样的体面人物,他是不能公开表露出来的。但不表露不等于这种感情便消失了,而是长期被压抑着,一旦喝醉了酒,意识的控制力松懈了,便不自觉地表现出来。值得注意的是,赵七爷得知后,也并没有马上报复。他在等什么呢?他是要等一个机会,使他能够既不失礼法人情,既不被周围人认为自己有失宽宏大度之心,又要达到个人报复的目的。这样,他默默地忍耐了两年,让怨恨之情在内心发着酵,让报复之心在压抑中储着力,因而使之变得阴狠异常,一旦得逞,便会无所不用其极。就在这时,张勋复辟的消息传来了,七斤又恰恰是被剪了辫子的,这给他提供了一个借刀杀人的大好机会。在过去我们一直把赵七爷当作张勋政治复辟势力的代表人物,这实在是太恭维了他。他何尝关心张勋复辟的成败呢?何尝关心国家政局的变动呢?他是连反动的政治热情也未曾有的。他关心的只是自己的面子和尊严——在礼教治国的中国封建社会所必不可少的面子和尊严。他与七斤之间的矛盾,也不是政治立场之间的矛盾,否则,他便不会问罪于七斤,因为他明明知道,七斤之没有了辫子,完全出于被动,丝毫不说明他的政治立场。我们还必须看到,即使在赵七爷进行报复的时候,也没有任何失礼的地方,他一路上彬彬有礼地点头,见了七斤一家也微笑着说"请请"。他报告的"皇帝坐了龙庭"的消息,似乎只是客观的报道,可说是蔼然可亲地在七斤一家的心口上捅了一刀子。自然赵七爷做得处处"得体",七斤和七斤嫂明知其非,也觉得无可指责,这时若对赵七爷发怒,人们不会责怪赵七爷,反会认为他们无理。他们只好哑巴吃黄连,有苦往肚子里咽。感情受到压抑,内心有着恼怒,只有宣泄才会减轻。在这时,七斤还找不到宣泄口,七斤嫂却可以宣泄在七斤身上,因为被剪了辫子的是七斤,家庭倘若被难是七斤的责任,在这时对他进行指责,可说是合理合法、有理有据、无可指责。从七斤嫂对七斤的埋怨谴责中,我们又可感到她平时对七斤是没有真诚的爱情联系的,她二人的婚姻仅仅是经济的实利的凑合，所以对于丈夫的被难，她首先想到的不是丈夫本人，而是他连累了一家子，是一家子都靠他养活。既然二人的心不相通，平时在生活中便有若干怨情恼意，只是没法得到正常表现，这时丈夫自然有"错"可究，也便不自觉地把惶急恼怒全部转移到了丈夫身上。七斤受到七斤嫂的埋怨谴责，立即感到当众被老婆抢白，有失自己的面子，这时面子感实际压倒了对未来的危难的感觉。但既然被妻子抓住了"理"，他的恼怒便也无法倾泻出来。还是八一嫂对他怀着真诚的同情，为他辩白了几句。可以说，在整个《风波》中，只有八一嫂这句话是自我感情的真诚流露，是对他人的真正的同情。但依照人们的人情礼义观念，八一嫂却是失礼的，因为她公开揭了七斤嫂的底，有违七斤嫂的体面。与此同时，封建礼教是依人的地位的高下而定的，爱姑在七大人面前大声大气地说话谓之失礼，众人嘲弄殴打阿Q便不谓之失礼，越是上等人越受到礼法的保护，越是低贱的人越是无遮无拦，人们可以随便戏弄、泄愤。八一嫂孤儿寡母二人，是无权无势的弱者，人们是不必碍于情面忍耐她的言行的。更有甚者，她怀里抱着两周岁的"遗腹子"，自己是有"把柄"可抓的，至少人们有理由怀疑她违犯了封建伦理道德的规定，对她也便更可以无所顾忌；而一个寡妇当众表示对一个男人的同情，也颇有失"分寸"，更何况当着这个男人的妻子的面。凡此种种，都使她势必成为七斤嫂泄愤的对象。尽管如此，七斤嫂还是顾到了"人情礼义"的，她没有正面对着八一嫂，而是指桑骂槐，可也正因为如此，八一嫂失去了为自己辩白的任何机会，否则，她便会被说成"做贼心虚""自己招供"，所以只好忍气吞声，默默离去。七斤嫂自然照顾了八一嫂的"情面"，不好正面骂她，女儿六斤也便成了当然的牺牲品，对自己的小孩子，七斤嫂是有自由处置的权利的，她不必顾及礼法情面，于是一筷子直扎下去，待六斤把碗摔破，七斤的怨怒之气也找到了宣泄的处所，一巴掌把六斤打倒。就这样，赵七爷的恶毒报复，七绕八缠，却让八一嫂和六斤这两个最弱者承担了最大的牺牲。除此之外，在九斤老太和七斤嫂之间，也潜行着怨恨。九斤老太骂六斤"败家相""立刻就要吃饭了，还吃炒豆子，吃穷了一家子"，明对六斤，实指七斤嫂，因为恰是七斤嫂给六斤的炒豆子；六斤躲在梧桐树后骂九斤老太"这老不死的"，分明也是七斤嫂暗中骂九斤老太的话。九斤老太埋怨六斤比伊的曾祖少了三斤，比伊的父亲又少了一斤，分明也应由七斤嫂负责，所以七斤嫂愤然辩解，怨气无处出，七斤一进门，便没好气地骂他"死尸""死到那里去了"，明骂丈夫，暗骂婆婆。在七斤将遭危难之时，村人平时对七斤的不满，都在心里活跃起来，对他没有同情，反而幸灾乐祸，我们看到，在《风波》的全部人与人的关系中，都蒙着一层礼法的外衣，但其中却潜行着怨毒和憎恨。赵七爷因七斤骂他一句贱胎，心中盼其死；村人因平时七斤"骄傲"，心中乐其死；七斤嫂因七斤可能连累全家，口中咒他死；九斤老太妒恨儿媳，儿媳暗恨明咒愿其死……封建礼教扼杀人欲、抑制情感的真诚表现，造成的不是人与人感情的融洽，而是彼此的怨恨、冷酷，所以鲁迅在小说的一开头描绘了一个形似"无忧无虑"的"田家乐"的场面，以与后面的描写相对照。封建礼教把人与人的关系冲淡了、浇冷了，人们成了散沙，国家也便听任那些政治野心家任意摆布，不论什么，他们都不必关心。所以，张勋复辟的政治大风波过去了，七斤一家与他们所在的地方的"风波"并未结束，矛盾埋伏下来，怨恨潜行着，只是等待着一个个爆发的触媒。封建礼教造成的人们的愚昧，麻木，自我意识的丧失，人与人之间感情的淡漠、冷酷，妇女、小儿等弱者遭受的精神的和肉体的摧残，在《风波》这个简单明了的生活场景中全部得到了深刻表现。

上述封建礼教制度给人们造成的四种精神创伤，是相互联系的，它们彼此连接，共同组成了封建的社会关系，并且叠叠相印、环环相扣，形成一条历史的循环链。一面是忍耐，另一面是无情的精神摧残。忍耐助长着摧残，摧残迫使着忍耐的加重。与此同时，忍耐又使怨恨加深，一旦转化为报复，其情也毒，其力也强。

封建礼教不但制造着冷酷，同时也制造着虚伪。因为只有掩饰自己的真实思想感情，才能做到处处合于封建的伦理道德规范。在这种制度下，人虚伪不下去，也便生存不下去。假若我们要问，《呐喊》和《彷徨》中所有悲剧主人公的共同特点是什么呢？我认为就是一条：较少虚伪。这些悲剧主人公，也并非全部人都不想虚伪，而是处在他们的政治地位和经济地位，他们已经无法虚伪下去。孔乙己也极力保持自己读书人的体面，但要生存，便不能不去偷，偷了东西一经被人发现，就再也虚伪不下去；阿Q也并非不想顾及自己的体面，但他的经济地位和政治地位使别人不会对他实行"为贤者讳"的原则，他头上有个癞疮疤，人们就来嘲笑、戏弄，想掩饰也掩饰不了。他三十岁尚未娶妻，既无父母，也便难遵"父母之命"，既然一贫如洗，也便难托"媒妁之言"，当面下跪已经有"调戏妇女"的嫌疑，无奈吴妈又认为阿Q这类的人向她求爱是对她的侮辱，大哭大闹，把阿Q的体面全都搞没了。总之，封建制度剥夺了下层群众的政治经济权利，同时也剥夺了他们"虚应"封建礼教规定的可能性，在以封建礼义为基本价值尺度待人接物的封建社会里，他们必然是受害最深的人，是被封建思想吞噬的主要对象。

在《呐喊》和《彷徨》里，作为个人品质，封建礼教制度的残酷、虚伪、陈腐的三位一体的主要特征，都在地主阶级统治者的人物形象中集中体现着。残酷，是封建意识形态的本质，是这种意识形态的社会性能；虚伪，是它的主要表现形式，是它的"吃人"本质与礼义外表之间的巨大差距；陈腐，是它的存在方式，是它在20世纪初期的世界和中国所表现出来的与历史时代之间的严重裂痕。在《祝福》中的鲁四老爷身上，我们感到了他的封建理学的陈腐气和落后性。而这种陈腐气和落后性，更表现在他内心的极端冷酷和行为的极端虚伪上。在长期的封建礼教制度的统治下，他们为了利用它来谋私利己，几乎形成了习惯性的虚伪，而在《肥皂》《高老夫子》《弟兄》这三篇以封建卫道者为主人公的小说里，鲁迅更突出地揭露了这种习惯性虚伪的可笑特征。

七

凡是对鲁迅《呐喊》和《彷徨》略有了解的人都会看到，鲁迅对妇女的命运（主要是下层劳动妇女的命运）寄予了极大的关注。在《呐喊》和《彷徨》里，它不是作为一个附带的问题，而是作为一个独立的主题被描写、被表现着的。《明天》《祝福》《离婚》可说是《呐喊》和《彷徨》中关于妇女命运的三部曲。《明天》作于 1919 年，在《呐喊》诸篇的前半部；《祝福》作于 1924 年，是《彷徨》的首篇；《离婚》作于 1925 年年底，是《彷徨》，也是全部《呐喊》和《彷徨》的末篇。仅此一端，便可看出鲁迅对妇女主题的关注是贯穿始终的。实际上，在《狂人日记》里，鲁迅便写到被大哥吃掉了的妹子；在《风波》中，鲁迅写到了怀里抱着两周岁的"遗腹子"的寡妇八一嫂；在《阿 Q 正传》中，鲁迅写到了吴妈；在《在酒楼上》中，阿顺可爱可怜的形象给我们留下了磨灭不掉的印象；在《伤逝》中，子君的悲剧命运震撼着我们的心……这些，都不像其他妇女形象一样作为一般的社会问题出现在小说中，而是有其独立意义的。在这里，我们只看到这种现象还远远不够，我们还应知道，是什么原因驱使鲁迅把目光转向这个主题的。

妇女问题，只有在与男人的问题的对立中才具有自己独立的意义，它建立在一定政治制度和经济制度的基础上，但本质上不属于政治和经济的范畴。在政治的范畴里，统治阶层的男人和妇女具有共同的本质，被统治阶级的男子和妇女有着相同的利益；在经济的社会制度中，情况基本上也是如此。在这两个领域，妇女问题的独立性都是有限的，即使这种有限的独立性，也直接依靠着普遍的社会思想观念而起作用，没有对妇女的思想歧视，同阶级的男人便不会歧视同阶级的妇女，这样，妇女问题也便仅仅作为一般的普遍社会问题而存在，而不具有更显著的独立意义。所以，就其表现的基本范畴而言，妇女问题源于社会的政治经济制度，但主要活动于社会意识形态的领域，是通过人的思想观念而发生作用的。

关于《祝福》，我们一直认为它高度概括地反映了"政权、族权、夫权、神权"四条封建绳索对中国劳动妇女精神的和肉体的折磨。作为对《祝福》客观社会意义的分析，这样说固然不能说是错误的，但鲁迅的着眼点，显然不在揭露全部"四权"。在小说中，封建政权始终没有用行政的手段介入祥林嫂的悲剧经历，我们也难以确定鲁四老爷便是政权力量的化身。作为族权的力量，婆婆的出卖儿媳、大伯的收屋，都没有出现在祥林嫂悲剧命运的高潮，并且只是作为社会思想的表现，而不是作为家族宗法制度下的族规及其强制性手段公开表现出来的。当行使者和被强制者都认为它是合理合法、天经地义的东西而被默认的时候，它也便是社会思想意识形态的一部分了。真正对祥林嫂施行了严酷的精神酷刑的，是夫权和神权，而神权则是夫权的维护力量。即使夫权，也没有以现实的真实力量直接出现在祥林嫂的面前，她前后的两个丈夫都不是封建夫权的实际执行者，至少没有正面出现在小说的画面中，折磨祥林嫂的是由社会舆论直接转化为现实力量的虚幻观念力量。正是这种"从一而终"的伦理道德观念的力量，无情地绞杀着祥林嫂的精神和肉体。鲁四老爷与其说是封建政权的化身，不如说是封建理学道德的化身。《明天》这篇小说，我们过去显然并不太重视它。原因何在呢？大概因为其中没有出现一个像鲁四老爷一类的地主阶级代表人物，从直接的政治意义上，我们更难以确定它的社会的典型性。但假若从揭露封建伦理道德"吃人"本质的角度，我们便会发现它的典型意义是独立的，在《祝福》《明天》《离婚》这关于妇女问题的三部曲里，它与《祝福》构成了直接的对应关系，可谓是姊妹篇。鲁迅说：

　　节烈苦么？答道，很苦。男子都知道很苦，所以要表彰他。凡人都想活；烈是必死，不必说了。节妇还要活着。精神上的惨苦，也姑且弗论。单是生活一层，已是大宗的痛楚。……

照这样说，不节烈便不苦么？答道，也很苦。社会公意，不节烈的女人，既然是下品；他在这社会里，是容不住的。……①

《祝福》写的是"不节烈"之苦，《明天》写的是"节烈"之苦，是一个守节妇女的"精神上的惨苦"。这两篇小说中的主要纽带是对封建夫权的揭露，并且都不是有形的夫权，而是转化为观念形态的夫权。祥林嫂因改嫁而难以立足于当时的社会，单四嫂子因不改嫁而承受着长期的痛苦、慢性的煎熬。只有看到这一点，我们才会看到这两篇妇女题材小说的特殊意义。所以，我们不能认为《明天》是写失子母亲的"世界性的悲哀"的，也不能认为它是对庸医骗人的揭露、对市井无赖丑恶嘴脸的讽刺、对王九妈的愚昧庸俗的描写等，而是由其中所有因素组合起来的一个守节妇女的悲惨处境。鲁迅形象地表现了，在中国封建社会里，对一个贫弱无依的守寡妇女来说，子女是残存着的唯一的精神寄托、唯一的希望所在，如果连自己的子女也失掉了，她还能有什么生活的意趣、求生的力量呢？假若说有，那也只能在梦中来搜寻，所以鲁迅原来想写单四嫂子没有做到梦见儿子的梦，是说她连这一点点精神安慰也没有得到，后来因为"主将是不主张消极的"，所以没有写进小说中去。②

封建伦理道德对中国妇女的强大压迫力量，还从祥林嫂、单四嫂子、爱姑所追求的目标中显示出来。对于她们，守节和被丈夫、公婆欺凌是痛苦的，但她们无一不在坚持着守节的立场和被束缚于夫权管辖范围之内。这固然表现了她们自身的愚昧，但更表现了整个中国社会思想的封建性质。祥林嫂之所以宁愿跑出家门、自谋生路也不愿被公婆卖掉，单四嫂子之所以宁愿忍受长期的痛苦生活也不想改嫁，爱姑之所以宁愿被丈夫、公婆歧视也不愿离婚，是因为她们知道，改嫁和被休将意味着更大的痛苦，将意味着自身人格的根本丧失。在这时，她们将面临的不仅是一个丈夫、两个公婆的歧视或自身生活的艰难，而且是整个社会的压迫，整个社会封建舆论的歧视。两害相权取其轻，她们宁可忍耐

① 《坟·我之节烈观》。
② 参见鲁迅《呐喊·自序》。

守节之苦或丈夫、公婆的专制统治，也不愿落入封建社会舆论的魔爪之中。由此可见，鲁迅致力的不是某个丈夫解放自己的妻子，也不是某个妻子反抗自己丈夫的夫权统治，而是整个社会思想的根本变革。没有这种更根本的变革，妇女的悲惨命运就无法得到根本的改变。《呐喊》和《彷徨》的基本思想基础立于此，它们关于妇女问题的反映的深广性也表现于此。

八

从中国社会政治革命的角度观察当时的中国社会，存在着四个阶级和一个社会阶层：工人阶级、资本家阶级、农民阶级、地主阶级和知识分子阶层。从这个角度分析《呐喊》和《彷徨》，我们无论如何为鲁迅分辩，也无法说明《呐喊》和《彷徨》所实际到达的思想高度和时代高度，也无法说明它们的现实概括的广阔性和时代概括的准确性。《呐喊》和《彷徨》中没有反映工人阶级的社会生活，没有表现他们的觉醒和斗争，《一件小事》中的人力车夫的形象，不是作为工人阶级的形象被描写的，他与《社戏》中的六一公公，没有根本思想性质的差别。《呐喊》和《彷徨》中也没有资本家阶级的典型人物，可以说资本主义工商业的发展以及由此所直接派生的资本家阶级、工人阶级这两个阶级，在《呐喊》和《彷徨》中都没有得到起码的表现，其中只描写了两个阶级和一个阶层（地主阶级、农民阶级和知识分子阶层）的生活。在中国的政治经济领域中，现代中国的特征不是首先由工人阶级、资本家阶级这两个阶级决定的吗？没有这两个阶级的艺术表现，《呐喊》和《彷徨》的现代性何在呢？时代性何在呢？先进性与革命性又何在呢？但我们一旦转入中国社会思想变革的领域，情况便又截然不同了。我们将会看到，在这个领域里，它们可以说已经达到了最大限度的深刻性和精确性，即使我们平时认为是局限性的所在，也往往不是它们自身的局限性，而是中国历史发展的局限性，而就它们对这种局限性的自觉地或不自觉地反映来看,《呐喊》和《彷徨》也不愧为中国反封建思想革命的一面现实主义明镜。

以下我们从中国反封建思想革命的角度对五四时期的中国工人阶级的状况做一下简略的分析。

我们所说的工人阶级的思想,就是指它的马克思主义世界观,指它的辩证唯物主义和历史唯物主义的思想。因为除此之外,工人阶级便没有与其他阶级相根本区别的思想特征。马克思主义的诞生,标志着工人阶级思想的成熟,标志着它的自发阶段的结束、自为阶段的开始,标志着它已经有了自己的独立的指导思想。说得更明确些,就是说作为一个有"思想"的阶级,工人阶级是从掌握了马克思主义世界观才开始的。而这个马克思主义的世界观是否是它所固有的呢? 不是!

列宁说:

> 工人本来也不可能有社会民主主义的意识。这种意识只能从外面灌输进去。各国的历史都证明:工人阶级单靠自己本身的力量,只能形成工联主义的意识……而社会主义学说则是由有产阶级的有教养的人即知识分子创造的哲学、历史和经济的理论中成长起来的。现代科学社会主义的创始人马克思和恩格斯本人,按他们的社会地位来说,也是资产阶级的知识分子。同样,俄国社会民主主义的理论学说也是完全不依赖于工人运动的自发增长而产生的,它的产生是革命的社会主义知识分子的思想发展的自然和必然的结果。①

我国工人阶级的无产阶级世界观,非但不是由自身的自发发展而产生的,而且不是在它充分发展的基础上由本国革命知识分子创立的,甚至较之俄国的工人阶级,中国工人阶级产生的时间更短,人数更少,力

---

① 《怎么办?》,见《列宁选集》第 1 卷,247~248 页。

量更小，文化程度更低，它尚没有足够的能力使革命的知识分子在它的实践基础上独立达到马克思主义世界观的高度。中国工人阶级的世界观，是革命知识分子从外国无产阶级的思想学说中引进的，与其说中国工人阶级的发展为中国马克思主义的产生创立了基础，不如说它的产生与存在为革命知识分子输入马克思主义思想学说提供了可能性。而我国的五四时期，是马克思主义开始传入中国、尚未和中国工人阶级广大群众相结合的时期，那时的中国共产党人，是在革命知识分子中涌现出来的，他们开始向工人群众中输入马克思主义，但它的有限程度之低仅从中国共产党初期成员的人数便可想象得到。也就是说，在鲁迅创作《呐喊》和《彷徨》的整个历史时期，中国无产阶级还不足以以一种强大的独立思想力量出现在中国社会思想的舞台上。

在西欧，一个没有获得本阶级世界观即马克思主义思想学说的工人阶级，其思想意识属于资产阶级思想的范畴。列宁曾说："工人运动的自发的发展，就恰恰是使它受资产阶级思想体系的支配。"[①]因为西欧的工人阶级，已经经历了相当漫长的发展历史，它与它的前身农民阶级及中世纪的生产方式已经较少有血缘联系，且其中更多的是破产的小工场主和其他城市贫民。在漫长的历史发展中，它与资本家阶级既有对立的一面，也有相联系的一面。它首先接受了资产阶级民主思想的启蒙，在反封建的斗争中，它接受着资产阶级的领导，在资产阶级民主革命的旗帜下与资产阶级结成过同盟。在它所处的社会环境中，资产阶级思想具有最广泛的影响，封建思想已经不占有重要的社会地位，所以，尚未成为自为阶级的西欧工人阶级，其思想意识便如列宁所说，基本上属于资产阶级思想范畴。而中国的工人阶级，与西欧工人阶级相比，有自己的独立特点。它是刚刚从农民阶级分化出来的，不但没有割断与中国农民阶级的血肉联系，而且随时源源不断地从破产农民中吸收着自己的新血液。这样，在五四时期，中国工人阶级的思想在社会思想的分野中，便

---

① 《怎么办?》，见《列宁选集》第1卷，256页。

不是作为一支独立的思想力量出现的，作为它的群众的主体思想意识，它还是农民阶级社会思想表现的一部分，作为它的独立的、应有的辩证唯物主义、历史唯物主义的世界观，还主要停留在那些具有初步马克思主义世界观的革命知识分子里面。

以上我们主要讲的仍然是当时中国工人阶级的政治思想意识状况。在伦理道德观念的领域怎样呢？中国社会历史发展的特点，决定了中国工人阶级的政治觉醒在前，伦理道德的觉醒在后，前者促进着后者，但后者也制约着前者。中国工人阶级，是在中国资本主义工商业只有微弱的发展，自己的力量还相当弱小的时候，直接在世界无产阶级革命高潮的影响下，受到由马克思、恩格斯等革命导师建立起的革命理论的指导，为了拯救危难的中国和自身的政治经济解放，在革命知识分子的启迪下，极早地登上了政治斗争的舞台的。但一个阶级的思想意识的全面发展，一个阶级的伦理道德观念的发展，却不能仅仅依靠外部的理论灌输，它是由整个生产方式和生活方式决定的，是由整个社会联系以及这个阶级与其他社会阶层的联系方式决定的。所以在鲁迅所致力的中国社会意识形态的变革特别是伦理道德观念的变革中，当时的中国工人阶级还构不成一支独立的强大伦理道德观念的力量。在思想革命的领域中，既然它还没有以独立的、崭新的伦理道德观念的思想力量与鲁四老爷、赵太爷、四铭等封建思想势力的代表人物展开正面冲突，既然它还没有以自己的独立思想影响作用于阿 Q、祥林嫂、爱姑、闰土、华老栓、单四嫂子这些普通劳动群众的思想和生活，既然它还没有在环绕着狂人、N 先生、吕纬甫、涓生、子君、魏连殳的社会环境中以强大的舆论力量表现出自己的独立作用，我们又有什么理由认为鲁迅只有描写了它才是深刻、全面的呢？我认为，恰恰是在《呐喊》和《彷徨》的现有面貌下，而不是在另一种面貌下，才真正深入地反映了历史的本质真实，并能启示我们，中国无产阶级应该不断发展自己的思想力量，并以独立的崭新的伦理道德观念的力量出现在清除中国传统封建思想影响的斗争中。

由以上分析可以看出，作为经济的阶级划分，中国当时有四个主要阶级和一个社会阶层，但作为思想力量，特别是作为伦理道德的观念力量，当时起关键性作用的却只有两个阶级和一个社会阶层。其他两个阶级，作为本阶级群众的社会思想意识状况，分别蕴蓄在农民阶级和地主阶级之中，这是它们刚刚脱胎于此的两个阶级；作为它们将要获得的新的思想观念，分别蕴蓄在知识分子这个复杂的社会阶层中，这是将要向它们输送新的世界观的阶层，是从外国思想学说中为它们寻找思想武器的阶层。《呐喊》和《彷徨》的聚光镜，便是对向这两个阶级和一个阶层的，这当然不是鲁迅用马克思主义阶级分析方法对中国社会思想进行理性分析的结果。但他的强烈的现实感、敏锐的现实观察帮助了他，使他成功地避免了机械论的、似是而非的"阶级分析"所可能导致的对现实真实思想关系的歪曲。

九

对于农民群众的描写，在《呐喊》和《彷徨》的整个艺术图画中居于中心的位置。精确理解、深入领会这种描写的实质意义，是理解《呐喊》和《彷徨》思想意义的关键。

在中国现代的历史上，谁最了解农民呢？毛泽东和鲁迅。

但是，在这两个最了解中国农民的历史巨人之间，却分明存在着彼此不太相同的地方。毛泽东同志以极大的热情，肯定了中国农民在新民主主义革命中的巨大历史作用，高度评价了中国农民的政治积极性，始终把中国农民阶级当作无产阶级最可靠的同盟军、中国新民主主义革命的主力军。对中国农民的肯定的方面，在毛泽东同志的著作中得到了最充分、最热情的表现。而鲁迅，却以自己富有才华的笔触，以自己大部分的艺术力量和最光辉灿烂的艺术篇章，深入地、精细地并且可以说是无情地解剖着中国农民身上的精神残疾。他们的愚昧、落后、保守、狭隘等精神弱点，他们的一切应当否定的方面，在鲁迅的《呐喊》和《彷徨》

中得到了最大限度的、最深刻的发掘和最痛心、最坚决的否定。

产生这种不同的根本原因何在呢？

我认为，对这个问题只有一种解释，那就是毛泽东同志主要是从中国新民主主义政治革命的战略和策略的角度，而鲁迅是从中国思想革命的角度来观察农民和分析农民的。

我们可以看到，在世界各国的革命运动中，包括苏联的十月社会主义革命，从来没有像中国的新民主主义革命这样，农民阶级起到如此关键的作用。应当说，这种作用是被中国特殊的历史条件极大地加强了的。中国的民主革命，是在农业自然经济尚未解体、社会生产力还相当低下的情况下，由于帝国主义的侵略和世界革命潮流的影响而急切、迅速地发展起来的。中国资产阶级在政治革命中的软弱动摇，中国无产阶级的人数极少，把农民阶级在革命中的地位极大地突出出来了。农民阶级与地主阶级的不可调和的阶级矛盾，中国农民悠久的斗争传统，他们在帝国主义、封建主义压迫下的极端痛苦处境，中国社会生产力的严重落后状态，经常发生的严重自然灾害以及连年的军阀混战，都决定了中国农民在整体上的强烈革命愿望和政治上的强烈反抗精神。这种特殊的历史条件，规定了中国无产阶级必须首先领导农民阶级，解决农民的土地问题，完成中国新民主主义革命的任务，而中国农民阶级就历史地担当了这个革命的主力军角色。农民阶级在政治革命中的重要地位和作用，不但在党领导下的农民运动蓬勃兴起之后是这样，在五四时期本质上也应当是这样。

但是，把中国农民阶级放在中国反封建思想革命之中来进行考察，情况就有些不同了。作为一个被压迫阶级、作为劳动群众，农民身上存在许多自然形态的淳朴、勤劳、耐苦等在封建社会条件下或在整个人类发展史上都应该被认为是美好的品德。但是，与落后的生产力、生产方式和生活方式相联系的农民阶级，历史地注定了不会成为具有独立的先进世界观的阶级。相反，与其相联系的私有的、狭小的、低下的农业自然经济，本质上是属于封建历史时代的经济形态的。中国儒家封建思想体系，有很大一部分内容是适应着这种经济的落后性，用将它凝固化、理想化的方式，以达到维护现存封建秩序的阶级目的。毛泽东同志也曾说过："分散的个体经济——家庭农业与家庭手工业是封建社会的基础，不是民主社会(旧民主、新民主、社会主义，一概在内)的基础，这是马克思主义区别于民粹主义的地方。"①在这种经济基础上产生的农民思想，也不能不是封建思想，而不是民主的(旧民主、新民主、社会主义，一概在内)思想。鲁迅说阿Q的思想，"其实是样样合于圣经贤传的"，其本质真实性就在这里。这样，在农民阶级还没有最终和落后的生产力割断联系的时候，在它还在这种生产力的限制下带有狭隘、落后、自私、保守、守旧、目光短浅等农民阶级的固有特征的时候，中国儒家封建思想和其他各种形态的封建思想，就极易在农民的思想观念中寄殖和滋生，并成为束缚他们的沉重思想枷锁。应当说，农民思想的这种落后性和保守性以及它与我国封建儒家思想的千丝万缕的联系，在我国特殊的历史发展进程中，也是得到了极大加强的。农民不但由于人数众多、与中国落后的农业经济联系的紧密性而不自觉地遏止着各种民主思想的传播和发展，而且由于在政治革命中主力军的崇高政治地位和伟大历史作用而增加了这种思想的潜在危险性。

农民阶级本身具有的这种双重性，在中国当时的政治革命和思想革命中，各以其一个侧面得到了加强和突出。我认为，这就是为什么毛泽东同志在中国新民主主义政治革命的战略和策略中，特别突出了农民肯定性的一面。而鲁迅在中国思想革命的深沉思虑中，重点挖掘了农民思想落后性的一面。二者都是深刻而精辟的，他们各自以其不同的侧面，丰富了我们对农民阶级的整体性认识。

《呐喊》和《彷徨》关于农民群众艺术描写的实质意义何在呢？根据我的理解，在于它们为了农民的政治、经济解放而尖锐地提出了农民的思

---

① 毛泽东：《致秦邦宪(一九四四年八月三十一日)》，见《毛泽东书信选集》，238～239页。

想启蒙的问题。在这个中心图画的四周，它们涉及了农民阶级的一系列重要问题，但这些问题都是以这个中心图画为转移的。

十

自从脑力劳动和体力劳动的分工把思想精神生产的主要任务交付给知识分子阶层以来，社会各阶级的思想倾向、感情情绪都以特定的形式，经过可能有的转化和变形汇流到这个阶层中。鲁迅在《呐喊》和《彷徨》里，描写了各种形式的知识分子的形象，但占有最大比重的是那些首先觉醒的知识分子。

我们可以清楚地看到，在《呐喊》和《彷徨》的实际描写里，作为美好品德和纯朴心灵的体现者，几乎全部是劳动群众的形象，但作为敏感地意识到封建思想观念的反动性并与之进行各种形式的自觉斗争的人物，则几乎全部是知识分子的形象。也就是说，鲁迅是把首先觉醒的知识分子当作当时反封建思想革命的主要积极力量加以表现的。脱离开对《呐喊》和《彷徨》中首先觉醒的知识分子形象的这一基本估计，我们便不能精确地把握这类形象的整体性意义。鲁迅说：

> 我想，现在没奈何，也只好从智识阶级……一面先行设法，民众俟将来再谈。而且他们也不是区区文字所能改革的……①

这反映了我国反封建思想革命首先养成思想革命战士阶段的历史需要。鲁迅在《呐喊》和《彷徨》中的艺术描写，是与他的这一基本估计相一致的。

有意识地、集中地反映知识分子的思想追求和生活命运的作品，主

---

① 鲁迅：《华盖集·通讯》。

要在《彷徨》中。《在酒楼上》《孤独者》《伤逝》可说是觉醒知识分子命运的三部曲。这时，五四文学革命和思想革命退潮了，知识分子的问题变得显豁起来。鲁迅原来寄予厚望的反封建思想革命的知识分子的队伍发生了分化，这迫使鲁迅不得不以更大的精力思考和表现知识分子的前途和命运。对首先觉醒知识分子的思想追求与中国社会思想现实之间的巨大裂痕，对他们面临封建思想势力的重重包围所感到的疲弱感，对他们的思想追求在当时历史条件下所必然遭到的失败命运，鲁迅有了更清醒的认识和更深切的表现。但是，鲁迅对他们的失望，仍然是对反封建思想革命的唯一积极力量的失望，这种失望情绪是伴随着对社会封建思想势力的更沉重的感觉而产生的。鲁迅反映了他们的弱点，但并无意对他们的这些弱点进行重责，恰恰相反，他倒是着力揭示了在强大的封建思想势力面前，这些主人公悲剧命运的必然性。这些小说的十分纯正和相当浓重的悲剧气氛，反映了鲁迅对他们的深刻同情和深沉惋惜。"悲剧将人生的有价值的东西毁灭给人看"①，鲁迅是把他们作为有价值的人具体加以表现的。鲁迅说他的《彷徨》"战斗的意气却冷得不少"②，在这些作品里主要表现为他深感首先觉醒的知识分子斗争的无望，因而对他们的失败表现了更多的谅解和同情。在这种情况下，我们若夸大并责难鲁迅所客观反映出来的这些知识分子的弱点，就会与鲁迅的原意更相悖谬。我们从来不把"批判"一词用在单四嫂子、闰土、祥林嫂乃至华老栓等劳动群众的人物形象的身上，在这个词的感情色彩发生了巨大变化的现在，这当然是应该的，但我们却那么经常地、甚至于是习惯性地把它加在吕纬甫、魏连殳、涓生乃至《祝福》中的"我"的身上，难道这是公平的吗？这些知识分子的形象不是较之《呐喊》和《彷徨》中任何一类人物形象都具有更明确的反封建思想意识吗？不是只有他们在进行着反封建思想的自觉斗争吗？难道因为他们的觉醒反而应受到更多的谴责、更多的

---

① 鲁迅：《坟·再论雷峰塔的倒掉》。
② 鲁迅：《南腔北调集·〈自选集〉自序》。

批判吗？难道因为他们是斗争的失败者便应该较之未曾自觉加入这一斗争的人受到更严厉的责难、更苛刻的评价吗？

《离婚》是《彷徨》的最后一篇小说，其中爱姑这一典型形象有值得我们注意的地方。她的独特典型意义在于，她是《呐喊》和《彷徨》全部艺术画面中，唯一的一个向封建的伦理关系本身宣战的非知识分子形象。鲁迅曾说："这里的爱姑，本来也富有反抗性，是能够斗几下的；可是和《伤逝》里的子君那样，还没有长大，就被黑暗社会的恶势力压坏了。"①爱姑与封建伦理关系的宣战，还是自发的、粗糙的、微弱的和不完全、不彻底的，但她的基本性格构成中却确实有与封建伦理道德观念不相容的微弱因素。她自己说"自从我嫁过去，真是低头进，低头出，一礼不缺"，但从她一口一个"老畜生""小畜生"的话语来看，她也绝不是一个"三从四德"的"好媳妇"。封建等级观念在她的头脑中也开始显得不那么齐整了。

> 慰老爷她是不放在眼里的，见过两回，不过一个团头团脑的矮子：这种人本村里就很多，无非脸色比他紫黑些。

这些因素虽然微弱，并且她最后的失败仍然表现出她的等级观念是根深蒂固的，但她的这种微弱的思想因素，代表着一种新的质。阿Q虽对赵太爷也有所"腹诽"，但他的思想基本性质仍然是封建的等级观念，他没有像爱姑一样把封建权威降低到人的水平，而是在观念上把自己提高到了更高的封建权威的地位。赵太爷因是两个文童的爸爸而受到社会的崇奉，他便以自己的儿子将来会阔得多了而洋洋自得。他对"假洋鬼子"表示深恶痛绝，但其原因却在他剪了辫子，并认为他的老婆不为此跳第四回井，"也不是好女人"。直至他要参加革命，其思想观念的基本性质仍没有发生根本的变化。

---

① 转引自许钦文：《祝福书》，载《新文学史料》，1979(2)。

但是，鲁迅在《离婚》里，在爱姑的自然形态的反封建斗争中，也遇到了不可调和的矛盾。作为一个深刻的思想家和严峻的现实主义者，鲁迅从来不把人物的思想性格仅仅作为一个结果来看待，他要找到这种思想性格赖以成长的社会土壤，要找到促成中国封建传统思想迅速瓦解的社会根源。在对觉醒知识分子的描写中，他非常容易找到这个根源。他们失败的根源不在于他们的思想追求本身是不合理的，不在于他们自身的思想观念不够彻底，而在于当时封建势力非常强大，封建现实使他们合理的追求陷入了不可解脱的矛盾。但对于爱姑的蛮野性格的形成，鲁迅必须在中国封建现实的本身，在一个没有外来思想影响参与下的社会思想环境中，在封建社会意识形态占统治地位的社会环境中，找到它赖以产生和存在的基础。《离婚》的深刻之处，就在于鲁迅不但表现了爱姑的反抗，也表现了她的反抗所赖以存在的力。而在这个存在着的力的本身，鲁迅同时也发现了爱姑性格的复杂性以及不可能将自己的反抗进行到底的原因。在《离婚》中，鲁迅描写了上公堂前后的两个场景，不论是就其篇幅还是鲁迅描写的着力程度，第一个场景都与第二个场景处于并重的地位。我们必须看到，这两个场景存在着一定的差异性，在差异中表现着内在的统一。前者是下层群众的面，后者是上层集团的面。这两个面都贯穿着封建社会思想观念的思想线索。但在前一个场景里，庄木三是个受人尊敬的角色，这使爱姑也相应处于一个优越的地位。人们对她只能腹诽物议，却不敢公开嘲弄、触其逆鳞，这便是爱姑蛮野性格赖以存在和发展的基础。她不同于单四嫂子和祥林嫂。她从小生活在这种相对优越的环境中，这使她的蛮野性格有可能得到发展，而对于从幼年便必须接受封建社会环境的强力矫正，否则便无法在社会上存身的底层人家的子女，这种蛮野性格将很难存在并保持下来。爱姑有赖于这种环境发展了自己的蛮野性格，出嫁之后地位发生了变化，依其自身性格的相对稳定性而难以被封建伦理关系约束，但她之仍然存在着、以自己的形式反抗着，实际与娘家的支持还是分不开的。两个家庭的势均力敌使爱姑能够与婆家抗争。鲁迅一直把庄木三这个人物放在爱姑的身边，可说是匠心独运的，因为鲁迅看到了庄木三实际是爱姑的基本力量源泉。

> 爱姑觉得自己是完全孤立了，爹不说话，弟兄不敢来，慰老爷是原本帮他们的，七大人又不可靠，连尖下巴少爷也低声下气地象一个瘪臭虫，还打"顺风锣"……

当爱姑感到内在的恐惧和无力时，首先想到的是原来能够支撑自己精神力量的"爹"和"弟兄"，说明后者实是她不可脱离的力量源泉。这个源泉一旦枯竭了，她的勇气也便如浮火一般，虽还可闪动几下，但很快便会熄灭。

爱姑蛮野性格存在基础的不稳固性和封建性，也决定了她思想性格的不稳固性和双重性，她最终无法与封建传统观念实行彻底的决裂。她之所以能反抗公婆、丈夫，能在这样一个梯级上不受封建伦理道德观念的束缚，是因为她的娘家能够支持她的这种斗争，能够为了自己女儿的权利而付出一定的代价。但爱姑与单四嫂子、祥林嫂一样，在维护自己的权利时却同时维护着"嫁鸡随鸡，嫁狗随狗"的封建婚姻制度，维护着"从一而终"的封建法规。她的娘家可以在这样一个范围内给她以支持，却无法改变整个社会对改嫁女子的歧视，无法使女儿在离婚后仍然受到社会的尊重并找到一个较以前更为圆满的婚姻。爱姑那点非封建等级观念的萌芽，其存在的整个基础却仍然是封建等级观念的。在第一个场景中，有赖于庄木三的地位，爱姑可以对较她地位更高的慰老爷、七大人说出不那么驯顺的话。但在第二个场景中，庄木三已处于所有在场人的最低等级，面对更高的封建等级上的人物，庄木三已先煞了势头，爱姑的那点观念失去了存在的基础，她那点蛮野也便抵抗不了思想性格中那更内在的奴性基础了。她的失败也便成为历史的必然。自从封建社会意识形态在中国存在之日起，社会上也便存在着这种自然形态的民主思想萌芽，但这种萌芽却绝不会在自然发展的状态下变成整个社会的占统治地位的思想。它需要新的社会生产力的发展，需要新的生产力发展形成的新的社会生产方式和生活方式，任何企图不改变社会生产力的落后状态而在这种自然形态的民主思想萌芽中发现新的社会思想形成的基础者，都将陷入盲目的乐观主义。鲁迅从中国社会思想根本变革的角度，重新对这种自然形态下存在着的民主思想萌芽做了艺术的表现，并且较之历代文艺家都做了更严峻的表现，反映了它的局限性，没有把它作为中国社会思想变革的唯一力量，应该说，这是十分深刻的。

十一

我们说《呐喊》和《彷徨》是中国反封建思想革命的一面镜子，绝非说它们的思想意义仅仅局限于此，而是说它们的主要思想意义，它们的最有价值、最具特色的思想意义存在于此，并且其他的思想意义，必然与这个主要思想侧面相联系而存在。

《呐喊》和《彷徨》与中国的社会政治革命有无联系呢？当然有！并且有密不可分的联系，但是，这种联系也正是中国思想革命与社会政治革命的联系。假若允许我们划分得机械一点，归纳得僵硬一点，我们可以说《呐喊》更集中于对旧民主主义政治革命的沉思，《彷徨》更集中于对新的民主主义政治革命的期待。题材的多样化是《呐喊》的显著特点，但其中却有一个自然形成的凑集点，即对辛亥革命失败教训的总结。它用一些细不可见的丝，串联起了《呐喊》中的大多数篇章，《药》《头发的故事》《风波》《阿Q正传》与它的联系自不必说，《狂人日记》中的"狂人"在很大程度上是从旧民主主义革命者的默默地被"吃掉"而领悟、感觉到封建思想和封建伦理道德的"吃人"本质的，徐锡麟的心肝被剖出炒食、秋瑾的血被蘸了当药吃，是"狂人"可怕回忆中的突出内容；《一件小事》表现了对辛亥革命后"国家大事"的失望；《故乡》反映了辛亥革命后社会的凋敝、混乱，人民的痛苦；但是，对辛亥革命及其革命者、革命后社会政治状况的描写，在小说的具体描写中仅仅是一些分散的因素，它们组成的是小说的背景，而不是小说的主体画面，主体画面仍是社会思想意识状况的表现。将二者结合起来，我们可以说《呐喊》的主导思想脉络是：痛心于辛亥革命的失败，进而呼唤中国的反封建思想革命。《彷徨》中的主导思想脉络与《呐喊》有了一些不同，在这个集子中，对辛亥革命失败的痛心相对较淡薄了，对反封建思想的首先觉醒的知识分子思想追求的痛心上升到了主要的地位。《在酒楼上》的吕纬甫以拔掉神像的胡子的反封建知识分子始，以教子曰诗云的苟活者终；《幸福的家庭》中的夫妻二人以自由结婚始，以双双沉入琐屑的生活终；《孤独者》中的魏连殳以孤傲耿介地坚持反封建传统始，以向这种势力投降、忧愤而死终；《伤逝》以涓生、子君的自由结合始，以二人的破裂、子君的死亡终。也就在这时候，涓生的脑海中又产生了行动的追求：

> 屋子和读者渐渐消失了，我看见怒涛中的渔夫，战壕中的兵士，摩托车中的贵人，洋场上的投机家，深山密林中的豪杰，讲台上的教授，昏夜的运动者和深夜的偷儿……

这显然已经又是社会活动、社会政治追求的朦胧的欲望了。对涓生的这种朦胧欲望的描写，是与鲁迅当时的思想倾向息息相关的。《彷徨》的主体画面仍然主要用于表现中国反封建思想革命的状况，但已经内蕴着鲁迅对新的社会政治革命的期待。可以说，《彷徨》的主要思想脉络是痛心于首先觉醒的知识分子反封建思想追求之不能取得成功，因而内在地隐示着社会政治变革的必要性。《呐喊》以旧民主主义社会政治革命的失败发源，导向了对中国反封建思想革命的呼吁；《彷徨》以对中国反封建思想革命艰难处境的重点描绘，内蕴着对未来新的社会政治革命的期待。《呐喊》和《彷徨》的整个写作过程，都处于鲁迅对中国反封建思想革命的集中关注中，但与前后两次政治大革命在精神上联系着。

封建统治是政治压迫、经济剥削和思想统治的三位一体的统治结构。鲁迅在重点揭露封建思想、封建伦理道德统治的同时，也揭露了封建的政治压迫和经济剥削。但是，鲁迅对封建政治压迫和经济剥削的揭露有着自己的鲜明特征，而这种特征则是由他对封建思想、封建伦理道德"吃人"本质的重点揭露所赋予的，是在二者的辩证联系中自然呈现出来的。我们过去曾经指出，鲁迅极少揭露封建地主阶级对农民群众的"非法性"政治压迫和超经济的剥削和掠夺。其原因是非常明显的，这种连地主阶级统治者也认为不合理合法的政治统治和经济掠夺，也必然超出了一般社会群众的思想负荷量，这样的描写所表现出来的便不是当时社会思想意识状况的本体，读者的目光也会自然转向部分地主阶级统治者的个人品质以及他们的政治行为与经济行为，这对鲁迅揭露封建思想和封建伦理道德观念的"吃人"本质是一种不必要的干扰。鲁迅在《呐喊》和《彷徨》中做到的，是以揭露封建思想、封建伦理道德为主体的三者的和谐统一。描写在反动政治统治维护下的封建社会的思想舆论，反映封建思想意识对封建政治统治的维护作用和引申作用，把封建政治统治放在封建社会思想意识状况的艺术画面中，可以说是揭露封建政治统治与揭露封建思想统治这二者以后者为主体组成的有机统一。在鲁迅正式写作白话小说之前，他还创作了一篇杰出的文言小说《怀旧》，通过秃先生和金耀宗两个人物的关系，生动地体现了封建思想和封建地主阶级政治、经济利益之间的内在本质联系。其中写道：

> 人谓遍搜芜市，当以我秃先生为第一智者，语良不诬。先生能处任何时世，而使己身无几微之痏，故虽自盘古开辟天地后，代有战争杀伐治乱兴衰，而仰圣先生一家，独不殉难而亡，亦未从贼而死，绵绵至今，犹巍然拥皋比为予顽弟子讲七十而从心所欲不逾矩。若由今日天演家言之，或曰由宗祖之遗传；顾自我言之，则非从读书得来，必不有是。[1]

---

[1] 鲁迅：《集外集拾遗·怀旧》。

这里的"仰圣先生一家",实际上代表了中国历史上封建的儒家学术道德体系。在漫长的中国封建历史上,封建政权发生过多次的更迭递替,"代有战争杀伐治乱兴衰",而封建思想则一直保持着高度的稳定性。它在封建政权的多次变换更迭中,以无形的力量维持着中国社会的封建性质,维持着中国封建历史长期绵延的生命力。这也正像鲁迅在杂文中说的:"外寇来了,暂一震动,终于请他作主子,在他的刀斧下修补老例;内寇来了,也暂一震动,终于请他做主子,或者别拜一个主子,在自己的瓦砾中修补老例。"①也就是说,具体的反动政权统治,是经常被推翻的,但由于社会思想传统的性质不变,封建政治统治的性质也一直维持着。封建思想统治实是维系封建政权性质的纲纪。正是在这种联系中,鲁迅展开了对封建思想传统的集中抨击,而同时又必然联系着封建的政治统治。在《药》里,封建政权杀害了夏瑜,封建思想的舆论力量实际支持着封建政治统治,扩散着它的思想影响,画面则在社会思想表现的中心展开;在《头发的故事》里,封建政治统治欲治之罪,是由封建思想的舆论力量代表着政治统治付诸实行的;在《风波》中,复辟政治势力鼓荡起了封建思想势力,封建思想势力则无限地扩展着复辟政权的力量;在《离婚》中,七大人的公堂是介于政权力量与思想舆论力量之间的东西,它维护着封建的伦理道德统治,而封建伦理道德观念则赋予了它绝对的决断权。所以,《呐喊》和《彷徨》有关封建政治统治的描写,最终是为了表现社会思想的愚昧落后,说明它是怎样容忍并无形中加强着封建政治统治的。

鲁迅的《呐喊》和《彷徨》里,也涉及一些经济的细节,但他要反映的是在相对静态的农业自然经济背景上的社会意识形态状况,经济细节仅仅在必要的情节发展中起着次要的作用,是从人们所了如指掌的经济背景上随意采撷下来的东西。赵太爷对阿Q、鲁四老爷对祥林嫂的经济剥削,在地主阶级对劳动群众的全部经济掠夺中,只占有一个极不令人注

---

① 鲁迅:《坟·再论雷峰塔的倒掉》。

目的位置，特别是在祥林嫂的悲剧命运中，这种经济剥削几乎没有起到直接的推动作用。在这里，我们不妨再看一看另外一些经济细节。华老栓夫妇多年积攒起来的一包洋钱，鲁迅没有说它一共有多少，但华大妈在枕头底下掏了半天，华老栓的手一触着它便发抖，一路上还本能地不时按一按，说明这是他们一家人用多年辛劳、用当时中国劳苦群众所特有的"省吃俭用"的方式一个一个积攒起来的。然而它的"交换价值"却仅仅等于刽子手康大叔在行刑的刹那间顺手弄到的一个"人血馒头"。特别值得注意的是，康大叔并没有强行掠夺华老栓，而是华老栓心甘情愿地央求康大叔"帮助"的结果，事后华老栓夫妇像欠了他天大恩情般地殷勤供奉，康大叔俨然像一个大施主一样在众人面前大肆炫耀，众人当然更认为康大叔做了一件积阴德的好事。单四嫂子那十三个小银元和一百八十铜钱也并非被人掠走的，而是她情愿交出的。假若说华老栓到底还买了个人血馒头、单四嫂子也买了一副药剂，那祥林嫂用自己长期劳动换来的十二元鹰洋买的又是什么呢？她买的是"千人踏""万人跨"的屈辱"资格"，并且"踏了，跨了"也还是不中用。鲁迅写这些经济细节的实质意义何在呢？他重点表明的还不是封建经济剥削的残酷性，而是封建社会经济剥削和掠夺是以劳动群众自身的愚昧为前提的。

各个不平等的社会里，都存在着政治压迫、经济剥削和思想统治这三种统治手段，它们总是交互为用、相互补充，共同维护着统治阶级的统治。但在不同的社会形态下，作为维护这个社会的正常统治秩序的手段，其侧重面是大不相同的：在奴隶社会，奴隶主对奴隶的全部剥夺，必须诉诸有形的桎梏和实际的锁链，道德伦理的统治只占有全部统治手段的极微小成分，因为任何思想说服也无法让奴隶安于他们全部经济、政治权利被剥夺的处境；在资本主义社会里，金钱统治占有绝对重要的位置，直接用经济的占有控制社会正常统治秩序是资本主义社会的特征，在反对封建伦理道德统治中发展起来的资产阶级，显然已经很少诉诸伦理道德的统治手段。只有在封建社会里，伦理道德的统治才具有关键性的意义，地主阶级卸下了奴隶身上的实际镣铐，但必须加在他们身上更沉重的思想镣铐，才足以使他们在正常的状况下安于被压迫、被剥削的地位。我们看到，在西欧，作为伦理道德体系的宗教神学是中世纪封建统治的主要标志，封建教皇作为道德统治的代表人物高于世俗政权之上，西欧的资产阶级的反封建斗争是首先从对封建宗教神学的否定开始的；在中国，儒家封建思想体系也主要是一个伦理道德的思想体系，封建王朝的更迭可以得到人们的承认，而这套伦理道德体系却贯穿在封建历史的始终。马克思说："对宗教的批判是其他一切批判的前提。"①在中国，对以儒家封建思想为中心的封建传统思想的批判是现代中国一切批判的前提。真正揭开了这个思想批判的是我国五四反封建思想革命运动，真正在深层次上全面、深刻、彻底、准确地进行了这个批判的是新文化运动的旗手鲁迅。《呐喊》和《彷徨》就是这个伟大的思想革命运动的卓越的艺术记录。

《呐喊》和《彷徨》是中国反封建思想革命的一面镜子。

---

① 马克思：《〈黑格尔法哲学批判〉导言》，见《马克思恩格斯选集》第 1 卷，1 页。

第二章　中国反封建思想革命的锐利武器

——论《呐喊》《彷徨》的意识本质

对于一个研究者来说，不能仅仅停留在对《呐喊》和《彷徨》的思想内容做描述性或归纳分析性的思想层面上，他还必须深入另一个更深层次的思想层面中，他至少应当向人们回答这样一个问题：为什么同样的现实、同样的人物、同样的生活场景或事件，一旦进入鲁迅的眼中，便呈现出了不同的色彩、不同的格调、不同的面貌，并显现出为人们所熟视无睹的深刻思想意义呢？在这个思想层面中，积极活动着的是鲁迅的一些更为基本的观念意识。

构成《呐喊》和《彷徨》底蕴的是一种什么样的观念意识呢？它是由哪些主要部分组成的呢？这些主要组成部分是以怎样的构架形式组织起来的呢？它的深刻性何在呢？对这些问题，我们将在这一章里加以说明。

一

历史造就了我国五四时期首先与中国封建传统思想决裂了的知识分子，但历史也不得不严重地冷落他们。假若说这是世界各国历史上那些代表着萌芽状态的先进知识分子的共同命运，那么，中国这批知识分子则受到了中国社会历史的更严重的冷落。在西欧，资产阶级的民主思想观念，是随同它的相应的生产力的发展，亦即随同它的阶级、它的群众、它的社会生活环境一同生长的。他们出现在本民族特定的生活环境中，而在这个生活环境中便有他们赖以生长和存在的基本生活条件和社会条件；他们在自己的生活土壤上产生了反封建思想意识的一定程度的要求，而在相类的生活土壤中生长的社会群众，也会有同样的思想意识存在着，他们与这部分社会群众也便存在着某种程度的联系性，二者之间的直接对话也便有着更大的可能性。他们的意识实质，在本民族历史上最"高"，但不可能高过本民族的历史本身。也就是说，他们的思想意识只能是本民族的生产力发展，本民族的社会生活，本民族社会群众的思想发展所可能养育出来的思想意识，而不可能是别的。假若我们把他们所处的社会思想环境用一个简单的图式表现出来，那么它就是一个多层次的塔式结构图式：

$$
\begin{array}{c}
\bullet \\
\bullet \; \bullet \; \bullet \\
\bullet \; \bullet \; \bullet \; \bullet \; \bullet \\
\bullet \; \bullet \; \bullet \; \bullet \; \bullet \; \bullet \; \bullet \\
\bullet \; \bullet \; \bullet \; \bullet \; \bullet \; \bullet \; \bullet \; \bullet \; \bullet \\
\bullet \; \bullet \; \bullet \; \bullet \; \bullet \; \bullet \; \bullet \; \bullet \; \bullet \; \bullet \; \bullet \\
\bullet \; \bullet \; \bullet \; \bullet \; \bullet \; \bullet \; \bullet \; \bullet \; \bullet \; \bullet \; \bullet \; \bullet \; \bullet
\end{array}
$$

在这样一个塔式的多层次的思想意识结构中，每一个层次上的每一个社会成员，都与相邻近的层次上的社会成员有着更多的共同性，有着可以直接对话的可能性。当时先进的思想家和文艺家与封建宗教神学进行斗争的时候，他们之受歧视、受迫害、受冷落，更多地直接来自对立的阶级及其阶层的成员，而在他们所自觉地代表着的阶级、阶层及社会群众中，较远思想层次的人可能对他们表示更多的冷落和漠视，而在相近的思想层次的大众之间，总不难找到不同程度的同情者和支持者。这在西欧文艺复兴时期的杰出作品中，不难找到相应的表现。在薄伽丘的《十日谈》中，十个资产阶级的少男少女共同赞美着与自己有着相同观念意识的人们，共同揶揄着虚伪的宗教僧侣们；在乔叟的《坎特伯雷故事集》中，参与谈话的有社会各个阶层的群众；在塞万提斯的《堂吉诃德》中，堂吉诃德与农民桑丘·潘沙结成了如影随形的主仆二人，堂吉诃德的现代意识包容在他的古旧的思想形式中，桑丘·潘沙的愚昧中杂糅着对堂吉诃德的理解和同情。这两个思想层次远没有构成不可结合的两个孤立层次。莎士比亚的《哈姆雷特》中的悲剧主人公哈姆雷特，他的失败更带有性格悲剧的性质，历史的不成熟造成了他的性格的不成熟，性格的不成熟导致了他失败的悲剧结局，而在他的周围，并不乏理解他、同情他、支持他的社会大众。这种情况，也出现在中国古代的反封建思想的作品中。在曹雪芹的《红楼梦》中，贾宝玉、林黛玉、晴雯等大量人物的处于萌芽状态中的反封建思想意识几乎是同时生长着的。他们都没有成长到要改造整个中国思想意识状况的自觉性高度，但又都与封建礼教制度产生了思想裂痕。整部《红楼梦》构成的是封建大家庭内部的一个密集的思想意识的多层次塔式结构，即使在最高层次上的贾宝玉与林黛玉同在最低层次上的贾政、贾母、贾珍等，也没有失去意识对话的可能性。贾宝玉意识的波动性，使他与各思想层次上的人都存在着发生呼应的可能性，他并不认为贾政的教训和殴打与他有着不可调和的对立性质，说明他对于贾政的仕途经济还有着内在的理解和认可，而他的本性中的叛逆意识，又使他与林黛玉有着更多的共同语言。总之，上述这些作品，都与鲁迅的小说有着显著的不同，在它们那里，几乎找不到像《狂人日记》《长明灯》《药》《孤独者》这样的艺术构图。在中国五四时期首先觉醒的知识分子，不是随同中国社会生产力的发展以同等速度成长起来的思想婴儿。中国近代微弱的资本主义工商业的发展，为他们提供了诞生的条件，在救国救民的强烈愿望的推动下，他们便一股脑儿喝下了西方资产阶级在几百年间逐渐蓄积起来的思想观念的乳汁。这样，他们的思想观念便与中国的社会历史、中国的社会生产力的实际发展状况，与他们实际生活的社会环境和群众思想环境，发生了较之一般情况下更为严重的裂痕。严格说来，他们的这种观念意识，并不是在他们所实际生活的生活环境中产生的，而是在西方的精神产品（社会科学著作、文学艺术作品等）中直接接受过来的，这就使他们这个思想层面与周围广大社会群众的思想层面成了两个远距离悬隔着的思想层面。假若说西欧反封建斗争过程中的社会思想意识结构是前面说的多层次塔式结构，中国当时的社会思想意识结构则是双层次的远距离悬隔的平行结构：

· · ·

· ·
· ·
· ·

在这两个思想层次之间，由于思想基点的根本差别，几乎失去了任何意识对话的可能性。那些少数觉醒的知识分子，接受的是 20 世纪西方资产阶级民主思想的观念意识，而广大的社会群众尚处在有类于西欧中世纪宗教神学占统治地位的思想蒙昧时代。他们之间的对话，也正如 20 世纪的人与 10 世纪的人的意识交流那样困难，那样梗阻不畅。但鲁迅的思想深刻处，就在于他认识到这两种不同观念的人必须发生对话，必须让广大群众理解并同情、支持少数首先觉醒的知识分子，必须让首先觉醒的知识分子去影响和带动广大的社会群众，所以他几乎不在这极少数的觉醒知识分子之间的关系中展开自己的艺术构图，不像其他作家一样把艺术镜头对准他们能够同气相求的极少数场合，他要测量他们在整个中国社会思想变革中的作用和力量，要在四万万人的中国社会中观察他们的思想行踪。这样，这极少数的觉醒知识分子便势必被汪洋大海般的封建思想势力分割包围，构成少数觉醒的"个人"与整个"社会"尖锐对立的局面。在这里，本质意义上似应当是多数人对少数人的思想战争，实际上却变成了少数人向多数人发动的思想战争。每一个觉醒的知识分子，当他们向中国封建传统观念宣战的时候，同时也便意味着向整个"社会"的思想宣战。封建传统思想是以整个"社会"的面目出现的，是以"多数"和"群众"的面目出现的，而进步思想的代表者，却是"孤立的个人"。

《狂人日记》中的"狂人"、《长明灯》中的"疯子"、《药》中的夏瑜、《头发的故事》中的N先生、《孤独者》中的魏连殳、《伤逝》中的涓生和子君，在整个《呐喊》和《彷徨》中构成了一个觉醒知识分子的群体形象系列，犹如在当时中国的社会上，他们已经形成了一个人数极少的独立知识分子阶层。但在每部具体作品中，他们都是"孤立的个人"，他们受到了整个"社会"的包围。特别值得注意的是，在这为数不多的篇章里，就有两篇以精神病患者为主人公，并且他们都象征性地表现了反封建思想战士的历史状况和社会处境。鲁迅这种取材的直接艺术效果，是它十分有力地显现了首先觉醒的知识分子在当时社会上极端孤立的状况，也极其鲜明地说明了他们与周围社会群众发生思想意识对话的极端困难性。三者各自有自己的意识语言，这些知识分子的语言在广大社会群众耳中犹如狂言疯语，是根本不可理解也不想去理解的东西。"狂人"要劝说他的"大哥"，改了吃人的心思，做一个不吃人的人，但他的"大哥"根本不想也不能理解他的话。这里的喻义，实际是说，那些以封建传统思想为意识底蕴的人，对觉醒的知识分子的反封建思想要求，还不存在任何能够理解和同情的思想基础，他们只把这些话作为疯话狂言。同样的情况也出现在《长明灯》的"疯子"与周围社会群众之间。"疯子"说吹熄了"长明灯"，"就不会有蝗虫，不会有猪嘴瘟"，而吉光屯的全体群众却认为"灯一灭，这里就要变海，我们就都要变泥鳅"。这就犹如当时觉醒的知识分子说破坏了中国的传统封建伦理道德，中国就会富强幸福，而愚昧守旧的群众，则相信反动统治者的话，认为破坏了这种伦理道德，中国就会天下大乱一样。在广大群众没有觉悟之前，这两种认识是无法统一在一起的。那些觉醒的知识分子只能被人们当作一群"疯子"看待。

现在的关键在于，在这种"孤立的个人"与整个"社会"的思想交锋中，在这种"少数"与"多数"、"个人"与"群众"的思想战争中，鲁迅是应当站在"孤立的个人"一边呢，还是应当站在"多数"和"群众"一边呢？很显然，鲁迅只能站在"狂人""疯子"等首先觉醒的知识分子的反封建思想立场上，站在这些"孤立的个人"一边。这形成了上述几篇小说的基本价值尺度，亦即鲁迅不是用当时"社会群众"的思想眼光观察、判断这些知识分子"个人"的存在价值，而是站在这些"孤立的个人"的思想立场上检验着整个社会、整个社会群众的现实思想状况。个性主义的意识在这些篇章里得到了最为明确的贯彻。

众所周知，鲁迅前期的个性主义思想是深受尼采思想影响的。这里的问题不在于鲁迅有没有接受尼采思想的影响，也不在于接受这种影响的深度如何，而在于鲁迅有没有接受这种思想影响的社会思想土壤，在这种社会思想土壤上这种思想的实质性内容何在。很显然，个性主义思想在鲁迅这里，成了在中国特殊的历史条件下，在微弱的现代社会思想意识与强大的封建传统思想意识的对话中，一种必不可少的进步思想意识，这种外国思想形式在中国具体思想环境中所起的"化学变化"，是我们不能不注意到的。否认鲁迅前期的个性主义思想是愚蠢的，贬低它的历史作用也是愚蠢的。我们完全可以说，没有个性主义思想，鲁迅便不成其为鲁迅，鲁迅便不成其为当时反封建思想的主将和旗手。

二

鲁迅前期个性主义思想的核心内容，便是他提倡的韧性战斗精神。具体说来，也就是要求首先觉醒的知识分子，要有强毅不挠的精神力量、傲视世俗封建势力的无畏态度、坚定不移的个人意志，抗拒强大的封建思想势力的重压，坚韧地与中国封建传统思想进行不懈的战斗。这种思想，在《呐喊》和《彷徨》的正反两个方面的描写上，都有明确的体现。

果戈理的《狂人日记》(《записки сумасшедшего》)照常规翻译，似宜译作《疯人日记》或《疯人笔记》，当时耿济之的译文便题为《疯人日记》①。照实讲，果戈理笔下的这个人物形象，给人的具体艺术感受更与"疯"字切近，而与"狂"意较远。当时人们把章太炎也称作"章疯子"。鲁迅的小说不取"疯"而取"狂"，是与他的具体艺术感受有关的。这个"狂"字，有很强的传神力，它给人的感觉已不再有果戈理笔下的主人公那种"疯""傻"之气和怯弱、畏葸之感。"狂"是"狂人"狂傲之气的语感表现：无视俗见毅然呼出封建思想"吃人"的真理是谓"狂"，傲视封建势力的重压昂然独往是谓"狂"，无私无畏、无遮无拦、充满异常的义勇正气是谓"狂"。"狂"便是"狂人"的基本性格特征。

"狂人"的主要特点是"狂"，是一股威压不了的狂傲之气；《长明灯》中的"疯子"的主要特点则是"疯"，是咬住一处死不松口的"疯劲"。他抱定吹灭"长明灯"的目标，不达目的决不罢休，压既压不倒，骗也骗不了，执着坚定，誓不退让。

和"狂人""疯子"具有对照意义的是《在酒楼上》的吕纬甫。

《在酒楼上》是一篇情深意浓的小说，但我认为，迄今为止，我们并没有真正说清这篇小说的意识底蕴。我们常常说鲁迅批判了吕纬甫的软弱和动摇，但为什么鲁迅又表示了对吕纬甫那么深刻的同情？鲁迅写吕纬甫为小弟迁葬和为顺姑送剪绒花为什么又那么情意缠绵？这两个主要情节对表现吕纬甫的软弱和动摇又有什么作用？对这些问题，我们分明没有做出令人满意的回答。与此同时，又有些研究者认为这篇小说没有反传统封建思想的意义。例如，司马长风先生在极为推崇这篇小说的艺术价值的同时，认为它之所以成功，其中一个主要原因就在于鲁迅在这篇小说中"搁置了反传统、'揭出病苦'的时代使命，从文学出发来创作小说"②。在谈到迁葬一段的描写时又说："这与他从来的作品（无论是

---

① 参见《小说月报》12卷1号。

② 司马长风：《中国新文学史》（上），152页，香港，昭明出版社，1980。

小说、散文还是杂文），一贯要刺痛什么，砍杀什么，咒骂什么完全不同，这里他写出他在深深的爱什么。"①我认为以上两种意见都没有全面、准确地摸到这篇小说的思想脉搏。它不是搁置了一向的反传统封建思想的基本主题，而正是从反对中国封建传统思想的角度，极其精微地揭示了我国五四时期首先觉醒的知识分子所面临的现实和理想、道义责任与斗争目标之间的矛盾，反映了他们在这种矛盾中所感到的内心之苦。这种矛盾反映在吕纬甫身上，具体表现为人道主义和个性主义的纠缠之苦，表现为温情的人道主义羁绊住了吕纬甫的脚步，把他牢牢地拴在了现实的封建传统的葛藤中，使他最终变成了一只折断了翅膀的飞鸟，不想起飞也无力起飞了。在这篇小说里，鲁迅从反面肯定了战斗的个性主义精神之必要，否定了脱离开个性主义精神支架的人道主义，指出这种人道主义在当时的社会思想环境中只能表现为琐碎的温情，会磨损首先觉醒的知识分子的斗争意志。但是，鲁迅对吕纬甫的态度绝非单纯的批判和否定，对他在迁葬和送剪绒花两个事件中表现出来的温润的柔情也不持绝对否定的态度。《在酒楼上》的思想倾向性并不表现在简单地否定一种思想倾向而肯定另一种思想倾向，而是表现在两种倾向的对比关系中，存在于人道主义和个性主义的消长情势中。鲁迅深切感到，在封建传统思想还束缚着广大社会群众的头脑的时候，在这种传统还是社会各类关系的主要联系纽带的时候，一个首先觉醒的知识分子是没有一条十全十美的道路可走的。他或者决断地斩断与封建传统的一切葛藤，那就要牺牲掉许多人世间原本是正常的人伦关系和道义责任，这同时也与他们的人道主义的思想理想发生矛盾；他或者履行这种种实际上也应履行的道义责任，维持这原本是正常的人伦关系，但这就会使他陷在封建关系的葛藤中难以自拔，从而丧失掉与封建传统进行决绝战斗的勇气。吕纬甫走的实际便是后一条道路。给小弟迁葬，他是明知其毫无意义的，但他的母亲却不能不重视，"母亲一知道就很着急，几乎几夜

---

① 司马长风：《中国新文学史》（上），151 页。

睡不着"。要母亲放弃这种观念，在封建传统力量还异常强大的中国，在她的母亲在这种传统中浸泡了多半生的时候，又谈何容易？在这时，他或者为了慰藉慈母之心而顺从封建传统旧习千里迢迢去为小弟迁葬，这样他不但有违自己的心愿而且还要为如此琐屑无意义的事情而耗费时光。他或者为反对封建传统而违拗慈母之心，伤害慈母之情，这样他不但有违人情之常而且也不符合觉醒的知识分子的人道主义理想。也就是说，在骨肉亲情间而又有着两种观念意识的时候，觉醒的知识分子或取其人道主义而弃其个性意志，或坚持个性意志而弃其人道主义，两者是不可兼得的。吕纬甫在二者之中选择了前者而放弃了后者，取了人道主义，压抑了个性意志。在迁葬的时候，怀念故世小弟的依恋之情，不忍欺瞒慈母的诚挚之心，使他不能潦草塞责，这种情意是正常的、真诚的，是充满人道主义感情的觉醒的知识分子所不能不如此的，但在此时此地却也不能不具体表现在迁葬这种明明无谓的举动上。给顺姑送剪绒花，一面要慰慈母之心，实现母亲的委托，一面也有自己的旧情，于是吕纬甫也必办必行，同时也乐办乐行，这同样是他的人道主义感情的表现，是鲁迅不会绝对反对的。但是，一朵剪绒花却救不了顺姑的命，顺姑被冷酷的封建关系"吃掉"了。上述吕纬甫所表现出来的种种温情，就其本身而言，并无可以深责的地方，是在正常社会状态下的人之常情，但在当时的思想环境中，却成了沉埋吕纬甫的陷阱，这里的条条葛藤都把他拴住、捆住、缠住，把他牢系在封建现实关系的网络中，再也动不得、挪不得。他最终去教"子曰诗云"及《诗经》《孟子》《女儿经》不也是可以理解的吗？老母是要供奉的，事是要谋的，雇主是不要教"ABCD"而要教"子曰诗云"的，在人道主义思想的推动下，封建传统这个网他不是只好去钻吗？总之，鲁迅并不绝对否认吕纬甫在迁葬和送剪绒花的过程中表现出来的温润的柔情，并不绝对否定他对慈母、对顺姑、对小弟的诚挚情意，并不绝对否定他为了他人而牺牲自己的人道主义精神，恰恰相反，这些都是首先觉醒的知识分子有别于在虚伪的礼法外衣掩盖下人与人冷酷关系的传统封建道德的重要特征。但是，他们在当时所同情的对象——广大的社会群众，其思想感情、观念意识却依然建立在传统封建观念的基础上，首先觉醒的知识分子用新的观念以及在新观念指导下的行动，反而使他们不可能得到心灵的安慰，他们必须以旧的观念和旧的习俗满足心灵的需要。这样，首先觉醒的知识分子牺牲的便不仅仅是自己的某些私利、某些物质的东西，而是自己的理想、自己的个人意志、自己的进步追求，从而也便牺牲了中国的反封建斗争。这就是吕纬甫悲剧的全部沉重性，这就是鲁迅赋予吕纬甫以深刻同情的原因。人道主义是好的，自我牺牲是必要的，但人道主义的自我牺牲把吕纬甫的斗争精神毁灭了。所以，首先觉醒的知识分子，面临汪洋大海般封建传统势力的包围，不可以没有人道主义，也不可以没有个性主义；不可以没有奉献，但不能奉献出自己的全部个性；不可以没有牺牲，但也不可以没有索取。

觉醒的知识分子是理解群众的，但也需要群众的理解；觉醒的知识分子是同情群众的，但也需要群众的同情。在极少数觉醒的知识分子代表着先进的思想倾向、广大的社会群众还沉埋在封建传统思想的深渊中的时候，鲁迅提出这样的愿望，难道是不应该的吗？

三

鲁迅否定脱离开个性主义的人道主义，同时也否定脱离开人道主义的个性主义。

五四时期的那些首先觉醒的知识分子，是一个重要的社会阶层，却是一个人数极少的阶层。所以他们的重要性绝不仅仅表现为自身存在的价值，而主要表现为对整个中华民族、对中国的反封建思想革命、对全体被压迫群众的觉醒和解放的意义与作用。假若他们的存在仅仅是自身意义上的存在，仅仅是有利于自身幸福的存在，那么他们才真是"一小撮"，为"多数"而消灭"少数"，为了"群众"而牺牲这些"孤立的个人"，那可真有些"名正言顺"了。换言之，只有当他们的"自我"、他们的个性主义，与更广大群众的根本利益，与他们对广大群众的人道主义同情结合在一起的时候，他们的"自我"、他们的"个性"，才会超越出纯"自我"、纯"个性"的范围，而取得更高的无限的历史价值和社会价值。

在这里，我们重点分析一下魏连殳这个人物形象。

《孤独者》这篇小说，同《在酒楼上》一样，常常遭人误解。实际上，这两篇小说是真正意义上的姊妹篇，不了解《在酒楼上》的意义，也便不能精确了解《孤独者》的意义，反之亦然。假若说《在酒楼上》是对失去了个性主义骨架的人道主义的否定，《孤独者》则是对失去了人道主义枝叶扶持的个性主义的否定。但它们的否定，又都不是简单的否定，而是在二者的消长情势中的相对的否定，其否定的对象都不是人物本身，而是导致觉醒知识分子发生这种思想变化的社会思想的现实状况。

同对吕纬甫一样，我们过去片面强调了鲁迅对魏连殳的批判和否定，这同时也就没法解释鲁迅为什么对魏连殳表示了那么深厚的同情。夏志清先生则从另一方面批评了鲁迅的这篇小说。他说："在他（指鲁迅——引者）一生的写作经历中，对青年和穷人——特别是青年一直采取一种宽怀的态度。这种态度，事实上就是一种不易给人点破的温情主义的表现。他较差的作品都受到这种精神的浸染，譬如在小说《孤独者》里，主人翁就沉溺在这种有代表性的梦想……"①应当指出，夏志清先生看出了魏连殳不是一个单纯的个性主义者，而同时是一个有点近于温情主义的人道主义者，看出了鲁迅对他的态度不是严厉的批判态度，而是有点近于宽怀的深厚同情态度，这是正确的。可以说，鲁迅是以极其强烈、极其深厚的同情，以即将迸裂的心，以即将断弦的忍耐，来叙述魏连殳的悲剧命运的。这里的问题仅仅在于，鲁迅对魏连殳的同情有没有合理性？他能不能削弱对魏连殳的同情感？假若我们从人道主义和个性主义相结合的伦理理想看待转变前的魏连殳的话，我认为我们就不能

---

① 夏志清：《中国现代小说史》，82 页，香港，传记文学出版社，1979。

不看到，鲁迅赋予了魏连殳这个人物以较之其他形象更为炽烈的同情是理所当然的。《狂人日记》中的"狂人"、《长明灯》中的"疯子"，也体现着鲁迅当时的伦理理想，但他们到底只是象征性的人物形象，就其现实性而言，他们是失去了正常人对自身痛苦的敏锐感受力的精神病患者，鲁迅表现的重点不在于唤起读者对这两个人物自身生活命运的同情，象征主义表现手法加强了这两篇小说的整体表现力和与整个现实关系的对应性，所以我们对这两个人物自身生活的命运的同情感受不可能达到最强烈的程度。《药》的深沉悲剧性也带有更多的整体性色彩，夏瑜处在小说的背景上，小说更多地着眼于对不觉悟群众的描写，夏瑜的深沉悲剧性存在于夏瑜的牺牲与群众不觉悟二者的对照关系中，并不完全汇流到夏瑜的具体生活命运上。《头发的故事》是一篇随笔式的小说，N先生个人的生活命运是通过他自己的口被概括地叙述出来的，对社会的直接的愤激鞭挞重于对N先生个人生活命运的细致描绘，所以读者对N先生的同情心没有被激发到不可忍耐的高度。《在酒楼上》的吕纬甫的悲剧是深沉的、浓郁的，它更多地唤起的是人们的忧郁的情思，而较少压抑着的愤懑。他是被琐细的温情蚕食掉的觉醒者的形象，在这一过程中他有着哀婉的叹息，但无剧烈的痛苦，鲁迅对他的同情也由于这种性质而呈现着浓郁而不炽烈的色彩。《伤逝》中的涓生是全部《呐喊》和《彷徨》中唯一一个没有最终被摧垮的觉醒的知识分子的典型形象，在这方面，他在同类形象中占有一个突出重要的地位。但在他已经走过的生命途程中，他的追求主要局限在男女爱情的实现与保持上，缺乏更博大的人道主义目的。他的个性主义精神也不够坚毅，并且在《伤逝》中他的悲剧与子君的悲剧发生着复杂交叉，鲁迅对他的同情是深厚的，但其根源不单在他个人的原有素质中，而恰恰在于他近于微末的合理要求——真诚爱情结合的要求——被残酷现实粉碎的悲惨性上，在于他左右为难的矛盾处境上。相对于涓生，鲁迅对子君的同情似乎更强烈、更单纯，但这并非因为子君的思想素质更优于涓生，而是因为她是一个弱女子，相对于她的柔弱，她的苦难是太沉重了，她的理想破灭得是太惨、太苦了，她的内蕴的意志力也算够坚强的了；相对于她原来的家庭，她为自己的理想付出的代价也是够大的了，她的牺牲精神也是够崇高的了。与此同时，她的悲剧，尽管其最终根由在于社会封建思想势力的压迫，但直接转嫁于她之身的却是她的崇仰之所在、她的爱之所在——涓生。她有流不出的眼泪，她有诉不出的苦衷，所以她的悲剧虽然是平凡的，却具有震撼人心的巨大力量。很显然，魏连殳悲剧的酷烈性并不同于子君，鲁迅对他的同情更多地来自魏连殳被摧折之前的精神素质本身。我们常常责备魏连殳是一个个人主义者，认为鲁迅严正地批判了他的个性主义，似乎由于魏连殳个性主义思想的存在，才导致了他的最终的失败。恰恰相反，魏连殳的单纯个性主义是其果，而非其因，其因倒在他的人道主义思想。鲁迅称魏连殳是"孤独者"，但他之为"孤独者"却与冰心《超人》中的何彬之为"超人"根本不同。何彬是力避人世而不能不爱的"假超人"，魏连殳则是到处求爱而不得爱的"孤独者"；何彬的孤独是自营自求的，魏连殳的孤独是外加的。在整篇小说中，鲁迅突出的重点都不是魏连殳的个性主义，而恰恰是他的人道主义。小说一开头，鲁迅就通过人们的反映说他"对人总是爱理不理的，却常喜欢管别人的闲事；常说家庭应该破坏，一领薪水却一定立即寄给他的祖母，一日也不拖延"。这里的"对人总是爱理不理的"，是写他不顾封建传统的礼法人情，见人不寒暄，不招呼，但其内心对人有着真诚的同情，乐于助人，"喜欢管别人的闲事"。他主张家庭应该破坏，别人便以为他是一个对家人无情无义的家伙，但他是对自己的祖母有着真诚同情、真挚情意的人，"一领薪水却一定立即寄给他的祖母，一日也不拖延"。他的祖母去世之后，人们担心他会改变传统的丧葬仪式，魏连殳却默认了这一切，他剧烈的内心痛苦——由对祖母一生痛苦经历所产生的强烈同情心所激出的痛苦，使他无法与族人争辩丧葬仪式的细节。鲁迅的描写向我们表明，对祖母的死从内心感到巨大痛苦的不是任何别人，而是魏连殳：

　　　　大殓便在这惊异和不满的空气里面完毕。大家都快快地，似乎想走散，但连殳却还坐在草荐上沉思。忽然，他流下泪来了，接着就失声，立刻又变成长嗥，象一匹受伤的狼，当深夜在旷野中嗥叫，惨伤里夹杂着愤怒和悲哀。这模样，是老例上所没有的，先前也未曾豫防到，大家都手足无措了，迟疑了一会，就有几个人上前去劝止他，愈去愈多，终于挤成一大堆。但他却只是兀坐着号咷，铁塔似的动也不动。

对于失意的青年和孩子，他不但毫无冷酷无情的表示，而且正如夏志清先生所说，有一种"宽怀的态度"，一种"不易给人点破的温情主义"：

> 只要和连殳一熟识，是很可以谈谈的。他议论非常多，而且往往颇奇警。使人不耐的倒是他的有些来客，大抵是读过《沉沦》的罢，时常自命为"不幸的青年"或是"零余者"，螃蟹一般懒散而骄傲地堆在大椅子上，一面唉声叹气，一面皱着眉头吸烟。还有那房主的孩子们，总是互相争吵，打翻碗碟，硬讨点心，乱得人头昏。但连殳一见他们，却再不象平时那样的冷冷的了，看得比自己的性命还宝贵。听说有一回，三良发了红斑痧，竟急得他脸上的黑气愈见其黑了；不料那病是轻的，于是后来便被孩子们的祖母传作笑柄。

魏连殳的人道主义，不是太少，而是太多了。并且他的人道主义，不像《伤逝》中的涓生一样，局限于与子君的爱情的保持，也不像吕纬甫一样，更多地系于狭小的、温润的"亲情"和"私情"，而有着更加博大的性质。他对祖母怀着深挚的爱(她不是他的亲祖母)，这种爱基于对她一生痛苦命运的同情；他对孩子们有着热诚的爱，这种爱联系着对人类未来的希望；他对下层群众有着真切的情意，这种情意建立在新的平等观念上；他对落魄青年有着宽厚的爱，这种爱包含着他求其友声的迫切愿望。

魏连殳有着博大宽厚的人道主义感情，同时又不乏足够坚毅的个性主义精神的支持。在他转变之前，这种个性主义非但不是他的缺点，不是鲁迅所要批判的对象，反而是他优于吕纬甫的地方。他也像吕纬甫一样承担着奉养老人的道义责任，但他奉养归奉养，坚持反对封建家庭制度的理想不变，毫不顾忌别人对他"古怪"的非议；祖母死后他也面临着吕纬甫不得不屈从封建的陈规陋习的困难处境，但他屈从归屈从，坚持反封建的意志不变。别人的议论他不屑顾、不屑管，他可以迂道而行但目标不变，可以暂时屈从但意志不更。总之，他的失败，不像吕纬甫那样是被封建传统势力的流沙掩埋了的一株灌木，也不像涓生、子君那样是被封建思想势力的巨浪颠翻的一叶小舟，而是被封建思想势力的狂飙摧折了的一株巨木。鲁迅是把他作为一个反封建思想战士和政治革命者的交合的典型进行描写的，文中说他是一个"可怕的'新党'"，提到他的战友被诱杀了。他是一个《狂人日记》中的"狂人"般的反封建思想战士，又是《药》中的"夏瑜"一般的政治革命者，像阿尔志跋绥夫《工人绥惠略夫》中的绥惠略夫般的反抗者。作为一个现实人物形象，他更多地体现着鲁迅关于博大的人道主义和坚毅个性主义相结合的伦理理想。正是因为如此，鲁迅对于他的被摧折，表现了更难以遏制的痛苦和愤懑：

　　　　我快步走着，仿佛要从一种沉重的东西中冲出，但是不能够。耳朵中有什么挣扎着，久之，久之，终于挣扎出来了，隐约象是长嗥，象一匹受伤的狼，当深夜在旷野中嗥叫，惨伤里夹杂着愤怒和悲哀。

　　虽然鲁迅说"我的心地就轻松起来"，但我们与《在酒楼上》的结尾一比较，便可感到这里压抑着更剧烈的愤怒和痛苦。

　　鲁迅在谈到俄国作家阿尔志跋绥夫的《工人绥惠略夫》时说："现在的所谓教育，世界上无论那一国，其实都不过是制造许多适应环境的机器的方法罢了。要适如其分，发展各各的个性，这时候还未到来，也料不定将来究竟可有这样的时候。我疑心将来的黄金世界里，也会有将叛徒处死刑，而大家尚以为是黄金世界的事，其大病根就在人们各各不同，不能象印版书似的每本一律。要彻底地毁坏这种大势的，就容易变成'个人的无政府主义者'，如《工人绥惠略夫》里所描写的绥惠略夫就是。这一类人物的运命，在现在——也许虽在将来——是要救群众，而反被群众所迫害，终至于成了单身，忿激之余，一转而仇视一切，无论对谁都开枪，自己也归于毁灭。"①魏连殳的失败，也并不在于他原来的个性主义，实际上他原来也不单单是个性主义者，而是因为他原来的人道主义失去了任何存在的基础。他所爱的祖母同时也爱他的祖母已经去世。因为坚持反封建斗争，他失了业，变得不名一文，在以封建等级观念为价值标准的当时社会上，他沦落到了最低的等级阶梯上，在这时，他不但失去了被爱的权利，也失去了爱人的权利。那些失意的青年已经云散，可说是避之唯恐不及，大良们的祖母对他表示了"应有的鄙夷"，连大良们也不再吃他买来的东西。一颗炽热的人道主义爱人之心，在由封建等级观念造成的人与人关系的冰水里，被冷凝了。最后他穷到连买邮票的钱也没有，他的最后一个战友也被诱杀了，当此之时，他的人道主义已无可施。他在人道主义和个性主义双重组合的人生态度中，失去了人道主义扶持的个性主义顿时化为憎世之心。所以，我们所说的单纯的个性主义，是魏连殳的最终失败之果，不是导致他失败之因，其因在魏连殳的外部，在封建传统观念造成的更广大的"无爱的人间"，而不在他的内部。不在他的原曾有的个性主义精神，原曾支撑着他的人道主义目的的个性主义精神。鲁迅批判的不是魏连殳，而是封建传统思想对首先觉醒的知识分子精神追求的残害。

但是，从《孤独者》中我们也可以看出，鲁迅对离开了人道主义思想基础的个性主义，也是否定的。《在酒楼上》中的吕纬甫，由于缺乏个性主义，结果循由人道主义的一条直路走向了与封建现实的妥协，因为他

---

① 《两地书(四)》。

为了贯彻自己爱人的目的，在广大群众的观念意识尚建立在封建传统的基础上的时候，便必须以封建传统的形式去爱，必须以封建传统的内容去爱。而《孤独者》中的魏连殳，失去了人道主义的爱人之心，循由个性主义的一条直路同样走向了向封建现实的妥协。因为他要生存，便必须适应封建现实，他要实现对群众的报复，更需要在封建等级关系中首先成为"上等人"，成为"统治者"，因为只有自己成为"上等人"，成为"统治者"，才能获得以封建等级观念衡人待物的周围人的惧怕和谄媚。所以，鲁迅认为，脱离开人道主义的个性主义之路，同样是走向向封建传统的妥协之路。因而他在另外一处谈到阿尔志跋绥夫的《工人绥惠略夫》时说："然而绥惠略夫临末的思想却太可怕。他先是为社会做事，社会倒迫害他，甚至于要杀害他，他于是一变而为向社会复仇了，一切是仇仇，一切都破坏。中国这样破坏一切的人还不见有，大约也不会有的，我也并不希望其有。"①

这，也是鲁迅对魏连殳结末时思想的态度。

四

在反封建思想意识只占有微弱的成分、处于绝对劣势的历史条件下，首先觉醒的知识分子在走向向封建传统妥协之路的过程中要经受人道主义和个性主义的矛盾之苦，在保持反封建传统的斗争目标的路途上更要经受二者的矛盾之苦，并且要经受更大的矛盾之苦。

涓生，就是这样一个思想典型。

涓生和子君在现代思想意识的感召下，实现了自己的自由结合。在这个过程中，他们在向外的个性主义抗争与向内的人道主义的爱情结合二者之间，在二人彼此的个性独立与相互爱慕的人道之爱之间，取得了

---

① 鲁迅：《华盖集续编·记谈话》。

相对的平衡、相对的和谐，至少，在他们所共同追求的目标上，二者没有表现出明显的裂痕。

在一个不承认个性的社会上，在一个嫉视自由结合的人群中，追求个性解放、追求自由结合的行动本身，便会导致自我的孤立。在这时，涓生和子君共同面临着两条可供抉择的道路：或者为避免自我孤立而放弃自己的追求，放弃二人的自由结合；或者不怕孤立，实现自己的追求，实现二人的自由结合。二者必居其一，他们是没有第三条道路可走的。我们常常认为，鲁迅的《伤逝》是对个性解放口号的批判，难道可以认为，鲁迅会认为在当时社会还没有得到彻底解放的情况下，涓生和子君就不应当产生对彼此的爱情吗？难道可以认为，鲁迅会认为二人产生爱情联系之后，只有首先说服了广大社会群众、实现了群众的普遍思想觉醒然后才能表示爱情并实现二者的结合吗？而只要认为鲁迅不会这样，我们就应当承认，鲁迅对涓生和子君的选择是肯定的，对他们进行的个性主义斗争是支持的，对他们的个性解放的追求是同情的。但与此同时，他们也便被当时的社会孤立了起来：

> 和她的叔子，她早经闹开，至于使他气愤到不再认她做侄女；我也陆续和几个自以为忠告，其实是替我胆怯，或者竟是嫉妒的朋友绝了交。

这应当责怪谁呢？显而易见，我们不应当责怪涓生和子君，而应当责怪蔑视个性、反对婚姻自主的封建传统。

假若说，在此之前，涓生和子君对外的个性主义抗争所必然换得的极端孤立的困难处境，暂时得到了二人之间向内的人道主义爱情结合的幸福婚姻的补偿，因而二人都保持了心理的平衡和宁静的话，那么，此后的生活，也需要对这种经常性的并且很可能是不断加剧的外部困境做出源源不断的补偿。但在事实上，这是涓生和子君在当时的历史条件下所根本不可能做到的。

特定的生活方式，特定的社会联系，推动着人的情趣爱好、意向要求向着特定的方向发展。当涓生和子君按照当时所可能做到的方式建立起自己的小家庭的时候，已经内在地决定了两个人不同的发展方向。子君在这个家庭里担当起了她所可能担当的家务劳动，在这里，她实际上被无形地组织进了另一个社会的网络之中，其中有爱养动物的官太太、养鸡的房东等，在子君原有的教养和生活经历的基础上，子君沿着一条无形的线，以表面的争斗形式，被这类人的情趣和爱好牵着向前发展了。

当子君的意向向着另一个方向发展时，涓生的意向仍然保持着原有的恒定性。当然，这也并非涓生格外优越于子君的地方。在爱情结合的过程中，他甚至还不如子君表现得果决勇敢。他之所以能够如此，是因为他的生活、他的社会联系基本维持着婚前的状态。私生活的变化对于子君是生活的全部，对于他却只是生活的一小部分。

两个人情趣意向的分离，使他们再也无法对失去广泛社会联系所带来的孤寂和凄凉处境做出新的家庭幸福的补偿，外也凄冷，内也凄冷，他们的生活开始向着一个新的方向发展。

隔膜产生了。这种隔膜把涓生和子君的个性主义和人道主义这两种合理的人生原则各向两端打去，使其成了彼此排斥、互不相容的东西。但这种隔膜之所以成为个性主义和人道主义的分离器，其最终的根由则在于他们所处的特定社会状态，在于封建传统势力的强大。一个承认个性、承认婚姻必须建立在爱情基础上的社会，不但能够为爱情的更新、生长和创造提供更加充足的条件，也能够为必要的离异扫除人为的障碍。而不论是基于爱情的结合，还是基于爱情丧失的离异，都不会使婚姻双方保持个性主义与实行人道主义的两种人生原则发生不可调和的矛盾，成为互相排斥的因素，而在绝大多数情况下，会成为相辅相成的两种人生原则。因为在基于爱情的结合里，是彼此保持着独立个性的爱情联系，彼此的同情、怜爱是以彼此尊重各自的独立人格为基础的。而在基于爱情丧失的离异中，不但保持着彼此个性的独立性，而且也为彼此建立新的真诚爱情联系提供了可能性，它不是损害着对方，而是有益于对方。这正如恩格斯所说："如果说只有以爱情为基础的婚姻才是合乎道德的，那末也只有继续保持爱情的婚姻才合乎道德……如果感情确实已经消失或者已经被新的热烈的爱情所排挤，那就会使离婚无论对于双方或对于社会都成为幸事。"①但在涓生和子君所处的具体环境中，由于社会上占统治地位的是传统的封建思想，子君和涓生一旦产生思想感情上的隔膜，一旦这种隔膜已不能由爱情的更新、生长和创造来弥合，个性主义和人道主义就不可能再是相互对立而又统一的两种人生原则了。它们都被当时的具体处境赋予了强烈的排他性。对于子君，继续贯彻对涓生的人道主义原则，就是同情他的困难处境，给他以独自谋生、继续奋斗的可能性，而这也就意味着自己的灭亡、自己的毁灭，或意味着重新回归到封建家庭中去，在歧视与诬蔑中走完自己的人生长途。这同时也便是自己个性的毁灭，自己个性主义的破产，假若她坚持自己的个性主义精神，就意味着继续坚持与涓生的婚姻契约，坚持涓生应对自己所负的道义责任。而这也就意味着放弃对涓生的人道主义原则，放弃对他的困难处境的起码同情心。对于涓生，继续贯彻对子君的人道主义同情，就必须放弃自己的个性意志，放弃自己的更广大的反封建追求，就必须向封建势力妥协，获得维持家庭生活、维持子君起码生存条件的经济收入；假若他要坚持自己的个性主义原则，就意味着放弃对子君的道义责任，就意味着遗弃子君，把子君送上毁灭的道路。而在涓生和子君之间，子君处于更加被动的地位，涓生则处于主动的地位，他的抉择具有决定事件发展方向的作用。所以这种个性主义和人道主义思想的矛盾之苦，首先表现在涓生身上。

必须看到，涓生并不是我们现在意义上的个人主义者，不是一个唯利是图的小人。他对子君，曾经怀着真诚的爱情，而一切爱情都是以爱

————————

① 恩格斯：《家庭、私有制和国家的起源》，见《马克思恩格斯选集》第4卷，78～79页。

人为本的人道主义思想的表现。当两个人产生隔膜之后，涓生开始是以人道主义同情支持着与子君的正常关系的。

我们可以看到，这时涓生眼中的子君，已经不再是他发自内心的挚爱着的对象，已经不是"情人"眼中的子君的形象，而成了一个被感激、被同情的对象，成了用理智的冷眼看到的子君的形象。他的内在意识也已不再是热烈的爱情，已经成了一般的人道主义的同情，而在这分明有些勉强而为的人道主义同情中，极力排斥的则是自己内心深处的不满感。所谓"使我也不能不一同操心"，分明让人感到他是不乐意、不情愿的。他说过"我不吃，倒也罢了"之后，子君的神色便有点凄凉，说明在他的语气中已经流露出自己的不满。他后来的"只好不开口"，也是出于对子君的同情，压抑了自己的感情，自己欲言而又不能言的话。在这时，涓生是努力用人道主义的道义责任维持二人的表面和睦关系的，是抑制了自己的个性主义。假若没有外界的更大压力的话，涓生原本是可以依靠这种人道主义的同情和理智的道义观念将二人的表面和睦关系支持下去的。

但是更大的变故来临了，这是一个失去了"道德名声"的首先觉醒的知识分子在封建观念充斥着的社会上所不得不常常发生的变故：他被解聘了，失去了家庭经济的唯一来源。巨大的经济压力，使涓生更难以单纯人道主义的同情维持自己的心理平衡了。"我的心因此更缭乱，忽然有安宁的生活的影像——会馆里的破屋的寂静，在眼前一闪，刚刚想定睛凝视，却又看见了昏暗的灯光。"这时，他在潜意识中已经有了遗弃子君的意念。压抑着自己这种意念的，仍然是他的人道主义，他的个性主义蜷曲着，为了子君的心灵的平衡，他极力掩盖着自己真实的心迹。

特定的社会处境造成了涓生的特定的生活需要，特定的生活需要造成了特定的感情情绪。感情一经产生，便成了不能完全由理智、由道义责任感完全控制的东西。涓生尽管从理智上的人道主义人生原则一直压抑着内心的个性主义要求，但他的困难处境不变，这种由真实的生活需要所决定的个性要求还是逐渐生长着。个性主义这个"隐形的坏孩子"越来越有力地反抗着人道主义同情心对它的压抑，由潜意识走向意识领域，由意识领域走向外部的行动。涓生不是没有压抑过它，也不是对它施加的压力不够，实在是因为它对于涓生是太有力了，正像封建传统势力对他是太有力了一样。

> 她从此又开始了往事的温习和新的考验，逼我做出许多虚伪的温存的答案来，将温存示给她，虚伪的草稿便写在自己的心上。我的心渐被这些草稿填满了，常觉得难于呼吸。我在苦恼中常常想，说真实自然须有极大的勇气的；假如没有这勇气，而苟安于虚伪，那也便是不能开辟新的生路的人。不独不是这个，连这人也未尝有！

难道涓生说得不对吗？在这时，涓生是没有一条十全的道路可走的。因为只有下列两条充满痛苦的道路：

> 人道主义＝虚伪＝涓生与子君的双双毁灭＝放弃反封建斗争的大目标＝涓生个性的泯灭＝放弃个性解放的思想原则＝对个性主义人生原则的否定。
> 个性主义＝残酷＝毁灭子君，救出自己＝保留自我的个性，毁灭他人的个性＝放弃人道主义的人生原则。

但第二条道路，确也为涓生留下了一条可能生存下去、斗争下去的生路。他畏葸着选择了后者，但这也就毁灭了子君。

那么，我们是否可以支持涓生走现在所走的道路呢？也不能！因为我们不能承认涓生有为了自己而毁灭子君的权利。

既非此，又非彼，那么，我们又应怎么办呢？

在这里，关键的问题不是如何为涓生选择一条人生道路的问题。假若我们能够为他找到一条十全的人生道路，那么，首先觉醒的知识分子极端孤立的社会思想环境就不必打破，觉醒的知识分子就有了一条道德自我完善的道路，他们便不必为中国整个社会的思想解放和社会解放而斗争。所以，这里的关键问题在于，涓生不论怎样，都要经受个性主义与人道主义的矛盾之苦，只要封建传统思想仍然紧紧地束缚着广大社会群众的思想，个性主义和人道主义这两条人生原则就不可能完美地统一在一起，为人和为己就永远是矛盾的、排他性的，而那些首先觉醒的知识分子若不想与封建现实妥协，不想走向自我的毁灭，就极易走向排斥人道主义的个性主义道路。

正是基于这种认识，鲁迅从对觉醒的知识分子个性解放的支持，走向了对广大社会群众思想启蒙的关怀，从自我的强毅的个性主义斗争，走向了对广大人民群众深厚的人道主义同情。

五

鲁迅说："……我的取材，多采自病态社会的不幸的人们中，意思是在揭出病苦，引起疗救的注意。"①这"不幸的人们"包括首先觉醒的知识分子，但更包括广大的不觉醒的劳苦群众。

在《呐喊》和《彷徨》中，鲁迅对知识分子的生活和命运也表示了极其深厚的人道主义同情，但作为这个阶层的整体，鲁迅的同情是有条件的，有等差的，也是有特定范围。除了少数已经沦落到了与广大劳动群众同等悲惨地位的知识分子（如《孔乙己》中的孔乙己、《白光》中的陈士成）之外，一般说来，只有当知识分子具有反封建的思想追求的时候，才会得到鲁迅的同情和肯定。相对于知识分子，鲁迅对劳苦群众的同情几乎是无条件的，这种同情并不以他们自身的觉悟程度分出等差，他们的痛苦命运本身便是鲁迅同情他们的唯一依据。《药》中的华老栓用夏瑜

---

① 鲁迅：《南腔北调集·我怎么做起小说来》。

的血为自己的儿子治病，但我们却看不到鲁迅因此便不同情他的命运；《阿Q正传》中的阿Q，几乎集中了不觉悟群众身上所可能有的全部精神痼疾，但这非但没有减少鲁迅对他的同情心，反而构成了鲁迅同情他的重要原因。

我们在上文曾经指出，在《狂人日记》等篇章中，鲁迅是鲜明地站在"狂人"等首先觉醒的知识分子这些"孤立的个人"一边的，是以他们的思想立场俯察社会、俯察社会群众的思想状况的，尽管其中也交织着鲁迅个性主义和人道主义的两种思想观念，但就其主导观念而言，则是个性主义的，是以"个人"为本位、"重个人排众数"的。但在另外一些作品中，鲁迅的这种价值尺度有了很大变化。我们曾经指出，就思想觉醒的程度而言，《故乡》中的"我"较之成年的闰土、《祝福》中的"我"较之祥林嫂，都是要高得多的人物，但他们在这两篇小说中的具体位置却与"狂人"在《狂人日记》、魏连殳在《孤独者》中的位置有了根本不同的变化。在《故乡》中，"我"与闰土基本处于一种平行的关系，鲁迅既非用"我"的水准衡量闰土，也不是以闰土的要求衡量"我"的思想。在谈到未来的理想时，鲁迅既不希望如闰土般麻木地生活，也不希望如"我"般辛苦辗转地生活；当谈到现在的希望时，鲁迅觉得二人的差别只是一个切近，另一个遥远，并没有绝对地倾向其一而贬斥另一个。在《祝福》里，这种关系发生了进一步的变化。鲁迅反复写到"我"面对祥林嫂的悲剧命运所感到的困惑、惶急、自疚和无能为力的软弱感。在祥林嫂向他提出灵魂的有无的问题时，他"背上也就遭了芒刺一般，比在学校里遇到不及预防的临时考，教师又偏是站在身旁的时候，惶急得多了"。在祥林嫂的追问下，他感到"自己也还是完全一个愚人，什么踌躇，什么计划，都挡不住三句问"。他在此后的心理活动，都处在欲摆脱对祥林嫂的道义责任而不能的境地里。我们先不必细致分析"我"的心理活动的具体内容，至少我们可以看到，这里的价值标准与《狂人日记》诸篇有了显著的不同。在《狂人日记》里，"狂人"是不负有更大的罪责的，鲁迅追究的是"狂人"之外的愚妄群众的罪责。在《祝福》中鲁迅尽管也没有追究"我"的罪责，但"我"自己是感到有内疚、有罪责、有愧悔的。鲁迅分明不仅仅以新的思想水准衡量着祥林嫂自身的奋斗和挣扎，而且还以祥林嫂的痛苦命运叩问着首先觉醒的知识分子。首先觉醒的知识分子的思想和作为，在多大程度上能满足劳动群众思想解放和社会解放的需要，在《祝福》中以一个更明确的形式成了鲁迅衡量觉醒的个人的价值标准。在这个意义上，劳苦群众的需要又成了第一位的东西，以"群众"为本位、以他人为本位的人道主义思想，成了《祝福》以及与之相类的作品的主导性观念意识。

这两种迥异的价值标准是怎样产生的呢？它们的内蕴的实质何在呢？我认为，鲁迅前期的个性主义，更多地表现为他的鲜明的反封建的思想立场。在思想立场上，鲁迅不能也不该站在当时的最广大的社会群众的立场上，因为那是在封建传统思想的束缚下的群众。说得更明确些，就是他当时不能也不该站在占中国人口绝大多数的农民阶级的思想立场上，因为农民阶级是一个不可能具有自己先进的世界观的阶级。在这里，他是站在首先觉醒的知识分子那极少数的"孤立的个人"一边的。这种鲜明的个性主义立场，使他有效地避免了列夫·托尔斯泰主义，避免了美化农民道德、农民思想的歧途。而在中国的具体历史条件下，美化农民道德、农民思想就是美化封建传统思想和传统道德。在这里，正确的立场是站在当时极少数首先觉醒的知识分子所代表的现代民主主义思想立场上，站在新的科学民主的新道德的一边。尽管这些知识分子也还是历史的、具体的、不可能得到完全发展的知识分子，但他们却代表着新的、先进的思想观念，代表着中华民族思想发展的新的因素。可以说，这种反封建的个性主义思想立场是鲁迅作为中国现代意识形态的表征的首要前提，是他作为一个精神界战士的首要前提。但是，在社会的立场上，鲁迅又是站在最广大人民群众一边的，特别是站在占中国人口绝大多数的农民劳苦群众一边的，是从最深度的人民立场——农民阶级的根本利益和长远利益的立场提出中国反封建思想革命的问题的。在这里，鲁迅需要也完全能够站到占中国人口绝大多数的人民群众一边来。

在第一章我们曾经谈到，封建传统观念是以封建等级观念为中心内容的，而这种封建等级观念，就是一种以"上"为本位的观念，是"上"尊"下"卑的观念，是以"上"者的意志为意志、"上"者的利益为利益的观念。而与此相对立的，则是以"下"者为本位、以人民为本位的人道主义思想。所以，鲁迅的强毅的个性主义和深度的人道主义的结合，就是他的坚定的反封建思想立场和深厚的人民性立场在当时特殊历史条件下的具体表现形式。从社会政治思想的角度观之，我们常常称之为彻底的革命民主主义思想；从伦理思想视之，它则是个性主义和人道主义的对立统一。假若说反封建的个性主义思想立场是鲁迅作为中国现代意识形态的表征的首要前提，是他作为一个精神界战士的首要前提，那么，他的深度的人道主义思想立场，则是他在中国的特定历史条件下，在广大社会群众就其思想立场仍属于封建传统意识形态的范畴的时候，作为一个反封建思想的战士能否从单纯的知识分子的狭小圈子中跳出来，从更深度的意义上、从更广阔的社会需要上、从最深度的人民性立场上进行反封建思想斗争的关键。所以，鲁迅的人道主义不是削弱了他的反封建思想的力量，而是进一步深化了它、强化了它，是鲁迅较之当时一般的要求个性解放的知识分子反封建思想更为深刻、更为彻底的原因之一。

六

怀着深厚的人道主义同情，从处于中国社会最底层的劳苦群众的基本生存权利出发，通过他们在封建传统思想和传统伦理道德摧残下的痛苦的人生命运，深刻揭露中国封建传统思想的"吃人"本质，是《呐喊》和《彷徨》中一系列光辉篇章的中心内容。鲁迅为我们创造了具有世界意义并永载文学史册的《阿Q正传》，为我们创造了杰出的小说名篇《祝福》《故乡》《明天》《风波》《离婚》等。

在过去，我们在分析《呐喊》和《彷徨》中这些篇章的时候，着眼点往往放在这些作品的悲剧主人公的卑下的政治地位和经济地位上，这固然无可厚非，但我们必须看到，鲁迅为劳苦群众所争取的，有更超于这些的东西。不论是在鲁迅之前，还是在鲁迅之后，都有无数作家反映过劳苦群众的悲惨命运，对他们那食不果腹、衣不蔽体的悲惨经济处境，对他们那被欺压、被蹂躏的低贱政治地位，有过大量的描写。但我们总是感到，他们为劳苦群众所争取的东西，反而不如鲁迅的这类作品更多、更高。假若说他们为劳苦群众争取的是安居乐业的经济生活、不受欺凌和压迫的政治地位，那么鲁迅则不局限于这些。

所以鲁迅把中国的封建历史，分为想做奴隶而不得的时代和暂时做稳了奴隶的时代。而在这暂时做稳了奴隶的时代，劳苦群众在经济上暂得果腹蔽体，在政治上暂得避免不虞之祸。对于那些以劳苦群众经济上、政治上的悲惨遭遇为主体画面的文艺作品来说，读者的目光完全可以停留在这种社会理想上。但对于鲁迅的作品来说，读者的目光却绝对不能停留在这里，他必须把目光放得更远，把可以忍受的限度提得更高，把为劳苦群众应得的东西要得更多。那么，鲁迅为劳苦群众的"标价"定在一个什么标准上呢？鲁迅在《灯下漫笔》中写道："但实际上，中国人向来就没有争到过'人'的价格，至多不过是奴隶，到现在还如此，然而下于奴隶的时候，却是数见不鲜的。"[1]

这个"人"的价格就是为劳苦群众所争取的价格。

对于鲁迅而言，这是广大劳苦群众所应得到的最低限度的价格，同时它又是到那时为止，为劳苦群众标示出的最高的价格。

这个"人"的价格，就是作为一个"人"，作为一个现代世界上的"人"所应得到的所有权益的总和。《呐喊》和《彷徨》的所有有关小说都让我们感到，鲁迅认为劳苦群众只填饱肚子是不足的，只不受额外的政治欺压也是不足的。《祝福》中的祥林嫂，在鲁四老爷家时，没有感到经济上的匮乏，也没有受到鲁四老爷和鲁四太太的肉体折磨。开始，她甚至是一

---

[1] 鲁迅：《坟·灯下漫笔》。

个非常受器重的奴隶，在她被抢走之后，鲁四太太还颇"怀念"她：

> 只有四婶，因为后来雇用的女工，大抵非懒即馋，或者馋而且懒，左右不如意，所以也还提起祥林嫂。每当这些时候，她往往自言自语的说，"她现在不知道怎么样了？"意思是希望她再来。

鲁迅之所以从这种"关怀"中看到了巨大的悲剧性的东西，正是因为鲁四太太不是作为一个"人"，而是作为一个"奴隶"、一个做工的器械记起她、提到她的。假若我们能找到《呐喊》和《彷徨》中这类悲剧主人公的共同的悲剧基础的话，那么，那就是他们自始至终都未曾被周围的人当作"人"。他们有的时候是干活的工具，有的时候是供人开心的玩物，有的时候甚至是人们表现自己的"善良"的招牌，但却从来没有被人们当作一个有着"人"的一切要求的"人"。所以鲁迅说祥林嫂是一个"被人们弃在尘芥堆中的，看得厌倦了的陈旧的玩物"。在先，她是一个"玩物"；在后，她是一个被人看得厌倦了的玩物，但从来不是一个"人"。《孔乙己》中的孔乙己也是这样一个玩物。

> 孔乙己是这样的使人快活，可是没有他，别人也便这么过。

挂念孔乙己最长久的是咸亨酒店的掌柜，但他记着的只是作为欠他十九个钱的孔乙己，而不是作为一个"人"的孔乙己。

关于这一点，表现得最为典型的仍然是《阿Q正传》。

《阿Q正传》的艺术画面，是以中国封建历史上劳动人民的卑贱地位的全景图和远景图开始的，鲁迅带着悲苦的笑容，叙述了中国历史著作中那五花八门的、名目繁多的"传"的名目，但合于阿Q这类劳苦群众身份的，却没有一个。当这幅远景图推进到阿Q的现实状况的时候，鲁迅首先告诉我们，阿Q在社会上是连一个"人"的起码的标志也没有的。他没有姓，没有确切的名，没有出身籍贯，甚至连自我选择一个姓的权利也没有。没有"人"的价格的阿Q，当然也不会得到作为一个"人"所应得到的起码的尊重和同情。他的癞疮疤，成了人们任意取笑的对象；他的小辫儿，成了被人抓住往墙上碰响头的方便条件。在人们眼里，他或者是被取笑的玩物，或者是做工的器械，谁也未曾把他当作一个"人"想到过、记起过。

阿Q没有家，住在未庄的土谷祠里；也没有固定的职业，只给人家做短工，割麦便割麦，舂米便舂米，撑船便撑船。工作略长久时，他也或住在临时主人的家里，但一完就走了。所以，人们忙碌的时候，也还记起阿Q来，然而记起的是做工，并不是"行状"；一闲空，连阿Q都早忘却，更不必说"行状"了。只是有一回，有一个老头子颂扬说："阿Q真能做！"这时阿Q赤着膊，懒洋洋的瘦伶仃的正在他面前，别人也摸不着这话是真心还是讥笑，然而阿Q很喜欢。

"阿Q真能做！"这句话，常常被我们作为阿Q勤劳优秀品质的佐证。这与鲁迅的原意有着极内在又极尖锐的矛盾。在鲁迅看来，不论老头子的话是真心还是讥笑，阿Q都不是被作为一个"人"而是作为一个机械被评价着的。

把"人"不是看作"人"，而是看作可供使用的工具，这是封建传统思想的内在本质。妻是夫的泄欲的工具，所以必须"嫁鸡随鸡，嫁狗随狗"，不必建立在彼此的爱情关系上；臣是君的工具，所以要事君以忠，绝对服从，不必有内在的真挚感情。一切的礼教制度都是一种维护人与人关系的形式规定，人与人之间的感情联系的实际状况是不必顾忌的。总之，在封建的伦理道德培植下形成的人与人的关系，不是感情关系，而是纯实利性关系。感情关系是超实利性的关系，是有"我"也有"他"的关系；而纯实利性关系，则是使用性关系，是无"他"的关系。"他"的价值仅仅在使用价值中来判断，以于我有利的程度来决定。我们看到，正是从这种不把"人"当"人"的观念中，派生出了鲁迅笔下所有"小人物"的惨烈悲剧。既然阿Q只是一个工具，"革命政府"为了维护"社会治安"，为了调整丁举人与赵太爷的关系，当然就可以被选为"杀一儆百"的对象，不论他是否真的有罪；既然祥林嫂只是一个劳动工具，当她不再适宜于做女佣的时候，鲁四老爷和鲁四太太当然要辞退她了；既然孔乙己丧失了一切使用性的价值，人们当然可以对他漠然视之甚至奚落嘲弄了。

　　首先要把劳苦群众当作"人"，当作与自我苦乐相通的"人"，当作应当受到"人"所可能受到的同情、爱护和尊重的"人"，而不是把"人"视作纯实利性的工具和机械，劳苦群众才会得到真正的重视和爱情。仅仅有经济上的某些改善，地位上的某些提高，假若仍把"人"当作纯工具看待，那么，劳动群众的命运将仍然不算有实质性的改善。在《风波》中，张勋复辟失败之后，七斤的地位在家人和村人心中都有了很大改变，"七斤嫂和村人又都早给他相当的尊敬，相当的待遇了"，但鲁迅分明认为，在实质上七斤还是没有获得一个"人"的价值。在七斤嫂的眼里，他是一个养家糊口的工具，当这个工具即将不中用时、即将危及全家的安危时，他受到歧视、冷落，与现在当这个工具看来还是一个极好的工具时的重新受到相当的尊敬，本质上没有什么不同。一旦这个工具重新沦落为一个无用的工具，他所获得的礼遇又会马上丧失。在《阿Q正传》里，革命党初来之时，阿Q的身价倍增，赵太爷也敬之以"老Q"的尊称，拱手奉承唯恐不及，但鲁迅知道，阿Q这时的地位的提高，仍是作为一个工具价值的提高，正如淘粪时恰好用到了淘粪的工具，淘粪的工具受到了平时所未曾有过的重视，一旦把粪淘完，这种工具仍然会被扔到墙角旮旯。所以当"假洋鬼子"代表赵家与"革命党"建立了联系而阿Q却始终没有得到"革命党"的垂青、失去了他的实用价值的时候，赵太爷对阿Q的态度又恢复了故态。同样，阿Q做了一段小偷从城里回到未庄时，"满把是银的和铜的"，在未庄人眼里阿Q的身价提高了，但这种身价很快又跌落下去，因为这仍是一种工具价值的提高。

　　这一切描写的背后，都蕴含着鲁迅的人道主义的呼声：要把每一个劳苦群众提高到"人"的地位上来，提高到真正的"人"的地位上来。这种地位，不仅存在于对劳动群众使用价值的理性判断中，不仅存在于各种外部形式的标记中，更存在于他们在整个社会人心的真实感情领域所占的比重的大小和位置的高低。而《呐喊》和《彷徨》则具体表明，为劳苦群众呼吁着人道之爱的鲁迅，正是这种人道主义感情的最高体现者。只要我们不是用指掌在作品中去刻意搜求爱的词句，而是用整个身心去感知作品所散发着的真实感情的冲击力，我们就会感到，在中国近现代文学史中，还没有一个作家，对最底层的劳苦群众，怀着这么深厚的人道主义感情。我认为，我们在体会《呐喊》和《彷徨》中的这种感情的时候，注意以下几点是有必要的：（一）这种爱，是从感情领域升华到理智领域的爱，而不是从理智领域升华到感情领域的爱，因而是不带任何虚饰性的爱。鲁迅后来曾说："……并且在现在，不带点广义的社会主义的思想的作家或艺术家，就是说工农大众应该做奴隶，应该被虐杀，被剥削的这样的作家或艺术家，是差不多没有了，除非墨索里尼，但墨索里尼并没有写过文艺作品。"[①]在现代这种思想潮流中，用理智推动着的感情，由理智上的应该爱导致的感情上的可以爱，成为转变期中国文学的一大特征，因而理智的容器大于感情的充溢力遂成了绝大多数此类作品的弊病。鲁迅对劳苦群众的爱绝非用理性的手挤压出来的感情，而更具有原发性的强力，具有为任何理性认识所压抑不住的上升力。我们可以看到，不论鲁迅怎样鞭策阿Q、孔乙己这类人物的精神弱点，他那无比深厚的人道主义感情还是透过每一条艺术缝隙挥发出来，这是真正具有强力的人道主义感情，不带任何矫饰性的感情。（二）鲁迅在《呐喊》和《彷徨》中表现出来的对劳苦群众的人道主义感情，是一种超实利性的感情，除了劳苦群众自身的幸福外，绝感不到鲁迅还想从被爱者身上得到什么。可以说，这是一种不求回报的爱，一种事先未曾设置具体目标的爱，不以被爱者与自我的实利性关系为前提的爱。鲁迅为什么同情阿

---

① 鲁迅：《二心集·对于左翼作家联盟的意见》。

Q？为什么同情孔乙己？因为他们是受苦受难的群众，是未曾如此严重地损害过别人却受到了别人如此严重损害的人。除此之外，鲁迅并没有附加任何条件，否则他们便不会被收容进鲁迅的爱力圈之内。（三）鲁迅对劳苦群众的爱，是有我也有他的爱，是我他交融的爱，是一个个体对另一个个体的自然亲和力、自然趋向力，而不是对任一个个体的强行抑制，而只有这种爱才可以是一个个体对另一个个体所可能产生的真诚的爱，它没有屈我而扬他的那种卑屈感、奴性感，也没有那种有我无他、屈他就我的那种狭窄感、专断感，所以这种爱是真正平等态度的爱，但它同时又可以对与自我有极大差别的对象倾注这种真正平等态度的爱。

只有这种浓郁而又澄澈的人道主义感情，才可以如此强烈地震撼着人们的心。

七

为了更清晰地感知鲁迅个性主义思想在这类作品中的体现，我们还需要进一步考察一下鲁迅对他笔下的那些劳动群众中的悲剧主人公，"怒其不争"的核心内容是什么。

对于那些非悲剧主人公的不觉悟群众的形象，直接表现出来的突出特征是缺乏人道主义的思想感情，但他们缺乏人道主义思想感情的最终根源，却在于缺乏明确的自我意识，缺乏强烈的个性的自觉，因而也不可能有冲破封建传统思想藩篱的个性主义精神。这在那些悲剧主人公身上表现得格外明显。

对于广大人民群众来说，是以自我的需要为需要，还是以外加的需要为需要，亦即有没有正确的自我意识和个性的自觉，是他们能否意识到自身的根本利益和长远利益的首要前提。在第一章中我们曾经指出，作为政治经济地位的人与作为思想观念上的人的不合理分离，是不觉悟劳动群众形象的根本特征，这就是说他们的价值观念与自身需要是分离的，也就是说他们缺乏真正的自我意识和个性意识。

司马长风先生说："主人公'阿 Q'无统一的个性，他被写成既胆大妄为又卑怯懦弱，既投机取巧又痴呆糊涂，既是被迫害者又是迫害者，既狡猾又麻木……。在小说技巧上这是明显和严重的错误。"①我认为，不是阿 Q 这个人物形象没有统一的个性，而是司马长风先生没有把握住他的统一的个性，阿 Q 的统一的个性恰恰在于他缺乏个性的自觉，缺乏明确的自我意识。正因为如此，他同时受着两种相反的力的推动：一种是自我本能欲望的力的推动，另一种是社会上流行的封建传统观念的力的推动。这两种力在他身上都表现为盲目的、直觉的、非理性的力量，他始终未曾也不可能把这两种推动力统一在一起，也未曾用一种力完全吞噬掉另外一种力，所以他一生都表现着彼此尖锐对立、相互矛盾的趋向性，形成了他的外在表现的二重人格。但这二重人格又有其统一性，又有相互联结的纽带，这个纽带就是他的自我意识的缺乏、个性意识的缺乏。一般说来，当他的本能需要强化起来，支配着他的行动的时候，他表现出一种趋向性。但他在意识上从来不承认自己这种本能需要的合理性，在他的全部的意识领域里，活跃着的并不是在自我本能感觉和自然需求基础上引发出来的思想观念，而是封建传统观念这种异化的思想力量。这种力量恰恰是对他的本能需要的一种否定性力量，在这种力量支配着的时候，他的行动则又呈现出另外一种趋向性。而在更多的情况下，阿 Q 的本能欲望是和这种异化的观念意识交合在一起的，本能欲望被异化的观念意识扭曲为一种畸形的行为，或者异化的观念意识中又灌注进了变形的本能欲望，造成了阿 Q 复杂、矛盾而又统一的性格特征。

阿 Q 本来也是正人，我们虽然不知道他曾蒙什么明师指授过，但他对于"男女之大防"却历来非常严；也很有排斥异端——如小尼姑及假洋鬼子之类——的正气。他的学说是：凡尼姑，一定与和尚

---

① 司马长风：《中国新文学史》（上），111 页。

私通；一个女人在外面走，一定想引诱野男人；一男一女在那里讲话，一定要有勾当了。为惩治他们起见，所以他往往怒目而视，或者大声说几句"诛心"话，或者在冷僻处，便从后面掷一块小石头。

在这里，在他的本能欲望没有成为支配他的行动的主要力量之前，他的行动主要是由异己的封建传统观念支配着的。在这里，他完全失去了自我的意识，完全没有个性的自觉，为什么应当维护"男女之大防"？为什么尼姑一定要与和尚私通以及这与他有什么关系？一个女人在外面走对他又有什么妨碍？一男一女在那里讲话为什么就需要他去"惩治"？他是根本不知道也不想知道的，他这时完全处于一种"无我"状态，完全被一种维护社会道德的感觉所支配，而失去了自我的意识，这种道德之是否真应该维护，他也就不可能知道了。但在其中，也贯穿着他的被压抑了的本能性意识的作用，不过这种作用已经被异己的道德意识扭曲得难见端倪了。在这里，他的潜在性欲表现在对性欲关系的极端敏感上。看到尼姑，他马上想到与和尚的私通；看到女人在外面走，他马上想到她与男人的性欲关系；看到一男一女在那里讲话，他马上意识到二人的性行为。显而易见，推动他进行这种联想的内意识是他自己的对性的欲望。他对这种种行为的盲目排斥力，实际是转化了的异性占有欲。

> 谁知道他将到"而立"之年，竟被小尼姑害得飘飘然了。这飘飘然的精神，在礼教上是不应该有的，——所以女人真可恶，假使小尼姑的脸上不滑腻，阿Q便不至于被蛊，又假使小尼姑的脸上盖一层布，阿Q便也不至于被蛊了，——他五六年前，曾在戏台下的人丛中拧过一个女人的大腿，但因为隔一层裤，所以此后并不飘飘然，——而小尼姑并不然，这也足见异端之可恶。

在这时，他的本能欲望的力量强烈起来，假若他真正具有自我意识，从自我的体验和真实的欲求出发，原本是可以得到一个新的、正确的道德观念的：人有追求异性爱的权利。但是，在他的观念领域里活动着的，却是一种并非建立在自我本能需要上的异己的封建观念，这种观念使他几乎是下意识地认为自己的这种欲念是丑恶的、不洁的、不合理的。在这种非自我的异己观念的作用下，他接受了"女人祸水论"。本能意识的冲动，驱使他向吴妈下跪求爱，但他的观念意识却又不承认自己求爱的合法性，所以吴妈跑走后，他心中便"有些忐忑"了。阿Q的其他所有形似矛盾的行动和观念，都是建立在缺乏个性观念和自我意识的基础之上的。他受人欺压，正确的自我意识原本可以让他了解人压迫人、人欺凌人的社会现象是不合理的，但他并不直接反抗这种社会现象，而是在对更弱者的欺凌中对自己受欺凌的屈辱进行补偿；使他失业的是社会的愚妄的道德观念，但他不是直接反对这种虚伪的道德观念，而去问罪于与他同为被压迫者的小D。所以，缺乏明确的自我意识和个性的自觉，是阿Q性格的一个基本特征。关于这一点，美国学者林毓生的意见是正确的。他说：

> 阿Q的纯朴虽有可喜之处，却不能理解为一种可以从内部产生思想道德变化的源泉，也不是可能从外部接受某种刺激而发生变化的因素。因为，阿Q既没有自我意识，便不能有意识地从内部开发和发展好的因素；阿Q既是按本能生活，外界的刺激即使有利，也不能够激发和改变他。实际上，他的纯朴本身便只是缺乏内心自我的特殊表现，而不是人的内部的道德力量。因此，这种纯朴的作用只是使他在传统的坏制度中落入陷阱，最后被统治阶级杀了还不知是怎么回事。直到生命的最后一刻他才有了一点自我的醒悟，但那是由死亡带来的，他在以往的生活中从来没有达到过这种境界。没有内心自我地活着，这就是阿Q的存在的唯一特点。①

---

① 林毓生：《鲁迅的复杂意识》，引自乐黛云：《国外鲁迅研究论集（1960—1981）》，65页，北京，北京大学出版社，1981。

缺乏自我意识和个性的自觉，在外部表现上便是对传统封建制度和封建思想现状的消极适应性。这种消极适应性，在封建等级制度的社会结构中，又有着两种不同的形式：一是被动的适应方式，即在无法改变自身实际社会地位的时候，以被动忍耐的方式适应被压迫、被践踏的悲惨处境，阿Q的"精神胜利法"便是这种被动适应的方式之一；二是主动适应的方式，即在现实的封建等级制度的阶梯上，爬到更高的等级阶梯上，由被压迫者转化为压迫者，阿Q的"革命"便是企图实现这种主动适应的方式。而不论被动的还是主动的适应方式，都不是从自我生活经验中直接升华出来的生活和社会理想，而是以异己的社会制度和社会观念为不变的前提条件进行消极适应的结果。

这种消极适应性，同样表现在单四嫂子、祥林嫂、爱姑、闰土等人物身上。寡居的痛苦原本可以使单四嫂子知道寡妇改嫁的正义性，但她并不以自我生活实感为前提建立自己的思想观念，而是盲目地被理学道德观念支配着，以忍耐和"茫漠"的期待坚持着痛苦的寡居生活；祥林嫂一生都被寡妇改嫁的罪恶感所笼罩，她不以自主改嫁反抗被出卖的命运，而是以出逃的形式逃避一妇嫁二夫的结果。她因被迫改嫁而受到世人的歧视，但她不去反对歧视本身的荒谬根源，而是以捐门槛的行为为自己"赎罪"；受到公婆、丈夫虐待的爱姑理应认为"三从四德"的妇训是不合理的，但她却以"三从四德"的封建观念为自己的行为辩护，这使她不能不陷入异常被动的地位；导致闰土痛苦处境的是"多子，饥荒，苛税，兵，匪，官，绅"，但他没有去反对其中的任何一个令他痛苦的根源，而企图在宗教迷信中摆脱所有这一切的结果。总之，缺乏自我意识、个性的自觉，不对导致自我痛苦的直接原因进行个性主义的反抗，而是以当时普遍的观念为观念，以当时社会的道德为道德，是鲁迅笔下所有不觉悟群众中的悲剧主人公的共同特征。鲁迅的"怒其不争"，便是怒其无自我意识，怒其无个性的自觉，怒其无个性主义的反抗精神。而没有这种个性的自觉，他们便不能从传统封建观念的束缚中挣脱出来；没有当时的个性主义的反抗，也便无以汇成集体的反抗洪流。

鲁迅之所以突出劳苦群众有个性自觉的必要性，还因为他们没有这种个性的自觉，也便没有深厚的人道主义精神。被动忍耐自身痛苦的人，对别人的痛苦也会感到冷漠；主动适应封建等级制度和封建等级观念的人，对更弱者同样会表示出残酷的侵凌。这两种可能性都能在阿 Q身上找到应有的表现。由此可以看出，在这里，鲁迅的个性主义和人道主义思想也是相互结合着的，这构成了他的基本价值观念。

八

　　个性主义和人道主义及其二者的对立统一构成了鲁迅前期与传统封建道德迥然不同的新的道德观念。而在这两种思想、两种道德的对立斗争中，鲁迅还借助了以进化论为表现形式的发展变化的观念。

　　我们至今常常产生这样一种感觉，似乎鲁迅前期进化论思想是有很大的局限性的，似乎它只是一种普通的发展观念，起到了支持鲁迅在找不到明确出路的情况下坚持战斗的作用。假若仅仅如此，这种思想就没有多大价值可言了，就成了连现在的普通中学生的辩证发展观都不如的东西了。那么，作为伟大的思想家的鲁迅又何在呢？《呐喊》和《彷徨》的思想深刻性又由何而来呢？

　　我们之所以没有认识到鲁迅前期进化论思想的深刻意义和崇高价值，就在于我们没有把它纳入鲁迅当时所主要致力的中国反封建思想革命的特定范畴中，因而也没有发现它的核心内容。鲁迅前期进化论思想，是一个普遍的、一般的进化发展观念，但它的核心内容和崇高价值却不在它的一般性上，而在它的特指性上，在于他将这种发展变化的观念引向了一个确定的领域——社会意识形态特别是伦理道德观念的领域。质言之，他的前期进化论思想，是在达尔文生物进化论思想的影响下产生的，但却不主要是生物进化论；它是一种具有普遍适用性的观念，但却主要不是社会政治制度、经济制度和整个社会的进化发展观念，而主要是社会意识形态特别是社会伦理道德观念的进化发展观。

> 大哥，大约当初野蛮的人，都吃过一点人。后来因为心思不同，有的不吃人了，一味要好，便变了人，变了真的人。有的却还吃，——也同虫子一样，有的变了鱼鸟猴子，一直变到人。有的不要好，至今还是虫子。这吃人的人比不吃人的人，何等惭愧。怕比虫子的惭愧猴子，还差得很远很远。①

在这里，鲁迅坚持的已经不是达尔文的生物进化论，而是人本身的发展进化论。这种人本身的发展进化，显然不是人的生理机能的发展进化，而是人的思想、人的伦理道德观念、人的价值观念的发展变化。他认为人的思想、人的伦理道德，也和达尔文在生物界揭示出来的规律一样，不是凝固不动的，而是不断发展变化的，不断适应着时代、历史的要求由低级向高级前进。中国的封建思想、封建伦理道德，只是在人的整个精神发展历史上的一个低级阶段，它还带有"吃人"的兽性特征。在过去，具有这种思想和这种伦理道德"吃过一点人"的人，因为人类精神发展的不充分，原也不必惊怪，但关键在于必须不断前进，不断更新。假若在现代的世界上，在人类精神发展应当也必须彻底抛弃这种"吃人"思想和"吃人"道德的时候，仍然固守着这种思想和这种道德去"吃人"、害人，也正像达尔文生物进化论学说中讲到的那类至今未变的低级动物——虫子一样，是十分可耻而可羞的。

中国传统的封建思想，并非在所有的方面、所有的领域都反对变化、否认发展、维护旧物、毫不改动。《论语》中就记有这样一个名句，"子在川上曰：逝者如斯夫！不舍昼夜。"②孔子把世界上万事万物都在发展变化，并且永动不息、常进不返的道理讲得既形象又深刻。朱熹在

---

① 鲁迅：《呐喊·狂人日记》。
② 《论语·子罕》。

这句下注曰："天地之化，往者过，来者续，无一息之停，乃道体之本然也。"①鲁迅也曾说："……进化如飞矢，非堕落不止，非著物不止，祈逆飞而归弦，为理势所无有。"②假若仅就一般的意义，鲁迅与封建时代这些思想家的说法并无不同。他与孔子，一用飞矢为喻，一用流水作譬，可谓相似乃尔。但在封建思想传统中，不论有多少讲发展变化的名句，但在关于人的价值观念、人的伦理道德尺度上，则是不讲发展、不讲变化的，他们从来都是以一种绝对不变的价值标准、道德尺度衡量人的存在价值，衡量人的道德面貌，而不认为这种标准应该随着时代的变化而变化，不同时代的人应该有不同的道德面貌。汉代的鸿儒董仲舒，对于封建统治的一系列具体内容，都承认其有变化的必要："五德终始"，朝代可变；"新王必改制"，治理方式可变；"改正朔，易服色"，具体礼仪形式可变……唯独不可变者实际只是以三纲五常为主体内容的封建伦理道德。他说："若夫大纲、人伦、道理、政治、教化、习俗、文义，尽如故，亦何改哉？故王者有改制之名，无易道之实。"③正是在这个范围中，他提出了著名的形而上学的理论命题："天不变，道亦不变。"④可以说，中国传统的封建思想，是以"不变"应"万变"者，这不变的，便是社会思想和社会伦理道德观念。及至中国近代，"欧风美雨"动摇着中国封建传统的统治，经济制度、政权形式、政治制度领域的形而上学的不变观都先后瓦解了，并且那些先进的思想家都并不异常困难地在封建传统的思想学说中为这些领域的改革找到了理论的根据，洋务派、以康有为为代表的改良派乃至革命派中的章太炎等，都以传统的思想形式表达着新时代的新的需要。辛亥革命后，那些封建的复古主义者固守的最后一块形而上学的阵地，便是社会意识形态、社会伦理道德这个世袭领地了。他们不得不承认"国体之变"，但却死抱着"纲常不变"，

---

① 朱熹：《四书章句集注·论语集注》。
② 鲁迅：《坟·摩罗诗力说》。
③ 董仲舒：《楚庄王》。
④ 董仲舒：《举贤良对策》。

说"共和国以道德为精神，而中国之道德，源本孔子，尤不容有拔本塞源之事"①。鲁迅前期的进化论思想，正是向封建传统思想的最顽固也是最后的一块堡垒掷去的一颗烈性炸弹，是中国反封建思想革命所不可或缺的一个重要思想武器。

把某种道德信条抽象化、绝对化、奉为万古不变的终极真理，不但是中国封建传统思想的重要特征之一，而且使许多道德理论陷于形而上学、机械论的大陷阱。特别是在具有两千余年封建历史并以道德治国为主要经世治国手段的中国社会里，在以农业自然经济为主体，社会生产方式和生活方式变化非常缓慢的中国历史里，形而上学的道德观更具有根深蒂固的广泛影响，不断地在不同的梯级上停顿下来，把在特定现实需要上形成的伦理道德信条固定化，或以新的形式维持传统封建道德观念，是中国社会思想乃至整个社会历史发展缓慢的重要原因之一，也是以描写人为中心的文学艺术发展缓慢的重要原因之一。在中国近现代历史上，能将发展变化观贯彻到社会意识形态和社会伦理道德领域，并实际形成自己的一种基本价值观念如鲁迅者，实罕有其人。这种观念，同时也赋予《呐喊》和《彷徨》以强烈的战斗性和严密的科学性，是构成它们的意识底蕴的基本观念之一。

从来如此，便对么？

在《狂人日记》里，鲁迅通过"狂人"之口，对封建思想和封建伦理道德的永恒性提出了公开的挑战，这是以社会思想、社会伦理道德的进化发展观念向传统封建思想和封建伦理道德提出的严正驳斥。

----

① 　陈焕章等：《向两院请定孔教为国教书》。

九

我们首先看一下《肥皂》这篇杰出的讽刺小说。

构成《肥皂》这篇小说的讽刺基础的基本观念是什么呢？它首先是对封建卫道者四铭的虚伪性的揭露。四铭恶毒地攻击新文化、新道德，说什么"学生也没有道德，社会上也没有道德，再不想点法子来挽救，中国这才真个要亡了"。但他攻击新道德的心理根源，却是对"孝女"的变态性欲心理。这就构成了四铭的虚伪性，实现了对他的尖锐讽刺。但仅有这一个基础，鲁迅对四铭的讽刺与中国古典文学中对所有假道学的讽刺还没有什么本质的不同，他还可以让人认为，四铭的可笑仅仅在于他的虚伪，在于他一面攻击别人违犯了封建伦理道德，一面自己却是这种道德的违犯者，这样《肥皂》的基本价值观念便仍然可以是以传统封建道德为标准的，是以此为准区分人物的美丑的。《肥皂》之所以与中国古典文学中那些揭露假道学的讽刺作品不同，就在于它还有另外一个讽刺性基础，即以社会思想、社会伦理道德的发展观对四铭固守旧道德行为的荒谬性的讽刺。作为小说线索的"肥皂"在小说中有许多彼此不同的职能，其中的一个职能便是社会进步的表征。在这个意义上，它与四铭太太过去使用过的皂荚子形成了直接的对照。在过去，四铭太太用皂荚子，老是洗不净她耳朵后、脖子上的那些积年的老泥，而这块"葵绿异香的洋肥皂"，则截然不同了。鲁迅在小说的最后一段，着意刻画了这块肥皂被录用后的情况：

> 但到第二天的早晨，肥皂就被录用了。这日他比平日起得迟，看见她已经伏在洗脸台上擦脖子，肥皂的泡沫就如大螃蟹嘴上的水泡一般，高高的堆在两个耳朵后，比起先前用皂荚时候的只有一层极薄的白沫来，那高低真有霄壤之别了。从此之后，四太太的身上

便总带着些似橄榄非橄榄的说不清的香味；几乎小半年，这才忽而换了样，凡有闻到的都说那可似乎是檀香。

社会在日日进步，社会生活在时时变化，它侵入了每个人的生活，自然也侵入了那些卫道者自己的生活。这种进步，这种变化，必然带来社会思想、社会伦理道德的新变化，四铭亲身沐浴着社会变化带来的物质利益，但却恶毒地攻击这种进步带来的社会思想和社会道德的进步，足见其荒谬不经、愚妄无理。在杂文中，鲁迅称四铭这类封建卫道者为"现在的屠杀者"。他说："做了人类想成仙；生在地上要上天；明明是现代人，吸着现在的空气，却偏要勒派朽腐的名教，僵死的语言，侮蔑尽现在，这都是'现在的屠杀者'。"①

这样，在《肥皂》中，"肥皂"构成了对新思想、新道德的象征，"皂荚子"构成了对封建传统思想和传统伦理道德的象征。中国用传统思想和传统伦理道德洗了几千年，脖子上、耳朵后那积年的老泥还是洗不净，到头来还是一个贫穷落后的中国，现在是应该也必须用新思想、新道德洗一洗这积年老泥的时候了。而鲁迅借以判断这两种道德的优劣的基本观念，便是社会思想、社会伦理道德进化发展的观念，它们是随着社会的变化发展而变化发展的。正是在这里，鲁迅在中国文学史上，第一次实现了由静态的现实道德判断向社会历史判断与理想人性判断相结合的综合判断的转化，这构成了《呐喊》和《彷徨》价值判断的基本标准。

在两千余年的封建历史上，中国都是以伦理道德为观人衡物的基本价值标准的，这反映在叙事性文学作品中，就形成了以"道德判断"为主体的价值判断标准。它们主要地不是用社会发展的需要判断特定时代、特定人物的道德面貌和道德观念，而是以固定不变的道德标准判断人物的善恶美丑。放弃了"道德判断"这一主要价值标准的是曹雪芹的《红楼梦》。在曹雪芹笔下，封建伦理道德已经不是判断人物善恶美丑的基本

---

① 鲁迅：《热风·现在的屠杀者》。

标准，而成了被判断、被重新估价的对象。但曹雪芹只是从自身的生活感受中，在已经变化了的关于人的价值观念支配下不自觉地完成了这一变化，他还不可能认识到，社会的发展要求着新的伦理道德观念，因而他所使用的价值标准，仍然是自己的关于人的新的观念，而不是社会历史的价值判断。在五四时期，新文化运动的参加者自觉倡导新思想、新道德以与传统的封建思想和封建道德相对立，而在这两种不同的道德观念面前，仅仅以道德本身为尺度，已经无法说明这两种道德的优劣短长，还必须找到一个独立于两者之外的标准，来表现新道德必然代替旧道德的合理性和必然性。为适应这种需要，鲁迅在小说创作中首先实现了由"道德判断"向社会历史价值判断的转变。这种判断标准又与鲁迅关于人道主义和个性主义对立统一的理想人性相结合，形成了社会历史的价值判断与理想人性的价值判断相结合的综合价值判断标准。这体现在《呐喊》和《彷徨》的全部创作中，形成了它们与古典叙事性作品迥然不同的思想特色。

假若说《狂人日记》是全部《呐喊》和《彷徨》的一个总纲，它把鲁迅对封建伦理道德和封建思想的认识做了综合性的象征性表现，那么，《长明灯》则可被视为《呐喊》和《彷徨》的一个子纲、分纲，它着重抨击的是封建传统的陈腐性和社会思想现状的保守性、落后性。在这篇小说里，"长明灯"已经不是永恒性、正确性的表征，而成了陈腐性和落后性的象征。鲁迅通过吉光屯村人的口告诉我们，这盏灯还是梁武帝亲手点起来的，在吉光屯村人看来，这就足以说明了它是不应当吹熄的，说明了它是神圣的、永恒的。那么，鲁迅又是怎样把它转化成一个可笑而又可恶的形象的呢？鲁迅分明是依靠了读者已经形成的、他认为不容置辩的社会思想、社会伦理道德的发展观念。鲁迅唤起了读者类似这样的联想：从梁武帝至今的悠悠一千四五百年间，世界历史发生了多少天翻地覆的巨大变化，世界社会思潮发生了多少撼天动地的沿革递替，但吉光屯这盏灯仍然是这盏灯，千年未变。"疯子"要吹熄它，竟然遭到了全村人如此严重的反对。在其中活跃着的，是以现代社会历史的发展对这盏"长明灯"所做的否定性价值判断，否则，读者就不会同情"疯子"而讪笑其村人，就不会认为吉光屯的社会思想状况是可笑可悲的。在这里，"长明灯"成了中国封建传统思想和传统伦理道德的象征，不正是它，在中国存在了上千年而至那时还被中国多数人奉为圭臬、不准人们撼动它的统治基础吗？"疯子"与吉光屯保守势力的斗争，实际上是破坏还是保存腐朽的封建传统思想、传统伦理道德的斗争，是社会思想、社会伦理道德可变与不可变的斗争，是社会思想和社会伦理道德应该进化发展还是应该抱残守缺、因循守旧的斗争。

发展的社会历史价值判断的形式，也广泛地运用于对反面人物的刻画。在鲁迅笔下，那些封建地主阶级的代表人物和封建思想的卫道者，一个个都像从几千年以前的古墓里爬出来的活尸，对 20 世纪的新事物和新思想表现出了惊人的无知。《风波》中的赵七爷，是"三十里方圆以内的唯一的出色人物兼学问家"，然而他的全部学问就是"他有十多本金圣叹批评的《三国志》，时常坐着一个字一个字的读；他不但能说出五虎将姓名，甚而至于还知道黄忠表字汉升和马超表字孟起"。他所想象的张勋，手里拿的仍然是"丈八蛇矛"，他认为只要三国良将张翼德在世，便可四方归顺、天下太平。什么现代的军事武器，什么现代的战争形式，他根本一无所知、一无所晓。《祝福》中的鲁四老爷，与"我"一见面便大骂"新党"，但他骂的竟还是早已成为"拉车屁股向后"的康有为，什么辛亥革命，什么新文化运动，他似乎闻所未闻，更不用谈对这些现代社会历史变动的理解了。《离婚》中的七大人就更奇了，他甚至认为，公婆任意赶走儿媳是普天下、普宇宙的公理，根本想象不到世界上还会有异于此的伦理道德：

> 要不然，公婆说"走"！就得走。莫说府里，就是上海北京，就是外洋，都这样。

假若说封建思想、封建伦理道德的卫道者及其所代表的封建思想意识形态是残酷性(反人道的)、虚伪性(无个性的或反个性的)、陈腐性(反进化的)三种特征在同一个思想层面上的结合体,亦即他们同时具有这三种特征,那么,对于首先觉醒的知识分子,则存在着两个思想层面。一方面,就他们自己的主观愿望,就他们自己的思想追求来说,他们同时追求着人道主义和个性主义相结合的思想理想,他们也是主张社会思想、社会伦理道德的进化发展观的。另一方面,由于当时封建思想势力的强固社会基础和他们自身力量的单薄,他们在现实关系中又根本不可能将自己的思想追求贯彻到底,他们不是由于个性主义的失败而走向孱弱、琐碎的温情人道主义,便是由于人道主义的失败而陷入个人报复的、冷酷的、厌世的个性主义,从而沿着不同的思想道路与封建思想现实达成妥协,放弃了对社会思想与伦理道德变革的追求。适应着这种状况,鲁迅对他们的价值判断也是在两个思想层面上进行的。一方面,在社会历史判断中,鲁迅确定了首先觉醒的知识分子在当时代表着最先进的社会思想意识倾向的势力,确定了他们思想追求的合理性和正义性。所以鲁迅对他们抱有极其深刻的同情。另一方面,在理想人性的判断中,鲁迅又同时表现了在当时历史条件下他们作为整个人不可能达到理想、完美的人的境界的现实真实。这里我们所说的理想人性的判断,已经完全不等同于封建时代文学作品中的那种静态的现实的道德判断,因为鲁迅恰恰认为,在一个不合理的社会中,一个人是不可能超越现实关系而达到理想人性的标准的,这种理想的人性只能在人类精神发展的无限进化中逐渐实现。因而对于当时那些追求着这种完美思想理想的觉醒的知识分子来说,他们之不能达到这种理想并非他们本人的罪过,而是社会历史条件的限制,是周围社会群众思想状况的制约。我们在分析这类人物形象时,必须注意鲁迅对他们的价值判断标准的层次性。把第一个层面中的内容移到第二个层面上去,我们就会把这些人物形象理想化;把第二个层面上的东西移到第一个层面上去,我们就会把这些人物形象弄成被批判的罪人。而这两种倾向都违反了鲁迅前期的社会思想、社会伦理道德的发展观念。不从社会思想、社会伦理道德的发展中看待当时首先觉醒的知识分子，我们既不能确定他们在当时的先觉者的历史地位，也不能确定他们对于整个人类精神发展前景的历史局限性。

十

我们曾经反复强调，社会意识形态、社会伦理道德观念的发展和社会政治经济制度的变革是相互依赖和相互影响的，但二者也有不同的规律性。假若从它们的发展形态着眼，社会政治经济制度的变革带有明显的突变性质，而社会思想、社会伦理道德观念的变化则呈现出更加鲜明的渐进性特征。按照马克思主义的观点，社会意识形态、社会伦理道德观念的发展和变化，更多地直接依赖于社会生产力的发展以及由此带来的生产方式、生活方式的发展和变化。当社会生产力发展到一定程度，经济基础中产生了前所未有的新因素，社会的生产方式和生活方式开始发生着新的变化的时候，新的意识形态和新的伦理道德观念便已经在一种不自觉的状态中产生了。随着社会生产力的进一步发展，这种新思想和新的伦理道德观念会由潜隐状态逐步转化为明显状态，并与旧的思想和旧的伦理道德形成可见的对立和斗争。但即使在这时，这种思想的、道德的斗争仍然不可能一下子上升至政治斗争的高度，它们反映着不同的经济利益，但只是在一种很曲折的形式下，因而它们还没有包含为争取新的经济制度的明显成分。要使思想和道德的斗争发展到明确的政治的和经济的斗争，需要对思想和道德的斗争积累更多的经验，因而也就是需要社会生产力及生产方式和生活方式的更大发展和变化。在政治斗争中，在政治斗争激烈化所酿成的革命斗争中，新的意识形态和新的道德观念有可能以较之平时更迅速的步伐发展起来，但它仍不可能最终完成整个社会思想的转变。革命斗争的胜利，新的政治经济制度的建立，为生产力的发展提供了更加有利的条件，也为新的意识形态和新的伦理道德观念的发展开辟出更宽广的道路。但这是否意味着旧的社会意识形态和旧的伦理道德观念会随着旧的政治经济制度的灭亡而灭亡呢？显然不是！政治革命完成了，但思想斗争仍在继续，或曰政治斗争又重新主要地以思想斗争的方式存在着。在我们上述的这个已经被简化得多了的历程中，社会思想和社会伦理道德的转化都在持续不断地进行着，它的发展变化是一个极端缓慢的过程，并且不存在一个像政治经济制度革命那样一个质的飞跃点，它有时有一个或数个显化期，我们有时称其为思想革命，但仍然不是整个社会思想和社会伦理道德观念由此向彼的断裂性变化。鲁迅前期社会思想和社会伦理道德的进化发展观，对中国反封建思想革命的这种特殊发展形态有着极强的适应性，因而它对《呐喊》和《彷徨》的创作也产生了有利的而不是不利的影响。

总体而言，鲁迅前期社会思想、社会伦理道德的发展观使他对中国反封建思想革命的长期性以及前进性变化的必然性有着较之他人更为精确的科学估计；就《呐喊》和《彷徨》的具体创作而言，它给鲁迅的人物描写带来了高度的真实性和可信性。在《呐喊》和《彷徨》里，最能体现整个中国社会思想和社会伦理道德观念变化的是不觉悟群众和首先觉醒的知识分子这两部分人物。下面我们对这两部分人物形象的描写做一个简要的巡视。

鲁迅对不觉悟群众的刻画，放在了当时所可能有的两种社会背景上：社会革命(辛亥革命)和一般的生活状态。在所有这两种生活和历史发展过程中，不觉悟群众的具体的生活经历、感情、情绪和追求发生着这样那样的变化，但鲁迅没有塑造任何一个"突变式的英雄"。他们的所有变化，几乎都是在大致相同的一个振幅上波动，始终没有摆脱封建思想观念的束缚和禁锢。他们中变化最大的恐怕莫过于阿Q了。他由反对革命到拥护革命，可谓发生了一个一百八十度的大转弯。但鲁迅却在这表面的"巨变"中表现着他思想观念的内在本质的统一性。阿Q行动的转变，只是在新形势下固有思想的另一种表现形式，而不是固有思想的自身的变化。但是，鲁迅笔下的不觉悟群众的思想也并不是没有任何前进性的运动。这种前进性运动是有的，但它并不体现在一个人物思想的突变中，而体现在总体的发展趋势上。它表现在一个人物身上，只是一种朦胧的、微小的、不自觉的因素，但就在这些分散的、微小的因素中，鲁迅表现了在当时历史条件下劳动人民思想意识和伦理道德观念发展变化的前进性趋势。鲁迅曾说："人类的血战前行的历史，正如煤的形成，当时用大量的木材，结果却只是一小块……然而既然有了血痕了，当然不觉要扩大。至少，也当浸渍了亲族，师友，爱人的心，纵使时光流驶，洗成绯红，也会在微漠的悲哀中永存微笑的和蔼的旧影。"①在小说《药》的最后一节，鲁迅实际反映了夏瑜之死对中国社会思想人心的影响。这种影响是微弱的，但并非全无。除了他的后继者还在纪念着他之外，他的血也浸渍了夏大妈的心：

> "瑜儿，他们都冤枉了你，你还是忘不了，伤心不过，今天特意显点灵，要我知道么？"他四面一看，只见一只乌鸦，站在一株没有叶的树上，便接着说，"我知道了。——瑜儿，可怜他们坑了你，他们将来总有报应，天都知道……"

这是从一个慈母心中发出的、仍然裹挟在封建迷信观念中的、对这个荒谬社会的神圣的怀疑。她依然不知到底是谁、是什么害了夏瑜，但她这时已经不为儿子的被处死而羞愧，她爱自己的儿子，相信自己的儿子是无罪的，因而也在朦胧中觉得杀害自己儿子的这个世界是不完满、不那么合理的。这还不是这位老妈妈的觉醒，但已经萌生着觉醒的药；这也不是这位老妈妈个性意识的形成，但已经看到她怀疑社会的个性意识的芽。

与夏大妈同去上坟的华大妈，也在无形中受到了感情的浸染：

> 那坟与小栓的坟，一字儿排着，中间只隔一条小路。华大妈看他排好四碟菜，一碗饭，立着哭了一通，化过纸锭；心里暗暗地

---

① 鲁迅：《华盖集续编·记念刘和珍君》。

想，"这坟里的也是儿子了。"

共同的慈母的爱心，把两位素昧平生的老妈妈的心连在了一起。在这里，隔阂缩小了，两坟中间的小路隔开了夏瑜和华小栓的坟，却再也隔不开两位老妈妈的心：

> 华大妈见这样子，生怕他伤心到快要发狂了；便忍不住立起身，跨过小路，低声对他说，"你这位老奶奶不要伤心了，——我们还是回去罢。"

两位老妈妈的心发生着相通的感情，华大妈也就能够通过夏大妈的悲哀受到夏瑜之死的某些"茫漠的"感染和影响。当她看到夏瑜的坟上的花环之后，"觉得心里忽然感到一种不足和空虚"，这是她对自己和自己的儿子那蒙昧生活的一种朦胧的不满足情绪。这种不满足，使她同夏大妈一样，在下意识里产生了对未来更美满生活的茫漠期待。在夏大妈以紧张的心情注视着乌鸦的时候，华大妈也隐隐地感到有所期待，有所默求。这种骚动着的不安，不正是不觉悟群众有可能走向觉醒之路的前兆吗？鲁迅说："但既然是呐喊，则当然须听将令的了，所以我往往不恤用了曲笔，在《药》的瑜儿的坟上平空添上一个花环，在《明天》里也不叙单四嫂子竟没有做到看见儿子的梦，因为那时的主将是不主张消极的。至于自己，却也并不愿将自以为苦的寂寞，再来传染给也如我那年青时候似的正做着好梦的青年。"①《药》的"亮色"，是由鲁迅添在夏瑜坟上的花环带来的，但却不主要表现在这个花环上。我们过去总是仅仅在花环本身做文章，结果带来了对鲁迅这段话的基本含义及其理论内涵的曲解。鲁迅当时的"寂寞"，当时的所谓"消极"，绝不在于怀疑夏瑜这类革命者是否后继有人，亦即不在于夏瑜的坟上能不能出现他的后继者所送

---

① 鲁迅：《呐喊·自序》。

的花环，而在于夏瑜的后继者是否还会落入与夏瑜相同的白白捐弃性命的境地，也就是说，在于广大社会群众的是否觉悟。正是由于鲁迅在小说中设置了这个夏瑜的后继者可能放上也可能不放上的花环，才进一步展开了夏大妈对儿子死因的模糊追索的描写，展开了华大妈对自己生活的虚落感的描写，展开了两位老妈妈对未来的"茫漠"的期待的描写，从而表现了夏瑜之死在不觉悟群众心中产生的极其微弱然而却确然存在的影响。而这也正是鲁迅认为有希望之所在，正是《药》的不"消极"之所在。所以这里面根本没有为了表现自己的理想而离开现实可能性加上一个虚幻细节的事情，也没有为了"听将令"而改变自己对现实真实感受的事情，而只是把自己所感到的不可完全绝望的事实写进了小说而已。

《药》写出了不觉悟群众思想意识的潜在性微弱变化，《阿Q正传》也写了这种变化。阿Q在愚昧中度过了一生，但在临死前却在下意识中感到了当时生活的可怕，感到了有一种狼样的东西在吃掉他的肉体和灵魂。这是对封建传统思想"吃人"的真理的潜在感觉。在祥林嫂一生的终点，她也对灵魂的有无产生了充满矛盾心情的本能怀疑。

鲁迅对不觉悟群众的思想刻画，除闰土由少年时的天真活泼发展为成年的痛苦麻木反映着社会生活、传统思想对他们的精神窒息过程之外，几乎所有的有关变化的描写都呈现着微弱的"正转"状态，反映着他们在生活实感中积累着微弱的反封建思想因素的过程。这种"正转"状态的描写，说明鲁迅认为他们的思想意识不会永远停留在同一个水平线上，会随着社会生活的变化而逐渐变化。但鲁迅又看到这种变化在内质上是极其缓慢的，假若考虑到中国现代思想意识的变革不是由中国农业自然经济自身发展变化造成的，我们就会感到，鲁迅对不觉悟群众观念意识变化的微弱性、迟缓性的描写，是极其深刻而真实的。整个中国现代文学史都表明，谁夸大这种自然状态中农民思想的变化，谁就会回到农民思想中去，谁抓住的就只是形变而非质变，谁也就会离开人物性格自身发展的逻辑性。

若鲁迅笔下的不觉悟群众形象的变化都是"正转"状态的变化，那他笔下的觉醒的知识分子形象则无一例外地呈现着"逆转"性的变化。《狂人日记》中的"狂人"，病愈后又去当官，"赴某地候补矣"；《头发的故事》中的 N 先生由剪辫而变为愤世嫉俗、消极悲观；《在酒楼上》中的吕纬甫在先是"到城隍庙里去拔掉神像的胡子"的英雄，"连日议论些改革中国的方法以至于打起来"的热诚青年，后来却成了"敷敷衍衍，模模胡胡"的苟活者；《孤独者》中的魏连殳最后痛苦地说："我已经躬行我先前所憎恶，所反对的一切，拒斥我先前所崇仰，所主张的一切了"；《伤逝》中的子君，最后又回到自己的封建家庭，在苦痛和矛盾中默默地死去；甚至《肥皂》中那个无耻的封建卫道者四铭，若干年前也曾是新学的提倡者，现在却忏悔起自己的孟浪，大骂起新文化、新道德了……但是，在《呐喊》和《彷徨》里，对觉醒的知识分子个人"逆转"变化的描写，是和整个社会思想的"正转"运动并行的。在《头发的故事》里，N 先生剪辫后的痛苦遭遇使他失去了改革的勇气，但有更多的学生剪去了辫子，女生又再酝酿着剪发运动。与此同时，每个觉醒的知识分子的思想"逆转"，对他们的思想是一种沉淀，但沉淀之后的结果不是使他们回到无觉悟中去，回到封建传统的卫道者的地位中去，除了四铭、高老夫子这类极少数的人，由支持或表面支持新文化最后又转向攻击新文化的立场之外，他们中的大多数人都积淀了尽管微弱但却恒定的新思想的因素。《头发的故事》中的 N 先生，尽管愤激地反对改革，但他的反对，不同于统治者对改革者的憎恨，而是出于对改革者的深厚同情；《在酒楼上》中的吕纬甫，在敷衍偷生的现在，也仍然留有对昔日战斗年华的留恋，留有对现在敷衍苟活生活的不安；《孤独者》中的魏连殳，表面已躬行他先前所憎恶、所反对的一切，但他思想的爱憎，却仍然奔淌在新思想的河道里；《伤逝》中的子君，重新回到了自己的封建家庭，但她不是怀着对新思想的憎恨，而是怀着对它的痛惜和失望。即使是《端午节》中的方玄绰，他之所以用"差不多"的理论安抚自己的不平，也恰恰证明了他心中仍有不平；《幸福的家庭》中的"他"，在描绘着那空幻的"幸福的家庭"的蓝图时，不是也不再用"父子有亲""夫妇有别""长幼有序"的封建人伦关系的思想构架了吗？再者，鲁迅笔下首先觉醒的知识分子的形象，也并非全部停止了自己的追求。他们中仍然有人在封建现实的荆棘中，带着被它划破的伤痕，抛掉原来不切实际的幻想，重新去做更为坚实的追求。《伤逝》中的涓生就是他们的代表：

> 我要向着新的生路跨进第一步去，我要将真实深深地藏在心的创伤中，默默地前行，用遗忘和说谎做我的前导……。

子君的死给了他太多的痛苦和愧疚，现实的折磨给了他太多的精神创伤，事实的教训使他充分掂量了封建思想现实的沉重性，但他仍要前进，仍要追求下去，要跨向新的生路。用"遗忘"抛掉沉重的精神负担，用"说谎"减轻封建思想势力对自己的威胁，迈开滞重的步伐，他又去做新的艰苦的追求。总之，鲁迅在《呐喊》和《彷徨》中向我们表明：新思想、新道德在封建思想的包围中可以退潮，但绝不会干涸；可以枯黄，但绝不会死亡。它的每一次蔓延，都不会像初看起来那么宏大，那么有希望，但每一次蔓延都会在社会上积淀起一些新的因素，埋伏下重新生长的种子。在吕纬甫、涓生、子君、魏连殳这类知识分子的身上，不正积淀了对新思想、新道德的深厚同情吗？这种同情力的扩大，也正是新思想、新道德赖以进一步滋生的基础，它使后继者在一个相对较小的社会压力下重新开辟自己的道路。

五四时期觉醒的知识分子，主要不是从中国自身生产力的发展中独立地建立起自己的理性追求的，而是当有前进的追求时，直接接受了外国思想学说中的理论命题，这种原则与中国实际的思想现状发生了极大的悬隔。所以他们的理想与现实、理论与实际、愿望与可能，有着极大的距离。一旦他们从外国回到中国，从讲堂走向社会，从书本转向生活，他们的思想追求就要接受严峻现实的考验，在这种考验面前，他们的追求热情就要在封建思想势力的冷窟中大大降温。鲁迅对觉醒的知识分子思想"逆转"现象的描写，正是对这种现实生活规律的反映。在大量个体"逆转"现象中的整体缓慢"正转"，是鲁迅对首先觉醒的知识分子的反封建斗争在中国社会思想变动中的作用及其作用形式的基本估计。他既肯定了他们的先觉作用，也没有过高估计这种斗争的实际社会效果。

综合上述两类描写，可以看出，《呐喊》和《彷徨》实际描写了中国现代社会思想变动的两种动因及这两种动因的表现形态。一方面，不觉悟群众在生活的实感中缓慢觉醒；另一方面，首先觉醒的知识分子不断在精神产品中获取新的观念意识，而后在现实的实际斗争中一批批被冷却，以其冷却后的积淀物转化为中国社会思想中的新质因素。前者是由内而外的浸润，后者是由外而内的渗透。前者是微弱的，但是是基础性的，有更大的稳定性；后者是急骤的，但是是表面性的，有更大的不稳定性。当这种由内而外的浸润与由外而内的渗透连为一体并布满中国社会思想的整个机体时，便是中国反封建思想革命的任务彻底完成之时。但这个过程是长期的、缓慢的，那种企图通过一两次政治运动实现整个社会思想变革的做法已经被多次证明是错误的，而鲁迅对社会思想、社会伦理道德发展的渐进性规律的认识，不但带给了《呐喊》和《彷徨》以艺术描写的科学性、精确性和严格的真实性，而且对我们认识社会思想发展的特殊规律也有极大的启示性意义。

十一

《呐喊》和《彷徨》的意向中心和最终指归在于"救救孩子"。

在《狂人日记》里，鲁迅实际写出了"狂人"觉醒的三个思想层次：（一）首先一般地认识到社会吃人，周围的人吃人；（二）继之认识到他的亲人吃人，他的大哥吃人："吃人的是我哥哥！我是吃人的人的兄弟！我自己被人吃了，可仍然是吃人的人的兄弟！"（三）最后认识到自己也曾吃过人。这三个思想层次是"狂人"对封建思想、封建伦理道德由浅入深、由形到质、由表到里不断深化的认识过程。只有当认识到它们不但是一些有形的规定，而且是一种无形的观念意识的整体的时候，他才会感到在这样一个思想意识机体中成长起来的人是不可能不受其影响和浸染的，是不可能从自己开始便能够实现与传统观念的断裂性变化的。这样，他便必然要把自己的意向中心转向由世代序列组成的不断变化的链条上，便必然转向"救救孩子"的努力上。我们知道，这不但是"狂人"的意向中心，实际也是鲁迅自己当时进行反封建思想革命斗争的意向中心，是由他的社会思想、社会伦理道德观念进化发展观导致的必然结果。"自己背着因袭的重担，肩住了黑暗的闸门，放他们到宽阔光明的地方去"①，便是鲁迅这种意向中心的直接表述。

　　这种意向中心特别明确地表现在《故乡》中。在这篇小说里，两个时间层面中蕴存着两个世代系列，构成了与此有关的三组人物关系：童年的"我"与闰土、成年的"我"与闰土、现在的宏儿与水生。在这三组人物关系的已知项中，又存在着一个未来时间层面中的未知项：未来的宏儿与水生的关系。从童年的"我"与闰土，到成年的"我"与闰土，构成的绝不是今与昔的对比，若如此理解，便会把《故乡》当成对过去的依恋和对现在的否定，当成抒发思古之幽情的作品，而这是与鲁迅的思想背道而驰的。实际上，这里组成的是以往世代系列中的一个恶性循环。在童年，那些还没有受到封建等级制和封建等级观念严重浸染的少年儿童，彼此的关系是纯朴的、正常的，他们心心相印，感情相通，平等相待，没有隔膜。但在整个社会上，存在的是严格的封建等级结构和封建等级观念，随着年龄的增长，入世越来越深，在适应现存封建关系和封建思想现状的过程中，观念意识逐渐被社会化，亦即被封建化了，人的心与心不相贯通了，不相理解了，真实的感情也受到了等级观念的阻隔，不能畅然表现了。鲁迅所希望的，正是要打破这种恶性循环，他认为"我"与闰土的这个恶性循环已经造成了，已经难有挽回的希望，他希望从宏儿和水生这个新生代开始不要再继续这种恶性循环，而要循着进化发展

_____

　　① 鲁迅：《坟·我们现在怎样做父亲》。

的链条向前发展。"我希望他们不再象我，又大家隔膜起来。"但现在的水生和宏儿，开始的仍是童年的"我"与闰土的关系，是一个新的循环的前项，仅仅这个前项还不意味着社会思想和社会关系的进化和发展，希望在于未来时间层面中的那个未知项：未来宏儿和水生关系的状貌。

　　　　他们应该有新的生活，为我们所未经生活过的。

　　在五四这个特殊历史时期，中国的社会思想发生了骤变，正常情况下社会思想变化的复杂性被简化了，世代系列的循环表现得比平时更为明显。那时，新文化、新道德的倡导者几乎全部是接受了外国先进思潮影响的青年知识分子和在校读书的青年学生，而在封建教育中或社会教育中形成了自己固定思想观念的"老者"，则绝大多数因袭着封建传统的思想观念和伦理道德，即使那些在历史上曾起到过进步作用的洋务派、维新派，在新文化运动和五四运动中也多数蜕变成了旧道德、旧文化的维护者。这样，在《呐喊》和《彷徨》中，便呈现出了特别明显的世代系列的思想层次。在鲁迅笔下，那些所谓"年高德劭"的老年人，几乎全部是封建道统的维护者。在这里，形态之老与思想之旧构成了内质外形的统一性。

　　与此相对应，那些首先觉醒的知识分子，则大都是青年与中年，同时还出现了少年向老年的直接挑战。在《肥皂》中，当四铭在广润祥买肥皂的时候，他那种狭隘的悭吝性，受到了少年学生的讪笑，"那一句是顶小的一个说的，而且眼睛看着我，他们就都笑起来了：可见一定是一句坏话"。在四铭这个人物的喜剧构成中，其中一个因素便是他在少年人面前暴露出的极端无知而又不承认自己的无知。他反对少年人而又不得不求助于少年人（受到小学生用英语的讥诮而不得不求助于自己的儿子学程），反对新文化而又不得不求助于新文化，反对新学堂而又不得不求助于新学堂的学生。青年必胜于老年，作为世代进化的总体链条，在《呐喊》和《彷徨》的艺术构图中明晰地呈现着。

但是，"青年必胜于老年"，在鲁迅的思想中，不论是前期还是后期，都是就世代发展的系列而言的，而并非个体对个体的绝对比较。它构成的是《呐喊》和《彷徨》的意向中心，构成的是对未来的企望，所以这种意向指归有时以正的形式出现在《呐喊》和《彷徨》中，也有时以负的形式表现出来。在《狂人日记》里，"狂人"的意向中心最后转向了"救救孩子"，但他同时也把当时的孩子作为吃人群中的一部分。

> 我可不怕，仍旧走我的路。前面一伙小孩子，也在那里议论我；眼色也同赵贵翁一样，脸色也都铁青。我想我同小孩子有什么仇，他也这样。忍不住大声说，"你告诉我！"他们可就跑了。
>
> 我想：我同赵贵翁有什么仇，同路上的人又有什么仇；只有廿年以前，把古久先生的陈年流水簿子，踹了一脚，古久先生很不高兴。赵贵翁虽然不认识他，一定也听到风声，代抱不平；约定路上的人，同我作冤对。但是小孩子呢？那时候，他们还没有出世，何以今天也睁着怪眼睛，似乎怕我，似乎想害我。这真教我怕，教我纳罕而且伤心。
>
> 我明白了。这是他们娘老子教的！

我们看到，"狂人"对于一般路人的脸色，对于赵贵翁的眼色，表现出了更为无畏的态度，而对于这些小孩子的议论，却流露出了更大的惊惶、更大的不安。"这真教我怕，教我纳罕而且伤心。"这种纳罕由于明白了是"他们娘老子教的"而得到了部分消解，但"怕"和"伤心"却是无法消解的。实际上这是以负的形式表现出来的对孩子的关注。孩子代表着未来，代表着希望，传统封建观念扼杀了孩子，也便扼杀了未来，扼杀了希望，扼杀了觉醒者斗争的全部意义。所以，"狂人"这里的"怕"和"伤心"，正是他的意向中心的另一种表现形式。

《长明灯》中的"疯子"，没有被阔亭的威胁、欺骗、引诱、诘难所摧毁，没有被吉光屯的成人社会压倒，却失败在了孩子们的冷漠之中。

沉默只一瞬间，癞头疮忽而发一声喊，拔步就跑；其余的也都笑着嚷着跑出去了。赤膊的还将苇子向后一指，从喘吁吁的樱桃似的小嘴唇里吐出清脆的一声道——

"吧！"

从此完全静寂了，暮色下来，绿莹莹的长明灯更其分明地照出神殿，神龛，而且照到院子，照到木栅里的昏暗。

孩子们跑出庙外也就立定，牵着手，慢慢地向自己的家走去，都笑吟吟地，合唱着随口编派的歌——

"白篷船，对岸歇一歇。

此刻熄，自己熄。

戏文唱一出。

我放火！哈哈哈！

火火火，点心吃一些。

戏文唱一出。

·············

······

···"

"疯子"的斗争就在孩子们这嬉笑、欢歌声中宣告失败了，这里潜行着鲁迅最大的悲哀，最沉重的感觉，这是为任何公开的反动势力所无法施加于鲁迅的。当觉醒者背着因袭的重担，艰难地肩起了沉重的黑暗的闸门、企望孩子们赶快逃离这黑暗思想的王国到光明的地方去的时候，若他们还在黑暗中愚昧地嬉戏，讪笑着肩负闸门人的扭曲的身姿，将此作为一出观赏取乐的戏文，这不是悲哀到出离悲哀的悲哀吗？

假若说《狂人日记》《长明灯》中的这类表现还是象征性的，那么，在《孤独者》中则完全以现实性的描写表现了出来。支持着魏连殳进行斗争的主要支架，是不可能由现实的利益构成的，而是他对未来、对孩子们的希望："不。大人的坏脾气，在孩子们是没有的。后来的坏，如你平日所攻击的坏，那是环境教坏的。原来却并不坏，天真……。我以为中国的可以希望，只在这一点。"正是因为这是支持他斗争的唯一支架，所以他几乎是下意识地恐惧于"我"对孩子们的贬损，对此，他是无法与"我"进行冷静的科学讨论的，他表现出对"我"的非同寻常的恼怒。他最后的崩坍，也是由于这个支架的折裂，这是他人道主义精神赖以存在的最后也是最重要的一根筋。

上述《呐喊》和《彷徨》对孩子们的两种不同表现，都根源于鲁迅当时"救救孩子"的意向中心。它的正的表现直接体现着相信中国社会思想进化发展的正面希望，它的负的表现直接体现着对中国社会思想进化发展的艰困性、长期性、曲折性的估计。这个意向中心的颤动性和模糊性，给《呐喊》和《彷徨》造成了一种极大的"表面张力"，造成了它们的全部艺术表现的骚动感、紧张感，其中有极强烈的急欲挣扎出现实的外壳向未来突进的力，但鲁迅仍把这种力闷闭在现实的容器中。《呐喊》和《彷徨》的这种性质，使它们有超于"乐观主义"和"悲观主义"界说的可能。它们不是悲观主义的，其中充满着对未来的追求，但它们也不是乐观主义的，鲁迅呼唤着探索、奋进、前进的力，但他却不能也不愿把理想的天国预约给地上的人们。

十二

当具体阐述了构成《呐喊》和《彷徨》意识底蕴的各种思想因素之后，我认为有必要再把它们作为一个具有特殊构架方式的思想意识整体做一些综合的观照。

鲁迅前期思想的每一个组成部分，都是在西方各种思想学说中吸收过来的，但作为一个整体，它却有着与西方各种学说不尽相同的构架形式，从而构成了与中国传统封建思想尖锐对立的、具有鲜明中国特色的现代中国的观念意识的系统。

在西方，人道主义和个性主义这两种思想经历了一个由合而分的逐渐分离过程。在文艺复兴时期，后来以"爱人"为主体内容的人道主义和以"个人"为本位的个性主义思想，都同时包容在"人文主义"这样一个统一的概念中。这个概念的多义性统一形式，实质上反映着新生资产阶级反封建思想斗争要求的统一性。"中世纪把意识形态的其他一切形式——哲学、政治、法学，都合并到神学中，使它们成为神学中的科目。"①所以"人"与"神"的斗争，全面地反映着新生资产阶级反对封建思想的斗争。另外，当时新生资产阶级是在市民阶级的朦胧觉醒着的意识中举起"人"的旗帜的，它自己相信也实际是全民的代表，他们也没有提出自己的周围人认为万难接受的更高的思想主张。在这里，"人"是作为一个整体而存在的！"个人"和整体的"人"并不是严重分离的，新生资产阶级一个阶级的要求至少在表面形式上还体现着"神"（封建僧侣贵族阶级）以外的所有"人"的利益和要求。"人"的一切，如人性、人欲、人的个性和人与人的同情、谅解、友爱、仁慈，都在"人文主义"一个概念中并行不悖地存在着，"我"与"他"共同组成的"人"在与"神"的对立中统一起来了。相对于文艺复兴时期的人文主义，鲁迅前期的思想却远非统一的，正如他自己所说，其中包含着很多矛盾，而这种矛盾却正是中国反封建思想斗争自身矛盾的反映。他同时把持着个性主义和人道主义这两个对立的概念，他不想也不能把它们统一在一个思想形式中。他只是在二者的尖锐对立中把握着它们的统一，在彼此的消长中掌握着它们的平衡。中国传统的封建道德不是以"神"为主要旗帜的，它也像西欧中世纪宗教神学一样，"把意识形态的其他一切形式——哲学、政治、法学"，都合并了起来，但却不是合并到"神学"之中，而是合并到伦理道德之中。而这种伦理道德，恰恰是以"社会"为旗帜的，是以实际维系封建社

---

① 恩格斯：《路德维希·费尔巴哈和德国古典哲学的终结》，见《马克思恩格斯选集》第 4 卷，251 页。

会秩序为宗旨的。在这种伦理道德规范中，构成的主要不是"神"与"人"的对立，而是"社会"与"个人"的对立，是封建思想的维护者以封建统治秩序下的"社会"需要为旗帜对每个社会成员的个性、人欲、情感表现、个人权益等的程度不等的剥夺。在中国反封建思想的斗争中，鲁迅首先拿起的是以"个人"为本位的个性主义旗帜，与以"社会"为本位的封建传统思想相对立。由于当时首先觉醒的知识分子面临封建思想势力的严重压迫，广大社会群众由于自身的不觉悟而自觉或不自觉地成为封建伦理道德的维护者，所以鲁迅当时不但不能削弱个性主义这个思想武器，而且要以它自身的最强化形式保留在自己当时的思想构成中。这个保留着强化形式的个性主义，首先确立了首先觉醒的个人与整个封建社会秩序的对立，确立了首先觉醒的个人与广大不觉悟群众的思想观念上的对立，以保证前者不会被后者吃掉。有了个性主义的独立思想形式，鲁迅前期的人道主义就不再是"泛爱众"的意思，而成了同情弱小者，同情被压迫、被剥削者的人道主义。这种人道主义，与封建传统的以"上"为本位的等级观念构成了直接的对立，它是以"下"为本位的，是以"人民"为本位的。恰恰正是由于当时首先觉醒的知识分子在思想意识上与广大被压迫群众的不一致性，这种人道主义也便必须以独立的思想形式加入鲁迅思想的构成，并且不应是被削弱了的状态，而是以极强烈的形式。因为只有这样，才能保证首先觉醒的知识分子在社会立场上不是与少数封建统治者携手，而是为广大被压迫群众谋取生路。以最广大的社会群众的基本生存权利向封建统治者及其封建传统思想进行人道主义的抗争，是鲁迅前期人道主义思想的集中表现。总之，思想立场与社会立场的对立与统一，决定了鲁迅同时把持着个性主义和人道主义这两种尖锐对立的思想形式，并且在彼此的对立中把握其统一性，而不能采取西欧文艺复兴时期人文主义那种统一的思想形式。

随着"人"的分化，"神"的消失，西欧文艺复兴时期"人文主义"这统一概念中的两种因素也在逐渐向两个方向发展，但直至启蒙运动时期，它们仍然没有完全冲破统一的外壳，"自由、平等、博爱"三位一体的内容，仍共同包容在那时的人道主义思想旗帜中。假若我们考虑到当时的第三等级仍然作为一个统一的整体与第一等级的封建统治者争取着人权和平等，我们就能够知道，这个思想形式是仍然能够维持其统一性的。鲁迅在《呐喊》和《彷徨》中实际表现了，在中国当时的历史条件下，首先觉醒的知识分子的自由与博爱恰恰常常是对立的，吕纬甫为"博爱"剥夺了自己的"自由"，涓生为自己的"自由"不能不牺牲了"博爱"。"平等"在这里也是分离的。魏连殳与群众讲平等，结果失去了自己的平等地位，而要不失去平等地位自己就要剥夺别人与自己的平等地位。鲁迅曾受西欧启蒙学家的思想影响，但他的总体思想形式与他们都有不同。在他这里，"自由、平等、博爱"构不成完全统一的思想形式，构不成三位一体的人道主义这个统一的概念。

西欧资产阶级革命之后，"神"基本退出了历史舞台，"神"与"人"的对立已经构不成主要的对立形式；贵族僧侣阶级的专制统治被推翻了，第三等级与贵族僧侣阶级的对立也不再是主要的对立形式。这时第三等级即原来的"人"自身发生了裂变，首先感到对资产阶级理性王国失望的知识分子，这时不再是站在"人"的立场上与"神"进行斗争了，而是以"个人"的立场开始向"社会"宣战。在这时，文艺复兴时期的人文主义和启蒙运动时期的人道主义那种统一的思想形式也开始发生裂变，其中与同情、怜爱并存着的个性，与平等、博爱携手的自由，独立地发展起来，形成了以"个人"为本位的个性主义、自由主义。它们开始以相对排斥平等、博爱、互助等对立因素的形式形成了独立的思想体系，并构成了当时浪漫主义文学思潮的思想支架。鲁迅在留日时期，便深受拜伦等浪漫主义诗人的个性主义的思想影响。但越到后来，鲁迅的思想越不再是个性主义的单纯构成。《呐喊》和《彷徨》贯穿着拜伦的个性主义精神，但却有拜伦作品中所少见的那种广博的人道主义同情。

在西方浪漫主义思潮之后，兴起的是现实主义文学潮流，它的基本思想支柱是人道主义的，但已不再是文艺复兴时期人文主义和启蒙运动时期"自由、平等、博爱"的人道主义的同义反复。它发展起来的是同情、博爱的另一个侧面，与此前的个性主义构成了某种程度的对立。实际上，它标志着原来人文主义、人道主义裂变为个性主义与人道主义两种思想学说的完成。这时的人道主义，直接反映着当时下层人民群众的苦难已经引起了广泛的关注，进步的思想家、文学家、艺术家对下层人民群众在人道主义同情、博爱的旗帜下表示了深厚的同情。社会的裂变导致了思想形式的裂变，以"下"为本位的人道主义发展起来。但在这时，西欧的反封建思想斗争已经结束，以统一的民主思想为基础为苦难群众而呼号的人道主义，与个性主义表现着不同的思想方向。鲁迅是一个同情民众疾苦的人道主义者，但同时又必须是与整个封建传统思想对立、与广大不觉悟群众在思想观念上不能混同的个性主义者。较之西方现实主义作品，鲁迅的《呐喊》和《彷徨》更带有强烈的个性主义色彩。

　　西方浪漫主义者的个性主义和现实主义者的人道主义，已经是两种不同的思想倾向，但它们仍然没有以极其强化的形式表现出来，仍然构不成水火不相容的对立体。但在 19 世纪末叶，在与中国更相接近的后起资本主义国家里，它们终于发展成了两种尖锐对立的学说：一是德国尼采的极端个人主义的超人学说，二是俄国极端人道主义的托尔斯泰主义。前者痛诋人道主义的同情与怜悯，把个性主义推到了极致；后者宣扬"勿以恶抗恶"，把"爱"的作用夸大到了顶端。这两个国家都是保留着浓厚封建性的资本主义国家，尼采学说在反对奴隶道德的道路上走向绝路。托尔斯泰主义由于同情农民群众的苦难而走向农民道德的末路。鲁迅把这两种极端对立的学说取来，各取其一端而用之，并以它们的相互对立消去各自的反动性。他用尼采主义消去了托尔斯泰主义对农民道德的美化，但保留了他对广大苦难群众的最深度的同情；他用托尔斯泰主义消去了尼采社会立场的反人民性质，但保留了他的对奴隶道德的最激烈的批判。正是将这两种根本不可能统一的学说统一起来的愿望本身，说明鲁迅的思想根本不等同于其中的任何一种。

　　西欧上述各个历史时期的各个思想学说，都是以其固定的形式出现的，都是把自己的思想需要作为永恒的真理去向他们认为谬误的学说进行宣战的。而处在 20 世纪的反封建思想家鲁迅，已经看到西方从反封建斗争开始又经历了各种思想学说的嬗变，他的《文化偏至论》实际上发现了社会思想否定之否定的发展规律，所以他的思想观念中加进了进化发展的成分。他的个性主义、人道主义这两种极端对立的思想形式，取着与不同社会环境相适应的消长变化的活动状态，人民觉醒的程度将渐次削弱其个性主义的强度，社会问题解决的程度也将渐次削弱人道主义的强度，随着二者的共同发展将逐渐趋向于人与人和谐发展的极限。所以社会思想、社会伦理道德的进化发展观使他的个性主义、人道主义两极对立的统一形式，又获得了与西方各种同类学说不同的开放性特征。而进化论学说在个性主义、人道主义中的贯彻，又使他的进化论学说与达尔文、赫胥黎、斯宾塞等人的进化论学说具有不同的含义。

鲁迅前期思想之所以与西方各种思想学说有着不同的特征，其原因在于它是从中国反封建思想的实际斗争中提炼外国思想学说的。经过这种提炼，它在各个部分及其总体结构方式上都与传统的封建思想形成了尖锐的对立。他的社会思想、社会伦理道德的进化发展观，与封建意识形态的保守、守旧的社会习惯心理，与封建思想的机械性质和形而上学性质构成了尖锐的对立，并以此撕下了封建传统伦理道德的永恒真理性外衣，抨击了它的陈腐性和落后性；他的以"幼者"为本位的思想，与封建传统的以"老者"为本位的思想构成了尖锐的对立，并以此揭露了封建传统对新生代的思想摧残和精神戕害；他的以"个人"为本位的个性主义思想，与封建传统的以"社会"为本位的思想构成了尖锐的对立，并以此揭露了封建传统思想对个人生存权利和个性意志的漠视和摧残，揭露了它的虚伪性和欺骗性；他的以"下"为本位的人道主义思想与以"上"为本位的封建等级观念构成了尖锐的对立，并站在最下层人民群众的立场上对封建传统思想的残酷本质做了最深度的揭露。

鲁迅前期思想的深刻性不仅表现在它的各个主要组成部分，而且表现在这些组成部分之间的联系及联系方式上。他的社会思想、社会伦理道德的进化发展观作用于他的个性主义、人道主义思想，使其与中国当时及其后的绝大多数人的静止、绝对的道德伦理观不同，使他严格从当时反封建斗争的历史需要出发表现人的精神发展，杜绝了在人类社会发展的不完美的特定阶段寻找完美发展的人性的愚蠢做法，杜绝了在相对发展了的社会状态下寻找绝对发展了的人的样板的荒谬行为；他的个性主义作用于人道主义，使他的人道主义不但与托尔斯泰主义有着质的差别，而且与西方现实主义时代以同情、怜悯小人物为主要特征的人道主义思想有所不同，与中国当时的许地山、叶圣陶、冰心、王统照等现实主义作家以"爱"为中心的人道主义思想有所不同，较之他们，鲁迅更强调个性主义的抗争精神，更强调"憎"的必要，他反对为了"爱"而牺牲个人的意志和个性，对于陷于封建思想汪洋大海包围中的觉醒的知识分子以"少数"临"多数"的斗争环境，鲁迅的思想较之上述作家的思想有着大得多的适应性，因而《呐喊》和《彷徨》较之上述作家的作品也有着更加决绝的抗争精神和更加强烈的战斗性；他的人道主义作用于个性主义，使他的个性主义不但根本不等同于尼采主义，而且也与拜伦等西方浪漫主义诗人的个性主义思想不完全相同，与以郭沫若为代表的中国浪漫主义者的个性主义也有所不同，较之他们，鲁迅对广大下层劳动群众的命运有着更强烈的关注，对他们的悲惨命运有着更深挚的同情。在个性主义与人道主义的结合方式上，鲁迅与西方文艺复兴时期的人文主义和启蒙运动时期的人道主义思想有所不同，与当时周作人的思想也有所不同。周作人努力在个性主义和人道主义二者之中找到一种合力，各去其极而调和之，从而在这种调和中重新回到了传统的"中庸"道德上去。鲁迅不把个性主义和人道主义融二为一从而削弱二者的尖锐性，他同时把握着两个极端，同时宣扬着大憎与大爱。他不是将其调和，而是使其并存并立，择其能用者而用之，当爱者爱，当憎者憎，爱则爱得深，憎则憎得狠，从而与封建传统的"中庸"哲学形成了尖锐的对立。

鲁迅的这个思想系统，是反封建思想革命的一个现代中国的意识形态系统，而不是一个政治革命的理论系统，但它由于自己的开放性而与政治革命的理论系统不是互相排斥，而是相互连接。鲁迅当时说："今之论者，又惧俄国思潮传染中国，足以肇乱，此亦似是而非之谈，乱则有之，传染思潮则未必。中国人无感染性，他国思潮，甚难移殖；将来之乱，亦仍是中国式之乱，非俄国式之乱也。而中国式之乱，能否较善于他式，则非浅见之所能测矣。"①可见鲁迅前期的思想系统，不是在根本否认政治革命的前提下发展起来的，而是在与之相衔接的意义上以其独立的内容形成的独立思想体系。在这个意义上，它又不同于在改良主义思想基础上发展起来的严复的思想学说，不同于五四时期的胡适的进化论，鲁迅不是由这个思想系统走向了改良主义，而是在革命形势形成之后及时地容纳了政治革命的内容。这使《呐喊》和《彷徨》中对辛亥革命的描写，呈现着与否定革命论者完全不同的色调。他不是在否定革命斗争的意义上描写辛亥革命的失败的，而是在肯定它的意义上反映它的失败原因的；他不是站在政治革命者的对立面庆幸他们的陨灭的，而是从他们的立场出发进而提倡思想革命的。

总之，鲁迅的前期思想是中国现代社会思想意识发展的最完整、最集中的体现，是中国反封建思想革命的最锐利的武器。这种思想不仅作为一种理论形式存在于鲁迅理性认识的知性范畴，而且作为一种观念意识渗透在他感情情绪的感受范围。感受明确着知性，知性强化着感受，使他对中国社会思想意识及由此内在地制约着的人与人的关系有着极其深远的洞察力和极其强烈的具体而微的感受。它同时也构成了《呐喊》和《彷徨》的意识底蕴，是使《呐喊》和《彷徨》能成为最深刻、最完整、最精细的中国反封建思想革命的一面镜子的意识光源。

---

① 鲁迅：《致宋崇义（一九二〇年五月四日）》。

第三章 两种观念意识进行对话的基本艺术方式

——论《呐喊》《彷徨》的创作方法

一

在世界文学艺术史上，一直存在着并且很可能还将永远存在着两种类型的文学家和艺术家。一种文学家和艺术家，由于自己的思想需要和艺术需要，始终自觉地坚持着一种创作方法，他们把这种创作方法的基本原则作为自己进行具体艺术实践的指导原则，把自己的艺术创作作为这种创作原则的具体体现；另外一种文学家和艺术家，极少考虑要为哪一种创作方法去写作，他们也很少想到要把自己的作品归入哪种创作方法的行列中，假若说他们的作品也接近甚或完全契合于某种创作方法的要求，但这绝不意味着他们是在考虑到某种创作方法的要求时，在以这种创作方法规范着自己的作品的过程中，走向这种创作方法的，而是沿着另外一种途径，以他们自己特有的思想艺术逻辑，被牵引到这里来的。

鲁迅基本上属于后一类文学家。

对于鲁迅这样的文学家，我们更应当在一个更根本的意义上理解他的创作方法的本质。在我们不少的理论著作中，创作方法，特别是现实主义创作方法，成了一种具有凌驾于艺术家及其艺术创作之上的权威性的东西，成了外加于他们的一种艺术原则或信条。实际上，对于一个文学家和艺术家，特别是一个伟大的文学家和艺术家，它绝没有如此大的权威性。在他们那里，艺术方法只是也只能是一种供他们使用的东西。不是艺术方法役使文学家和艺术家，而是文学家和艺术家役使艺术方法。什么叫艺术方法或曰创作方法？按照我的理解，它只能是特定作家或艺术家与自己特定的读者或观众进行观念意识、感情情绪方面的对话或交流的基本艺术方式。一方面，作家和艺术家有自己的感情情绪，有自己的思想观念，他有一种表达的欲求，有一种被人理解、接受并发生共鸣的愿望。另一方面，存在着他所希望被理解、被接受并发生共鸣的特定读者对象或观众对象。这些读者和观众，也有自己的观念意识，自己的审美标准和价值标准，有自己接受感情情绪感染的特定的燃烧点。作家和艺术家要在自己和读者、观众之间找到接触点，要通过这种接触点把自己所需要表达的东西输送给自己所选定的那部分读者对象和观众对象，就要采取一些基本的艺术方式。我认为，这种基本的艺术对话方式和交流方式，便是我们所谓创作方法。假若它对这个作家或作品是一种有效性极强的创作方法，它就要从两方面对作家做出保证：一方面，它要尽量在最丰富、最有效的程度上表达作者所希望表达的东西；另一方面，它要在许可的条件下获取更大读者面的理解与共鸣。总之，创作方法的价值不存在于自身的孤处索居状态，而存在于作家、艺术家与读者、观众的连通作用及其有效性上。

　　在鲁迅所处的时代，中国出现了两种性质根本不相同的观念意识。一种是封建的传统观念意识，另一种是现代的民主观念意识。在这两种根本不同的观念意识的作用下，社会上也存在着两种根本不同的价值观念和审美观念。这两种不同的观念意识及其所派生的两种价值观念和审美观念，在中国当时的历史条件下又是被在两个相反方向上加强了的。

一方面，鲁迅的思想观念通过世界范围内的文化精神产品与对世界和对中国的广泛了解、对比认识而上升到了为西欧文艺复兴时期直至西方 19 世纪现实主义文学家和艺术家所未曾有过的高度。另一方面，在一个具有两千余年封建制度和封建思想沉重束缚的社会里，封建观念意识在广大社会群众、读者群众的头脑中已经沉淀得淤垢重重，呈现着积重难返的情况，这种影响的广泛性和牢固性同样是为上述西欧那些历史时期所未曾有过的。这样，在鲁迅的思想观念与他的艺术对象之间，就存在着为中外社会历史上所少有的巨大差距。这给鲁迅的艺术传达带来了极大的艰巨性。以鲁迅的观念意识为底蕴所产生的对现实世界的理性的或感情的把握，所产生的感情情绪、审美感受，极难被以封建传统观念为意识底蕴的读者对象所理解、所接受，更难与之发生感情上的共鸣。在《呐喊》和《彷徨》的创作中，鲁迅还以极大的沉重感描写了这两种观念意识发生直接对话的不可能性或极端的艰巨性。在这个意义上，我们可以把《狂人日记》《长明灯》看作对两种观念意识发生直接对话的不可能性的象征性表现。在具有现代观念意识的人们的眼里，周围世界的状貌及具体事物的状貌发生了根本性质的变化，呈现出了截然不同的色彩和格调，而这是周围的社会群众所根本不可理解并且也想不到需要理解的，在他们的目光中，具有这种眼光的人便是"狂人"和"疯子"。在《药》中，夏瑜所认为不可辩驳的革命真理，所认为足以打动群众的"这大清的天下是我们大家的"的政治观念，落在周围群众的观念中，只是一句不可思议的"疯话"。在《故乡》中，不但"我"与豆腐西施杨二嫂之间已经失去了对话的可能性，"我"与闰土之间也变得难以沟通了。在《阿 Q 正传》中，"革命"这个现代概念，落在未庄人的思想观念上，马上被不自觉地酸化了，它成了"剪辫子"的同义语，最"革命"的假洋鬼子和阿 Q，也不过认为应当扯掉"皇帝万岁万万岁"的龙牌，而在阿 Q 的观念中，它还成了为他一跃而成为封建统治者的一架梯子。在《祝福》中，"我"对鲁四老爷和鲁镇村民那种郁郁难抒的愤懑感，是建立在两种观念意识不可能进行直接对话的明确感觉之上的，"说也无用"的感觉遏抑了"我"与周围人进行观念意识对话和感情交流的愿望，使"我"陷入一种无可奈何之境。"我"与祥林嫂之间，几乎也是不存在直接对话的有效性的。当祥林嫂向"我"提出魂灵之有无的问题时，"我"之所以惶急万分，并非因为自己对这个问题还没有明白的决断，而在于考虑到自己的决断的回答在祥林嫂已有的观念意识中将会呈现出一种什么样的实际效能。他知道，当他回答"无"时，实际是在对祥林嫂说："你的一生的受苦是不会得到任何报偿的，你在死后也不会再见到你的儿子！"这对于在艰难的人生之途上一直盼望着死后再见到儿子的祥林嫂，将是一个致命的精神打击，将是把她送向死路的一个"真理"的宣告。假若他要回答说"有"，那么在祥林嫂的观念中出现的，将是"你死后将会被阎罗大王劈成两半，分给你前后的两个丈夫！"而这也将是对祥林嫂摧毁性的精神打击。总之，一个对于以现代科学观念为意识底蕴的人来说所极易接受的简单明白的真理，当输送到一个以传统封建观念为意识底蕴的人的头脑中去的时候，当这种真理与周围的封建观念意识发生交合混融之后，真理变了形，马上便会成为另一种非但无益而且可能有害的东西。这就是使"我"踌躇犹疑或如人们所指责的"软弱动摇"的内在心理根据。在《孤独者》中，魏连殳之所以陷于孤独境地，也正因为这两种观念意识的人失去了直接对话的可能性。在现代思想意识的导引下极为容易理解的事理行为，在封建观念的基础上成了根本不可理解的东西。特别应当注意的是，魏连殳的行为表现一旦被大良们的祖母纳入自己的等级观念的意识橱窗之中，魏连殳的努力马上以负的形式被反照出来。开始时，魏连殳是以平等观念对待她及其家人的，但她的思想意识的橱窗中却没有"平等"这一格，她不是要把魏连殳放在比她高的一格上，就是要把他放在低的一格上，魏连殳的落拓，使她本能地认为魏连殳对她的平等态度是他不如己的表现，从而对他表示了一个"上等人"对"下等人"的歧视和冷落。后来，魏连殳对她不再持有平等观念，理应是对她的一种侮辱，但她在这时却不能不把他摆在比自己更高的等级之格中了，她反而对他变得尊崇备至了。"平等"换来的是"不平等"，"爱"换来的是"恶"，"恶"却换得了"敬"。这两种观念意识之间的兑换值常常是负的……

我们看到，鲁迅创作思想和创作方法的递变轨迹，是在极力寻求这两种观念意识进行有效对话的基本艺术方式的过程中进行的。在这里，我们应当特别重视对《〈呐喊〉自序》的研究。

"我在年青时候也曾经做过许多梦，后来大半忘却了，但自己也并不以为可惜。"但这些"梦"还仅仅是"梦"，仅仅是自己的空幻的理想和愿望。随着自己人生途路的进展，他不得不在其中有所选择而忘掉其他各种梦想。鲁迅留日时期曾经怀抱过的"医学救国""科学救国"的"梦"，是通过医治肉体疾病，健壮国民体魄，强国强民并间接启发国民思想觉醒的"梦"。这是他在进行人生道路的最初抉择时，受到日本明治维新的启发，确定的一条人生之路。但仙台医专那关于日俄战争的影片直接动摇了他的这个梦想，使他明白了对于当时的中国人民，救治灵魂较之救治肉体更为迫切、更为重要，因而他决定弃医从文。但在当时，他首先接近的是西方浪漫主义文学。为什么呢？因为在鲁迅当时的思想认识的基础上，浪漫主义这种艺术对话的方式是最适宜的。

> 盖诗人者，撄人心者也。凡人之心，无不有诗，如诗人作诗，诗不为诗人独有，凡一读其诗，心即会解者，即无不自有诗人之诗。无之何以能解？惟有而未能言，诗人为之语，则握拨一弹，心弦立应，其声澈于灵府，令有情皆举其首，如睹晓日，益为之美伟强力高尚发扬，而污浊之平和，以之将破。平和之破，人道蒸也。[1]

他认为人人心中都有一种同样的诗情，诗人与平常人的区别只在于前者善于表达，后者不善表达，前者只要"握拨一弹"，其他人的心弦便会发生共振、共鸣，当这种人人相同、相通的感情在诗人的作品的感应

---

[1]　鲁迅：《坟·摩罗诗力说》。

下被引发出来时，国民精神便发扬起来了，中国人民的思想意识形态的根本变革就随之实现了，其他的一系列问题也便迎刃而解了。但是，实践的结果是，他失败了。

> 我感到未尝经验的无聊，是自此以后的事。我当初是不知其所以然的；后来想，凡有一人的主张，得了赞和，是促其前进的，得了反对，是促其奋斗的，独有叫喊于生人中，而生人并无反应，既非赞同，也无反对，如置身毫无边际的荒原，无可措手的了，这是怎样的悲哀呵，我于是以我所感到者为寂寞。①

这时，他感到他所处的社会环境中，周围的人都是与他的观念意识根本不相同的"生人"，而不是人人心中都有和他一样的诗情的人，所以他的浪漫主义的激情呼唤，如落入茫茫的精神荒原，是不可能得到相应的反应的。

在没有相应的精神的燃料，没有可以共振的弦索，没有可以共鸣的发声器的情况下，相同的热情便会向着不同的方向喷发，从而发生力的转移。

浪漫主义文学是以"自我表现"为旗帜、以直抒感情为标志的一种文学样式，在同种观念意识的基础上，它对于陶冶人的感情、鼓舞人的情志、培养人的美感情趣，是一种最有效的创作方法。正像郭沫若所说，他的诗，寻找的是与他的"振动数相同的人"、与他的"燃烧点相等的人"②。鲁迅则看到，中国当时存在的是两种观念意识的对话，任何一个信息输入中国的国土，便不能不考虑到它在最广大的以封建观念意识为底蕴的人们中所可能发生的性质转移。

那么，面对这两种观念意识的并存并立并以封建观念意识为绝对优

---

① 鲁迅：《〈呐喊〉自序》。
② 郭沫若：《女神·序诗》。

势地位的现实状况，我们将怎么办呢？鲁迅回答说：

> 可是我根据上述的理由，更进一步而希望于点火的青年的，是
> 对于群众，在引起他们的公愤之余，还须设法注入深沉的勇气，当
> 鼓舞他们的感情的时候，还须竭力启发明白的理性；而且还得偏重
> 于勇气和理性，从此继续地训练许多年。这声音，自然断乎不及大
> 叫宣战杀贼的大而阔，但我以为却是更紧要而更艰难伟大的工作。
>
> 总之，我以为国民倘没有智，没有勇，而单靠一种所谓"气"，
> 实在是非常危险的。现在，应该更进而着手于较为坚实的工
> 作了。①

鲁迅实际是说，换表先换里，益情先益智，治末先治本。封建观念
意识这个"里""本"不变，其"表"其"末"反增其封建观念意识这个腐"本"
朽"里"，很可能会南辕而北辙、欲东却向西。在鲁迅看来，治"本"治
"里"首在益智，启发明白的理性，增强深沉的勇气。而在文学领域，现
实主义创作方法是更具认识作用、更重理性启迪的一种创作方法。正是
在这个意义上，鲁迅在《呐喊》和《彷徨》的创作过程中，是以现实主义为
主导的创作方向的，或曰他实际表现出的是以现实主义为主导的创作
方向。

<h1 style="text-align:center">二</h1>

如前所述，封建思想意识是以禁欲主义为基本特征的。禁欲主义的
一个重要内容便是抑情主义，就是对人的真诚的主观感情的轻视。把真
诚的主观感情用封建伦理道德的理性模式严格地加以控制和约束，把这

---

① 鲁迅：《坟·杂忆》。

种理性模式作为感情表现的不可逾越的界限，是中外封建思想意识共同的本质特征。这表现在文学上，就是对文学表情范围的严格限制。中外反封建文学，本质上都应是反对抑情主义的，都应是主张主观感情的自由抒发的。鲁迅之所以首先重视的是西方浪漫主义文学，恰恰是因为在这一点上，浪漫主义文学是与传统的封建观念和封建文学尖锐对立的。

西方发达资本主义国家的 19 世纪批判现实主义文学，是在彻底进行了反封建思想斗争之后出现的文学现象。在那时，主观感情的表现已经得到了普遍的承认，并且在浪漫主义时期得到泛滥性的强烈表现。作为对浪漫主义文学的一个反驳，它更重视对客观世界的真实描绘，不论在理论上，还是在表现上，强烈的主观感情都被降低到了较次要的位置。但为了进行两种观念意识的艺术对话而倾向于现实主义的反封建文学，却不能把人的主观感情、把作者主观感情的强烈注入当作毫无意义的因素加以排斥。所以，不论是西欧文艺复兴、启蒙运动时期的现实主义文学，还是 19 世纪俄国、北欧、东欧的批判现实主义文学，都带有较之像福楼拜、莫泊桑、左拉这样一些现实主义作家的作品更加强烈的主观抒情色彩。文艺复兴、启蒙运动时期的现实主义文学的发展，没有直接导向批判现实主义，而是直接导向了浪漫主义文学的繁荣，后者也把前者引为自己的同道，这绝不是偶然的。同样，直到五四时期，鲁迅几乎把感情的真实与客观的真实以同样大的强度加以重视，并且明确把感情真实作为客观真实的前提。我们一向只作为现实主义文学宣言的《论睁了眼看》，实际是以浪漫主义者对感情真实的强调为前提的：

> 中国人向来因为不敢正视人生，只好瞒和骗，由此也生出瞒和骗的文艺来，由这文艺，更令中国人更深地陷入瞒和骗的大泽中，甚而至于已经自己不觉得。世界日日改变，我们的作家取下假面，真诚地，深入地，大胆地看取人生并且写出他的血和肉来的时候早到了；早就应该有一片崭新的文场，早就应该有几个凶猛的闯将！
>
> 现在，气象似乎一变，到处听不见歌吟花月的声音了，代之而

起的是铁和血的赞颂。然而倘以欺瞒的心，用欺瞒的嘴，则无论说A 和 O，或 Y 和 Z，一样是虚假的……①

这里的意思非常明显，要发现客观之真，必须先有主观之真。

主观感情的直接抒发和作者自我的公开介入，是浪漫主义文学的一个基本特征。英国浪漫主义诗人华兹华斯把诗（文学）直接定义为"强烈情感的自然流露"②，中国浪漫主义文学家郁达夫把文学理解为作者本人的"自叙传"③。鲁迅在这里表达的意思，与其说更接近现实主义，不如说更接近浪漫主义。总之，鲁迅的现实主义，是在对浪漫主义的否定性趋势中加强起来的，在对主观抒情性的作用的估价上，鲁迅意识到在两种观念意识的对话中，仅仅依靠现代观念者的主观抒情是无法更有效地撼动不同观念意识的人的心灵的，还必须借用理智的启迪。但这种否定，绝非简单的、机械的否定，而是辩证的否定，在对浪漫主义主观感情性的崇尚和强调上，鲁迅的现实主义存在着最大限度的包容性。

作者介入自己作品的程度，是衡量一个作品现实主义或浪漫主义性质的重要标志。浪漫主义是主张完全介入的，把自我完全地投入作品中，做自我的表现，把作品中的人物当作自我思想感情的传声筒，把作品的情节当作自我的自叙传，抒个人之情，叙自己之事，是浪漫主义小说中最常见的现象；现实主义是重视客观描绘的，是反对作者直接介入自己的作品的。作者隐在幕后，叙客观之事，讲他人之情，是现实主义创作方法的要求。根据两者的要求，我们可以感到，《呐喊》和《彷徨》中的诸篇小说，呈现着两种不同的趋向性。与《风波》《阿 Q 正传》《离婚》一类以劳动群众为主人公的作品相较，与《孔乙己》《白光》一类以下层封建知识分子悲惨命运为表现对象的作品相较，与《肥皂》《高老夫子》《弟兄》这类以封建卫道者为讽刺对象的作品相较，《狂人日记》《头发的故事》

① 《坟·论睁了眼看》。
② ［英］华兹华斯：《〈抒情歌谣集〉序言》，见《古典文艺理论译丛》（一）。
③ 郁达夫：《日记文学》，见《郁达夫文集》（五），花城出版社。

《端午节》《在酒楼上》《幸福的家庭》《孤独者》《伤逝》等以觉醒知识分子为主要表现对象的作品，显然呈现着一些不同的色彩。在内容上，它们都直接表现了现代观念意识在落入封建观念意识的王国中被拒斥、被酸化的过程；在思想基础上，如我们在第二章中所分析的，它们都较多地表现着鲁迅前期个性主义的思想倾向；在取材上，它们都不同程度地糅进了鲁迅个人的生活经历和心理体验；在表现形式上，它们大都采用了第一人称的写法；在创作方法上，它们都把严格的现实性同强烈的主观抒情性和微细的心理解剖、自我解剖结合了起来。

鲁迅说："我的确时时解剖别人，然而更多的是更无情面地解剖我自己。"[①]对于这一点，我认为在过去的鲁迅小说的研究中，估计得是极为不充分的。在巴尔扎克的《高老头》中，哪个人物更接近巴尔扎克本人呢？哪个人物的经历中更多地糅进了巴尔扎克本人的经历呢？同样，在茅盾的《子夜》中，哪个人物更接近茅盾本人呢？哪个人物的思想感受更多地属于茅盾本人的自我内心感受呢？我们恐怕是不容易指出的。他们与自己的人物存在着更多的间隔，他们对人物的观照属于远距离观照，他们主要在判断着人物、审判着人物、解剖着人物，但极少看到他们对自我、对自我心灵的判断、审判和解剖。至于福楼拜、莫泊桑、左拉的作品，这种特征恐怕就更明显。但在上述鲁迅的作品里，我们却常常碰到鲁迅自己，碰到他的面影和他的内心感受。他不但无情地解剖着现实，同时还无情地解剖着自己。在这一点上，他离上述现实主义作家更远些，而离卢梭、拜伦、郁达夫这些浪漫主义作家似更近些。

在过去，我们更多地顾及《孤独者》中魏连殳的原型是范爱农，而较少注意鲁迅的严峻自我解剖的意义。周建人在回忆鲁迅和周作人弟兄失和过程的一篇文章中曾有这样的记叙：

> 鲁迅待人以诚，却不像周作人那样好奴役，对不合理的事，他

———————————

① 鲁迅：《坟·写在〈坟〉后面》。

要反对，还要唤醒沉睡中的奴隶，要正确处理各种问题。可是，要唤起奴隶的觉醒，必然会触犯奴隶主，连不觉醒的奴隶本人，也会痛恨别人搅乱了他做稳了奴隶的安宁。因此，鲁迅就受到各种意料不到的折磨和打击。他是爱孩子的，可是，却连孩子也不让他爱。增田涉说：“他常买糖果给周作人的小孩（他自己那时没有小孩），周作人夫人不让他们接受而抛弃掉。他用充满感慨的话说：好像穷人买来的东西也是脏的。这时候使我想起他常说的‘寂寞’这个词来。”鲁迅对我说的是，他偶然听到对于孩子有这样的呵责：“你们不要到大爹的房里去，让他冷清煞！”……①

读到这些，谁都会想到当魏连殳穷困潦倒时，房东老太太是怎样让大良二良们冷落疏远魏连殳的；谁都会想到，魏连殳在遇到他们的冷落时，内心是充满怎样凄冷痛苦的感觉的。魏连殳这个艺术形象难道仅仅是一个以范爱农为模特儿的客观艺术形象吗？分明不是。它其中包容着鲁迅的自我，自我的心影和面影，自我的痛苦经历和内心感受。假若我们认为鲁迅还是一个有感情、有个性，一个不甘被人欺，不甘做人奴隶，有着复仇精神的人；假若考虑到对于这种媚上欺下的庸俗小市民，在当时只能在自己成为达官显士、有权有势之时才会实行有效的报复，那么，魏连殳的结局能不能反映鲁迅当时心境的一面呢？关于这一点，许钦文为我们提供了有力的佐证：

　　《孤独者》的原文中，只有“杜师长”的名称，并没有说明他是怎样的。小说中的人物，“杜”当然只是假定的姓。当鲁迅先生写《孤独者》时，陈仪（公洽）带兵驻在苏北，是师长。他是陈公威的兄弟，绍兴人。他们和鲁迅先生、许寿裳等曾经同时在日本留学，是要好的。我曾经间接听知，鲁迅先生在四面碰壁时说，“到公洽那里‘当

---

① 周建人：《鲁迅和周作人》，载《新文学史料》，1983(4)。

兵'去!"……①

　　由此可见，当鲁迅解剖着魏连殳的思想倾向时，同时也是在无情地解剖着自己。当然，他没有实际走上魏连殳的道路，但鲁迅却明确地意识到，在当时那冷酷的社会氛围中，在以封建等级观念为衡人待物的内在价值标准的社会环境中，假若让外界的寒冽冰寂了自己的人道主义爱人之心，自己的个性主义将会导致一个什么样的实际后果。鲁迅描写着魏连殳，同时也解剖着自己的思想动向，用他后来说过的话说，便是他不但在煮别人的肉，也更在无情地煮自己的肉。

　　在这时，我们再转向《一件小事》，才能明白鲁迅自我解剖的实际含义是什么。"我从乡下跑到京城里，一转眼已经六年了。其间耳闻目睹的所谓国家大事，算起来也很不少；但在我心里，都不留什么痕迹，倘要我寻出这些事的影响来说，便只是增长了我的坏脾气，——老实说，便是教我一天比一天的看不起人。"这里的"坏脾气"指的是什么呢？为什么"教我一天比一天的看不起人"便是"坏脾气"呢？鲁迅解剖的仍是他自己的个性主义思想的增长。那些"做戏的虚无党"演化出来的一幕幕所谓"国家大事"的戏剧，鲁迅看淡了，看厌了，看透了，看得对人失去了信心，对中国失去了希望。这种尔虞我诈的环境，增长着鲁迅的个性主义思想的一个侧面，抑压着鲁迅的人道主义的爱人之心。按照鲁迅的理解，个性主义的片面发展，将是对人的轻视和憎恶之心的增长，将是对人的不信任、不亲善的态度的增长，而这便是鲁迅所说的"看不起人"的"坏脾气"。当那个"老女人"倒地之后，鲁迅绝非纯由自私心理而不去帮助她，假若如此理解，《一件小事》便成了一篇浅薄无聊的思想检查书，同时也不能解释，为什么鲁迅会"突然感到一种异样的感觉"，会突然感到车夫那满身灰尘的后影霎时高大起来，会突然慷慨地掏出一大把铜元交给巡警而后又感到这一大把铜元也表现了自己的浅薄。鲁迅在老女人

_____

　　① 许钦文：《祝福书》，载《新文学史料》，1979(2)。

倒地之后，表现出的是对老女人行为的不信任：

> 我想，我眼见你慢慢倒地，怎么会摔坏呢，装腔作势罢了，这
> 真可憎恶。车夫多事，也正是自讨苦吃，现在你自己想法去。

假若说鲁迅这时表现出来的是看惯了人间的尔虞我诈之后再也难以轻易信人助人的个性主义思想倾向，那么车夫则较之鲁迅保留了更多的对人的信任，因而也保留了更多的人道主义爱人之心，正是在这种个性主义与人道主义的消长情势中，鲁迅感到车夫是值得尊崇的，他所表现出来的人道主义精神是难能可贵的，而对自己在从"国家大事"的局部经验中逐渐增长的疑人之心，对自己由于疑人之心的增长而丧失了更多的爱人之心的倾向性，做了严厉的自责自谴。只有这样理解《一件小事》，我们才会感到，鲁迅对自己的解剖并不是肤浅的，它有着更加根本的和复杂的人生思考。他的"看不起人"的"坏脾气"，绝非没有现实生活根据的纯属个人的道德品质，并不是我们通常理解的自私自利，所以鲁迅后来的突然感到车夫形象的高大、突然掏钱相助，并不是突兀的，而他同时感到，这种精神上的价值，并不是能用物质的价值补偿的，因此他又感到对自己这种行为的困惑。

鲁迅对自我的解剖，不但在个性主义一个方向上进行，同时还在人道主义的另一个方向上进行。《在酒楼上》中的吕纬甫有没有鲁迅自己的影像？我们的回答应当是肯定的。我们知道，小说中吕纬甫为小弟迁葬等，都是鲁迅亲身经历过的。那么，有着与吕纬甫相近生活经历的鲁迅，会不会有着与吕纬甫相近的内心感受和思想倾向呢？王得后同志所著《〈两地书〉研究》一书中，有一节的标题便是"鲁迅性格中的妥协面"，其中以鲁迅与朱安女士的婚姻为例，说明了鲁迅在自己特定的处境和思想状况下，所不能不存在的妥协性的一面。关于鲁迅对自己的母亲的态度，王得后同志写道：

> 不能低估鲁迅不愿拂逆母亲的心意、不愿看到母亲失望的样子

的感情力量，尤其鲁迅少年失怙，以长子和承重孙的身分所凝聚于心头的感情和道德的力量。①

而这，不也正是使吕纬甫逐渐消沉下去的主要原因吗？所以，吕纬甫和《孤独者》中的魏连殳，各自代表着鲁迅思想的一个侧面。假若说鲁迅不同于他们的话，就在于鲁迅较之他们有着更强烈的理性自觉，因而也就有着更复杂的矛盾意识，更痛苦的内心纠缠。他震荡在这两者之间，但始终未曾像魏连殳一样走向绝对个性主义的路，也未曾像吕纬甫一样走向完全牺牲自我意志、自我理想的软弱的人道主义的路，也就是说，他没有沿着其中的任何一条道路走到绝端，走到与封建传统思想完全妥协的地步，他始终在沉重的传统重压中，与封建传统做着坚韧的战斗。

真正的鲁迅，是一个有痛苦有矛盾，有追求又有追求中的困惑和犹疑，有理想但又不知理想何由而来、何时而降的鲁迅；是一个思想深邃但又感情丰富，常用理智压抑着感情但感情又常常冲破理性框架而喷吐的鲁迅；是一个既伟大而又平凡，与我们不同而又与我们相同的鲁迅；是一个同情我们的痛苦但也诉说着自己的痛苦、渴求着我们的同情的鲁迅。对我们，他不是审判者、训导者、指挥者，而是亲人和朋友。在他的意识中，不是他应当审判我们，而是我们，我们这些对他来说属于未来的人们，应当审判他，审判他的一生，审判他的未经证实的言行和追求。这才是鲁迅，才是鲁迅之所以为鲁迅的鲁迅，才是我们称为伟人的鲁迅，才是从虚伪的旧礼教中艰难地挣扎出来的一个真诚的鲁迅，才是从"上等人"的营垒中挤出了"上等人"的意识，甘与"下等人"为伍的鲁迅。只要这样理解鲁迅，我们就会看到，鲁迅与他的小说中的"我"之间，绝不存在着不可逾越的界限，他们之间的思想距离绝没有我们想象得那么大。在《故乡》中，"我"追求着希望而又不知希望到底在哪里的矛

---

① 王得后：《〈两地书〉研究》，285页，天津，天津人民出版社，1982。

盾复杂心理，不正是鲁迅当时矛盾复杂心理的写照吗？在《在酒楼上》《孤独者》中，一方面鲁迅把对自我的解剖糅进了对吕纬甫、魏连殳的解剖，另一方面这两篇小说中的"我"那面对悲剧主人公的命运而发出的无可奈何的愤懑、痛苦之声，不也正是鲁迅当时所可能发出的心声吗？总之，鲁迅从来不把自己当作超越世人的英雄，也不把自己当作冷眼旁观人生的评骘者。他解剖着社会，解剖着别人，也无情地解剖着自己。

三

在《呐喊》和《彷徨》中，鲁迅的自我解剖和自我表现是交融在一起的。

鲁迅这个"自我"，是一个觉醒了的"自我"，是中国现代社会思想意识的体现者的"自我"。这个"自我"有他的局限性，有他存在的艰难性，有被各种外在的意识力量冲回封建传统观念的巢窟的种种可能性，但他却是在最大限度上表现着中国现代思想意识的成长及其坚韧性的"自我"。假若这个"自我"仍然在旧的思想意识的旋涡里，被时而卷向东，时而卷向西，呈现着内在情绪的不稳定状况，那么，这不说明这个"自我"的可悲与可笑，而恰恰说明他的可怜与可敬。由此我们可以想到，鲁迅小说的自我解剖必须和自我表现相结合，才能取得更丰厚的社会思想内容和更巨大的感染力量。在这里，自我解剖不能抑制自我表现的成分，不能走向对自我的否定，而应当加强自我表现的力量和自我肯定的程度。二者最稳固的连接点只有一个：人醒了无路可走。

单纯从理性的分析上，我们往往把《一件小事》的地位抬高到其余所有小说之上，但假若我们忠于自己的思想艺术的实际感受，我们便会分明感到，它不但没有《阿Q正传》那巨大的思想震撼力，而且也不具有《在酒楼上》《孤独者》《伤逝》那样的感情冲击力。其内在的原因，便在于鲁迅的自我否定在整体上超越了当时历史所许可的基本度量；在外在表现上，便在于鲁迅的自我解剖脱离了明确的自我表现性质。在《一件小事》中，鲁迅的自我解剖是在与车夫的平面比较中进行的，而鲁迅与车夫却处在两个不同的思想层次中。假若用几何学的眼光来看，这两种不同思想层次中的东西是不能够放在同一平面中加以比较的。要是加以比较，必须把其中的一点转移到与另外一点相同的思想层面中。《故乡》中的少年鲁迅和少年闰土，处在同一思想层面，在那里，"我"对闰土的羡慕表现出高度的熨帖与和谐，与读者的感受不隔膜。但在《一件小事》中，"我"与车夫始终处于不同思想层面中，这也正类似《故乡》中成年鲁迅与成年闰土的关系，然而《故乡》中鲁迅没有对"我"与闰土做静态的优劣比较，更没有做单方面的自我否定，所以《故乡》始终呈现着由外到内的和谐和由作者到读者的默契。车夫的思想素质是值得肯定的，特别是在一个缺乏人道主义感情的社会里，但车夫的这种素质，却产生于朴素的生活基础上，他没有像"我"一样处于社会政治历史的变动中，对那些决定着中华民族根本命运的"国家大事"的令人沮丧的一面没有直接的感受，没有从改造中国整个社会思想意识状况的角度感受生活。鲁迅与车夫的思想素质是在不同的思想层面中生长起来的。假若将二者进行比较，必须将他们转移到同一个思想层面中，或者使车夫获得与鲁迅相同的思想视角，看其在这种状况下是否能够保留较之鲁迅更多的人道主义同情之心；或者把鲁迅的思想视角消掉，看鲁迅在对令人沮丧的"国家大事"没有过亲身感受的条件下是否可能保留像车夫那样多的对人的信任感。但在《一件小事》中，鲁迅没有解决这个向同一平面的转移工作，而在这个基础上做的思想素质的比较，做的对自我的解剖和否定，便与读者的感受产生了虽然不一定明确意识到但却肯定存在着的隔离感。这种隔离感在一定程度上阻碍了作者与读者间情绪传达的畅通性。

把深刻的自我解剖同强烈的自我表现有机地融合在一起的艺术典范是《在酒楼上》《孤独者》和《伤逝》。在这些篇章中，自我解剖整个地融会在了自我表现之中，自我表现中融合着深刻的自我解剖。"人醒了无路可走"的基本主题泯灭了自我解剖和自我表现的差别，将二者组成了一个浑然的整体，二者只是这个浑然整体的阴面和阳面、正极和负极。也正是在这些篇章里，感情的地位得到了提高，假若说《风波》中七斤嫂对八一嫂的感情表现不可能被鲁迅作为正面的东西来肯定，假若说鲁迅对《端午节》中方玄绰的感情表现采取了更为明显的讽刺态度，那么，在这些作品里，尽管首先觉醒的知识分子的行为表现不能为鲁迅所肯定，但他们的感情表现却是得到全面肯定的东西。换言之，他们的感情也便是鲁迅自我的感情，他们的苦闷也便是鲁迅的苦闷。主观抒情性的因素在这些篇章里得到了最大程度的发挥，因而它们也是浪漫主义因素最浓郁的篇章。其中尤以《伤逝》最为突出。

> 我愿意真有所谓鬼魂，真有所谓地狱，那么，即使在孽风怒吼之中，我也将寻觅子君，当面说出我的悔恨和悲哀，祈求她的饶恕；否则，地狱的毒焰将围绕我，猛烈地烧尽我的悔恨和悲哀。
>
> 我将在孽风和毒焰中拥抱子君，乞她宽容，或者使她快意……。

恐怕最迂腐的老夫子也不会责备涓生为什么还会企望鬼魂和地狱的存在，也不会责备涓生为什么还会把死去的子君当作真实的存在。因为这是感情。在这里，感情是唯一的价值判断标准，感情不必受纯理性的约束，不必受苍白的科学结论的检验。涓生这种真挚强烈的感情洗刷掉了他在万难忍受的环境中对子君犯下的罪孽，使读者不能再对他行为的失错进行无情的责备。在这里，感情是对读者的唯一冲击力，它要求的是感情上的共鸣，而不是冷静的理智判断。

鲁迅的感情与涓生的感情在这时是沿着同一波状线波动的。鲁迅在这时不是旁观者，不是评判人，不是像观察着阿 Q 那样观察着涓生，而是与涓生合二而一的，他完全跳进涓生的心中为涓生叫出内心的悲哀，他让涓生跳进自己的心中借用自己的笔喊出涓生的悔恨。涓生的经历虽非鲁迅自身的实际经历，但涓生的感情却是鲁迅自我感情的表现。在这里，作者是整个地介入了自己的作品的。而这，正是浪漫主义叙事作品的特征。

在把浪漫主义的自我解剖、自我表现和主观抒情融入现实主义的客观描绘和社会解剖的过程中，第一人称的写法起到了关键性的作用。在我们现在着重分析着的这类作品里，有着两种第一人称的写法：（一）单层次的第一人称；（二）双层次的第一人称。在单层次的第一人称里，又有两种形式：其一，作为外化对象的第一人称；其二，作为外化手段的第一人称。《伤逝》的第一人称是作为外化对象的第一人称。这篇小说由小说的主人公涓生出面叙述和抒情，这个"我"是作为一个客观的独立人物而出现的，这使他的主观抒情、自我解剖、主观心灵的展示都取得了整体上的客观性品格。流动着的感情表现呈现着理性认识的价值，自我表现汇入了社会解剖的海洋，主观表现带有了客观性的性质。《孤独者》的第一人称是作为外化手段的第一人称，"我"在小说里不是作为一个主要人物出现的。由于"我"的存在，魏连殳这个人物被客观化了。实际上，"我"与魏连殳中都有作者在，但在小说中魏连殳具有更加重的客观色彩，作者主要通过"我"进行叙事、抒情。双层次的第一人称实际上是以上两种叙事方式的结合。《狂人日记》《头发的故事》《在酒楼上》运用的都是这种方式。第一个"我"起到的是外化作用，不是小说中的主要人物，但有时进行主观的议论、评判和抒情。有了这个"我"的存在，第二个"我"（小说的主人公）便被客观化了，他们的主观抒情、主观议论和自我解剖都同时具有了现实主义的客观性面貌。

我们在上面曾经指出，浪漫主义主要是一种在同种观念意识的基础上进行艺术对话的艺术方式。而在鲁迅把浪漫主义的主观抒情性引进自己的现实主义作品中的时候，也是在部分的同种观念意识间进行的。《狂人日记》《伤逝》运用了作品主人公的手记的方式，使主人公面向自我，才为他们提供了自我表现的可能性。《头发的故事》《在酒楼上》《孤独者》，则利用与小说主人公具有同种观念意识的"我"的存在，引发了小说主人公进行自我表现的心绪，这是他们在平时的生活中、面对广大不同观念意识的社会群众，无法得到正常表现的内心世界。这里的具体对话方式，造成了小说浪漫主义因素的存在，但这种具体的对话方式，鲁迅依然认为应当纳入总体的作者与读者的两种观念意识对话的总目的性中。鲁迅为这些作品的主人公，提供了进行自叙、自抒的自我表现的艺术空间，同时也为自己进行自我解剖、自我表现找到了一个有效的途径，但归根结底，鲁迅仍不以觉醒知识分子和自我的自我表现为满足，他更希望让更广大的社会大众了解他们的苦闷，理解他们的悲哀，认识封建传统观念的"吃人"本质。在这个总目的性的制约下，这些作品中的浪漫主义性质的东西，又不能不被搁置在一个更大的现实主义的艺术框架之中。我们可以说，这些作品，特别是《伤逝》，是在现实主义总体框架中包容着最大限度的浪漫主义主观抒情性的作品，或曰是把浪漫主义和主观抒情性之流汇入现实主义的客观性表现之洋的作品。

四

在《呐喊》和《彷徨》中，还有从另外一个方向上趋向于浪漫主义的三篇作品：《社戏》《故乡》《一件小事》。

应当看到，中国反封建思想革命的历史必要性和西方资本主义社会人的异化现象的加剧，鲁迅对中国封建思想"吃人"本质的深刻理性认识和鲁迅幼年少年期在农村与农家儿童和谐相处的实际体验，鲁迅反封建思想的高涨热情和当时反封建思想力量的极端薄弱，鲁迅对自我历史责任感的明确意识与对自我力量的怀疑，都使鲁迅前期思想处在十分复杂的矛盾之中。一方面，他坚信只有依靠觉醒的知识分子的长期而又艰辛的斗争才能彻底扫荡中国封建社会这个"吃人的筵宴"；另一方面，他又不能不对农村的大自然与农民、农家儿童那纯洁天真的素朴关系感到由衷的欣羡，对纷乱嘈杂的都市生活以及对激烈、残酷的生存竞争和政治倾轧感到内心的厌恶。也正是由于存在着后一种思想倾向，所以他从早期到五四时期对浪漫主义崇尚自然和崇尚人与人自然关系的倾向始终抱有好感。在早期，他对尼采的自然人的观点进行了肯定，说：“尼佉（Fr. Nietzsche）不恶野人，谓中有新力，言亦确凿不可移。”①在五四时期，他仍然认为“只要心思纯白，未曾经过‘圣人之徒’作践的人，也都自然而然的能发现这一种天性”②。这种思想因素表现在《呐喊》和《彷徨》的小说创作中，构成了与西方浪漫主义文学大致相同的文学倾向。

这里最典型的是《社戏》。

《社戏》构成的对立可以说是典型的浪漫主义的对立。它里面有着嘈杂的都市生活与恬静的农村生活的对立，有粗俗自私的城里人与亲切和善的农民的对立，有愚陋倨傲的成人与聪明天真的儿童的对立，有矫饰的贵族化的都市文艺与朴素的平民化的民间文艺的对立，有充满生存竞争的纷乱社会与优美宜人的大自然的对立。这些对立，说到底，实际便是社会与自然的对立。

这身边的胖绅士的吁吁的喘气，这台上的冬冬喤喤的敲打，红红绿绿的晃荡，加之以十二点，忽而使我省悟到在这里不适于生存了。

显而易见，这里所说的不适于生存的地方，不仅指看戏的戏院，而且指拥挤噪乱、尔虞我诈的当时的社会。在这里，人们你拥我挤，争夺、抢占着自己的“地位”，人们凄凄惶惶进行着生存空间的竞争。这里是一片纷乱、一片嘈杂，让人不得安静，不得休憩，人与人之间没有真诚的同情，没有亲切的感情交流。与此相对立的，是农村的自然美，自然朴素的人，自然和谐的人与人的关系。这里的对立，已不是《狂人日记》《伤逝》等小说中的两种对立的思想势力的斗争，鲁迅在这里寻找的

①　鲁迅：《坟·摩罗诗力说》。
②　鲁迅：《坟·我们现在怎样做父亲》。

也不是与封建传统思想进行斗争的实践力量，而是两种审美境界、两种心灵素质的静态比照，鲁迅在农村的自然美、农民的心灵美中发现的仅仅是自己的审美理想和感情的寄托。在写作手法上，自然景色的细致描绘，主观感受的直接表现，都是浪漫主义作品所擅长的艺术手段。所以，与其说《社戏》是现实主义的散文，不如说它是浪漫主义的抒情诗，它主要不诉诸我们对客观社会的理性认识，而诉诸我们的审美感受。它用诗的美陶冶我们的感情。

正像许杰先生所说："鲁迅的《故乡》，不同于鲁迅的其他作品，鲁迅的其他作品，如同《阿Q正传》、《风波》、《高老夫子》、《肥皂》以及《药》和《明天》，都是他的现实主义的手法的客观的表现，而这一篇《故乡》，却是主观的抒情的东西。"①《故乡》却也表明，鲁迅认为朴素的自然美，人的纯洁的天性，尽管是他所向往、所追求的，但在严酷的现实社会中，它常常是孱弱无力的，极易被无情的现实所摧残、所玷污，为了保存和恢复这种天性的美、自然的美，必须创造适于这种美存在和发展的社会条件和社会环境。在《故乡》里，自然美的主题和社会批判的主题是交织在一起的，自然美的主题是导向社会改造和社会思想改造的主题的。在艺术方法上，它把浪漫主义的主观抒情与现实主义的客观描写结合起来，形成了既不完全等同于《社戏》，也不完全等同于《风波》的特色。

如上所述，《一件小事》中鲁迅对车夫美好心灵的赞美，也是建立在对人的自然天性的热爱之上的。车夫不是一个具有自觉反封建思想的觉醒者，而是一个未曾受圣贤之徒的封建思想作践的朴实劳动者。就这个角度而言，他与《社戏》中的六一公公是同一类型的人物。但《社戏》是自然美与社会丑的对比，《一件小事》则是自然天性与一个觉醒者的不完美也不可能完美的灵魂的单面比较，前者更具有高度的和谐和统一，后者则没有达到更高度的和谐性。我们看到，在鲁迅后来写的散文诗《雪》

①　许杰：《鲁迅小说讲话》，91页，西安，陕西人民出版社，1981。

中，实际已经改变了《一件小事》所体现出来的这种思想倾向。在《雪》里，鲁迅赞美了美艳之至的江南的雪，但也指出了它的易于被消释、被冷凝的一面；他同时也赞美了并不美艳的如沙如粉的朔雪，它是"孤独的雪"，但它却是有力的，能够"蓬勃地奋飞""旋转而且升腾"。《一件小事》中车夫的心灵美就如《雪》中的美艳之至的江南的雪，具有自然的美，静态的美，柔性的美，但却不足以担当与险恶现实环境斗争的社会任务。鲁迅的"坏脾气"正如如沙如粉的朔雪，并不美艳，有着缺陷，但却是一个战士的缺陷，他也像朔雪一样是"孤独的"，但唯其在激烈的战斗中，唯其对社会思想环境的险恶有更明确的认识才偏于"孤独"，趋于"多疑"，有着前者所没有的"坏脾气"。我认为，对这二者的态度，应如《雪》所表现的，各有所誉，各有所憾，在险恶的斗争中更向往于前、更需要于后，才能更精微熨帖地反映当时鲁迅的内心实际感受，在艺术上也才能达到高度的和谐统一。而《一件小事》却在前者中取其优，后者中取其劣，加以对比，褒其前以至崇其高大，贬其后以至卑其渺小，失去了度的精细，也就有忤审美感受的神经。提到创作方法的高度，我认为《一件小事》的浪漫主义的主观抒情在较大的程度上与其中的现实主义的客观描绘发生了断层。也就是说，当作者的客观描绘还没有足以将读者的感受推进到与作者主观抒情的内容相一致的高度时，作者便进入了主观抒情的阶段，这种主观抒情便难以携带着读者的感情一起升腾。《故乡》中对闰土的赞美、《社戏》中对六一公公和农村儿童的描写，之所以显得更加自然优美，就因为作者的描写或抒情，是与读者的感情情绪的波动同步进行的。

五

中国的反封建思想革命，是反愚昧与反虚伪并行的，是科学与自由思想并进的，这体现在鲁迅的文学观念上，便是重真情与重真实两不相怍。他不可能像法国现实主义者特别是自然主义者那样仅仅突出客观之真的一个侧面，因为他要强化对虚伪的旧礼教、对旧礼教制度下造成的社会思想的虚伪的抨击，就不可能不同时强化着主观感情的真诚表现。就是在他的纯客观描绘的作品里，也贯注着他的强烈的、真诚的爱憎之情。

所以，我们要谈《呐喊》和《彷徨》的浪漫主义因素，必须从感情性的角度出发，寻找作者的强烈主观感情的公开表现。在这里，严格的客观描绘为作者主观感情的直接表现蓄足了火力，主观感情的直接表现把严格的客观描绘所造成的艺术效果进一步延长、升华，现实主义与浪漫主义互助共存、彼此强化，能够达到也达到了完美的融合。

过去，当我们讨论《呐喊》和《彷徨》现实主义与浪漫主义相结合的特色的时候，常常从理想与现实表现的对立的意义上，锐意搜求《呐喊》和《彷徨》离开现实的真实描绘而直接体现作者美好理想的艺术画面或艺术细节。我认为此路是不通的。当然，这并非说《呐喊》和《彷徨》没有体现鲁迅的崇高理想，而是说它们借以体现理想的方式是严格的现实主义的，而不是浪漫主义的。任何一个作家都有自己的理想和愿望，任何一部文艺作品都必然地通过各种方式体现出作者对理想的追求，我们假若把任何体现作者理想的因素都作为浪漫主义的因素，岂不等于说现实主义作品就其本来的意义讲是不应当有任何理想的文学了吗？理想描绘与现实描绘的关系是同主观抒情与客观描绘的关系不尽相同的。现实主义也要求作者融入真情实感，但就其严格的现实主义要求而言，作者应当把自己的主观感情完全地、不露形迹地融入现实的纯客观描绘中去，而浪漫主义的原则则主要建立在作者的自我表现之上，它不但允许而且要求作者要尽可能多地直接介入自己的作品。在这里，理论的界限是严格的，但实践的界限是模糊的，在两个界域之中始终存在着一个广阔的过渡地带，现实主义作家可以在不违背客观真实描绘的基础上加强主观抒情性的成分而不会削弱客观描绘的真实性，浪漫主义作家在主要进行主观抒情的时候也可进行对客观外界事物的描绘而不会削弱主观抒情的强度。但在理想与现实的表现上，现实主义与浪漫主义的界限是明确的。现实主义者也在作品中体现自己的理想，但必须通过对现实社会生活的毫无粉饰的、真实具体的细节描绘体现，亦即在对现实描绘的好恶之情的背后体现作者的理想追求，而浪漫主义则不必如此，作者的理想是由画面本身体现出来的，是通过对现实的美化或主观虚构的画面直接描绘出来的，所以它不会遵循严格的细节真实的原则。在这里，作者必须对二者进行严格的区分。或者让人明确意识到他所描绘的是真实可信的现实画面，或者让人明确意识到它是虚构的理想的或幻想的画面，二者的混淆不但是有害的，而且是危险的。鲁迅曾说，文艺作品的失败，"不在假，而在以假为真""不在假中见真，而在真中见假"①。假若把理想的、幻想的东西不当作幻想的、理想的东西来表现，而严格当作现实的、真实的东西来表现，让读者把未然的当作已然的，只能让人真假莫辨、"真中见假""以假为真"，增加幻灭感，破坏艺术的和谐，破坏人们的美感情趣。在"两结合"的口号下制造出来的"高、大、全"的典型就是这种非此非彼、非驴非马、非理想非现实、非浪漫主义非现实主义的中性物，事实证明这是一条把艺术引向毁灭的路。鲁迅的《呐喊》和《彷徨》，描绘的是现实社会生活，我们在其"真"中找不到"假"。鲁迅始终把中国反封建思想革命当作一个实际的社会思想运动而追求着，对于他的这一真实的思想追求，任何脱离实际的幻想都是无济于事的，任何低估封建思想的实际力量的看法和做法都不能使人们找到真实可行的道路，任何对现实的美化都是对中国封建传统思想的美化。因而鲁迅在当时不是追求而是极力抵制以理想取代现实的浪漫主义文学倾向。在这方面，《呐喊》和《彷徨》始终未曾跨出过现实主义的文学领域，从来没有侵犯过浪漫主义的文学领土。

---

① 鲁迅：《三闲集·怎么写》。

六

　　两种不同观念意识的对话及鲁迅对这种对话方式的基本思考，不仅决定了《呐喊》和《彷徨》的现实主义的主导方向，决定了它们能够也有必要在现实主义的总体艺术框架中较充分地保留浪漫主义文学中发展起来的主观抒情性的因素，而且也规定着《呐喊》和《彷徨》现实主义的一系列独立特色。

　　我们曾经千百次地指出，鲁迅的现实主义是冷峻的现实主义。但我们却极少说明，为什么鲁迅的现实主义会表现出极端冷峻的色彩？为什么像曹雪芹、茅盾、赵树理、塞万提斯、莎士比亚、狄德罗、福楼拜、巴尔扎克、列夫·托尔斯泰这一系列杰出的现实主义作家，虽有彼此不同的优长，却不如鲁迅的《呐喊》和《彷徨》般如此冷峭严峻？

　　这个问题，我认为最终只能由鲁迅当时进行的两种观念意识的对话的特点来说明，只能从中国当时进行的反封建思想革命的特点及鲁迅对它的明确意识来说明。

　　高尔基说："对于人和人的生活环境作真实的、不加粉饰的描写的，谓之现实主义。"①鲁迅所面对的是一个什么样的生活环境呢？这是一个以封建传统观念为思想网络编织起来的生活环境。假若说一个现实主义作家总是力图通过社会现象的真实描绘揭示出自己已经明确意识到的这种社会现象反映出的本质特征的话，那么，鲁迅在由现象真实走向本质真实的路途上又将会显现出什么样的具体状貌呢？

　　19 世纪，批判现实主义文学发展成为主潮。但这个文学潮流主要发达于西方资本主义国家，即使是俄国，也是资本主义得到了相当程度

---

　　① ［苏］高尔基：《谈谈我怎样学习写作》，见《论文学》，163 页，北京，人民文学出版社，1978。

的发展的国家。这些批判现实主义作家，面对的是资本主义的社会环境，或是资产阶级已经成为社会"主人"的社会环境。

也就是说，资本主义社会的现实，相对于封建社会的现实而言，是赤裸裸的现实，是现象真实直接反映着本质真实的现实。而封建主义的社会现实，则是涂着更厚的道德油彩的现实，是戴着温情脉脉的面纱的"吃人"现实，是现象真实掩盖着本质真实的现实。假若说前者的现实主义的真实性主要表现为如实地描绘人们所亲见亲闻的大量社会现象，更趋向于"再现"和"反映"，那么后者的现实主义的真实性则必须对社会现象做更加严峻的挖掘，更趋向于"钻探"和"透视"。鲁迅的《呐喊》和《彷徨》从现象真实向本质真实的每一步更深入的开掘，都需要表现出一种近于"残忍"的决心，都有可能严重地触犯普通读者那温润的柔情和梦幻般的遐想。他必须更无情地一层一层地揭下封建道德那温情脉脉的面纱，必须更无情地粉碎人们对它的普遍尊崇和美丽幻想，必须更无情地捣毁封建社会那表面田园诗般的情趣，必须毫无顾忌地踢开当时"东方精神文明""道德天下第一"那些美化封建道德的神话。也就是说，《呐喊》和《彷徨》的真实性只有当具有高度的严峻性的时候，才能从现象的真实描绘直逼向封建思想的"吃人"本质，任何仅仅在表面现象上兜圈子的写法，任何浅尝辄止、欲进又止的犹疑态度，都将使作者停留在封建传统思想那温良恭俭让、中庸和平、礼义廉耻等华美的多层外衣上，那样就不仅触不着封建传统思想的痛处，反而会起到美化传统封建道德的作用。只要我们不是从一枝一节、一藤一蔓考虑问题，而是从整体性特色进行考察，我们就会发现，西方资本主义国家的现实主义文学作品，更注重面的伸展，在广阔复杂的社会图景中展现社会现实的整体面貌是其主要特征。巴尔扎克、左拉、狄更斯、列夫·托尔斯泰都无一例外地伸展着自己描绘的范围，扩展着自己浩瀚如海般的巨幅历史的、现实的画卷，莫泊桑、契诃夫则把笔触伸向社会的各个角落，以巨额的量孕育着反映现实的质。而鲁迅的每篇小说都表现出向深层的开掘，这种开掘表现出极大的艰难性。鲁迅的小说篇幅都很短，他从不在面上向外伸展过多，而总是在一个小的场景上逐层地掘下去，掘下去，或是在一个人物的身上一点一点地深下去，深下去，一直掘到他所需要掘到的深度为止。假若说前述西方那些现实主义作家的作品像是开掘湖泊或海洋，鲁迅的《呐喊》和《彷徨》则像是钻探和凿井。假若说前述西方作家是由部分汇总为整体，鲁迅则主要表现为由浅层直插入深层。在表面的合理性中逐渐显露其不合理性（如《狂人日记》等）、在表面的诗情画意中逐渐开掘到它的残酷性和粗糙性（如《风波》等）、在表面道貌岸然的人物身上逐渐掏出他们内心深处的卑劣性（如《肥皂》等）、在表面充满光明与希望的生活中逐渐显露它的虚幻性（如《伤逝》等）、在外在的"勇悍蛮野"中逐渐抖落出意识深层的奴性（如《离婚》等），构成了《呐喊》和《彷徨》一贯的艺术特色。而这种由现实表层向现实深层的义无反顾地挺进，绝非鲁迅纯个人的主观好恶和艺术爱好，而是由他要达到的艺术目的以及他要揭示的对象本身的特点规定的。例如，巴尔扎克、左拉等人笔下的那些资产阶级野心家，哪一个能像四铭、高老夫子那样把自己的本质裹藏得如此深、如此严呢？哪一个不但如此微妙地欺骗着别人同时还如此小心地欺骗着自己呢？老葛朗台那饕餮的金钱欲望是令人触目惊心的，但他自己却并不想向任何人隐瞒，更不向自己隐瞒（巴尔扎克《欧也妮·葛朗台》）；萨加尔要把整个世界都踩在自己的脚下，这一点对别人和对自己都是公开的（左拉《金钱》）。他们都十分巧妙地隐瞒着自己的经济计划和投机手段，但并不想掩盖自己的内心欲望和道德面貌。而鲁迅笔下的四铭等人物，不但要别人相信自己是"好人"，而且还要让自己也相信自己是"好人"。面对这种人物，鲁迅或者不了解或不揭示他们的本质面貌，或者严峻地由外而内开掘下去，中间的道路几乎是没有的。所以，面对虚伪的封建传统，严峻性和真实性是同实异名的东西，真实性是严峻性的目的和归宿，严峻性是真实性的手段和表现。在这种创作目的下，鲁迅的现实主义必然表现为高度严峻的现实主义。

在封建的关系中，存在着三种相互联系而又相互区别的阶级关系：地主阶级对广大劳动群众的政治压迫、经济剥削和思想统治。在前两种关系中，阶级关系、善恶关系相对是比较明确的，施耐庵的《水浒传》、关汉卿的《窦娥冤》、贺敬之等人的《白毛女》等，都把主要笔触集中于奸邪小人或地主阶级对人民的政治欺压、经济剥削、人身陷害上，其中也涉及思想统治，但并不占有主导地位，且较为肤浅和浮面。它们之中的矛盾对立相对而言是公开的、明确的，善与恶、美与丑在人物身上的体现是单纯的、清晰的，这类的关系中也存在着惊心动魄的悲剧，也具有某种程度的严峻性，但却较少《呐喊》和《彷徨》那种高度的严峻冷峭的性质。为什么呢？因为《呐喊》和《彷徨》的主要职责在于揭示封建思想和封建伦理道德的"吃人"关系。在这种"吃人"的关系中，阶级关系显得模糊了，好人与坏人的界限不那么明确了。在这里参加"吃人"行列的将不再是极少数的地主阶级统治者，极个别的居心叵测的坏蛋，而是以这种"吃人"的思想观念为观念的整个社会。显而易见，当封建思想、封建伦理道德观念已经不是当时社会的主要观念的时候，当绝大多数的社会成员再也不是这种观念的恪守者和维护者的时候，封建思想和封建伦理道德便再也不会有相对独立的"吃人"职能了。而只要它们还在"吃人"和害人，它们就必然具有较之极少数统治者、极个别坏人远为广泛的恪守者和维护者。在这里，地主阶级统治者利用思想统治"吃人"的阶级行为消融在更广泛的人与人的关系之中了，"吃人"者与"被吃"者之间横亘进了一个由广大社会大众组成的中间环节。假若说在文学作品中着力鞭挞一两个作恶多端的坏人已是司空见惯、习以为常的事情的话，那么，鲁迅要真实地揭示封建思想观念的"吃人"本质，则必须无情地穿过昏昧的广大社会大众，才能达到自己的目的。在这里，需要艺术家的更大的勇气和信心，更加冷峻严厉的态度。《窦娥冤》那么惨烈的悲剧并不给人多么强烈的冷峻感受，《白毛女》如此残酷的阶级斗争也并不给人多么冷峻的感受，而鲁迅的《孔乙己》《阿Q正传》《风波》《祝福》等却具有为前述那些作品所不可能具备的冷峻性质，一个非常重要的原因即在于此。

封建思想观念以多数的力量杀人，并且不是依靠多数的物质力量，而是依靠多数的精神力量，依靠多数的感情的凉薄。在《孔乙己》里，让人感到冷的不是或主要不是丁举人对孔乙己的殴打，而是咸亨酒店一应人等对孔乙己的冷漠和无情；在《药》里，透着冷气的也主要不是夏瑜的被处死，而是社会群众对夏瑜之死的茫然淡漠的态度；在《祝福》中，周围人关于祥林嫂的每一句话都是一种类似冰块的东西，它使人们感到彻骨的寒冷；《示众》描写的是一个暑气上蒸的酷夏，一个人头攒动的图景，但它仍然使我们感到料峭的寒意，因为那里是一个零度以下的感情的寒冬，是一个没有精神之火的灵魂的荒原。在这种人吃人的关系中，施行的不是物质的战斗和直接的肉体残害，而是感情的冰寂法，精神的扼杀术。在这里没有摆开的堂堂之阵、正正之旗，多的是语言的流弹和一颦一笑的飞矢；在这里进攻者据有封建思想和封建伦理道德的坚固防地，而被害者却往往处在毫无掩蔽物的坦坦平场。在这里一切都是在封建礼教制度认可的范围中进行的，多是帷幕后的杀戮，笑脸下的攻讦，闲谈中的格击；杀戮者反获得道德的美名、正经的桂冠，被杀戮者则早已被插上了不正经的草标。孔乙己偷了书被地主统治者吊打，他们笑着来问一问；N先生剪了辫子，他们跟在后面喊几声"假洋鬼子"；一男一女在一起说话，阿Q投过去一块小石头；祥林嫂死了儿子，他们冷冷地做点暗示；涓生和子君谈恋爱，那鲇鱼须的老东西把脸紧贴在玻璃窗上看一看……这一切都不足以造成肉体的残害，但却能使人感到精神的震悚。这些人在封建观念中一律是使人无置喙余地的正经八百的"好人"，是一些道德家和维持社会风化的雅士。这里的冷是内在的，是只可心感而不可言传的，不但受害者无申诉的余地，即使是作者也无法进行铺排的描写和过于张扬的呼叫哀鸣。因为任何的铺排描写都将无法表现这种内蕴的冷寂，任何张扬的呼叫哀鸣都不足以反映这种非外在的悲凉。我们看到，鲁迅越是深入这种人与人关系的描写中，他的笔锋便越是冷峭，他的态度便越是严峻，他的描写也越是简洁、"客观"。

综上所述，鲁迅《呐喊》和《彷徨》现实主义的冷峻性质，是真实地反映中国封建传统思想和传统道德"吃人"本质的需要，是由封建思想的虚伪性，它的特殊"吃人"方式、"吃人"手段和鲁迅反封建的彻底性诸种因素共同决定的。鲁迅冷峻的艺术手法，只有在适应了这种现实表现的需要的时候，才有可能化为《呐喊》和《彷徨》的血肉。一句话，冷峻，是鲁迅小说现实主义真实性的具体表现形式，是它的最突出的本质特征之一。

七

鲁迅的现实主义以高度的冷峻性著称，但它的冷峻，却不等于福楼拜等法国现实主义作家所提倡的冷静客观。在鲁迅这里，冷峻是热烈的转化形态。这也就是我们常说的，严冷与炙热的和谐统一。

我认为，关于这一点，也必须从中国反封建思想革命的历史特征及鲁迅现实主义的深刻性来说明。

我们应当重新申明，鲁迅的《呐喊》和《彷徨》处理的是"思想革命"的题材，而不是"政治斗争""经济斗争"和"军事斗争"的题材。在政治、经济、军事的斗争中，"人"是被作为一个整体进行处理的。军事上的消灭，击毙的是人的整体；政治上的打倒，是把一个整体的人从特定政治地位上推下来；经济上的革命，是把整体的人从某种经济地位上掀下去。而在"思想革命"中，却必须以思想观念和人的实体分离的观点看待问题，用消灭人的实体存在的方法消灭某种思想，把持有对立阶级的某些思想观念的人都划归到对立阶级的政治阵营中去并用政治斗争的手段处理思想斗争的问题，这只会导致混乱和灾难。在五四反封建思想革命的斗争中，在思想观念上摆脱了封建传统观念、传统道德束缚的是极少数人，而在政治上属于人民群众范畴的则是绝大多数人。这样的历史现实，应当要求什么样的现实主义艺术呢？它应当要求对人物思想处理的高度严峻性与其政治处理的高度宽容性。没有思想处理的高度严峻性，就无法在最充分的意义上反映封建传统观念、传统道德影响的严重性和广泛性，就不能在最尖锐的意义上表现出中国反封建思想革命的历史急切性和斗争的长期性。同样，没有政治处理的高度宽容性，就不能反映中国反封建思想革命的广泛人民性，就会带来对广大人民群众的政治上的否定。不难看出，最深刻反映了当时反封建思想革命的这一历史需要的，是鲁迅的现实主义文学。

在《呐喊》和《彷徨》中，我们需要看到两种价值判断的标准：一种是思想观念的价值判断标准，另一种是政治价值的判断标准。前一个价值判断标准，相对而言是比较明确的，因为这是鲁迅所注目的主要价值判断标准，是在反封建思想革命中所必须使用的价值判断标准。在《呐喊》和《彷徨》全部人物的思想观念的表现中，也有色彩逐渐变化的过渡带；就其一个人物的思想观念而言，也有两种思想观念纠缠交织的情况，但不论情况何等复杂，我们总能感到，在我们眼前亮着一条熠熠闪光的思想光带，它使我们在审美感受中区分着各种不同的人物和人物的思想表现，而不至于使我们美丑莫辨、是非混淆。而后一个政治价值的判断标准，相对而言则是游移的、模糊的，因为这是当时鲁迅不必十分注目的一个价值判断标准，是中国反封建思想革命中尚不具有首要意义的价值判断标准。但为了适应我们长期以来形成的价值判断的习惯，为了说明在《呐喊》和《彷徨》的研究中现存的一些问题，我们也应在鲁迅当时内蕴的政治知觉中，在鲁迅对人物的客观表现中，看到这个价值判断的标准的非明确存在。

当确定了《呐喊》和《彷徨》中两种价值判断标准的概略性存在之后，我们便会进一步看到，前一种思想观念的价值判断标准是高度严峻的，在《呐喊》和《彷徨》的全部人物中，几乎没有一个人物能够完全超出这种价值判断的基本水平线，即使那些觉醒了的知识分子，也只是在这个水平线的上下浮动，也只是在理性上意欲跃到这个水平线之上而最终不能完全达到自己的目的的人物。只有在较少的情况下，当鲁迅相应放低了这个价值判断标准的时候，有的人物才呈现出某种相对完美的形态。（如《一件小事》中的车夫、《社戏》中的六一公公及孩子们、《故乡》中的少年闰土，但在同时，这些作品也不再带有鲁迅其他作品那种高度严冷的色彩了。）就整体而言，这个思想观念的价值判断标准对《呐喊》和《彷徨》中的所有人物都呈现着冷酷无情的面目，每一个人物都要接受它的最严峻的审判。这个思想观念的价值判断标准实际是现代思想观念、革命民主主义思想观念的价值判断标准，在历经两千余年的封建思想禁锢、现代民主思想刚刚处于萌芽状态的当时中国社会上，这个标准不能不是十分严峻的。鲁迅或者降低这个标准而把大量封建的传统观念与现代民主观念同时肯定下来（这样可以改变鲁迅对人物处理的极端严峻性），或者坚持这个标准而保留对人物思想观念的严冷态度，二者必居其一。所以这里的严峻性，反映的不是鲁迅对"人"、对"人物"本身的冷酷无情，而是对封建传统思想观念的深入骨髓的憎恶、对中国反封建思想革命的急切期待，正如上节所述，也是他的现实主义高度真实性的必然要求。在这里，鲁迅确实是极少宽容性的。但我们也不能要求鲁迅在这里采取极端宽容的态度，因为这里的宽容，就是对最狭隘、最无宽容精神的传统封建道德的宽容，对无限制地摧残个性意志的传统封建思想的宽容，就意味着《呐喊》和《彷徨》现实主义真实性程度的丧失或削弱。但这里的毫无宽容性，仅仅是思想观念斗争中的毫无宽容性，鲁迅从未想到这种思想观念上的斗争要用对人的实体的政治性摧毁的方式来解决，所以他在后一种政治价值判断中，是保留着极大的宽容性的。这要求我们在分析《呐喊》和《彷徨》的人物形象时，绝不能把思想剖析与政治剖析等同起来。这牵涉到《呐喊》和《彷徨》中的一大批人物，其中包括《狂人日记》中的大哥、看病的老头子，《药》中的康大叔、红眼睛阿义，《明天》中的何小仙，《风波》中的赵七爷，《肥皂》中的四铭，《高老夫子》中的高老夫子，《弟兄》中的张沛君，《离婚》中的"老畜生""小畜生"等。对于这些人物，鲁迅是异常厌恶的，但厌恶的仍然仅仅是他们的思想观念以及这种思想观念决定的他们的思想行为，而绝不是将他们作为政治斗争中的死敌予以处理的，我们绝感不到鲁迅对他们置之死地而后快的感情，我们也毫无理由把他们作为政治上的反动分子来看待。例如，《风波》中的赵七爷始终不是张勋复辟势力的政治帮凶，他只是利用张勋复辟的机会"官报私仇"。就其经济地位而言，他只是一个小村镇上的小酒店的老板，大不了是一个小业主。假若是握有权柄的官僚或独霸一方的地主老财，这点私仇是不必隐忍两年之久也不必亲自出马的。总之，在《呐喊》和《彷徨》中，政治价值判断标准的运用，虽然是相对模糊和游移的，但我们必须看到它是带有极大宽容性的。

思想观念处理的极大严峻性和政治处理的极大宽容性反映了鲁迅对传统封建思想、封建道德最深刻的仇恨与对人的可能有的最大热情，反映了鲁迅从封建思想、封建伦理道德的禁锢中挽救、唤醒、警悟尽可能多的人的最热切的希望。正是在这里，"热"和"冷"的界限完全消失了，两极的对立变成了两极的融合。具体说来，由于思想观念处理的极大严峻性和政治处理的极大宽容性，这两种在其他作家的作品中距离相当近的价值判断标准，其距离大大拉开了，《呐喊》和《彷徨》中的绝大多数人都被鲁迅放置了在了这两个远距离悬隔着的基本水准线之间。也就是说，他们在思想观念上都程度不同地受着传统封建思想和封建道德的束缚，而在政治上又都不属于应该或可以在肉体上进行消灭的敌人的范畴。他们作为观念形态的人，是部分地或全部地被鲁迅深恶痛绝地否定着的。而他们的基本生存权利和存在价值，又是被鲁迅坚定不移地肯定着的。在这个区间中，便自然地出现了两条价值线的逆向运动，对于他们基本生存权利的坚定维护挥发着鲁迅人道主义思想的炽热感情，对于他们思想观念的部分或全部的决绝否定闪烁着鲁迅个性主义抗争的严冷光辉。一般说来，当鲁迅突出表现这类人物的思想观念的落后性、可憎性的时候，个性主义抗争的严冷光辉就闪烁得格外明亮，但这绝不意味着脱离了内在的人道主义炙热感情的基本基础。例如，在《药》中，阿Q将会是嘲弄夏瑜的说客或围观杀头的看客；在《明天》中，他完全可能在单四嫂子儿子病重期间在隔壁唱几句"小孤孀上坟"；在《头发的故事》里，他无疑将骂N先生是"假洋鬼子"；在《伤逝》里，他会躲在暗处向涓生和子君投小石头；在《示众》中，他又肯定是看热闹群众的一个积极成员……但在《阿Q正传》中，当接触到他的自身生活命运时，鲁迅又是对他怀着炽热的人道主义感情的。这说明对上述作品中的那些人物，虽然在特定的场合，鲁迅对他们更多的是进行严冷的解剖，但其内在感情底蕴却绝非冰冷的，而是灼热的。与此同时，阿Q形象还向我们说明，这里的两条逆向发展的价值线，不但不会发生抵消作用和相互抑制作用，反而会发生相互加强作用。思想观念的落后性、可憎性特征的每一步加强，同时带来的不是他们悲剧命运的改善，而是悲剧命运的加剧。前者的加强带来的是鲁迅对人物思想处理的进一步严冷化，而后者的加剧带来的则是鲁迅对人物人生命运人道主义同情的灼热化：严冷加强着灼热。同样，人物悲剧命运的每一步加剧，带来的不是人物思想观念落后性、可憎性特征的弱化，而是映衬、加强了它的落后性和可憎性，鲁迅由前者带来的人道主义炽热同情同时也导致了对他们思想处理的愈益严冷：灼热加强着严冷。不难看到，这种怪异现象只能发生在这样一个区间中，脱离开这个特殊的区间，冷和热立即成了彼此相悖的两种因素。处于政治价值判断标准水平线以下的敌对人物，失去了对他们生存价值的基本肯定，他们思想观念的陈腐性、反动性的每一次加强，都将带来作者对他们的更深刻的憎恨，对他们生存权利的进一步否定，在这里冷只能加强着冷，而绝对不会转化为热。而处在思想观念价值判断标准的基本水准之上的人物，他们的思想观念是先进的、值得热情肯定的，他们的人生命运越是悲惨，作者对他们的悲惨命运越是同情，对他们的思想观念的先进性也越是要热情肯定。在这里，热只能加强着热，而绝对不会转化为冷。总之，鲁迅现实主义的严冷与炙热和谐统一的特色，是在中国反封建思想革命的历史条件下发展起来的，是鲁迅深切感受了这个革命具体特征的结果，也是一个深邃的思想家、热情的文学家在当时必然发生的真切现实感受的艺术表现。

现实主义艺术反映社会生活的主要途径是塑造典型，但作家笔下的艺术典型的具体面貌和典型化的途径却又由于作家所反映的客观对象以及作家对客观对象的主观把握的不同而不同。我们说《呐喊》和《彷徨》是中国反封建思想革命的一面镜子，那么，这就意味着从中国反封建思想革命的特点以及鲁迅对它的主观把握出发，一定会揭示出《呐喊》和《彷徨》典型化的一些重要特征。

西欧文艺复兴时期的反封建文学，面对的也是整个中世纪的封建制度，但那里的资产阶级思想意识是逐渐苏醒的。文学家们对封建主义的理性认识和感情否定是由部分向全体、由不自觉到自觉逐渐发展的。那时的作家，还不太可能把自己反封建思想的要求提高到对整个封建历史的审判的高度。我国封建社会后期那些具有资产阶级民主思想因素的作家，也处于类似的境况。西方资本主义时代，社会状况发生了与中世纪迥然不同的巨大变化，所以 19 世纪的批判现实主义，是以严格的历史主义原则为宗旨的。在他们那里，历史与现实是两个相对对立的概念，把历史的当作历史的，当作与现实不相同的东西，忠于历史的真实；把现实的当作现实的，当作与历史不同的东西，忠于现实的真实，并以主要精力表现当前的社会现实，成了现实主义的基本内涵。但在鲁迅这里，现实主义的内涵却有所不同，并且也应当有所不同。他面对的是一个具有漫长封建社会历史的中国现实。在这个漫长的历史时期里，其外部生活虽也有着某些量的变化，但就鲁迅所着眼的社会意识形态的整体而言，却有着质的高度稳定性。五四反封建思想革命对封建思想的现实批判，同时是对中国两千余年封建思想、封建伦理道德的总清算，是对两千余年中国社会思想史的总剖析。这种剖析又由于东西方文化的交流、外国先进思想学说的输入、鲁迅对中外文化思想学说的广泛了解而有了可能性。所以，在鲁迅这里，历史和现实不是相对对立的概念，而是相对统一的概念。历史就是现实，现实就是历史，二者是相互贯通的东西。鲁迅要直面现实，就要直面中国两千余年的思想史。鲁迅现实主义的这种独特性质，形成了他现实主义典型化的独立特征。把严格的现实主义原则同大跨度的历史综合、把现实描绘的具体性同历史概括的抽象性结合起来，从现实的概括直接上升到历史的概括，是鲁迅现实主义典型概括的显著特点。

通过对统治中国两千余年的封建思想意识形态根本特征的理性认识发现并提炼现实人物和现实生活画面的典型特征，通过对现实人物和现实生活画面的观察、思索和体验，把握、认识和感受中国封建意识形态的一贯本质，在二者的不断对流中把现实的、具体的、个性化的人物和生活画面，在最大限量的契合度上同历史的、抽象的、概括性的封建意识形态的某些本质方面叠印、融为一体，是鲁迅把现实概括和历史概括结合起来的主要艺术方式。

我们不妨先从未收入《呐喊》与《彷徨》的鲁迅的第一篇创作小说《怀旧》谈起。

《怀旧》这篇小说显然直接受到了俄国现实主义作家果戈理作品的影响，在以夸张和讽刺的手法描写农村地主的愚蠢卑琐的总特征上，《怀旧》与果戈理的作品有一脉相承的地方。但是，二者也有显著的不同。在果戈理的《死魂灵》里，泼留希金、玛尼洛夫、罗士特莱夫这些人物的个性和共性的界限是比较明确的。假若按照现行的关于个性和共性的理解，在这些人物之间，越是趋向于共同性的因素，越是在更高一级的程度上反映着俄国农奴主阶级共同本质的东西；相反，越是趋向于相异的因素，越是表现着他们各自的鲜明个性特征的东西。并且一般说来，前者的重要性是思想意义上的，后者的重要性是艺术上的。思想意义由前向后呈现着递减趋势，艺术上的鲜明性由前向后呈现着递增趋势。而在鲁迅的《怀旧》中，"秃先生"和金耀宗这两个人物的典型意义则有所不同。在他们身上，共性与个性的界限不那么明显了。在这里，现实概括与历史概括出现了交叉，从现实概括而言属于个性的东西，在历史概括中升华为共性的东西。同时，挟带着现实概括中的共性也具有了历史概括的意义。假若我们用一个十分粗糙的机械图式予以说明，那就是：

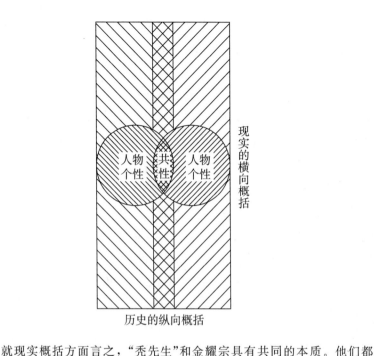

历史的纵向概括

　　就现实概括方面言之，"秃先生"和金耀宗具有共同的本质。他们都是毫无气节、"兵来迎兵、匪来迎匪"的无耻之徒。① 二者的区别在于"秃先生"更为狡猾，金耀宗更为愚蠢。但从历史概括的角度分析时，他们彼此不同的个性特征又都具有了共性本质的意义。中国儒家学术道德是为历代封建地主阶级服务的思想工具，但却不是某一个封建帝王的工具，它随时可以在昏乱的中国封建历史的政治更迭中为攫得了统治地位的政治集团所利用，从而抛掉它曾为之服务的已经失势的前代封建王朝，它甚至还能为用武力征服了汉民族的异民族封建统治者服务。尽管儒家著述中也不乏"不屈、不移、不淫"的名言箴句，尽管历史上也不乏表现了高风亮节的儒门学士，但儒家学术道德的一个根本原则是"忠君"。"夺得天下的便是王，夺不得天下的便是贼"，自然夺得了天下，成为王者，成为君，便要忠他、事他。一旦君不再为君，王不再为王，也便不必再忠他、事他。这样，整个儒家学术道德便有了自身的流动

---

　　① 关于《怀旧》的主题意义，我有与其他同志不太相同的理解，详见拙作《论〈怀旧〉》（载《鲁迅研究年刊》1980 年号）。

性，作为人格化的表现，便是狡猾的、无节操的，所以"秃先生"的狡猾便成了贯穿古今的儒家学术道德及其儒门弟子内在本质的总概括。中国历代的封建地主阶级中，曾经产生过许多哲士仁人，也曾有不少狡黠诡诈之徒，但从更本质的意义上，从现代社会历史的思想高度观察，他们都是没有个性、没有思想的空洞皮囊。因为自从汉武帝提倡"罢黜百家，独尊儒术"以来，中国历代地主阶级的"思想"就是不可能具有个性意义的思想了，就是被若干世代之前的孔孟先贤早已铸定的一个思想模式了。这个思想，对于孔子、孟子，曾经是具有个性价值的东西，曾是在诸子百家中独树一帜的思想，但一旦它成了为历代封建地主阶级所必须遵从的思想法规，那么对于封建地主阶级自身，它就成了现成的思想法术，除此之外，他们便不再有个性、有思想。在《怀旧》中，当鲁迅把"思想"独立抽取出来，体现在"秃先生"这个人物身上之后，作为地主阶级代表者的金耀宗便成了一个没有个性、没有思想的空洞皮囊了。他所有的，便只是一个安富尊荣的粗糙物质欲望和代代相传的"箪食壶浆以迎王师"的习惯性投机术，是必须具有的基本看家本领，所以他的愚蠢，从历史概括的角度言之，便是中国历代封建地主阶级的共同本质。就"秃先生"与金耀宗二人的关系分析，"秃先生"依附于金耀宗，为金耀宗提供迎拜之术，也正概括了儒家学术道德体系与封建地主阶级的一贯本质关系。同样，《怀旧》后半部分的回忆，也不仅有现实的典型概括意义，它也是对整个中国历史的典型概括。在昏乱的中国封建历史上，人民群众只能被动地被各种灾难性事变卷来卷去，忠勇憨直如赵五叔者白白为主子捐弃性命，一般的群众则"火从北来便逃向南，刀从前来便退向后"，在昏乱的时世中苟且偷生。正像鲁迅在杂文中所说，中国历史的"一大堆流水帐簿，只有这一个模型"①。总之，《怀旧》不仅是现实中国社会和社会思想的缩影，也是整个中国封建历史的缩影。在这里，现实的概括与历史的概括交织在一起、融会在一起了。

调动一切可能调动的因素，自觉地、有意识地加强读者由古到今、由今到古的丰富联想，用今印证古，用古说明今，古今贯通，古今渗

---

① 鲁迅：《热风·圣武》。

透，古今交错，古今叠印，让联想的翅膀负载着现实的生活画面，在整个封建历史上迅速飞动起来，使"今"的平面图在史的纵向运动中画出一条鲜明的线形轨迹，是鲁迅能把现实的概括同时转化为历史的概括所常用的艺术手法。在《怀旧》中，"秃先生"和金耀宗两个人物的历史概括的性质，是由"我"的联想明确化起来的。在整体结构形式上，鲁迅通过人物的忆旧，把小说由两个纵向历史过程中的雷同截面组织起来，这便使整个小说的画面有了飞动感，具有了纵向游动的特征（见下图）。

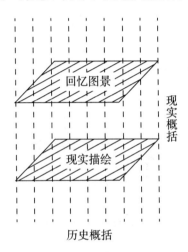

在现实的描绘中，由于听说"乱军"将至，"人人悉函惧意，惘然而行……中多何墟人，来奔芜市；而芜市居民，则争走何墟"①。在历史的回忆画面中，出现的也是这样的情景。这两个不同时间上的相同情景的画面，极其自然地让人联想到这是向来如此、不断重复的情形，现实的概括也就同时具有了历史概括的艺术性能。

在《狂人日记》里，失去了理智控制的"狂人"的心理活动，像无所羁绊的奔马，在上下几千年的广阔历史空间东奔西突，时而古，时而今，把被吃的现实感受像随手抛撒的细沙一样撒到了中国历史上的世世代代，这就使人感到吃人的不仅仅是现实的社会思想，同时是中国两千余年的封建思想史，当他重新把这散乱的感觉加以整理的时候，一个吃人

---

① 鲁迅：《集外集拾遗·怀旧》。

历史的纵向立体图便出现在读者面前了。

> 易牙蒸了他儿子，给桀纣吃，还是一直从前的事。谁晓得从盘古开辟天地以后，一直吃到易牙的儿子；从易牙的儿子，一直吃到徐锡林；从徐锡林，又一直吃到狼子村捉住的人。去年城里杀了犯人，还有一个生痨病的人，用馒头蘸血舐。

这段由古向今的缕述，为《狂人日记》的整个现实画面立起了一个纵向滑动的主轴线，使这个现实的画面可以沿着这个主轴线随意滑动，现实的平面图在读者的想象中便成了纵向发展的立体图。这有类于下面的列图式：

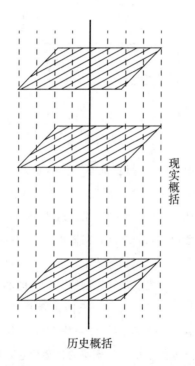

从结构形式上来说，《狂人日记》是由今向古的回顾，《阿Q正传》则是由古向今的缕述。它的序章首先隐示了阿Q一类人在整个中国历史上都是存在的，只不过他们地位低贱，无人为之立传。这样，阿Q也就是历代同类人物的标本，而非仅仅属于现实的典型。

关于《阿Q正传》的文言词语的运用问题，向来就有一些不同的意见。司马长风先生甚至认为这是一个异常严重的缺陷。他说："文学革命的目标之一是推翻士大夫的文学，建立平民文学，可是《阿Q正传》中，杂有好多一般民众无法了解的古文，如'若敖之鬼馁而'，'不能收其放心'等等，即使今天一般大学生也看不懂。"①假若就语言论语言，我们不能不承认司马长风先生的意见是有道理的，但语言形式反映着一个作家的思维形式，我们更应从整体的思维形式看待这个问题。这种古语文言，在《呐喊》和《彷徨》中是极少的，这种词语的出现，说明鲁迅在自己的艺术思维过程中，时时能看到和想到他所描写着的现实人物的思想，与古代那些圣贤雅士们的思想是有相通之处的。对于读者，它们同样会起到把他们的思路暂时从现实画面中迅速弹射出来，建立现实与历史的联想的作用。在艺术上，它们与大量的白话语言构成了庄与谐、雅与俗的不协调的奇特结合，具有浓郁的喜剧意味，而这种喜剧意味的内在本质则在于鲁迅用现实生活的"粗俗"的手，巧妙地掀开了封建古训和封建历史那庄严的假面。"优胜记略""续优胜记略""从中兴到末路"这些半文半白的语言，也起到了在现实与历史之间建立联想渠道的作用。

> ……我回到四叔的书房里时，瓦楞上已经雪白，房里也映得较光明，极分明的显出壁上挂着的朱拓的大"寿"字，陈抟老祖写的；一边的对联已经脱落，松松的卷了放在长桌上，一边的还在，道是"事理通达心气和平"。我又无聊赖的到窗下的案头去一翻，只见一堆似乎未必完全的《康熙字典》，一部《近思录集注》和一部《四书衬》。（《祝福》）

很显然，这里的环境描写与一般的环境描写是不相同的，它不但具

---

① 司马长风：《中国新文学史》(上)，110 页。

有现实描绘的真实性，而且具有唤起古今联想的作用。古的伸展到现实中，沉淀在现实中，同时现实又映照着古代的思想，古代的封建旧物。这里的环境描写，既完成着现实描写的任务，也在鲁四老爷与宋明理学道德、祥林嫂的悲剧命运与历代被理学杀掉的妇女之间，架起了一座沟通的桥梁。

现实典型概括向历史概括的升华，使《呐喊》和《彷徨》的典型概括具有了历史长远性的特征。

九

《呐喊》和《彷徨》的现实主义典型概括不但具有历史长远性的特征，而且具有现实概括的广延性特征。它突出表现在阿Q这个不朽的艺术典型上。

在存在着阶级和阶级对立的社会里，每一个人都同时处在三种阶级关系中：政治关系、经济关系和思想关系。在这三种关系中，相对而言，前两种关系是粗线条的划分，并且具有相对的固定性。也就是说，作为一个特定的人物，他可以由某种政治立场、经济地位向另一种政治立场、经济地位转移。但在特定的时间，他的政治立场和经济地位则是固定的，一个被压迫阶级的成员不能同时是压迫阶级的成员，一个"上无片瓦、下无插针之地"的被剥削者不能同时是腰缠万贯的百万富翁，反之亦然。与此同时，这种政治地位与经济地位的划分，只能是粗线条的。从政治地位和经济地位言之，阿Q和小D的区别毫无意义，赵太爷、钱太爷也只能视作一丘之貉。但在思想关系中，人与人的关系却可以进行无限细致的划分，世界上有过多少个人，就有过多少个不同的思想性格，但在这不同的思想性格之间，又各以不同的方式相联系、相过渡。假若说一个特定人物在特定时间的政治地位和经济地位是毫无穿透性的东西，那么一个人的思想却绝没有这么巨大的封闭性。各个人物、各个阶级乃至两个极端对立的阶级的成员之间，在思想上绝对不是绝缘的，它们彼此渗透、相互浸染的程度如此之大，致使我们无论如何也不能仅仅依照一个人的政治地位和经济地位而断然判定他的思想素质和精神面貌。"什么阶级说什么话"不是马克思主义的观点，而是对马克思主义阶级论的严重曲解。假若说政治关系和经济关系的阶级界限像条河，明确地分隔了此岸和彼岸，思想上的阶级界限则像同一大洋中的海，理性的界限是存在的，实际的界限是没有的，此海与彼海的水不断地发生着对流和混合。阶级思想之间的渗透性、混合性，给特定人物的思想带来了穿透性和广泛联系性，带来了超越阶级界限的代表性。在封建社会里，占人口比重最大的农民阶级是一个不可能有自己的独立的思想意识的阶级，它和地主阶级都同时与落后的生产力、生产方式、生活方式相联系。假若说这两个阶级在政治利益和经济利益上的对立大于统一，而在思想意识上的统一却大于对立。在这种情况下，一个作家将以一个什么样的思想视角把握人，把握人的社会属性，就决定了他将在何种程度上揭示人物自身的复杂性。人的政治地位、经济地位以及与此相联系的政治态度、经济观点的划分的粗略性和较少的穿透性，使单纯从这两个角度表现人的作家只能在极其有限的范围内展露出人物的复杂性，而从思想意识的角度把握人物的意图，则有可能在一个更广大的区间中揭示人物的复杂性，其中当然也有他的政治地位、经济地位及其与此相联系的某些意识特征，从而使人物的典型概括的范围能够向更大的阔度上做无限性伸展。鲁迅从中国反封建思想革命的角度考察并表现人物，他处理的是人物的灵魂，这就使他有可能使他笔下的人物的典型性向尽量广阔的幅度伸展。我认为，这就是鲁迅的现实主义典型能够有现实典型概括的广延性特征的最根本的原因。

下面我们试以阿Q为例具体说明之。

关于阿Q典型的争论，大半发生于对个性和共性的基本理解上。我认为，我们过去对个性与共性的理解，常常犯有机械论的毛病。我们通常把一个人物分成个性与共性两个部分。若用图式表示出来，这种理解有如下图：

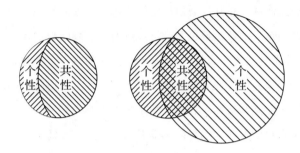

这种两分法只有在两个个体的比较中才较近于正确。

但一旦把一个性格置于广泛的社会联系中，放在众多个体的相互交叉、相互连接中来考察，这种对个性与共性的理解便见出其不合理性来了。试看下图：

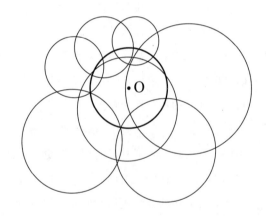

那么，在这种情况下。O这个个体的个性还有没有呢？若说无，那么它不是与周围任何个体都不完全相同吗？若说有，那么它的个性何在呢？不是它的任何一个部分都与别的个体相重合吗？与此同时，它的共性又在哪里呢？若说与别的个体相同的部分都是共性，那么它的个性又何在呢？若说它与别的个性相同的部分不是共性，那么它的共性又何在呢？由此可见，以前我们对个性与共性的理解，从哲学意义上讲是错误的。个性是什么呢？个性不是一个事物的部分，而是一个整体，是作为一个独立的系统而存在的。假若说在上图中，O这个个体的任何一个部分都不可能是它的个性，但作为一个整体，作为一个系统，它却是与任何其他个体都不相同的，没有任何一个其他个性能够完全代替它。共性是什么呢？共性永远不是一种固定的存在，它只能存在于与其他某种或某些个体的比较中。与不同其他个体进行比较，它的共性有着不同的内容、不同的规定。阿Q的癞疮疤是他的个性特征吗？但当他与另一个长着癞疮疤的人物相较时，癞疮疤便成了他们二人的共性特征了。阿Q的阶级地位、阶级性是他的共性特征吗？但在他与赵太爷的比较中，阿Q的阶级性却恰恰是不同于赵太爷的个性特征。所谓典型概括的范围，实际是说它能与多大范围的个体相连接、相交叉，并且这种交叉现象不是在一般性的意义上，不是在人们所早已熟知的枝节的、平庸的意义上，而是作为一种独特的精神现象，作为一个对人的或社会部分人的本质属性的揭示上。例如，阿Q作为一个智能动物，能与所有的人相联系，有其共同性。以此类推，阿Q与各种动物个体、生物个体、有机物个体、无机物个体、物质个体，都有本质的联系，但这并非说阿Q的典型概括的范围可以延伸到整个物质世界，因为这种联系不是精神上的，也不是鲁迅对人的独特发现。

那么，我们将如何考察一个艺术典型艺术概括范围的大小呢？我认为，就是要看这个艺术典型放在怎样一个尽量大的范围中，这个独特的个性与这个范围中的每一个个性体仍然存在着精神上的本质联系，并且这种联系不是一般的、已为其他艺术家揭示过、为广大读者所明确认识到的精神上的本质联系。在这个标准下，显而易见，那些没有个性的公式化、概念化的人物形象（严格说来，它们构不成形象），就无所谓典型，无所谓典型意义。而阿Q这个典型，其现实概括的范围在人的精神范围中，其延伸、扩展的可能性却几乎是无限的。

阿Q的个性是什么？不是他的每一个特征，也不是他的哪部分特征，而是他的整体形象，是《阿Q正传》中鲁迅关于阿Q所写到的一切。严格讲来，它还不仅是鲁迅所写到的一切，还是鲁迅以所写到的一切作为符号系统并以这个符号系统作用于读者，在读者的眼前所浮现出来的一个较之鲁迅的具体描写更完整、更有机联系在一起的一个活生生的艺术形象。当以阿Q为核心把阿Q存在的范围向外进行扩展时，阿Q在与这个由小到大的范围中的个性进行比较时，阿Q这个个性体中的部分因素便会失去与其他所有个体的必然联系，变成阿Q的纯粹个人的特征，而另一部分却依然是这个范围中各个个体所共有的本质性的精神联系。这个范围越扩大，阿Q与其中的每个个体相联系的本质方面越少，而作为阿Q或在小范围中有普遍联系而在大范围中已无普遍性的因素越多。当阿Q在精神上的所有东西都已舍弃掉，他的精神特征在这个范围中再也不可能与这个范围中的每一个个体都有联系，或这种联系已经不是鲁迅所独立揭示的东西，已经不再是鲁迅的独立发现，阿Q典型概括的范围也便不再有继续伸展的可能性，他的典型意义在这个大范围中也便失去了任何普遍性的意义。

毛泽东同志说阿Q是一个"落后的不觉悟的农民"①。这是对阿Q在这样一个范围中的典型意义的概括。假若考虑到那时的中国农民阶级未曾达到对自身根本利益、长远利益觉悟的程度，未曾找到自身解放的根本途径，假若考虑到觉悟了的农民实质上是取得了他种阶级的世界观并且至少在思想上已经转化为他种阶级的农民，假若考虑到农民阶级的整体性觉悟意味着根本脱离开狭隘的小生产以及由小生产产生的狭隘观念而转化为农业工人的阶级，那么，在毛泽东同志所说的意义上，阿Q也就是一个农民阶级的典型了。我认为，这种说法也是对的，难道我们能够否认阿Q是一个农民吗？难道我们能够否认阿Q有着农民阶级所有成员所必具的一些特征吗？在这个范围当中，阿Q身上有更多的因素被舍弃了。例如，他是否没有任何土地、没有任何生产资料，是否受雇于他人，都不再是这个范围中所有人的共有的东西。但是阿Q的其他所有因素，仍是与当时农民阶级的每个成员相通的、相同的。这也并非说每个农民都是阿Q，正像我们不能说闰土就是阿Q一样，但阿Q与闰土

① 毛泽东：《论十大关系》。

仍有着外部特征和内在精神的诸种联系则是毫无疑义的。

关键不在于阿Q是不是一个阶级的典型、农民的典型，关键在于阿Q典型概括的范围是否仅仅局限于此。

在第一章中我曾经说，阿Q的根本特征是作为思想观念的人与作为经济地位、政治地位的人的不合理的分离。假若承认我这个命题不是毫无可取之处的话，那么我们就应当认为，阿Q形象典型概括的范围还可以扩大到所有未曾觉醒的被压迫、被剥削的人民群众之中。在这个范围中，阿Q身上的更多的因素被作为特殊性的东西舍弃了，他是否从事农业生产，是否主要是农村居民，是否一点文化知识也没有，已经不是这个范围中的任何人都必然具有的特征。但作为对自身根本利益和长远利益没有根本觉醒的人，则彼此是相同的、相通的。在这个范围中，更不能说每个人都是阿Q，正像不能说孔乙己是阿Q一样，但即使阿Q和孔乙己，在根本精神和在社会中所处的基本地位以及二者相互矛盾的特征上，本质仍然相同。

到此为止，除了我们以后还将谈到的当时少数的觉醒者之外，阿Q的政治地位、经济地位以及与此直接相联系的外部特征都不能再继续跟着阿Q一起到更广阔的社会空间进行长途跋涉了，因为这里已是它们的最遥远的边疆、最终的边界，再向前走，阿Q便失去了自己政治地位和经济地位的最根本性质。阿Q在自己的幻想中成为过政治统治者和经济剥削者，成为不可一世的"上等人"。但这仅仅是幻想而已，实际上他一生中从未取得过这种地位。在第一章中我对阿Q这个典型人物做质的规定，就是在这个环节做出的。我之所以这样做，是因为作为一个具体的人物典型，作为一个艺术的人物典型，与理智的、科学的典型有着一个根本的区别，那就是艺术典型不能是纯理性的，而必须具有感情性的色彩和审美评价的因素。这种感情性的色彩和审美评价的因素，是作者赋予客观对象的艺术基因和审美基因，失去了它们，一个典型便失去了自己的艺术性和审美感，不但在外部特征上，而且在内部精神上也就不再是一个艺术整体和审美整体。阿Q作为一个艺术整体，是喜剧因素与悲剧因素的结晶，这种结晶只能在政治上受压迫、经济上受剥削、思想上愚昧麻木这三者的结合（或曰两者的对立统一）中才会形成，失去了前一者，作为一个具体的人物形象，鲁迅便不会再赋予他如此深刻的同情和怜悯，它也便不再具有浓重的悲剧色彩了。所以我认为，不论从中国当时反封建思想革命主要任务的角度，还是从阿Q这个具体的人物典型的艺术整体出发，在这个环节上对阿Q典型形象做出相对独立的判断，都是很有必要的。但是，任何定义都是在相对的意义上准确，都只能是在特定范围中、为了特定的目的而做出的与特定参照物相区别的特定规定。"这是什么？这是菊花。"这个判断大概是在与牡丹花、蔷薇花等各种不同的花相区别时做出的；"这是什么？这是植物！"大概这是在生物课堂上与动物相比时对菊花做出的判断。这样对一个事物的正确而又不同的判断大概会有无数个。所以，"我们不把它们封在硬结的定义中，而是要在它们的历史的或逻辑的形成过程中阐明它们"①。

为什么地主阶级统治者和被压迫、被剥削阶级成员的阿Q都有精神胜利法的共同心理特征呢？这分明不能从他们对立的阶级地位和经济地位的根源上寻找，而应当到他们相同的社会基本条件中寻找。在封建社会里，地主阶级和农民阶级都与落后的生产力和生产方式相联系，都带有狭隘、保守的习惯性心理，也都不可能产生与封建等级制度根本对立而又能够付诸实行的新的社会模式，在这种情况下，他们就只能对现成的封建等级进行适应，他们的思想观念实际也便是在不断地适应这种等级关系中形成并发展起来的。不只阿Q，就是地主阶级的成员，也都处在上有更强者、下有更弱者的等级环节中。对强者，他们也像阿Q一样，只有两种适应性手段。一种是退守的、忍让的消极适应手段，在这种情况下，他得到的就绝不会是实际的、物质的胜利，而只能是虚幻的、精神的胜利。不论在这里有多少种不同的表现形式，但在实质上都与阿Q的"精神胜利法"没有什么不同。另一种是进攻的、反抗的、积极

---

① 恩格斯：《〈资本论〉第三卷编者序》。

的适应手段，是通过登上封建等级的更高的层次以改变被原来的强者威压、控制的个人处境，而阿Q的"革命"也无非就是如此。总而言之，阿Q的精神胜利法以及一切由消极适应封建等级制度而产生的思想观念，都同时表现在地主阶级的成员的思想中，在这个意义上，阿Q典型形象对封建地主阶级成员的思想同样有着典型概括的意义。假若考虑到"精神胜利法"是在强者的压迫下弱者进行消极适应的退守手段，那么它在下层"小人物"阿Q身上当然表现得更为明显和突出了，封建最高统治者在外国帝国主义侵略面前表现出的精神胜利法，下层人民群众在封建等级制度的高压下则不能不常常表现着。否则，他们便无法在残酷的封建压迫下生存下去。这就是鲁迅为什么在"小人物"中选取这种思想典型的基本原因。

众所周知，鲁迅当时是把阿Q作为一个国民性的典型进行塑造的，有很多研究者也在阿Q的这个概括范围中给阿Q的典型意义做出基本的估价，但在后来，我们认为这是与马克思主义阶级论背道而驰的，因而否定了这种说法。我认为这种否定过于武断。马克思主义的理论基础建立在对社会的阶级分析之上，但绝对不否认在特定历史条件下每个民族都同时具有共同的心理习惯和思想特征，甚至也不否认由于种种历史的原因一个民族会存在着整体的、共同的弱点。恩格斯在谈到自己的祖国德国时说："德国的小市民阶层具有胆怯、狭隘、束手无策、毫无首创能力这样一些畸形发展的特殊性格……这种性格十分顽强，在我国的工人阶级最后打破这种狭窄的框框以前，它都作为一种普遍的德国典型，也给德国的所有其他社会阶级或多或少地打上它的烙印。"[①]恩格斯这里说的德国的典型，不是没有阶级属性的思想，而是一个在全民族具有广泛社会影响、不同程度地浸透于一个民族其他各阶级群众中的某个阶级、阶层的思想。同样，阿Q思想也有其封建性的阶级属性，但这种

---

① 恩格斯：《致保·恩斯特》（1890年6月5日），见《马克思恩格斯选集》第4卷，472～473页。

封建性的思想不正是在还没有进行基本的民主思想启蒙的当时的中国具有广泛代表性的思想吗？所以阶级性与民族性、国民性并不是绝对对立的概念，它们只是对不同的对象的不同把握方式。五四反封建思想革命，标志着中华民族在介入广泛的国际联系之后重新进行自我的思想认识的开始，标志着中华民族在外国帝国主义的蹂躏欺侮下寻找长期积弱的原因，以求振拔、以便抵御帝国主义的侵略从而达到重新自立于世界民族之林的自我反省过程的开始。正是在这种情况下，鲁迅和当时许多先进的中国人开始思考中国的国民性问题，并且着重从自我不足的方面发掘中华民族长期不得发展的原因。也正是在这种情况下，鲁迅把对中国国民性弱点的长期思考凝聚在了阿Q这个典型形象中，或曰在阿Q这个典型形象中发现了他长期思考过的各种国民性弱点的具体表现。所以，我认为在这个范围中对阿Q形象做出一个相对独立的概括不仅不是错误的，而且是非常有必要的。这同样不是说我们中国人就是阿Q，而是说在封建传统思想的无形影响下，阿Q的一些思想特征在当时中华民族的广大社会群众中都有不同程度的表现。不过我们应当看到，在这个典型概括的范围中，阿Q已经失去了更多的个性特征，其中也包括他的被压迫的政治地位和被剥削的经济地位的特征。在这个范围中具有普遍代表性的，只剩下了他的思想观念的特征。假若说此前他还是一个包括有政治、经济、思想三种主要特征的完整具体的典型人物形象，这时他则主要是一个思想的典型了，主要是以其思想观念的性质在这个更大的范围起着广泛的代表性作用了。

阿Q是被鲁迅作为严格的民族典型而被塑造出来的，但他一旦被塑造出来，便同时具有了客观的典型意义，而且绝不仅局限在中华民族内部了。继罗曼·罗兰之后，许多外国作家和学者都承认阿Q是一个世界性的典型。也就是说，阿Q这个人物形象的典型概括范围可以扩大到整个世界的范围中去。这不仅因为世界各国都存在过封建制度，都有过封建思想的影响，更不仅因为现在世界上还有基本上属于封建制度的国家，而且因为它连同产生它的封建制度，都是人压迫人、人剥削人的社会历史的一部分，都是人普遍地被异化的历史的一部分。在这种异己力量面前，阿Q那种消极适应外部社会环境而产生的种种思想观念就必然会存在，并且程度不同地表现在社会人的观念中。在这里，我们还可反观一下《呐喊》和《彷徨》中那些觉醒的知识分子，他们是当时中国反封建思想革命的积极力量，可以说是与阿Q思想处于基本对立状态的人物。但对于他们，外部世界仍然作为一个巨大的异己力量而存在。在这时，他们便不能不以自己的方式求得与它的某种程度的适应性。而只要他们不得不适应这个异己的社会力量，他们也便在某些方面呈现出与阿Q精神在本质上相接近的思想素质和心理素质。当N先生改革的愿望被外力强行抑制之后，他的怨愤心情的宣泄、他的对社会保守心理的空洞的言辞攻击，不也仅仅具有精神的、虚幻的性质吗？不也是以精神的胜利补偿物质的失败的手段吗？当方玄绰意识到中国社会思想改造之难而不再与"恶社会奋斗"的时候，他的"差不多"的理论不也只是一种精神的抚慰手段吗？当《幸福的家庭》中的"他"在现实中已不能找到理想的家庭而要在梦幻中去寻找的时候，不也有着阿Q精神胜利法的影子吗？"他们的老子要他们读这些；我是别人，无乎不可的。这些无聊的事算什么？只要随随便便，……"吕纬甫在不得已而去教"子曰诗云"之后，这些话作为一种精神的抚慰熨平自己的实际痛苦，与阿Q挨打之后说一声"妈的"在精神上不是类似的吗？至于魏连殳被逼无奈而去当师长的顾问，从而实现对社会群众的精神上的复仇，这与阿Q的"革命"也就颇为相像了。总之，只要存在着社会对人的异化，只要社会对于每个社会成员还是一个异化的存在物，只要社会成员对这个异化的存在物还不得不进行被动的适应，阿Q精神便会程度不同地寄殖在人的精神现象中，就会或多或少地沉潜在人们的心理空间里。在这时，更不能说世界上每一个人都是阿Q，因为阿Q在这个世界性的范围中，有更多的个性特征转化成了不具有普遍联系的东西而被舍弃了，他的纯粹民族的性质，他的思想观念的封建性质，都不再是与这个范围中每个人都相通相连的东西，但在同时，他并没有完全失去这种广泛的联系性质，并且这种联系还不是粗俗的、外在的、毫无意义的偶然联系，也不是肤浅的、尽人皆知的陈旧联系，而是通过鲁迅的慧眼深刻揭示出来的一种普遍存在的深刻精神现象。假若说马克思在哲学和政治经济学中更有力地论证了社会对人的异化是西方哲学发展中的一个带有世界性意义的丰碑，那么我们应当毫无愧色地说，鲁迅在艺术中成功塑造的阿Q这个典型形象则是中国文学发展中的一个具有世界意义的丰碑。并且这两块丰碑是各自独立地树立起来的，是在不同的领域树立起来的。正像世界上不存在任何一种学说，能够像马克思的异化学说那样，可以对鲁迅的阿Q这个文学典型形象做出最有力的哲学的说明，世界上也不存在任何一个杰出的文学艺术典型，能够像鲁迅的阿Q这个典型形象一样，能够为马克思的异化学说树立这么完整的艺术标本。假若说马克思的异化学说是对阿Q精神现象做的政治的、哲学的、经济学的、历史学的原因上的说明，那么，鲁迅的阿Q这个典型形象便是对马克思异化学说在人的精神现象、心理素质、社会表现中进行的实际的、艺术的结果上的考察。世界人民将在什么程度上评价马克思关于人的异化学说的哲学价值，他们也将会在什么程度上评价阿Q这个艺术典型的文学价值。世界人民已经开始注意到阿Q这个艺术典型的普遍意义，但由于种种历史的、文化的、民族的乃至文字的原因，他们（包括我们）还没有对阿Q形象的巨大典型意义做出最充分的估价。我认为，随着世界历史的发展，随着东西方文化交流的加强，随着世界文学的发展，阿Q这个典型形象不是将在世界人民的心目中逐渐淡下去，不是将被越来越多的文学典型形象所淹没，而是将在世界人民的心目中逐渐亮起来，而是将在众多的文学典型形象的淹没中浮起来。中国的鲁迅研究者应当负起这个民族的、文学的责任，让世界人民更多地了解阿Q形象的世界意义。总之，阿Q不仅仅是中国的典型，而且也是世界性的典型。

阿Q这个典型形象具有可以无限伸展的广延性特征，并且这种特征不是由他的哪一个外部特征带来的，也不是由阿Q的政治地位、经济地位的特征带来的，这些因素，都在阿Q典型概括范围不断伸展的过程中，在不同的环节上失去了普遍性的代表意义，而只有他的精神的特点，跨越了各个不同的界限，成功地向更广阔的空间伸展着。由此可见，只有对人的精神世界有独特的新发现并能成功地用艺术的形式表现出来的作家，才能将自己笔下的艺术典型的概括范围扩展到更大的社会空间中去，这样的艺术典型也才具有长久的艺术生命力。不难看出，鲁迅对中国反封建思想革命的重视，是使他把笔触转向对人的精神境界的深入刻画的主要前提条件，所以鲁迅现实主义典型概括的广延性特征，是由鲁迅现实主义的基本内涵所派生的，至少它为此开辟了有利的道路。我们说主要是阿Q的思想精神特点给阿Q这个艺术形象提供了无限伸展的可能性，并非说阿Q的其他特征是不重要的。阿Q典型形象的广延性，不仅指他能把自己的触角伸展到遥远的地方，而且指他能在不同的社会空间具有各种不同的典型概括意义，这就大大丰富了这个典型形象的内涵。而要做到这一点，就必须具有复杂而又完整的个性形象。否则，思想精神特点也便不再是这个个性形象的自身素质，而只成了一个干巴巴的理性教条。

十

封建思想对人民群众的精神残害，较之地主阶级对人民群众的政治压迫和经济剥削，具有更多的曲折性、复杂性和抽象性。在这里，施加精神摧残的不是一两个具体的社会成员，不是通过有形的物质手段，也不是直接的语言文字的攻击，而是一种无形的窒息力量。对于这样一个表现对象，只有浪漫主义的抒情手段是不够的，只有现实主义的理性刻画也是不够的，它还需要一种能够更有效地传达情绪感受、浮现对象的抽象本质、把对象熔铸为一个整体的艺术方法。因此，作为对于现实主义的一个必要的补充，《呐喊》和《彷徨》中糅进了较明显的象征主义因素。

在《呐喊》和《彷徨》里，《狂人日记》是具有最鲜明的象征主义色彩的作品。这是为什么呢？它是鲁迅的第一篇白话小说，是鲁迅在新文化运动中发出的第一声"呐喊"。在这时，淤积在鲁迅心中的对封建传统思想的愤怒需要一次总的爆发，多年积累起来的对封建传统思想"吃人"本质的整体性认识需要一个高度概括性的表现，对于这种创作目的，任何具有鲜明的特指性的具体事件（如后来的《孔乙己》《祝福》《离婚》等）都不足以胜任。鲁迅需要一个具体的形象，需要一个具体的情景，不如此，它将不会成为一个以形象感人、以情动人的艺术品，但这个具体的形象必须是一个非常态的人物形象，他不能像常态的人物那样对于具体的事件具有太多的黏着性，不能像常态的人物那样对于现实的社会生活环境和现实封建思想环境具有那么大的适应性，也不能像常态的人物那样循着常规的思维逻辑由现象向本质渐次趋进，否则，鲁迅便无法在极短的篇幅中由具体事件升华到封建历史和封建传统思想的抽象本质，无法在事件的常规叙述中表现出作者对封建意识形态的整体性情绪感受。这里需要的抽象性、整体性和情绪性，只有通过客观外界的迅速变形和大幅度变形才能实现，但这种变形又不能完全建立在虚幻的基础上，不能直接以变形的形态出现，否则便无法建立起真实现实与变形现实之间的形式上的联系，便无法让读者看到它是对真实现实关系的象征。鲁迅找到了"狂人"这个人物，实质上便是找到了一个把现实主义与象征主义结合在一起的艺术关节，找到了一个从现实的地面上立即飞升到象征主义境界而后又可由象征主义境界返回现实地面的起飞场和降落场。"狂人"首先是人，他的感受是人的感受，他的所有的印象、表象、想象、联想、回忆，都是客观现实在人的意识层留下的印痕。但他又是"狂人"，是失去了理智控制的客观现实的"接受器"，它能立即改变现实世界的外观而以显著的变形形态呈现在读者的面前。

　　现实主义也要求对现实反映的整体性、抽象性和无限性，但它处理的直接对象必须是部分的、具体的和有限的，从后者向前者的升华运用的是典型化的手法。必须看到，这种典型化的手法，有其为他种艺术方法所不可比拟的明确性、具体性和直接的可感性，但在由部分、具体和有限向整体、抽象和无限转化的过程中，却也带有滞重性、曲折性和有限性的一面，它必须通过大量细致的描绘，塑造为数较多的典型人物，反映社会各个角落的不同生活状况，才能给人造成反映现实的整体感和广阔性，才能更有效地让读者认识整个现实的抽象本质，获得由有限见无限的艺术效果。关于这一点，我们可以想一想西方19世纪的那些杰出的现实主义作家，在他们自觉地担当起反映整个社会现实任务的时候，他们大多数是通过卷帙浩繁的长篇小说做到这一点的。英国的狄更斯、萨克雷，法国的巴尔扎克、司汤达、福楼拜、左拉，俄国的果戈理、屠格涅夫、列夫·托尔斯泰、陀思妥耶夫斯基，都以长篇小说闻名于世，并且其中很多人都热衷于系列性的长篇结构。以广阔面向整体，是现实主义典型化方法走向整体性的主要途径，而在像鲁迅的《阿Q正传》这类作品里，整体性、抽象性和无限性更多是内涵的；《狂人日记》的反封建的宣言书的性质，必须以更明确的整体性、抽象性和无限性的形式出现，必须避免使读者的目光仅仅盯在它的特殊性上。所以，《狂人日记》不适于直接处理部分的、具体的、有限的事物，而必须直接处理整体、抽象和无限。鲁迅并不把真实的现实当作单纯的符号，但他必须将具体的现实形象转化为一种抽象本质的符号，才能使个别不通过典型化的方法，就直接代表着整体的抽象本质。假若说象征主义者主要通过作者自我的幻想力对外界现实进行这种改造，鲁迅则是通过"狂人"这个中间站实现的。当鲁迅的"识"将"狂人"置于现实可能性的大框架之内以后，现实世界便不再以纯客观性的面目出现了，而是直接以"狂人"观念中的现实呈现出来，也就是说，现实已不再以自己本来的面目出现，而成了被"狂人"观念改造过的现实了。在这时，这个迫害狂患者把自己主观幻觉中的"吃人"观念投射到了他所接触到的每一个人、每一个现实情境之上，现实中的人和情境也便成了封建思想"吃人"这个整体性的抽象本质的外在符号了。

我也不动，研究他们如何摆布我；知道他们一定不肯放松。果然！我大哥引了一个老头子，慢慢走来；他满眼凶光，怕我看出，只是低头向着地，从眼镜横边暗暗看我。大哥说，"今天你仿佛很好。"我说"是的。"大哥说，"今天请何先生来，给你诊一诊。"我说"可以！"其实我岂不知道这老头子是刽子手扮的！无非借了看脉这名目，揣一揣肥瘠：因这功劳，也分一片肉吃。我也不怕；虽然不吃人，胆子却比他们还壮。伸出两个拳头，看他如何下手。老头子坐着，闭了眼睛，摸了好一会，呆了好一会；便张开他鬼眼睛说，"不要乱想。静静的养几天，就好了。"

不要乱想，静静的养！养肥了，他们是自然可以多吃；我有什么好处，怎么会"好了"？……

显而易见，这里所使用的方法，并不是现实主义典型化的方法，并不是由一个真正吃人的中医老头子概括所有中医吃人的集体本质。这里的"吃人"，是由"狂人"的先验感觉赋予客观对象的，由于"狂人"先有了被吃的感觉，客观对象才呈现出了"吃人"的外观。所以这个看病的老头子，只是整个吃人现实的一个符号、一个形象，他反映的是吃人现实的整体抽象本质，而不是他个人的具体属性。在这里，具体与抽象、部分与整体、有限与无限，不是个性与共性的关系，而是符号与符号暗示的意义之间的关系，由前向后的过渡，不是通过典型化的方法，而是通过暗示的方法。法国象征主义诗人马拉美说："与直接表现对象相反，我认为必须去暗示。"①暗示是象征主义的基本艺术方法，《狂人日记》关于大哥、关于街头大众、关于外界环境的描写，大都采用了象征主义的暗示法。

假若说现实主义典型化的方法实现的是由个别向普遍的知性的过

—————————

① ［法］马拉梅：《关于文学的发展》，见伍蠡甫：《西方古今文论选》，267页，上海，复旦大学出版社，1984。

渡，象征主义的暗示则实行的是情绪性的过渡。我们说祥林嫂是被封建理学道德吃掉的千千万万妇女的典型形象，是从祥林嫂与这些妇女的共同命运的知性认识出发的，而《狂人日记》中的"吃人"，并不是对它所描写的客观对象自身进行分析概括的结果，而是由"狂人"的那种特殊的心灵状态带来的，是由他的情绪感受唤起的。这种情绪是非理性的，是可感而难言的，这同时也给描写对象带来了多义性。这种多义性，也是象征主义者所自觉追求的东西。俄国象征主义者索洛古勃说："对于高级的艺术，客体世界的形象只是面向无限的一个窗口，因为在高级的艺术里，形象努力成为象征，也就是说，努力成为容纳多义性内容的东西。"①

> 早上，我静坐了一会。陈老五送进饭来，一碗菜，一碗蒸鱼；这鱼的眼睛，白而且硬，张着嘴，同那一伙想吃人的人一样。吃了几筷，滑溜溜的不知是鱼是人，便把他兜肚连肠的吐出。

这里的鱼，由"狂人"的心灵状态转化成了一种现实的象征，同时又是"狂人"心灵状态的表现。在它身上反映着"狂人"的内心情绪，但这种情绪绝非喜、怒、哀、乐、爱、恶、欲之类明确、具体的感情态度，而是各种不同感情态度的复合体。它们不是在"狂人"主观情绪自身的表现中被复现出来的，而是对象化在鱼这个客体事物之上的。这里有着"狂人"的惊恐与无畏、疑虑与果决、厌恶与痛苦、恨与爱。"鱼的眼睛，白而且硬，张着嘴"，"狂人"的惊恐之情可见，但"狂人"尽管惊恐，却仍直目而视，不避不走，充满无畏之情；"同那一伙想吃人的人一样"，心中充满疑虑，最后"兜肚连肠的吐出"，也正是疑虑未解之故，但他疑其为人，仍举箸食之，又可见疑虑中的果决。"兜肚连肠的吐出"，可见对吃人行为的厌恶和痛苦。"鱼"既被疑为吃人的人，狠下心来举箸食之，

---

① 引自苏联《简明文学百科全书》第 6 卷"象征主义"条，1971 年莫斯科俄文版。

怀着的是对吃人的人的憎恨，但一旦食之，自己也便是吃人的人，自己的吃人，于心不忍，心有所恶，又表现着他对一切吃人行为的厌恶，对人真诚的爱。……我们这里的种种感觉，都在一种朦胧的情绪中觉察着，但似是而非，若有若无，带有象征主义暗示所固有的那种朦胧性、抽象性和一定程度的神秘性、无限性。

情绪的复杂性同时给它带来了含义的多义性。在这里，我们感到了封建现实的可怕、可怖，也感到了对它的抗争的决心；感到了它的荒谬怪诞，也感到了它的污秽可厌；感到了"狂人"的个性主义，也感到了他的人道主义。从另一个方面，它又表现了封建思想、封建伦理道德是沉潜在人们中的一种无形的意识，人们很难确指自己的哪种思想观念就是封建的传统观念，因而也很难确定自己的哪些思想言行会导致吃人的结果，到底是"鱼"是"人"是很难分辨清楚、剖析明白的。"狂人"在鱼面前表现出的心情的纷乱和迷惘，也正是当时一个觉醒者在生活中感到的迷惘和痛苦。他们对吃人的社会感到惊恐，对吃人的人感到憎恨，但欲做一个不吃人的人而不得，欲吃掉吃人的人又对吃人行为本身感到本能的憎恶。上述种种复杂的含义都纵横交叉在这段简短的描绘中，而引起我们无限的联想。

《狂人日记》中的象征不仅仅是部分的，还是整体的。它不但由局部描写象征着现实和历史的整体，而且直接处理的对象便是它们的整体。现实主义作品中出现的是客观对象，或曰是作家知性认识中的客观现实，在这里，客体时空的整体性、连贯性、有序性必须得到更大程度的保留，从而使读者感到它们是客体时空的真实再现。但在象征主义的作品里，现实不再作为客体的现实，而作为观念中的现实被折射出来。客观时空的局限性可以被随意打破，而以观念中的时空为时空。在人们的观念中，时空的有序性、连贯性被破坏了，在意识流动的有序性中出现的是无序的、杂乱堆积的客观时空的碎片。这一点是容易理解的，除非在理性的强有力的控制下，任何人也不会严格按照客观时空的次序依次联想到储存在自我意识中的各种信息，它有自己的规律性，有自己特殊的流程，这种流程会因一个人的信息储存的具体状况，因各种信息在他脑际的显隐程度，因他当时的心灵状态，因一个形象浮上脑际之后的某个特征的感应力，而有着各种不同的发展方向。在这里，意识将在它可能有的最大的时空范围中迅速地跳跃，客观的时空以大小不同的碎片的形式在意识中重新被以各种不同的形式连缀起来，这些客观时空的碎片在意识流动中彼此有错杂和穿插，有回溯或顺流，有闪动和跳跃，呈现着无序状态，却把广阔时空中的东西浓缩在了人的一瞬间的意识流动中。从整体而言，《狂人日记》保留了客观时空的有序性，它按照时间先后将"狂人"的日记进行了组织安排，其日记也取其"略具联络者"，从而保留了现实主义作品的整体明确性。但具体到"狂人"日记的每个片段中，却以其"狂人"意识的流动性打乱了客观时空的完整性和有序性，他的联想在更广阔的现实空间和更久远的历史时间中活动着，被剖食心肝的徐锡麟，用馒头蘸血舐的痨病患者，海乙那，妹子的死，易牙，桀纣，食肉寝皮，药书上人肉可吃的记载，易子而食，鱼鸟猴子，未来的不吃人的人……都被"狂人"用特定心灵状态下的情绪的力，从自己大脑中的信息储存的仓库中调遣出来，从而把整个现实和整个历史暗示出来。不难看出，《孔乙己》给人的直接印象只是孔乙己周围大众的冷酷无情，《狂人日记》给人的直接印象却绝不是"狂人"周围的那些具体人的吃人，而是整个现实、整个历史的可怕、可怖。《狂人日记》的整体感更为突出和明确。

《狂人日记》象征主义因素的出现，还带来了后来在西方意识流小说中发展起来的一些特征。前些年，学术界曾讨论《狂人日记》是不是意识流小说，我认为学术讨论仅仅围绕着"正名"进行是没有多大意义的，重要的是分析一部作品有什么特征，这种特征到底与某种类型的文学样式契合到了什么程度，这种契合是怎样产生的。假若二者的契合程度较大，不以此称之也无妨；假若二者根本没有任何相同的艺术特征，以此称之也无益。美国心理学家威廉·詹姆斯提出："意识对于自己并不呈现分裂成为碎块的状态。我们无论用什么'串'字、'链'字来形容，其实都不能和它最初呈现出来的状态相切合。意识并非由一节一节构成，而是一整片在那里流泻。最好还是用'川'或'流'等字来比喻，这样才和它的本性最相近。从此以后，让我们把它们叫做'思想流'，'意识流'或'主观生命流'。"①我们常常说詹姆斯的意识流理论是建立在非理性主义基础之上的，我们在此似不必讨论这个问题，因为鲁迅笔下的"狂人"，作为一个精神病患者，恰恰在于他已经丧失了理性的约束和明白的现实的理性判断。假若说詹姆斯的意识流理论在非理性的意识活动中确有一定的真理性，假若说鲁迅对"狂人"心理活动的描写是正确可靠、细致入微的，那么，二者就必然有相契合之处，二者的真理性程度越高，契合之处也就越多。

威廉·詹姆斯在谈到意识活动的连续性特征的时候写道：

每个属于人的意识之内的思想在感觉上是连续的。

所谓连续的，只指中间没有破裂、缝隙、或分段而言。在一个单独的心灵之内，可以想到会发生的空隙，要么是时间空隙为意识所不到，要么是思想内容上的断裂处。断得极其突然，以致后来者和先行者完全不相连属。所谓意识在感觉上是连续的一个命题，含有两层意义：

甲、就是在有时间空隙的地方，其后的意义，在感觉上好象和以前的意义仍相聚合，而成为同一自我的另一部分。

乙、意识性质随时发生的变化，从来不会绝对中断。②

我们不妨从这种观点出发，分析一下《狂人日记》的第一节。

今天晚上，很好的月光。

---

① 威廉·詹姆斯：《心理学原理》，引自《西方古今文论选》，389 页。
② 威廉·詹姆斯：《心理学原理》，引自《西方古今文论选》，388 页。

我不见他，已是三十多年；今天见了，精神分外爽快。才知道以前的三十多年，全是发昏；然而须十分小心。不然，那赵家的狗，何以看我两眼呢？

　　我怕得有理。

　　这里写的是"狂人"初发病时的心理状态。这里有很多时间的缝隙和思想内容上的断裂，但在实质上，在"狂人"的意识流动中，却是继续不断的。精神病患者常常是以某一部分神经中枢的格外亢奋为特征的，"狂人"一进入精神失常的状态，精神便在刹那间亢奋起来，眼前也格外明亮了，所以月亮也显得较平日皎洁。"今天晚上，很好的月光"便是他进入病态后的第一个感觉。精神状态的突然变化，那好得有些奇异的月光，使他产生了恍如隔世之感，因而他觉得似乎已经很久没有见过这样的月光、这样的世界了。"我不见他，已是三十多年"，正是这种隔世之感的具体反映。这种本能的反应，同时又伴随着情绪的变化，病情的内在发展，异样的月光的刺激，使他感到了自己精神的爽快。他神情一震，便"觉得精神分外爽快"。以今日的爽快、亢奋，追忆昔日情景，以前的事情在他精神失常后的脑海里都变得迷离恍惚了，模糊不清了，所以当提到"我不见他，已是三十多年"之后，当由这三十多年引起他对这往昔时日的追忆的时候，他觉得"以前的三十多年，全是发昏"，哪如现在眼前之"明亮"！哪如现在看得如此"真切"！由一种强烈情绪迅速向与此相反的情绪过渡或跌落，这在常人也是经常发生的，所谓乐极生悲、悲极狂笑者皆是。而精神病患者则更加频繁和突兀，所以当他意识到今昔变化之大时，便对现在的情景感到有些恐惧，自己警告自己"须十分小心"。情绪激发了联想，联想也加强着情绪，当他想到要小心时，赵家的狗那令人恐怖的眼睛便出现在眼前了，这又证明了他的担心，所以他斩钉截铁地说："我怕得有理。"总之，鲁迅在这里描写的，实际上便是"狂人"的意识流。但并非《狂人日记》的所有段落都属于意识流的写法，那些理性成分较多的推理过程，如"狂人"劝说大哥的话等，离意识流小说的写法便相对较远了。

　　《狂人日记》中广泛运用了象征主义的表现方法，但最终仍没有脱离开现实主义，就其基础而言，鲁迅为"狂人"这个人物安置了一个现实主义的底座，就全文的主题而言，它不是象征主义的神秘主义主题，而是现实主义的具体明确的理性主题。假若我们将象征主义的作用概括为一句话，我认为可以这样说：在《狂人日记》里，它起到了从具体的现实描绘直接升华到封建思想、封建历史"吃人"的这个现实主义理性主题的过渡作用。正是在这个过渡环节中，象征主义给《狂人日记》带来了抽象性、整体性、朦胧性、情绪性、音乐性和多义性，大大地丰富了它的艺术表现力，而这，则是由封建思想"吃人"的无形性、整体性、抽象性所要求的，也是由鲁迅当时的特定创作目的所要求的。应当说，象征主义在这里起到的不是破坏性作用，而是建设性作用，它起到了在这种情况下现实主义艺术手法所不可能起到的作用。

十一

　　当时广大的劳动群众，由于自身的经济地位和历史条件的种种限制，还没有可能达到对封建意识形态这整个思想体系的残酷本质的根本认识。但是，在实际的生活中，在自身的痛苦经历中，他们又有可能从直感上感到它的存在，感到它的窒息力量。在这时，他们对它的把握还停留在朦胧的感性阶段。鲁迅一方面要严格坚持对他们的这种觉醒状态的现实主义描绘，不能在实际描写中把这种朦胧的觉醒夸大为完全的觉醒；另一方面他又要借用这种状态的描绘把读者的思绪引向更遥远的地方，引申到自己的思想认识上来。这里存在着作者意图与人物实际意识程度的高度差，两者之间无法也不能在实际描写中连接为一体，但又必须让读者跨过这个高度。我们看到，在这种时候，鲁迅是经常诉诸象征主义的艺术手法的。

关于《药》的结尾处的乌鸦，过去曾有争论，但后来普遍否定了它的象征意义。我觉得有必要重新提出来讨论。

在这整整一个较大的段落中，乌鸦都处于画面的中心位置，它牵动着两位老妈妈的心，也牵动着读者的心。那么，它到底以什么力量牵动着人们的心呢？

夏大妈是在朦胧地意识到自己儿子的正义性和杀害他的那种势力的非正义性的犹疑心境中，是在心中萌生着一种并不十分明确的复仇愿望的情况下，是在对未来有了某种茫然的期待的时候，基于传统的认为乌鸦可以预报吉凶的迷信心理而注目于乌鸦的。在这时，夏大妈把自己对未来的那种茫然的期待完全注入乌鸦这个客观存在物之中了，她希望在乌鸦的显灵中给她暗示出未来的吉兆，使她的心灵得到安慰，证实她的那种隐秘的愿望是会实现的。首先应该肯定，在夏大妈的心目中和整个感性与知性的知觉中，这里的乌鸦再也不是一个纯粹的自然物了，再也不是一种飞鸟类的动物了，并且她对乌鸦的客观动物属性已经失去了任何感觉，她的心目所注是乌鸦是否飞上坟头，是否能证实她对未来茫然期待的实现，是乌鸦预报未来的职能。假若说一切宗教偶像崇拜都是象征性的，夏大妈的传统迷信观念也是象征性的，乌鸦在夏大妈此时的心目中已经完全转化成了一个象征。

夏大妈的话，夏大妈的情绪，夏大妈对乌鸦的殷切盼望，共同的心理和对乌鸦的迷信观念，也使华大妈受到了感染，华大妈也进入了与夏大妈相同的期待心境。假若说夏大妈此时的期待还有一点明确内容的话，那么华大妈则连这点明确的内容也没有。她大概只是希望自己和自己亲人的命运将来会好一点，甚至连这也并未明确意识到。但她也开始注目于乌鸦，也开始紧张地期待着乌鸦做出她所希望做出的反应。在这时，她眼中心中的乌鸦也不再是自然动物的乌鸦了，乌鸦已转化为她未来命运的象征了。

我们应当承认，在这两个老妈妈的心中，乌鸦成了她们希望的一个象征物。正是因为如此，乌鸦才紧紧拴住了她们的心。

两位老妈妈以一种紧张的期待心情注视着乌鸦。周围是死一般的静，显示着她们心灵的极大张力。但乌鸦一动不动，"缩着头，铁铸一般站着"。上坟的人陆续地来了，她们感到乌鸦再也不会飞上坟头，再也不会给她们以乐观的启示，她们的心情没有得到满足，渐渐有些失望了。

首先对未来有所期待、对乌鸦殷切注目的是夏大妈，而首先松弛了这种期待的则是华大妈。她不像夏大妈那样有明确的、不能不有所期待的具体内容，爱子的冤死使她心情难以平静，难以安于现在的生活，虽然乌鸦动也不动，没有给她任何满意的暗示，但她心有怨愤，"到底意难平"，她要执着地等下去。而华大妈是没有这种非期待不可的期待的，在无所期待的生活中，她反而觉得心灵松弛，在现在的紧张期待中，她则感到心灵疲惫。这正如满足现状的人心情较感轻松，急切盼望未来的人心情总是紧张一样。所以当她感到乌鸦不会再飞上坟头、自己无意再有所期待时，便"不知怎的，似乎卸下了一挑重担"。她首先想到要走，并劝夏大妈不要再等下去。夏大妈心有不甘但又觉无望，所以她"叹一口气""无精打采"地收拾饭菜，"迟疑了一刻"，才"慢慢地"走了。嘴里还自言自语地说："这是怎么一回事呢？"

虽然两位老妈妈已经失望于自己的期待，但内心的期待还是有的，她们并没有完全忘却自己希望乌鸦飞上坟头的愿望。她们正行间，乌鸦"哑"的一声叫了。这时两位老妈妈感到悚然，正说明她们一直还在心里惦念着乌鸦的显灵。她们的失望和落寞，被乌鸦"哑"的一声大叫抖落了，但乌鸦仍然没有按照她们的愿望飞上坟头，仍然没有给她们预示光明的未来。乌鸦的行动对她们仍然是一个参悟不透的谜：它没有使她们绝望，也没有给她们以希望，它留给她们的依然是一种茫然的期待。

由以上分析可以看出，在两位老妈妈的心目中，乌鸦是一种象征，是她们的希望之所寄。

现在我们再把目光转向鲁迅。当两位老妈妈将乌鸦实际已经作为自己未来吉凶的预兆者之后，鲁迅对乌鸦如何看待呢？这里，鲁迅可以从两个方面对两位老妈妈的行为做出应有的反应。（一）假若鲁迅主要从两位老妈妈的愚昧迷信方面做出自己的反应，那么鲁迅当然只能把乌鸦当作自然界无知无识的丑老鸦，在这时，两位老妈妈的行为将主要被认为是愚昧可笑的行为。但这里艺术描写的严肃性和气氛的阴沉、凄凉，使我们知道鲁迅虽然了解她们的这些行为基于传统迷信心理，但他关注的重点却不在她们的愚昧迷信，而在她们的茫然的期待。（二）假若鲁迅在这里主要关注两位老妈妈的茫然的期待，那么鲁迅当然就应有自己对希望的理解，并将以自己对希望的理解来感受并描写两位老妈妈在这里的整个活动过程。他是将使老妈妈们的期待得到满意的回答呢，还是将使她们陷入完全失望的境地、让她们怏怏而归呢？还是将使她们既非此又非彼，最终也得不到明确的回答呢？显而易见，这里的关键在于对乌鸦的实际处理。只要鲁迅对希望的理解是确定的，那么鲁迅对老妈妈们能否得到满足以及得到满足的程度就应是确定的，而只要鲁迅对老妈妈们之能否得到满意的回答的描写是确定的，是不能随意处置的，那么鲁迅对乌鸦动向的描写便应是确定的，因为老妈妈们是要直接从乌鸦身上获得或喜或忧的信息的，乌鸦的动向是直接决定着她们的心境的。在这里，也就产生了鲁迅将以一个什么样的准则设计乌鸦的形象和动向的问题。作为一种无识无知的动物，乌鸦可能飞上坟头，也可能不飞上坟头；它可能这样行动，也可能那样行动。自然它在这里的艺术画面上有决定如何回答两位老妈妈的茫然期待的使命，自然它在这里已失去了任意行动的自由，那么决定它行动准则的东西就不再是它的本身，而是鲁迅认为足以决定两位老妈妈将得到何种回答的那种人、那种力量的人的状貌和行为。也就是说，当鲁迅要对两位老妈妈的茫然的期待做出自己应有的反应，要决定如何处理她们的期待结果时，乌鸦也不能再是纯自然物的乌鸦，而是一种象征了，它代表着鲁迅所认为的两位老妈妈应由之得到回答的那种人或社会的力量。

有些同志曾认为，这里的乌鸦是反动派的象征，显然是不对的。因为反动派的动向不是决定两位老妈妈希望之有无的因素。它只能象征着正面的人或正面的社会力量。

假若我们更切实地思考一下鲁迅当时的思想倾向，我认为我们甚至可以说，恰恰因为乌鸦平时被作为不祥之鸟而令人厌恶，鲁迅才会把它作为一种正面人物形象的象征。当时的反叛者不正是被社会视作不祥之鸟的吗？鲁迅说："说话说到有人厌恶，比起毫无动静来，还是一种幸福。天下不舒服的人们多着，而有些人们却一心一意在造专给自己舒服的世界。这是不能如此便宜的，也给他们放一点可恶的东西在眼前，使他有时小不舒服，知道原来自己的世界也不容易十分美满。"①

乌鸦作为一种正面反叛者形象的象征，又是与夏瑜的形象不尽相同的。夏瑜对当时的不觉悟群众怀着更强烈的热情，有着更殷切的期望，有着更多的人道主义色彩，他在狱中还劝狱卒造反，反被狱卒打了两个嘴巴，他为群众而献身，反而被不觉悟群众蘸他的血舐。而"乌鸦"则是孤傲的、阴沉的，他不为别人的期望所支配，孤傲自立，有着更多的个性主义色彩，夏瑜对当时社会群众的基本观念意识无所了解，仅以光明的未来、单纯的理想发动愚昧的群众，他的"这大清的天下是我们大家的"理论原则和未来许诺并不可能改变社会群众的实际观念意识。"乌鸦"则不给群众许诺任何未来的光明，在两位老妈妈期待它对前途和未来做出预示时它只是"铁铸一般站着"，毫无表示。它只是以自己的存在令这个寂然无声的世界感到震悚，用它"哑"的一声怪叫撕破这墓场的岑寂。不难看出，夏瑜是一个脱离中国社会思想革命的政治革命者，"乌鸦"则是鲁迅当时所要求的反封建思想革命者的象征形象。鲁迅认为只有从这类革命者的动向中，才能够判定两位老妈妈的未来命运，而这类革命者恰恰又是不会给她们以未来的许诺的。他们只是存在着，至于希望之有无，前途的光明与黑暗，他们难以断定，也不想断定。"与黑暗捣乱"，注目于现实的斗争，暂时对不觉悟的群众不抱奢望，奋然孤往，是他们唯一的目标。

---

① 鲁迅：《坟·题记》。

由此可见，这里的"乌鸦"是有着复杂的象征意义的，它既代表着"希望"，又象征着反封建的革命者。这里的象征，是由于两位老妈妈的心意所注与鲁迅的心意所注还缺乏一个十分确定的结合点，只有用不十分明确的内在象征意义将二者融为一个整体，从而把作品的含义进一步丰富化，也增加艺术描写的情绪性感染力量。

在这里，我们需要再重新认识一下《药》的主题意义。它有一个明确的现实主义主题，即表现革命者为群众牺牲而群众不觉悟的悲剧。但假若考虑到乌鸦的象征意义和与夏瑜的对照意义，则它还有一个不明确的象征主义的主题，即对脱离开社会思想变革的单纯政治革命的否定，对中国反封建思想革命的期待。前者是外在的、具体的主题意义，后者是潜在的、抽象的主题意义；前者是后者赖以存在的基础，后者是在前者基础上的升华。在过去，我们已经指出，《药》中的华、夏两家象征着中国，但仅就《药》的现实主义主题而言，这里华、夏象征中国的作用就很小了，难道说中国就只是有愚昧的群众和被愚昧群众吃掉的革命者吗？如此看来鲁迅当时的思想不是太阴暗了吗？《药》的亮色在整体上就不能存在了。明确了《药》的象征主义主题，我们便会看到，《药》的最高层次的主题是对于中国历史命运的表现，按照鲁迅的意见，中国的命运系于中国的反封建思想革命，系于反封建思想的战士。这同时也是"药"的象征意义之所在。

现在，我们对本章内容做一个简单的小结。

《呐喊》和《彷徨》中主要存在着三种创作方法的因素：浪漫主义、现实主义、象征主义。严格讲来，我们不能以现实主义一种创作方法概其全貌，而应该以现实主义为主体，由浪漫主义、现实主义、象征主义三种因素互制又互补、对立又统一组成的一个相对稳定的创作方法系统。在这个系统里，现实主义对浪漫主义有更大的制约力，它把浪漫主义脱离开现实基础的空幻想象和理想在对立中排斥在了《呐喊》和《彷徨》的艺术描写之外，但浪漫主义对现实主义也有一定程度的制约力，它使现实主义纯客观性的程度不可能达到福楼拜式冷静现实主义的高度。在彼此制约中，二者呈现着互补状态：现实主义为浪漫主义的自我解剖、自我表现和主观抒情提供了坚实的现实主义基础，浪漫主义为现实主义的客观描写提供了强烈的主观感情性的特征。在《呐喊》和《彷徨》里，鲁迅的强烈的自我意识与严格的科学态度、大胆的自我表现与严峻的现实描绘是统一在一起的。在这个系统里，现实主义对象征主义有更大的制约力，它使象征主义不可能上升到毫无现实基础、脱离开明确现实内容的神秘主义的程度，但象征主义对现实主义也有一定的制约力，它使现实主义的描绘不能堕入平板性和单面化。在彼此不同程度的制约下，二者又有互补作用。现实主义描绘使鲁迅有可能将其进一步提高到抽象哲理性的高度，赋予多义性的情绪主题，升发到象征主义境界。在《呐喊》和《彷徨》中，浪漫主义、象征主义分别与现实主义主体结构相连接，它们直接结合的情况很少。这三种因素的结构方式，我们可形象化为塔式结构方法。浪漫主义是鲁迅最早接受的创作方法，此后由现实主义对它进行了辩证的否定，但它的主观抒情性特别是对文学感情性特征的重视，为他的现实主义铺垫了基本的文学基础，在这个基础上矗立起了以客观反映为中心的现实主义主体构架。现实主义主体构架之上是较小的象征主义塔尖，它使现实主义的主体呈现出向哲理性的苍穹飞升的跃动感。

《呐喊》和《彷徨》创作方法的系统是与鲁迅当时的观念意识的系统相对应的。不难看出，那些以觉醒的知识分子为主人公的作品，其个性主义思想因素较明显，其浪漫主义因素也较多；那些以人道主义思想为主要基础的作品则现实主义的特征更加完整、突出。象征主义因素则出现在鲁迅自我认识与不觉悟群众实际思想状况的不相衔接处，其中有着个性主义、人道主义的交叉。与此同时，这个创作方法系统又是与《呐喊》和《彷徨》反封建的内容系统相连属的，是当时两种观念意识对话对文学艺术的要求。在两种观念意识的对话中，鲁迅是以现代民主意识为基本立足点的，这决定了他的个性主义，也决定了他的浪漫主义，对个性的肯定带来了对封建礼教及其虚伪性的否定。在两种观念意识并存的情况下，少数觉悟的个人必须以广大社会群众的觉醒为己任，必须与封建传统的观念意识发生对话，而在这种对话中，必须以明白的理性的启迪为基点，现实主义的主导倾向由此产生。它带来了反映现实的广阔性，适应了中国反封建思想革命作为一个社会的、客观的、实际的思想变革运动的历史需要。在这里，鲁迅以现实主义的艺术武器，揭露了封建思想、封建伦理道德的反人道主义的残酷性，反科学的陈腐性。

最后还应指出，鲁迅《呐喊》和《彷徨》的创作方法系统，还具有自身的调节性能，具有一定的灵活性。其中浪漫主义因素的增长，可以像《伤逝》一样充溢于现实主义的艺术框架，甚至可以冲破这个框架而发展为以浪漫主义为主导倾向的作品，鲁迅后来在《野草》中的部分篇章表现出了这种发展的可能性。其中象征主义的因素可以像《狂人日记》一样充溢于现实基础和理性主题之间的整个空间，也可能完全冲破这两个夹板而发展为以象征主义为主导倾向的作品，《野草》中的另外一些篇章表现出了这种发展的可能性。但两种观念意识对话的基本历史特征和鲁迅对它的明确意识，又决定了鲁迅一生的主导创作倾向还是以现实主义为主体的。这里的《呐喊》和《彷徨》，鲁迅一生的大量杂文创作以及其他作品，都反映着这种主导倾向。

文学希求着多样化，创作方法不能成为一种固定的模式。《呐喊》和《彷徨》的杰出艺术成就产生于它们的创作方法对它们的思想内容、意识本质的高度适应性，而这种适应性恰恰要求着一个灵活的而不是僵硬的创作方法系统。

第四章　变动着的观念与变动着的艺术

——论《呐喊》《彷徨》的艺术特征

　　《呐喊》和《彷徨》的艺术创新，不是鲁迅打磨旧器械打磨出来的，而是新的观念意识催生出来的。所以，从鲁迅观念意识的变化，从中国反封建思想革命的要求，分析《呐喊》和《彷徨》的艺术特征，是一条根本的理论途径。

第一节　环境与人物的两极对立——论《呐喊》《彷徨》的环境展现和人物塑造

一

　　《呐喊》和《彷徨》的基本主题是封建思想和封建伦理道德"吃人"，而封建思想和封建伦理道德"吃人"，便是当时的社会环境"吃人"，在内容上表现为封建思想、封建伦理道德与人的两极对立，在艺术上则直接表现为环境与人物的两极对立。

　　在《呐喊》和《彷徨》里，人物重要还是情节重要？应该说，人物重要。情节的设置是服从于人物性格的塑造的。但人物与环境相比则环境更重要，环境表现是第一位的。

　　重视环境展现，把环境的展现放在小说创作

的首要位置，是《呐喊》和《彷徨》的一个重要艺术特征。

对于《呐喊》和《彷徨》环境表现的重要性，我们可以从环境和人物相互依存的程度来观察。在这两本小说集中，环境描写、环境表现可以离开典型人物的塑造而独立存在，可以脱离对人物性格的理解而具有独立的意义和价值，而其中很多的人物典型却远没有这么大的独立性，他们必须从反映他们所处的那个思想环境的职能去理解，必须连同他们所处的那个思想环境一同来理解。离开他们所处的思想环境，他们有时便什么也不是，什么也无法说明，他们的具体面目便将发生严重的变形。《示众》本身便是环境展现，它在《药》中可以是看杀夏瑜的场面，在《阿Q正传》中可以是看杀革命党或看阿Q示众的场面，现在鲁迅把它独立出来了，甚至没有交代被示众的是什么样的人，是有罪无罪，是好人坏人，但看示众的这个场面还是有意义的。在《长明灯》里，吉光屯那个思想环境是独立的，不论"疯子"存在与否，出场与不出场，它都是愚昧、落后、保守、守旧、迷信、闭塞的。相反，假若不从展示社会思想环境的意义看，"狂人""疯子"这类形象就是极难被人理解的了，就是毫无意义的了，谁也不会理解鲁迅塑造两个精神病患者的人物形象有什么社会意义。即使像我们过去的说法，把他们当成患了精神病的革命民主主义者，我们仍然难以理解，鲁迅为什么不塑造一个正常精神状态下的革命民主主义者，为什么不写他们被迫害致疯的过程，而偏要写他们发疯后的表现？更何况"狂人"病好后又去当官，实在算得上一个革命民主主义信仰的背叛者。同样，脱离环境的特殊规定性，《头发的故事》中的N先生就是革命的落伍者，《孤独者》中的魏连殳就是革命的逃兵，《在酒楼上》中的吕纬甫就是新思想理想的背叛者，《伤逝》中的涓生就是无情无义的负心汉、杀害子君的罪人，鲁迅对他们的任何同情都是不应该的。关于这一点，我们同鲁迅之前或之后的一些现实主义文学作品中的人物加以对照，便极容易理解鲁迅小说中的人物对环境的极大依存性几乎是鲁迅小说所独有的鲜明特色。对于罗贯中《三国志演义》中的诸葛亮，环境只是他表现自我才能的场所，脱离这个场所，他仍然可以是智慧的典型；茅盾《子夜》中的吴荪甫，他的具体表现就是民族资产阶级二重性的体现，离开他所处的具体环境他仍然是这样一个人物典型；柳青《创业史》中的梁生宝就其行为表现便是一个先进农民的典型。他们都不至于像《伤逝》中的涓生那样，不考虑他所处的具体处境，他的行为便可以从负的方向上被人理解，正面的典型便会成为反面的人物。严格说来，鲁迅所选取的人物典型主要不是以自身存在价值的大小和自身行为的优劣为基准的，在很大程度上他们只是封建思想环境的试剂，谁能在更充分的意义上试出这个环境的毒性，谁就有可能进入鲁迅小说人物形象的画廊。他们不是让人敬的，也不是让人恶的；不是让人效法的，也不是让人排斥的。敬与爱鲁迅自有评判，憎与恶读者自有公论，但鲁迅之所以把他们而不是把别种类型的人物放在自己小说的画幅中，只是因为通过他们，鲁迅可以使人们更深刻地感受到封建思想环境的"吃人"性质。他憎的是这个环境，恶的是这个环境，咒的是这个环境，揭露抨击的也是这个环境。谁要不考虑这个环境的沉重性而仅从那些悲剧主人公最终的行为后果而判定他们的善恶美丑，谁要不设想自己也处在那种环境中将会走向什么样的思想道路，谁就不可能对其中的人物做出公正的评价。正像对一个负重竞走的运动员，必须将他负载的重量与他的速度统一加以衡量一样，对《呐喊》和《彷徨》中的人物的评价必须将其环境和表现综合起来加以考察。

封建思想、封建伦理道德"吃人"的基本主题不但决定了环境表现在《呐喊》和《彷徨》中的重要地位，而且决定了它的一系列重要特点。首先，《呐喊》和《彷徨》的环境的含义，与一般的小说有了重大的差异，它的重点，主要不是物质的、自然的、静态的、被动的现实环境，而是精神的、人的、动态的、具有主动性品格的社会思想环境。这样，它与人物的界限变得有些模糊不清了，在其他作品中属于人物范畴的因素，在《呐喊》和《彷徨》中大量地转化成了环境的因素。在《杜十娘怒沉百宝箱》中，杜十娘、李甲、孙富都毫无疑义地属于人物的范畴；在赵树理的《小二黑结婚》中，小二黑、小芹、二诸葛、三仙姑也都明显地属于小说中的人物；但在鲁迅的《狂人日记》中，大哥、看病的老头子属于人物呢，还是属于环境？他们分明更多地属于环境的因素。即使《阿Q正传》中的赵太爷、假洋鬼子、吴妈、邹七嫂、小D、王胡、小尼姑，严格说来，也只是阿Q生存的社会环境。

其次，《呐喊》和《彷徨》的环境具有高度统一性的品格，它不是可以随意变动的因素，而是在各个不同的小说中都以一种独立的面貌出现的东西。茅盾《蚀》中的环境与《子夜》中的环境是不同的，巴金《家》中的环境和《灭亡》中的环境也是不同的，虽然它们彼此之间都有联系，但不同的作品中的环境有十分明显的区别，它们对人的作用力是在不尽相同的方向上发生作用的。即使在茅盾《蚀》的三部曲之间，背景也是变化着的，有时它把人推向高昂，有时它把人推向消极。但在鲁迅的《呐喊》和《彷徨》的绝大多数篇章里，环境是一个统一的东西，它对人的作用力是在同一方向上发生作用的。《狂人日记》中"狂人"所处的环境与夏瑜、N先生、吕纬甫、魏连殳、涓生和子君、孔乙己、单四嫂子、祥林嫂、爱姑、阿Q等人物所处的环境在本质上都是相同的，它以相同的面目出现在不同的人物面前，以不同的方式推动人走向同一条道路——被吃掉。这里的原因十分明显，因为所有这些小说中的环境都是同一封建思想、封建伦理道德观念的人格化。

二

鲁迅环境描写的功力，主要不表现在这种场所的配置上，而在于他如何把社会思想环境体现在艺术的环境中，并如何通过艺术环境把当时社会思想环境的面貌、性质和作用有力地揭示出来。从这个角度分析《呐喊》和《彷徨》的环境表现，我认为可以归纳为四种主要方式：陈列式、单向测试式、双向测试式、倒转式。

所谓陈列式，是说把封建思想、封建伦理道德控制下的社会思想环境通过典型的生活画面做直接的陈列展览，其中没有悲剧主人公，没有人的具体生活经历，甚至也没有居于显著地位的主要人物，鲁迅只让这个环境本身表演它的愚昧和落后、保守和守旧、狭隘和闭塞、冷漠和麻木、狡猾和歹毒。其中最典型的是《示众》。《药》《风波》《长明灯》基本上可以划归为这种类型，《故乡》兼跨陈列式和双向测试式两类，《社戏》就表现手法的角度属于这一类，只是第二大部分属于另一种性质的环境表现。

《示众》之所以格外鲜明地表现出了鲁迅描写的技巧，就因为它没有贯穿始终的矛盾冲突，没有主要人物和人物的生活经历，没有故事情节，没有作者的议论和抒情，写的只是一个场面、一个环境，可以说除技巧之外，没有任何吸引读者的形式因素。

在第一章中我们曾经谈到，封建传统观念是以个性压抑、情感压抑为重要特征的，这造成了人的精神麻木。但是，精神越是麻木，越是需要外界事物的刺激，心灵越是空虚，越是需要用其他的东西来填补。但他们由于精神麻木而不可能找到真正能够充实自己焦渴空虚心灵的东西。因此，把无聊当有趣，把残酷当游戏，便成了必然的结果。对于没有明确个性意识的人们来说，这种充斥在当时和此前的大量生活现象，是不足为奇的，是没有任何艺术表现的价值的。但到了鲁迅眼里，它的色彩不同了，它成了灰色现实的写照，成了封建传统观念造成的精神大沙漠的缩影。这里没有故事，却有惊心动魄的东西需要表现；没有具体人物的具体命运，却有亿万人的精神悲剧。鲁迅在这里遇到的是他的前人所未曾也不可能遇到的新的题材，他对这种生活现象的具体生活感受也是他的前人没有也不可能有的感受。鲁迅要表现它，要浮现出他眼中的这种生活现象，就必然用新的方式、新的技巧。

被组织在有故事、有人物经历的小说中的环境描写同独立成篇的环境描写在艺术处理上是不尽相同的。在有故事情节和人物经历的作品里，环境描写可以直接得到故事情节和人物经历的整体牵引力，读者出于对故事情节和人物命运的激情关注，出于了解故事展开的环境条件或影响人物命运的外界环境的愿望，而乐于接受作者进行适度的环境描写。有时候，故事的发展和人物经历的描述使读者已经较长地处于心灵的紧张状态，这会造成疲劳感，这时作者转入环境描写，是读者所乐于接受的。也就是说，这类作品中的环境描写，对小说整体的推动力依赖较大，相应对它自身的要求也便可以降低，它要求的是与其他因素共同组成的整体和谐，它自身能否产生推动自己向前的挺进力，是可以忽略的。但在《示众》这类通篇都是环境描写的小说中，环境描写就必须从自身汲取力量，不断加强读者可能低落下来的情绪和兴味，并在较长的时间内控制住读者的思路，将其维持到终篇。同时，《示众》描写的不是美丽的山川景物，无法借助客观对象自身的美的吸引力；它不是一篇抒情散文，不能依靠作者主观感情的直接感染力；它也不是一篇论说文，难以借助雄辩的逻辑力量。那么，《示众》到底是依靠什么，把这个没有故事情节、没有山川风光、没有主观抒情、没有论证推理的生活场面表现得如此情趣盎然、引人入胜的呢？

我认为，首先值得我们注意的是，鲁迅在《示众》中的内在隐秘悬念的设置以及他对悬念的极为特殊的处理方式。

一般的叙事性作品都需要制造悬念。长篇的环境表现，要依靠自身的推动力向前发展，也需要有悬念，但它不能像一般作品里的悬念那么明显、强烈，因为任何一个强烈的、外在的悬念及其解除，都会构成故事情节。长篇环境描写的悬念必须是内在的、隐秘的。《示众》的最大特点在于，鲁迅造成了悬念，维持着悬念，转移着悬念，但最终也没有消除这些悬念。这几乎是在鲁迅之前的中国所有的小说、戏剧、散文的作品里所没有的。这种特殊的艺术方式，形成了特殊的美学效果，而这种特殊的美学效果，又是与鲁迅的新的观念意识以及由此造成的新的生活体验相一致的。

《示众》的开始，极力渲染了马路上的死寂、单调和酷热，不但暗示了这个环境中充满着的精神焦渴，也给读者造成了隐秘的期待。一种事变的预感攫住了读者的心，因为人们知道，一篇小说总要告诉人们一件事情、一种事变的，悬念产生了，人们期待着出现引起他们兴味的事情。"像用力掷在墙上而反拨过来的皮球一般，他忽然飞在马路的那边了。"卖包子的小孩子的行动使读者的心感到欣喜的震悚，接着出现了一个巡警和一个被示众的男人。"到底怎么一回事？他犯了什么罪？"——人们很自然地这样想。

接着，鲁迅从容地进入对看客的描写，读者也乐意看到周围看客的行动，因为看客的踊跃，往往是与能够引起巨大兴味的对象连接在一起的。当秃头弯了腰去研究背心上的文字，人们希望他能说明事情的原委时，谁知他却只哼出了"嗡，都，哼，八，而……"这样一些莫名其妙的单字，人们嘲笑他，但并没有丧失了解被示众者事情真相的希望。

当读者继续期待着的时候，鲁迅又转入对看客群的描写，从而把读者的思路部分地转移到了看客的身上。但读者对看客的关心是有限的，若长期没法满足他们内心的期待，文章便会显得拖沓、沉闷。在读者可能丧失期待的信心时，出现了一个工人似的粗人，他直截了当地提出了读者至此还在想着的一个问题："他，犯了什么事啦？……"下面的描写使他们感到失望：

> 秃头不作声，单是睁起了眼睛看定他。他被看得顺下眼光去，过一会再看时，秃头还是睁起了眼睛看定他，而且别的人也似乎都睁了眼睛看定他。他于是仿佛自己就犯了罪似的局促起来，终至于慢慢退后，溜出去了。

读者失望了，但也像这个"工人似的粗人"一样，怀疑自己原来的悬念是不应该有的：事情并不在于被示众的人犯了什么罪？不在于他的犯罪是一个耸人听闻的故事，作者描写这一切的原因大概并不在于此，而在于这时的示众将会有什么好看的事情要发生，这些看客所要期待的、等着要发生的也是这些。在这里，读者原来的悬念没有得到满足，心中感到有些失望，但另外一个悬念又开始支持着他。他期待的时间越长，他要了解事情发生原因的愿望越强烈："总会有原因的！"

长子开始弯了腰，去赏识被示众者的脸，读者和看客的兴趣中心又一次转向了被观赏的对象，这时，"巡警，突然间，将脚一提，大家又愕然，赶紧都看他的脚；然而他又放稳了，于是又看白背心……"但是，鲁迅接着又将笔触转向了看客本身，读者也以强烈的期待心情希望从看客身上得到他们兴趣盎然地前来看示众的原因，但直至最后，他们的这种期待心情仍然没有得到满足，他们的悬念再次落了空。街上又恢复了平静，给读者留下的是失望，但这种失望是看客留给他们的，读者开始觉得这些看客的无聊欺骗了他们：原来他们是毫无任何目的地挤来挤去，原来他们什么也不关心，对什么都没有感情，原来他们只是用无聊来充塞自己空虚的心灵。这是多么可笑而又可憎的一片精神的大沙漠啊！

在造成悬念、维持悬念、转移悬念、使悬念落空的整个纵向流程中，《示众》还存在着两种旋律的变奏：一种是由动态造成的节奏快速的音乐旋律，另一种是由声态造成的节奏沉滞缓慢的音乐旋律。这两种音乐旋律及变奏，是在无形中拨动读者的心弦，诉诸他们的审美感受和情绪感受的东西。就动态描写而言，《示众》是从静态转化为动态、又由动态回复为静态的，但主体属于动态描写。小说从第二个自然段开始，出现了人物的动态描写，开始时节奏是舒缓的，但当街头出现了示众者时，动态描写的节奏便加快了。整个画面处于不断的变动之中，不断有新的人员加入，不断有新的状况，一个动态接着一个动态，节奏迅速。我们不妨截取其中的一段，看一看它的变动速度：

> 又象用了力掷在墙上而反拨过来的皮球一般，一个小学生飞奔上来，一手按住了自己头上的雪白的小布帽，向人丛中直钻进去。但他钻到第三——也许是第四——层，竟遇见一件不可动摇的伟大的东西了，抬头看时，蓝裤腰上面有一座赤条条的很阔的背脊，背脊上还有汗正在流下来。他知道无可措手，只得顺着裤腰右行，幸而在尽头发见了一条空处，透着光明。他刚刚低头要钻的时候，只听得一声"什么"，那裤腰以下的屁股向右一歪，空处立刻闭塞，光明也同时不见了。

在这一段中，几乎一个单句便是一个动态：反拨的皮球（比喻）、飞奔、按住小布帽、钻进去、钻到第×层、遇见伟大的东西、抬头看、看到很阔的背脊、流汗、右行、发现空处、透明、低头要钻、听见"什么"、屁股歪、空处闭塞、不见光明。一个动态接着一个动态。

　　然而形势似乎总不甚太平了。抱着小孩的老妈子因为在骚扰时四顾，没有留意，头上梳着的喜鹊尾巴似的"苏州俏"便碰了站在旁边的车夫的鼻梁。车夫一推，却正推在孩子上；孩子就扭转身去，向着圈外，嚷着要回去了。老妈子先也略略一踉跄，但便即站定，旋转孩子来使他正对白背心，一手指点着，说道——

由老妈子到车夫，由车夫到孩子，由孩子再回到老妈子，这里共有四个动态描写。由小的、变化迅疾的到短小的、过度迅速的，构成了《示众》起伏波动、节奏急促的动态描写的音乐旋律。它使得《示众》的画面时时处于变动中，不凝滞，不呆板，使读者兴味盎然。

　　但是，假若仅仅由动态描写组成的这种节奏快速的音乐旋律，读者在情绪上所受到的影响便可能是欢快的、兴奋的，对于这个生活场景的沉闷和呆滞、空虚和无聊便不可能有直接的内心感受。可《示众》不仅由于内容的原因，不仅由于我们对这个生活图景的理性思考，而且也出于对它的直感，出于对它的情绪感受，觉得它是沉闷呆滞、空虚无聊的。这种艺术效果是怎样造成的呢？我认为，它是由鲁迅把动态描写的音乐旋律，又组织在了声态描写的音乐旋律之中的结果。

　　人的心灵只在适度变换着的刺激中才能保持和谐与平静，任何一种单一的刺激持续过长的时间都会令人感到单调和沉闷。一首乐曲需要有高低音的配合，只有同一音高的乐曲令人无法忍受。戏剧中要有动静的配合，只有动或只有静都会使人感到不可忍受。更进一步说，声态、动态、色彩都在和谐的统一中和变化中，才适于心灵的要求，才会构成静态的美感。《示众》中的动态描写变换迅速，但迅速变换着的却主要是这种动态描写。正如让人看到的是没有任何音响的无声电影，超过一定的时间长度便会令人感到单调呆板。鲁迅在《示众》中加入了声态描写，但这种声态描写极少，全文只有 12 句简短的人物语言，可以给读者直接的声态感觉。这实际上是只给全篇的动态描写打了 12 个节拍，每个节拍之间都是动态的无声态描写，每个节拍都很长，且长短参差不齐。长期持续着的无声态让人感到枯燥单调，心情是抑郁不舒的，直到这种无声态让人感到难以忍受，鲁迅才加入一个简短的声态描写让读者的郁闷情绪稍稍有所缓解，然后又是悠长的无声态描写。不难看出，《示众》这种动态音乐旋律和声态音乐旋律的交织和变奏，产生了独特的美学效果，有着复杂的情绪影响力。

当然，《示众》的细节描写也是相当精彩的，但只有这种细节描写，难以构成这样一个和谐的统一体。《示众》的描写技巧之所以发展到了新的时代高度，其基本动力是鲁迅在新的观念意识的作用下，对生活有了新的感受，有了新的审美情绪。

在描写技巧上，《风波》也是出类拔萃之作。它有事件的线索，但同样构不成完整的故事情节，各个人物难分主次，共同构成一个完整的生活场景。《药》不是由一个生活场景组成的，但它在更大的意义上也是一个场景，是对由不同的人物和人物关系组成的社会思想现状的描写，它表现的不是某个人物的命运。《长明灯》中的"疯子"在全部人物中出场较多，但它的重点仍放在对吉光屯普遍的社会思想状况的直接描绘上。在《故乡》中，就闰土前后的变化而言，似乎与豆腐西施杨二嫂相同，但在整体上，他与她在构图中是并列的，两种类型的人物共同构成了《故乡》的现实状况，一种人物像闰土一样麻木地自守，另一种人物像豆腐西施杨二嫂一样在困境中不择手段地损人利己，前者用虚幻的宗教迷信麻醉自己、盼望着未来，后者丧失了任何的信仰、只图眼前的蝇头小利。这两个人物不是从属关系，而是并列关系。鲁迅和闰土与宏儿和水生在其整体意义上也是并列的，共同构成了两辈人的两个生活层面。《社戏》中的"我"与《故乡》中的"我"一样，只是联系不同人物和不同生活场景的连线，在意义上构不成作为主要人物的资格。《社戏》的前后两种场景，是由众多人物共同组成的，前后两种场景也以并列关系组成一个整体。以上诸篇，都有一个共同特点，即其中的人物是以一个整体系统的方式出现的，其中没有一个人物像《阿Q正传》中的阿Q、《祝福》中的祥林嫂、《孤独者》中的魏连殳、《肥皂》中的四铭那样，从形式到内容都是黏连其他次要人物的主要人物，都在整个人物系统中画出了一个主轴线。与此同时，它们都以自己的整个人物系统，构成了对整个中国社会思想现状的典型概括或象征。《药》中的华、夏二家，《长明灯》中的吉光屯诸色人物固然是整个中国的象征，其余诸篇也各自以不同的侧面暗示或概括着整个中国的社会思想状貌。总之，它们都是对中国社会思想环境的描绘和直接的陈列展览。

三

在第一节中我们曾谈到，《呐喊》和《彷徨》中环境与人的关系，是吃者与被吃者的关系，所以这里的环境是一种能动性的思想力量，是足以扼杀人、窒息人、毁灭人的集合体。在这种关系中，环境是主动的，人是被动的；环境是有力的，人是脆弱的；环境是审判官，人是被审判的"犯人"；环境不适应人的需要，而人却必须屈从于环境的压力。在这种矛盾对立中，环境描写与人物塑造是交互为用的。一方面，在环境具体化的过程中，"揭开冲突和纠纷，成为一种机缘，使个别人物现出他们是怎样的人物，现为有定性的形象"①，完成人物的生活命运或思想命运的描写，完成悲剧主人公的典型形象的塑造；另一方面，特定思想、特定性格、特定人物的投入，使封建思想环境由静态转化为动态，现为有定性的环境，并以人物的具体命运反映出这个环境的性质和作用。在人物的投入以揭示社会思想环境的基点上说，《呐喊》和《彷徨》中还存在着单向测试式和双向测试式两种环境表现方式。

所谓单向测试式，是说仅从一个主要方向上对封建思想环境的破坏

---

① 黑格尔：《美学》第1卷，252页，北京，商务印书馆，1979。

作用进行测试，投入的主要人物自身是与这个环境对立的，是企图改变这个环境或以各种各样的方式抗拒着这个环境的，但结果是环境的胜利、人物的失败，封建思想环境吃掉了人物的理想和愿望，吃掉了人物的灵魂和肉体。《狂人日记》《头发的故事》《在酒楼上》《幸福的家庭》《孤独者》《伤逝》等以首先觉醒的知识分子为主人公的作品大都属于这一类。《明天》中的单四嫂子、《祝福》中的祥林嫂、《离婚》中的爱姑，虽说也是不觉悟的群众，但她们之出现在作品中，主要是环境压力的承受者，鲁迅对她们的态度是由她们所受的环境重压而决定的，所以也应归到这一类。

实际上，这一类着重表现的是封建思想环境的高压。较之第一类陈列式的诸篇，鲁迅在这些篇章中直接描绘社会环境的成分较少，而是在对人物思想命运和生活命运的描绘中，将社会思想环境的毁灭性力量折射出来。假若说上述第一类属于陈列式的诸篇，都以描写的高超技巧见长的话，这一类的诸篇，绝大多数则以心灵挖掘的深度见长。在这里，环境的描写起于外部世界的描写或叙述，却完成于人物内心世界的开掘和展示，因为只有当环境的压力造成了人物心灵的龟裂、破碎或扭曲、变形的时候，这个环境的压力之大、之强，才被充分地表现出来。

鲁迅在谈到陀思妥耶夫斯基的时候说：

> 他把小说中的男男女女，放在万难忍受的境遇里，来试炼它们，不但剥去了表面的洁白，拷问出藏在底下的罪恶，而且还要拷问出藏在那罪恶之下的真正的洁白来。而且还不肯爽利的处死，竭力要放它们活得长久。①

这"放在万难忍受的境遇里"，实在是陀思妥耶夫斯基能够发掘出人物"灵魂之深"的前提条件，而在现实主义的作品里，特别是在以封闭性

---

① 鲁迅：《且介亭杂文二集·陀思妥夫斯基的事》。

为主要心理特征的中国社会思想环境中，能够真实而又深刻地发掘出人物"灵魂之深"，也正说明人物所处的环境是万难忍受的。在这类篇章中，我认为可以《伤逝》《祝福》为其代表。

《伤逝》中直接表现外界思想环境的描绘并不多，在开始，涓生和子君（特别是子君），还对这种环境表示了公然的蔑视。

但是，周围的社会思想环境却不仅仅是这么一个鲇鱼须的老东西的脸，不仅仅是一个搽着雪花膏的小东西，也不仅仅是几道探索、讥笑、猥亵和轻蔑的眼光，而是一个庞大的整体，涓生和子君可以抗拒这个环境的某一两个网孔的束缚，却无法逃出这整个细密的网络。在小说之后的描写里，正面的环境描写几乎没有了，官太太、房东、局长的解聘书这一系列环境的因素只在子君、涓生生活命运的链条中顺便述及，但它们的压力却在他们二人心理的变化中有力地体现着。它们的压力，首先造成了涓生心理的龟裂，在这时，善与恶、为己与为人、个性主义与人道主义，在涓生的内心世界展开了激战。在这种激战中，正像陀思妥耶夫斯基笔下的人物一样，善与恶的界限不那么分明了，"无所谓'残酷'，更无所谓慈悲"，剥去了涓生"表面的洁白"，拷问出"藏在底下的罪恶"，但又拷问出"藏在那罪恶之下的真正的洁白来"。因为这是在外界环境的重压下造成的心灵的龟裂，这种环境的毁灭性力量，也便在涓生内心世界的善恶交战、善恶纠缠中被极其充分地表现出来了。

所谓双向测试式，是说人物在内外两面上都显示着封建思想环境的力量。人物既是封建思想环境压力的承受者，又是这个环境的表现者。属于这类情况的有《孔乙己》《白光》《阿 Q 正传》。《阿 Q 正传》为其杰出的代表。

在《阿 Q 正传》的分析中，常常出现一种奇怪的不平衡现象，一方面，人们对它的思想容量之大和思想的深刻性表示一致的赞佩；另一方面，对它的艺术表现却又很少谈及。有些学者甚至干脆否认它的艺术价值。例如，在 20 世纪 20 年代，周作人就在肯定它的思想表现时说它在艺术上是"幼稚"的。① 夏志清先生说：

> 《呐喊》集中的最长的一篇当然是《阿Q正传》，它也是现代中国
> 小说中惟一享有国际盛誉的作品。然而就它的艺术价值而论，这篇
> 小说显然受到过誉：它的结构很机械，格调也近似插科打诨。②

司马长风先生也说：

> 其实以小说论小说，《阿Q正传》有很多重大缺陷……③

学术上的不同见解是正常的，并且鲁迅本人似乎也更对《肥皂》之后
的小说的艺术性感到满意，对《阿Q正传》这方面的优长较少提到。但我
认为，《阿Q正传》之所以能够塑造出阿Q这个不朽的艺术典型，恰恰
是因为它有为任何其他现代文学作品（包括鲁迅自己的作品在内）所不具
备的艺术优长。我觉得首先应当提到的，便是它的环境设置，鲁迅为阿
Q创造了一个能够充分表现自己的社会环境和思想环境，从而使它的社
会典型意义达到最大的量。在现代艺术中，仅仅从语言、描写等分散的
艺术手段分析作品的艺术性已经远远不足了，一个作品的整体布局、整
体架构，不能不认为具有更关键性的意义。而在这方面，《阿Q正传》恰
恰显示着自己的特长。为了对它的环境设置有个直观的认识，我们不妨
先看一下下面这张图：

---

① 仲密（周作人）：《阿Q正传》，载《晨报副刊》，1923-03-19。
② 夏志清：《中国现代小说史》，70页。
③ 司马长风：《中国新文学史》（上），110页。

《阿Q正传》典型环境示意图

举棍打人的"假洋鬼子"可以象征帝国主义的强权统治

站在城里人立场上看未庄可以象征站在外国立场上看中国

胜利后的"革命党"

站在城里人立场上看未庄

看阿Q示众的旁观群众

赵太爷
钱太爷
赵司晨 钱大少爷

欺侮阿Q的未庄人

剥削 压迫 欺凌

欺压统治

辱弱畏强忍让

奴性 精神胜利

民族自大、媚外崇外

民族投降主义 封建道德歧视

邹七嫂

典型人物阿Q

同类间的嫉妒、排斥 王胡、小D

地方自大

欣赏旁观

小尼姑 侮辱

忍让

吴妈 求爱 把求爱当侮辱

民族自大

排外主义

站在未庄立场上看城里人可以象征站在中国立场上看外国

站在未庄立场上看城里人

被杀头的革命党

未庄社会的外层空间

未庄社会的等级结构

象征性的世界联系

从上图我们可以看到，鲁迅在阿Q上下左右的各个空间，都设置了环境性的人物，阿Q就在这较之未庄的实际生活空间远为广大的艺术化了的社会空间之中活动着。鲁迅在这个空间的各类联系中充分表现了阿Q的各个方面，同时又以阿Q的各种不同表现反射了包围着他的社会环境。就空间的阔度而言，阿Q这个无业游民建立了未庄社会与外层社会空间的联系，并通过"假洋鬼子"这个两栖性的人物象征性地建立了与世界的联系，使其阔度呈现着无限扩展的趋势；就内蕴的意义而言，下有阿Q可侮辱的更弱者小尼姑，左右有与阿Q实际上属于同类的王胡、小D，上有欺侮阿Q的未庄人，在未庄等级结构的最上层则有赵钱二家的地主封建势力，而在未庄等级结构的上层，还有城里的封建政权机构，它们构成了封建等级制度的一个独立系统，使阿Q等级观念在不同对象面前的不同表现，能够得到最充分的暴露。吴妈、邹七嫂的设置，则可以反映封建两性关系在阿Q身上的具体体现。就社会变动方面而言，表现封建社会自然延续过程中和"革命"动荡过程中的人物关系，在环境人物的设置中也有一定的位置。与此同时，这个环境人物的系统还随着阿Q地位的各种变化，进行着迅速的自我调节，这使同一个人物在不同的时期又有不同的作用。总之，没有环境设置的这种最佳化方案，《阿Q正传》便不可能取得如此辉煌的成功。

《阿Q正传》中，不但由阿Q以外的人物代表着封建社会思想环境的面貌，阿Q自身的性格也表现为一种环境要素的综合，他自身也是封建思想势力的一部分，所以他在两个方向上测试着封建思想环境的性质和作用。《孔乙己》《白光》也是如此。

四

在整个《呐喊》和《彷徨》中，封建思想和封建伦理道德的势力在根本的意义上和大多数的篇章中都是作为环境要素出现的，但在《肥皂》《高老夫子》《弟兄》中，这种情况发生了倒转。在多数情况下属于环境人物的，现在转变成了小说中的主要人物，而其中那些具有新的思想倾向的人物（如《肥皂》中的学生、秀儿、招儿等，《高老夫子》中的女学生），在其他篇章中一般没有以环境人物的身份出现过，现在却成了名副其实的环境人物。对这些篇章的环境描写，我们姑且称之为"倒转式"。

五四时期，是中国社会思想发生显著变化的时期，是封建传统观念受到有史以来第一次严重挑战的时期。在这时，社会思想是新旧并存的。只不过它对不同的人物，必将以不同的侧面发生实际的刺激作用。对于那些有着新的思想追求的觉醒的知识分子而言，在他们要实际地实现新的思想追求的时候，他们实际感到的将不是中国社会思想已经发生了哪些微弱的、外在的变化，而是封建传统思想的绝对优势地位仍然在遏制着他们新的思想理想的实现。但假若具体到那些极端的顽固派、守旧派身上，当时社会思想的新趋势却反而更加显豁，他们再也不能像以前那样舒服地生活下去了，社会上的每一种哪怕微小的思想变化都会使他们神情紧张或满腹怨气。所以在《祝福》中"我"的眼里是坚如磐石的封建理学道德的思想影响，而在鲁四老爷的眼里却是康有为这些"新党"的可憎可恶。《肥皂》《高老夫子》中环境描写与其他篇章的不同性质，其历史根据也在这里。

从《呐喊》和《彷徨》整体的环境表现的角度来看，在这些篇章里倒是主要人物代表着当时社会思想的环境状况。鲁迅把这些人物从背景拉到了前台，所以这些作品具体表现为讽刺作品。

现在我们对以上四种环境表现的方式做一下综合观察。

我们说《呐喊》和《彷徨》是中国反封建思想革命的镜子，同时也就是说，它们的主要思想价值应当表现在它们对当时由封建传统观念支配着的社会思想环境的深刻表现上。假若说开头结尾的简洁与否、倒叙手法运用得成功与否这些散碎的技巧因素也会影响作品思想内容的表现，但却不能直接决定一个作品的思想价值的整体面貌的话，那么，环境表现的艺术方式所可能开辟的最大思想空间以及鲁迅发挥它的艺术效能的程度，则应当直接体现着这篇作品的整体思想倾向性和思想价值的高低。不难发现，前面我们所归纳的四种主要环境表现的方式，是与《呐喊》和《彷徨》诸篇小说的思想面貌有着整体性的连带关系的。第一种陈列式，毫无疑义，是一种从整体面貌上表现社会思想环境的环境表现方式，它整体上的沉滞、落后、保守、守旧、冷漠、残酷、愚妄、无理都以浑然一体的方式在一个生活场景中隐现着。这决定了鲁迅对它的感情态度也是一种复杂的交织体。不难看到，以这种表现方式为主的作品有《怀旧》《风波》《药》《长明灯》《故乡》《社戏》。在这些作品里鲁迅最充分地发挥了自己的描写技巧，其中每一篇作品都以整体的状态呈现在我们面前，主题不是单一的，感情格调不是单向的，没有一篇给人以浅露感，它们都对中国社会思想的现实状况有着暗示性或典型性，有着浑然一体的情绪性主题。但这种方式，也有它活动的特定空间，对于表现整体社会思想的愚昧落后，有着极其强烈的艺术效能。但它不可能把封建传统观念极其凶残的"吃人"本质以更直接、更有力的方式揭示出来。因为这种整体生活环境的描写，不能把笔触集中在一个人物的具体命运上，假若其中有人物的命运，也只是从结果上、整体上进行表现，而无法在其过程中展示封建环境的凶残性质。完成这一任务的，是第二种单向测试式的方式。《呐喊》和《彷徨》的大量名篇都出现在这种环境表现类型中。《祝福》《离婚》《明天》《伤逝》《在酒楼上》《孤独者》，不论是在思想含量还是艺术表现上，都达到了很高的水平，《狂人日记》则以象征主义的手法，把在这类形式中突显出来的封建思想、封建伦理道德的"吃人"主题同环境表现的整体性、情绪表现的统一性结合了起来，成为《呐喊》和《彷徨》的纲领性篇章。在这类作品中，鲁迅充分发挥了自己心理表现深刻性的艺术优长，把"环境吃人"的主题在主题的复杂性中格外鲜明地突出出来，把对封建思想、封建伦理道德的憎恨之情从复杂的情绪复合体中格外有力地发展出来，从而较之第一类，主题表现出更大程度的明确性，感情表现出更大程度的统一性。不难看出，这一类的成功，在于单向测试式所可能带来的深度，第一类陈列式长于整体表现，这类则长于定点钻探，集中于封建传统观念的凶残性，挖掘易于深刻，表现易于有力。在这一类里，密集着《呐喊》和《彷徨》的大量名篇，但它们思想艺术的最高峰却不在这里，而在上述"双向测试式"的第三类。在这里，《阿Q正传》以所有其他各篇所不可企及的高度高高耸立着。其原因是不言自明的，因为正是这种方式，把环境表现所可能有的最大艺术空间都占有了，它兼有第一类的整体性和第二类的深入性，兼有第一类的直接性和第二类的间接性。可以说，鲁迅小说的最高峰不出现便罢，要出现便必然会出现在这里。在这一类里，《白光》心理描写也十分精彩，但没有更充分地发挥向外界社会空间伸展的长处。《孔乙己》也是少有的优秀小说，但在内外两面上都没有《阿Q正传》扩展的幅度大。《阿Q正传》充分发挥了这种方式双向发展的艺术空间，从而成为"会当凌绝顶，一览众山小"的思想艺术最高峰。在第四类的倒转式里，出现的是三篇讽刺小说。其中《肥皂》一篇，我认为应当列入世界最优秀的讽刺小说之列，它以独有的讽刺手法，为其他世界讽刺名篇所不可代替。但就其影响而言，这里的三篇作品迄今为止还较小。这里有接受者的原因，也有它自身的原因，因为这类方式本身，就对封建思想、封建伦理道德支配下的当时中国社会思想环境的表现而言，必然表现为尖锐有余，热情不足；深刻有余，宏富不足。其所以热情不足，宏富不足，因为这种方式较之上述三种方式都相对简化了对由封建思想势力组成的整个社会思想环境的表现。凡思想势力，集合见力量，分散失精神，这时把这种思想势力中的一个人相对独立地从他所处的群体中提取出来了，这个思想势力那种固有的强大力量、凶残本质都难以给人质感了。剩下的只是一个或数个形单影只的渺小人物，剩下的只是他们的虚伪可笑。在这种情况下，鲁迅的热情也相对单纯化了。对于整个封建思想势力的态度，鲁迅是笑中有哭、笑中有愤、笑少哭多愤更多的，现在当把它集中于一个渺小的人物，当脱离开对它巨大吞噬力量的具体描绘，鲁迅的悲情不能得到体现，怒火难以煽动，剩下的也便只是轻蔑的冷笑，热情当然要降温。鲁迅说《肥皂》"技巧稍为圆熟，刻划也稍加深切"，"但一面也减少了热情，不为读者们所注意了"①，原因也就在此。

---

① 鲁迅：《且介亭杂文二集·〈中国新文学大系〉小说二集序》。

以上四种表现形式，体现在每个具体作品中其表现有所不同，有的方式对于表现鲁迅的总体思想意图性能更为良好，有的则相对单薄，这使《呐喊》和《彷徨》诸篇作品在其独立价值上有所不同。但是，我们还必须把这四种方式作为一个整体的表现系统看，当作各有特长、互助互补的系统看。没有第一种方式，便不可能出现像《示众》《风波》《药》《故乡》《社戏》《长明灯》这样一些脍炙人口的名篇，便不可能如此充分地表现出鲁迅对封建传统观念支配下的社会思想环境的整体性认识和复杂的情绪性感受；没有第四种表现方式，也不会产生像《肥皂》这样的讽刺名篇，便不可能如此尖锐地揭示出封建卫道者的虚伪本质和鲁迅对他们的轻蔑。这些作品没有取得像《阿Q正传》那样高的思想价值，却也是为《阿Q正传》所不能代替的。这四种表现方式所组成的整个系统，把当时中国封建传统观念在各方面的影响及其不同的本质方面都充分发掘了出来，从而形成了《呐喊》和《彷徨》整体上的思想高度。

五

除由人物组成的社会思想环境之外，《呐喊》和《彷徨》当然也不能没有物质的空间环境描写和自然景物的描绘。但这两种描写在作品中所占的比重都不很大，有时只是顺手拈来，顺手撤去，在情节发展的过程中为情节的叙述、人物的表现、小说节奏的调整服务，凡是将其相对提取出来加以重点描绘者，则必然浸透着社会思想的色彩，前者往往是物质化了的社会思想，后者则常常是外化了的思想感情和情绪。如《孔乙己》开始的物质环境的描写，实际是物质化了的封建等级观念，一个曲尺形的大柜台，隔开了长衫顾客和短衫顾客。再如《祝福》中鲁四老爷书房的描写，实际是物质化了的鲁四老爷的思想，物质化了的理学道德观念。《伤逝》中关于会馆破屋的描写，更明显地是涓生破灭了的理想的物质化存在：

> 会馆里的被遗忘在偏僻里的破屋是这样地寂静和空虚。时光过得真快，我爱子君，仗着她逃出这寂静和空虚，已经满一年了。事

情又这么不凑巧，我重来时，偏偏空着的又只有这一间屋。依然是这样的破窗，这样的窗外的半枯的槐树和老紫藤，这样的窗前的方桌，这样的败壁，这样的靠壁的板床。深夜中独自躺在床上，就如我未曾和子君同居以前一般，过去一年中的时光全被消灭，全未有过，我并没有曾经从这破屋子搬出，在吉兆胡同创立了满怀希望的小小的家庭。

这里边的环境描写，是直接融入了主观感情的。

在《呐喊》和《彷徨》里，自然景物的描写常常是情绪化了的社会思想环境，或曰对社会思想环境情绪感受外化于自然景物的结果。作为鲁迅景物描写的特征性的东西，是用冷色组成的清冷的景象，用灰暗的色调、重浊的声音组成的沉闷氛围，冷寂的静态以及用蓦然的动态点染出来的冷寂的静态。不难看出，这是与鲁迅所描绘的当时社会思想的具体状况密切相关的。《药》《明天》结尾处的景物描写，《故乡》开头的景物描写，《示众》开头的景物描写等，都表现出这种特征。在这里，我们重点分析一下可能有不同理解的景物描写段落。

旧历的年底毕竟最象年底，村镇上不必说，就在天空中也显出将到新年的气象来。灰白色的沉重的晚云中间时时发出闪光，接着一声钝响，是送灶的爆竹；近处燃放的可就更强烈了，震耳的大音还没有息，空气里已经散满了幽微的火药香。（《祝福》）

从表面看来，这里渲染的是热烈、欢快的气氛，但实际上给人的感触却是沉闷的、昏暗的。为什么呢？其一，它的背景是昏暗阴沉的。时间在夜晚，天色昏暗，给人的视觉直感是昏沉的；其二，声音是重浊沉闷的，爆竹声是"钝"响，"大音"，给人的听觉直感是重浊的；其三，语言节奏不是明快的，句式较长，给人的语感是滞重的。鲁镇祝福时的热闹景象，一旦注入"我"的情绪感受，同时也便带有了鲁镇沉闷得令人窒息的思想环境的特征。

> 这园大概是不属于酒家的，我先前也曾眺望过许多回，有时也在雪天里。但现在从惯于北方的眼睛看来，却很值得惊异了：几株老梅竟斗雪开着满树的繁花，仿佛毫不以深冬为意；倒塌的亭子边还有一株山茶树，从暗绿的密叶里显出十几朵红花来，赫赫的在雪中明得如火，愤怒而且傲慢，如蔑视游人的甘心于远行。我这时又忽地想到这里积雪的滋润，著物不去，晶莹有光，不比朔雪的粉一般干，大风一吹，便飞得满空如烟雾。（《在酒楼上》）

假若优中选优的话，我认为这是《呐喊》和《彷徨》中最精彩的一段景物描写。它之精彩，还不仅仅因为它外在形象的鲜明与美丽，主要在于它极其准确地复现了"我"在这时的具体而微的情绪感受，并以此与吕纬甫的悲剧、与《在酒楼上》全文的思想内容、与鲁迅对吕纬甫悲剧的思想感受，达到了一种内在的和谐，内在的暗示。为什么"我"觉得那十几朵赫赫明得如火的山茶花"愤怒而且傲慢，如蔑视游人的甘心于远行"？为什么"我"这时又忽地想到这里的积雪的滋润？要了解他的这种感觉，就应当注意这里的几个对比关系以及在这种对比中组合成的整幅画面的表现性能。这段景物中的第一个对比关系是红花与雪景的对比。雪景给人的感觉是极冷的，红色给人的感觉是极热的。外国一个美学家这样描述红色给人的感觉："任何色彩中也找不到在红色中所见到的那种强烈的热力"，"它的激情冷酷地燃烧着，在自身之内储集着坚实的能量"①。所以雪景和红花的对比是极热与极冷的对比；第二个对比关系是红花与绿叶的对比关系。它也是极热与极冷的对比。绿色"看上去几乎是接近最'冷'的颜色"②。这两种冷与热的对比，都同时产生对人的宁静与热

---

① 康定斯基：《形式与色彩的语言》。
② 阿恩海姆：《艺术与视知觉》。

烈的情绪刺激，雪景的静美，让人产生的是心绪的平静和舒适，绿色也是如此，正像歌德所说，"当眼睛和心灵落到这片混合色彩上的时候，就能宁静下来，就像落到任何其他单纯的色彩上面一样。在这种宁静中，人们再也不想更多的东西，也不能再想更多的东西"①。而红色则是热烈的、充满激情的。这种极冷与极热的对比所组成的画面，以冷色为背景，热色为中心，冷色对热色是一个衬托，给人的总体感觉是极热的；以宁静为背景，热烈为中心，宁静衬托着热烈，给人的总体感觉是激情充沛的。与此同时，这个画面在极冷与极热的对比中，还会产生强烈的动态感觉，"'暖'的色彩看上去似乎是在邀请我们，而'冷'的色彩却使我们望而生畏和远远躲避"②。这样，在鲁迅描绘的整个画面中，那冷色的背景看上去像远远地向后退去，当中那热烈的红花看上去像直直地向人们眼前逼来。鲁迅说山茶树的十几朵红花"赫赫的在雪中明得如火"，不仅生动地传达了在冷热对比中红花所呈现出来的鲜明色彩感，而且生动地传达了红花离开冷色背景向观者面前扑来的那种动态感。这种动态感使我们觉得它们像是愤怒地从冷色背景中竭尽自身的力量艰苦挣扎出来的。上述诸种因素都使这幅画面加强了梅花和山茶花给人的强烈感受，它们是热烈的、奋进的，不畏寒冬傲然开放，像充满愤怒的激情。毫无意义地甘心于远行的"我"看到它们的热烈奋进、激情喷发的形象，感到它们是对自己行为的蔑视，其态度是愤怒而且傲慢的。"我"从热情的红花受到刺激，感到这种奋然挣扎着从雪景中开放出的红花虽然美丽但不亲切，所以才不自觉地联想到江南的积雪。红花和积雪的对比，是这个画面中的第三个对比关系，红花是热烈的，积雪是温润的；红花是傲慢的，积雪是可亲的；前者是动态的美，后者是静态的美。滋润、著物不去、晶莹有光，都使人感到惬意安适。由江南的积雪，又联想到朔雪，这构成了第四组对比。南方的积雪是美的，朔雪是不美的，

----

① 歌德：《色彩论》。
② 阿恩海姆：《艺术与视知觉》。

是像粉一般干，不令人产生亲切舒适的感觉。这里的整个景物描写，实际上反映了"我"的内心情绪：他感到红花是美的，但有一种咄咄逼人之感，感到不易亲近；他从内心希求着南方的积雪，湿润可亲，对朔雪他也是难以爱的。

不难看出，这里的三种景物，象征着三种人的品格。红花是战士的象征，他们充满热烈的激情，在严冷的现实中奋然斗争，他们有着热烈的爱和热烈的憎，这使他们显得有些傲慢和愤怒，人们感到他们不易亲近。南方的积雪象征着人道主义者，他们有温软的柔情，使人感到易于亲近，惬意安适。朔雪象征着在极恶劣的环境条件下失去了温润柔情和热烈情怀的个性主义者，人们对他们是难以爱、难以亲近的。

人们都希求着温润的人道主义柔情，那么那些有着温润人道主义感情的人，在当时的社会思想环境中的命运如何呢？吕纬甫的命运为此做了解答：他爱着一切人，为别人牺牲了自己的一切，包括自己的理想，但他自己是非常痛苦的。所以，这里的景物描写，牵动着整个小说的神经，牵动着吕纬甫一生的悲剧。它既是景物描写，也是对当时社会思想环境的暗示，又有着社会不同思想倾向的觉醒知识分子的象征意义。

鲁迅的性格是内向的，他的社会思想感受太强烈了，除了关于幼年和少年生活的描写（即使这类描写，也常常浸透着对人与人和谐关系的向往），他极少能完全摆脱开自我的强烈社会感受，完全忘情于自然山水，极少能做到让景化我而非以我化景，这使他写景较少，且多带主观色彩、社会含义和象征性能。大概也正因为如此，他的景物描写虽少而精，虽短而粹，每有所作，必臻绝美。他特别长于为不同的情绪感受设色、设声、设置语言的节奏旋律、安排句式的变化，以情写景，融情于景，景中见情，情景交融，且实景与象征相结合，自然景物与社会环境相结合，蕴藉深挚，韵味极佳。

六

在《呐喊》和《彷徨》里，环境和人的对立同时也表现为环境描写与人物描写的交错，因为在这里，环境主要是人组成的环境。两者的区别仅仅在于，环境人物是作为一个整体出现的，是以整体的形式作用于悲剧主人公的，他们组成的是一个社会、一种统一的力量；而被环境压迫着的人物，是作为个体出现的，是作为独立的人物出现的。所以我们在考察《呐喊》和《彷徨》的人物塑造的时候，其实应当包括环境人物和主要人物两大系统。

《呐喊》和《彷徨》的人物形象谱系，不是在政治斗争和经济斗争的基础上建立起来的，而是根据当时的思想意识的状况及水平自然形成的。其中各个人物，各依其自己在中国反封建思想革命中的地位和作用分属于下列六个系列中的一个系列：

1. 自觉对封建思想和封建伦理道德进行反抗的首先觉醒的知识分子；

2. 封建社会及其思想界的真正"主人"——地主阶级统治者；

3. 封建思想和封建伦理道德的思想卫士——维护封建道统的知识分子；

4. 封建思想和封建伦理道德的盲目维护者——封建社会中的"舆论界"的组成者；

5. 封建思想和封建伦理道德在精神和肉体上的全面受害者——劳动群众和下层知识分子中的悲剧人物；

6. 未曾受封建思想和封建伦理道德残害的自然人系列。

下面我们分别论述上述六个形象系列的人物塑造。

七

首先觉醒的知识分子人物形象的塑造。

自我意识和社会意识的加强是第一个形象系列的首先觉醒的知识分子的主要思想特征。在全部《呐喊》和《彷徨》的人物谱系中，只有他们能够感受并明确意识到封建思想、封建伦理道德的极端不合理性，只有他们具有重新认识社会和认识自己的强烈主观愿望。他们获得了与传统思想完全不同的一套新的价值观念，这磨锐了他们的神经，使他们对周围的社会生活和社会思想具有敏锐的感受力，对自我和自我的思想意识、言语行为具有重新反思的能力。可以认为，在中国的社会历史上，他们是第一批在内部世界的丰富性方面大大超过了外部表现的直接意义的人物。特别在五四前后的反封建思想革命的阶段，由于中国社会历史发展的不充分和他们自身发展的不充分，他们的追求还主要停留在精神和思想的追求上，停留在内心的理想、愿望、要求和价值观念的变化上，他们内心世界的丰富性和广阔性与他们行动意志的局限性形成了尖锐的对照。他们是思索的一代，而不是行动的一代，他们的思索比行动更丰富、更复杂，在这里，理性的思考、感情的变化、情绪的波动汇成一股浑浊的流，在他们的内部世界流过，仅从他们的外部表现是极难测知其流量和流速的。所以，在他们身上，各种刻画人物的艺术手法——肖像描写、外貌描写、表情描写、行动描写、语言描写、心理活动描写等——都能得到充分的运用，但由外而内的透视手段——肖像描写、外貌描写、表情描写、行动描写等——远不如由内而外的显示手段——语言描写、心理描写等——来得更为重要。在《呐喊》和《彷徨》里，人物语言有两大类：一是人物对自身经历、思想感情、心理变化的长篇自叙；二是在实际生活过程中的语言交际。在这二者中，人物的自叙语言成了觉醒知识分子表现的主要艺术手段。充分利用觉醒知识分子对外部世界的敏锐感受力和自我意识明确性的特点，通过人物的自叙语言，结合部分的人物交际语言，把心理描绘转化为人物自己的心理独白，深刻揭示他们的心理冲突和理性思索、感情动荡、情绪波动浑然一体的复杂心理历程，是《呐喊》和《彷徨》塑造觉醒知识分子形象所实际遵循着的人物塑造原则。

《一件小事》和《头发的故事》。这两篇通常被作为散文随笔看待，就其现状而言，这样看待它们是合理的。但我认为，鲁迅在创作之时，还是把它们作为小说对待的。它们都带有较之鲁迅当时的散文创作更多的虚构成分。《一件小事》所述及的是否属实，我们已很难断定，其中"我"看到老妇人摔倒后的心理动态和具体言行，似乎也并不完全符合鲁迅本人的性格特征。特别是《头发的故事》，虚构的成分则更大，N先生以夏穗卿为模特儿，其内容则多是鲁迅本人的经历。① 假若把它们作为小说看待，把《一件小事》中的"我"和《头发的故事》中的 N 先生当作两个人物典型，它们分明没有达到鲁迅后来所达到的水平。它们都运用了人物的自叙语言，也重点表现人物的心理活动，但都没有异常成功地塑造出这两个人物形象。《一件小事》的原因我们以后再做阐述，《头发的故事》的缺点则在于没有在 N 先生思想变化的关节处展开更细致的心理刻画和更深入的心理剖白。例如：

> 我想，假的不如真的直截爽快，我便索性废了假辫子，穿着西装在街上走。
> 一路走去，一路便是笑骂的声音，有的还跟在后面骂："这冒失鬼！""假洋鬼子！"
> 我于是不穿洋服了，改了大衫，他们骂得更利害。
> 在这日暮途穷的时候，我的手里才添出一支手杖来，拚命的打了几回，他们渐渐的不骂了。只是走到没有打过的生地方还是骂。
> 这件事很使我悲哀，至今还时时记得哩。……

在这几段里，N 先生在行动上有三个转折：由装假辫到废假辫是第一个转折，由穿洋服到改大衫是第二个转折，由无手杖到添手杖打人是第三个转折。在这三个转折中都没有更细微的心理内容，没有内在感情情绪的波动，只是在最后才梗概地说明："这件事很使我悲哀"，这就使这三个转折成为在纯理性思考和实利性目的驱使下的硬性转折，其图像是 W 形的，给人以拙直感，觉醒知识分子在环境压迫下不得不妥协投降的那种复杂心理感受和细微感情变化在这里被简化了。所以 N 先生主要呈现着扁平形人物形象的特征，"愤世嫉俗"几乎可以概括他的全部言行。

---

① 参见周遐寿：《鲁迅小说里的人物》"《呐喊》衍义十八至二三"。

较之《一件小事》和《头发的故事》，鲁迅在《故乡》中把笔触向觉醒知识分子内心的深微处伸展了，心理描绘的精细性加强了，内心独白、自我反思的成分增多了，理性认识、感情变化、情绪波动相互融合的程度提高了，因而人物形象也向圆形发展。《故乡》也是以"我"的自叙语言构成的，它充分利用了自叙为心理活动的描绘所提供的方便条件。例如，它开头描绘了由"我"所目睹的故乡凄凉景象后，接着便叙述了"我"对自己这种实感的反思：

　　　阿！这不是我二十年来时时记得的故乡？
　　　我所记得的故乡全不如此。我的故乡好得多了。但要我记起他的美丽，说出他的佳处来，却又没有影象，没有言辞了。仿佛也就如此。于是我自己解释说：故乡本也如此，——虽然没有进步，也未必有如我所感的悲凉，这只是我自己心情的改变罢了，因为我这次回乡，本没有什么好心绪。

　　对自我实感的这种反思，是《呐喊》和《彷徨》中任何其他系列的人物形象所不具备的，它标志着一个人物对客观世界和主观世界的分析能力的加强，是觉醒知识分子所独有的习惯心理。通过这种反思，一个从闭塞落后的故乡走出、接触了现代繁华都市之后重新反观故乡时感到苍凉的现代知识分子，一个脱离了童年天真心情、长期保留在记忆中的美好回忆被击碎后感到怅惘的成年知识分子，一个有了更高的理想标准、重新接触原来喜爱的故乡感到出乎意料的凋敝的觉醒的知识分子，一个将悲凉的主观感情外射于客观环境又反转来在内心世界引起凄凉感受的历尽人生艰辛、心情沉郁悲凉的知识分子，一个看到故乡的荒凉凋敝深感痛苦地怀念故乡、怀念故乡人民的知识分子，一个回乡搬家、将永别故乡在外漂泊的特定境遇中的知识分子，都被十分细腻地刻画出来了。
　　心理描绘的精细性加强了，思想感情的变化也避免了《头发的故事》中的那种折角形的硬转折，而呈现出曲线形的软变化。"我"再见闰土时的情景是《故乡》全文的总转折，也是"我"心理变化的一个重要关节。但它写得何等自然熨帖呵！

这来的便是闰土。虽然我一见便知道是闰土，但又不是我这记忆上的闰土了。……

我这时很兴奋，但不知道怎么说才好，只是说：

"阿！闰土哥，——你来了？……"

我接着便有许多话，想要连珠一般涌出：角鸡，跳鱼儿，贝壳，猹，……但又总觉得被什么挡着似的，单在脑里面回旋，吐不出口外去。

他站住了，脸上现出欢喜和凄凉的神情；动着嘴唇，却没有作声。他的态度终于恭敬起来了，分明的叫道：

"老爷！……"

我似乎打了一个寒噤；我就知道，我们之间已经隔了一层可悲的厚障壁了。我也说不出话。

不难看出，在与外界事物的接触中，由"我"随时陈述自我心理的每一个细微心理内容，是使它避免了《头发的故事》中的那种硬性转折的重要原因。"我"是历尽艰辛、怀着凄凉心情回乡搬家的，故乡凋敝的景况更加重了他的悲凉，这时他回忆起与闰土少年时的交往，又重新唤起了儿时的兴奋心情。但这时的兴奋已不是建立在童年天真幼稚、无忧无虑心境上的"纯"兴奋了，而更像在通体悲凉心情上点燃起来的一把浮火。"我"一见到闰土，闰土外形的变化第一次降低了这把浮火的温度。"不是我这记忆上的闰土了"，这个心理感受的独白标示出了这第一次的降温。接着，"我"要说话，但已不再可能像少年时那样天真无邪地与闰土谈话了，内心的沮丧感进一步加速了原来兴奋心情的低落。"我接着便有许多话……但又总觉得被什么挡着似的……"这整个自然段的内心感受的描述，表明了他原有热情的第二次降温。最后，闰土叫了一声"老爷"，"我就知道，我们之间已经隔了一层可悲的厚障壁了"。假如说前两次的内心自白，还主要是感受性的，这个内心自白便是理性的了。这种冷静理性思考的复归，本身便表明"我"已从热情中醒悟过来，冷峻的现实击碎了主观的幻想，他原有的热情至此已丧失殆尽了，剩下的只是内心更浓重的悲凉和外在纯礼仪性的应接了。同时，它也利用"我"的这种明白的理性，交代了二人关系变化的性质和内容，这种作用，是任何其他系列人物形象的心理活动所不可能起到的作用。总之，由于这里增加了"我"心理活动的描述，主人公的感情由高涨到低落的变化，便不是纯理性的思想转折，而是思想、感情、情绪的交合运动了；便不是折角式的硬性转折和垂直形的直线下落，而是一种曲线形的运动和抛物线形的心理运动了。它的心理图像不是⌐形的，而是↘形的，它精确地描述了一个感情细腻、感受敏锐、富有感情、理智清醒的成年知识分子的心理特征和性格特征。

《故乡》结尾的几个自然段，常常遭到评论者的非议。《呐喊》初版印行后，天用就在一篇评论文章中说："我所唯一不满于这篇结构的地方便是最后的三段不该赘入。小说家是来解释人生，而不是来解释他的对于人生的解释的；作者就是怕人看不出，也是可以另作一文以加注解，不可在本文中添上蛇足。"[1]司马长风先生也说："认真说来，这几句话可有可无，因为与小说的主题不大相干。"[2]我不同意这两种看法。我认为，我们既不能简单地把它们看作作者的议论和对小说内容的解释，也不能把它们看作与小说主题完全不相干的蛇足，而应当看作"我"这个人物的心理独白，看作"我"在故乡期间被压抑的感情在即将离开故乡时的一次自然的释放，看作一个觉醒的知识分子在目睹了故乡的凋敝及其思想的落后、体味了封建等级观念给人与人造成的严重隔膜的浓重悲哀之后，怀着对故乡的依恋、对农民的同情、对自身身世的感慨，必然会发

---

① 天用：《呐喊》，引自台静农：《关于鲁迅及其著作》，98 页。
② 司马长风：《中国新文学史》（上），107 页。

生的关于人生、幸福、希望和未来的痛苦思索。它是理性的，也是感性的，是饱含感情的议论，是带有理性内容的抒情。这种充满感情的理性思考恰恰是首先觉醒的知识分子的重要特征之一，它此后还在吕纬甫、魏连殳、涓生身上反复出现。就《故乡》全文而言，这几个自然段加强了这篇小说的忧郁的美感。假若没有最后这几个自然段的抒情性议论，"我"在故乡逗留期间所聚集在内心的感情便无法得到释放，给我们产生的感觉便是窒息的，而窒息则必然蓄积着怨怒和愤懑。这是后来《祝福》《在酒楼上》，特别是《孤独者》要造成的艺术效果，《故乡》却不宜如此。它要表达的是对故乡的悲哀和失望，其中糅合着"我"对故乡的依恋和怀念，对未来的期望和沉思，它不需要压抑感情以造成愤懑，而需要释放感情以造成忧郁，在沉静的哀感中诱发读者对人生、对未来的沉思。"我"的心理独白则起到了读者默思人生的作用。

觉醒知识分子形象最成功的塑造，大都集中在《彷徨》一集中，鲁迅说《彷徨》一集技术"比先前好一些"①、"技巧稍为圆熟"②，我认为也表现在觉醒知识分子形象的塑造上。在这里，耸立起了反映觉醒知识分子思想历程的三个名篇——《在酒楼上》《孤独者》《伤逝》；出现了四个鲜明的觉醒知识分子的典型形象——吕纬甫、魏连殳、涓生、子君。除此之外，还有沿袭着《狂人日记》传统的《长明灯》及"疯子"这个人物形象，有同样以新型知识分子为题材的《幸福的家庭》，有在心理刻画上同样显示着功力的《祝福》中的"我"。《彷徨》中知识分子形象塑造的成功本身，便足以证明鲁迅在艺术上的成长，是与对中国反封建思想革命体验的加深一同进行的。《彷徨》时期是中国反封建思想革命的落潮期，这个落潮并不表现在其他四个系列的人物上，而是表现在觉醒知识分子的动向上。中国反封建思想革命产生的危机，使鲁迅更深切地感觉到了那些为数甚少、力量甚小却是中国反封建思想革命中唯一可宝贵的力量的首先觉醒

---

① 鲁迅：《南腔北调集·〈自选集〉自序》。
② 鲁迅：《且介亭杂文二集·〈中国新文学大系〉小说二集序》。

的知识分子的重要性。假若说在这个革命的蓬勃发展期，鲁迅对《头发的故事》中的 N 先生的满腹牢骚和改革热情的寂灭还采取了一种轻微的嘲讽态度、对《端午节》中方玄绰的模棱两可的名士态度还投以了尖锐的讽刺的话（并且这里都有鲁迅自嘲的成分在内①），那么，在这个落潮期的《祝福》《在酒楼上》《孤独者》《伤逝》中却再也没有那种嘲人或自嘲的态度了。在这个意义上，《孤独者》可以看作对《头发的故事》的一个必要的补充或修正。魏连殳的变化显然与 N 先生的变化是相同的，但鲁迅对魏连殳的态度却有了不同。鲁迅再也不愿嘲讽他们这种不得已的自我毁灭了，再也不想对自己进退维谷的情境下发生的某些思想旁枝进行自嘲了，他更深切地体会到了其中所埋藏着的惨痛的社会悲剧和人生悲剧。这时候鲁迅也偶有对这类知识分子加以嘲弄的作品，如《幸福的家庭》，但其中加入了更加苦涩的味道，并且接着又有一篇《伤逝》，以近乎相同的题材（《幸福的家庭》是自由结合的夫妇双双在庸俗的日常生活中沉没的悲剧，《伤逝》是自由结合的夫妇在庸俗的日常生活和封建思想势力的压迫下被拆散的悲剧）对《幸福的家庭》做了补充和修正，使我们感觉到了它的浓重悲剧性的一面。正是这种对觉醒知识分子反封建思想革命作用的深化认识，使鲁迅在塑造这类形象的艺术技巧方面也臻于圆熟完美了。

《彷徨》对觉醒知识分子形象的塑造仍然主要借助于人物的自叙语言。

作为一种心理描绘的类型，我们首先看一看《祝福》对"我"的刻画。有人常说鲁迅在《祝福》中批判了"我"的软弱动摇，我认为有值得商榷的地方。实际上，鲁迅重点表现的是"我"对祥林嫂命运的无可奈何的深切同情。在这种无可奈何的情况下，他的思想发生了多次的上下波动，但主轴线则是对祥林嫂命运的关切和欲摆脱而不能的对祥林嫂命运的强烈

---

① 《头发的故事》一如前述，为鲁迅自己的经历和思想的写照；《端午节》也正如周作人所说，"颇多有自叙的成分"。（参见《鲁迅小说里的人物》"《呐喊》衍义七三至七七"。）

责任感。遇到祥林嫂之后，他的忽说鬼神之有，忽说鬼神之无，最后又含糊其词以敷衍塞责，都建立在对祥林嫂是否有损的担心上。离开祥林嫂后，他开始觉得不安逸，担心他的答话怕于祥林嫂有危险，"倘有别的意思，又因此发生别的事，则我的答话委实该负若干的责任"。这是他从正面表现出来的对祥林嫂及其命运的关切。自己应当对国家、民族、人民的命运负有不可推卸的责任，这是当时首先觉醒的知识分子思想觉醒的根本标志之一。每一种思想、每一种学说，都与国家的前途、人民的命运有直接的关系，这是他们对思想革命重要性的自觉。不论这里是多么曲折的表现，"我"的心理基础却是可以感觉得到的。后来他意欲摆脱自己的责任，同样也是以承认这种责任为前提的。"但随后也就自笑，觉得偶尔的事，本没有什么深意义……而况明明说过'说不清'，已经推翻了答话的全局，即使发生什么事，于我也毫无关系了。"没有自谴，也没有自慰，自慰也正是自谴的另一种表现形式。事实也证明，他的自慰并没有消除他的自谴。"但是我总觉得不安，过了一夜，也仍然时时记忆起来，仿佛怀着什么不祥的豫感……"在不安之后，接踵而至的又是逃避的念头，"不如走罢，明天进城去。……"他企图用福兴楼的清炖鱼翅强捺住自己不安的心情，但仍然无济于事，所以当一听到祥林嫂的死讯，他是那么紧张惶恐。后来说"心地已经渐渐轻松"，"反而渐渐的舒畅起来"，是事过之后的相对平静的心情，而不是对祥林嫂同情的消失，因而他的愤激之情仍然溢于言表。作者为我们绘出的"我"的心理图像是 ⌇⌇⌇ 形的，当中的主轴线是对祥林嫂的同情和对祥林嫂命运的责任感，向上的波动是他的不安、自谴，向下的波动是他的自慰和力图躲开。不论是向上的波动或向下的波动，与主轴线都是等距离的。鲁迅生动地表现了在封建思想、封建伦理道德禁锢着整个社会思想的情况下，少数首先觉醒的知识分子那种欲救国而不能的无可奈何的复杂心情。这里既不是对向上波动的肯定，也不是对向下波动的否定，我们应当从总体上、从主轴线上把握这个人物的思想倾向。而对于这种复杂的心理波动，人们是不能仅从这个人物的外部肖像、外貌、表情、行动所能够猜测到的，这里需要精细的心理活动的描绘，而人物自叙其心理活动历程则是一种有效的艺术表现方式。

我们之所以重点分析《祝福》中"我"的波状心理图像，是因为每个觉醒知识分子在细部上的心理活动，都呈现着这种波状变化。这是他内心世界复杂性的主要表现之一。

假若说我们上引《故乡》中"我"再见闰土时的心理变化是一个小型的抛物线运动，那么《伤逝》中涓生的变化则是一个大型的抛物线运动。而这个大型的抛物线上的每一点，都是由涓生的心理剖白组成的：

> 这几句话很震动了我的灵魂，此后许多天还在耳中发响，而且说不出的狂喜，知道中国女性，并不如厌世家所说那样的无法可施，在不远的将来，便要看见辉煌的曙色的。

这是他充满信心、心情亢奋时的心理状态。

> 这就使我也一样地不快活，傍晚回来，常见她包藏着不快活的颜色，尤其使我不乐的是她要装作勉强的笑容。

对子君的不满产生了，但仍然埋在自己的心底。

> 我真不料这样微细的小事情，竟会给坚决的，无畏的子君以这么显著的变化。她近来实在变得很怯弱了，但也并不是今夜才开始的。我的心因此更缭乱，忽然有安宁的生活的影像——会馆里的破屋的寂静，在眼前一闪，刚刚想定睛凝视，却又看见了昏暗的灯光。

这里是对涓生潜意识心理的描写，因为他在潜意识中已有了遗弃子君的念头。

其实，我一个人，是容易生活的，虽然因为骄傲，向来不与世交来往，迁居以后，也疏远了所有旧识的人，然而只要能远走高飞，生路还宽广得很。现在忍受着这生活压迫的苦痛，大半倒是为她……

遗弃子君的念头由潜意识向前意识转移。

待到孤身枯坐，回忆从前，这才觉得大半年来，只为了爱，——盲目的爱，——而将别的人生的要义全盘疏忽了。第一，便是生活。人必生活着，爱才有所附丽。世界上并非没有为了奋斗者而开的活路；我也还未忘却翅子的扇动，虽然比先前已经颓唐得多……

遗弃子君的决心下了，其中所说，一半是现实生活的真实，另一半是为遗弃子君找到的心理慰藉。但它仍然是内心世界的心理活动，而并非诉诸实行的外部行动。

我觉得新的希望就只在我们的分离；她应该决然舍去，——我也突然想到她的死，然而立刻自责，忏悔了。

这是涓生对遗弃子君方式的考虑，他希求着一个残酷的"无痛分娩法"。

……况且你已经可以无须顾虑，勇往直前了。你要我老实说；是的，人是不该虚伪的。我老实说罢：因为，因为我已经不爱你了！但这于你倒好得多，因为你更可以毫无挂念地做事……

直至这时，心理的活动才转化为直接的行动，自叙的语言才转化为交际的语言。此后在涓生心中掀起的是更大的感情波澜。

每一克的行动必然伴随着一吨的痛苦思索，这便是当时觉醒知识分子独具的特征。内心独白、心理刻画之成为他们的主要表现手段正是为此。涓生的心理图像是 ⌒⌒，前端的上升是婚前热情的高涨，后端的上升是子君死后在痛苦中重新寻求新的生路的决心。

这个系列人物塑造原则的相同，并不意味着彼此都千篇一律，它仍然依每个人物个性的差别而有所不同。涓生是一个有热情但偏于内向，有个性但不够刚直，有理想但较为软弱，多思虑因而优柔寡断的人物，所以对他的心理描绘最为精细，他的心理图像是下落的抛物线形。魏连殳是一个更加内向而趋于阴沉，个性更强而近于刚直，恃才傲物而决绝果断的人物。小说开始没有对他进行直接的心理描绘，后来他的交际语言的设置和他给"我"的长信主要是对他外部行动的内在心理动机的诠释，并不着眼于他心理的微细变化。事实上，他此前尽管受到不断增大的重压，但他的精神意志仍然是刚直的。他的精神毁灭是断裂型的，压力未到一定程度，他的意志力便不会变形，只是到了它再也不能负荷的时候，才突然断裂，"忽喇喇似大厦倾"，整个精神支架便坍台了。吕纬甫是一个亲切平易、随和而柔弱的人物，他的变化是消融式的，犹如放入水中的糖块，慢慢被封建传统的温水消融了。这种消融的过程是不可见的，所以鲁迅对他的心理刻画不是按时间先后构成的线形图像，而是分散在吕纬甫自叙事件的细节中和他对自己全部经历的反思中。

在全部觉醒知识分子的刻画中，唯有子君是一个例外。鲁迅对她的塑造是由外而内的透视法，而非由内而外的显示法。这里有两个原因：其一，为便于涓生细微心理历程的表现，《伤逝》采用了第一人称的写法，这样势必便只能对子君的内心世界进行由外而内的透视；其二，在小说情节的发展过程中，子君的痛苦是难言的，鲁迅不可能给她设置更多的交际语言，以让她更多地表白自己的心迹。她有更大的自制力，受到更大的感情压抑，由外而内的透视更能显示她的性格特征。

八

地主阶级统治者人物形象的塑造。

在漫长的中国封建社会里，地主阶级统治者不但是政治、经济领域的"主人"，同样也是封建思想、封建伦理道德领域的"主人"。这种长期的"主人"地位，造成了他们极端愚妄的专横和十分可笑的自信的性格特征。这在封建思想和封建伦理道德的范围中更是如此。他们所追求的，实际上只是粗糙的物质的实利，在这些方面，他们可能是一些善于算计、足"智"多"谋"的人物。但在思想和精神上，他们是属于用脚底板思考的人物，因为他们不想也不会怀疑古老封建传统的合理性，他们的任务只是如何利用它们来营私利己、专权钻营。这种自信和无知的结合、专断和自私的结合，使他们面临鲁迅所重点描绘的劳动群众和觉醒知识分子被吃的悲剧命运，不会有内心的不安，不会有思想的感触、感情的起伏、情绪的波动。也就是说，他们的内心世界是干燥的、荒漠的，其中只堆满了物质实利的沙石，而无精神思想的山岭丘壑、江河湖泊。显而易见，在这种情况下，由内而外的心理描绘对他们几乎是多余的，由外而内的透视法却是必不可少的。虽然这些人物一般出场较少，但由外而内的所有艺术手法——行动描写、语言描写、外貌描写、表情描写、肖像描写等——都在对他们的描写中得到了应用。在这里，人物语言的描写再也不是由内而外的显示手段了。首先觉醒的知识分子形象尽管各自有其弱点，尽管他们内心世界的表现也受到各种客观条件的限制，但作为一个统一的本质，他们是反对虚伪的旧礼教，心口如一的，是敢于也能够披露自己内心世界的思想、感情、心理活动和各种内心隐秘的。所以他们的人物语言常常起到直接显示内心世界的作用。而地主统治者的人物语言，只是他们内在思想的一种外在表现，人们可以通过这种外在表现透视他们的内心世界，但对于他们自己而言，却更多地将自己的内心世界用语言形式掩盖起来，或不诉诸语言的表现。正因为他们要经常注意掩盖自己内心世界的粗糙物质实利的考虑、维持自己外表的道德面孔、保持自己社会和社会思想的"主人"地位，所以他们的语言一般较少。言少而重，没有感情的温度，冷冰冰的，多纯理性的判断，无真实感情的表达，多命令句、判断句，少祈使句、疑问句、感叹句，是这些人物语言的重要特征。他们的行动描写也较少，但也和他们的语言一样，往往出现在关键的时刻和关键的场合，是被鲁迅着意突显出来的，生动体现着他们一言而定天下法、一行足使万人惊的社会"主人"姿态。行少而傲，不细不碎，不枝不蔓，稳健持重，道貌岸然，只有物质实利才能发动他们的行动意志，加速他们行为的律动，是他们行动描写的主要特色。通过他们的人物语言和人物行动的描写，在隙缝中窥探他们内心的粗糙物质欲望，则是鲁迅对他们人物语言、人物行动描写的实质意义。这在《祝福》里鲁四老爷的描写中表现得最为突出。

在全部《祝福》中，鲁迅只给鲁四老爷这个人物设置了六句话的人物语言，共五十七个字，有两句只有两个字，一个四字句，最长的也只二十个字。但这几句话都处于读者能够集中关注的地方。第一次是祥林嫂死后：

> 傍晚，我竟听到有些人聚在内室里谈话，仿佛议论什么事似的，但不一会，说话声也就止了，只有四叔且走而且高声的说：
> "不早不迟，偏偏要在这时候，——这就可见是一个谬种！"

试想，在傍晚的宁静时刻，在"我"用力辨听着内室喊喊喳喳的小声谈话而谈话乍止、"我"仍用力倾听、等待下面的话声时，突然传出了鲁四老爷的高声诅咒，对"我"这个小心翼翼地、怀着不安心情注视着有无意外变故发生的人，该是多么响亮、清晰得有些震耳的声音啊！这也有效地在读者的阅读中突出了这句话。而这句话里，包藏着鲁四老爷那心灵的极端冷酷，这是对人的生命丧失的全然漠视，是对一个被他所代表的封建伦理道德吃掉的弱小者进行的鞭尸行为。少而酷、短而重，如冰谷上突起突落的一阵旋风，起时让人惊而不觉，落后方感寒意透骨。全句二十字，被分隔为三节，二、三节间是一个较大的停顿，如粒粒铅丸，坠落心田。

鲁四老爷其余五句话皆设置在祥林嫂被抢前后。被抢前的两句处于暴风雨前的焦躁期待之中，鲁四老爷在这时一句话可定乾坤：或放或留。这时鲁四老爷始终未想到祥林嫂的利益和命运，考虑的是自己门庭的颜面。祥林嫂被抢后的三句反映了鲁四老爷当考虑到自己门庭的颜面、自己的尊严由于祥林嫂被抢可能受到影响时，把恼怒之情向卫老婆子身上发泄的无理行为。与其中的"我"相反，鲁四老爷只知责人而从不自责。短短四字，深刻表现了鲁四老爷此时的心理状态："可恶"是由于祥林嫂被抢、道德尊严可能受到侵犯时沮丧、恼怒心情在无法掩饰的情况下一种不失体面的语言流露。但他不能不承认祥林嫂的婆婆出卖守寡儿媳、山里人像抢劫牲口一样抢亲行为的合理性，"然而"一词表现了他维护封建传统的"诚意"，只是这两种心理都不落在为他做工多时而现在刚刚遭逢危难的祥林嫂身上，对"道德"的关怀与对"人"的命运的冷漠在这里是同一个问题的两个侧面。假若说这两个词组成的两个语段已显示着鲁四老爷那怨毒狠辣的心理特征，卫老婆子前来"赔礼道歉"时这四字一句的话则又被分成了两句，其分量也等于各自加重了一倍，意义也发生了相应的变化。以前的"可恶"，是说祥林嫂的婆家、抢亲者和卫老婆子都可恶，现在则仅仅针对卫老婆子一人了：

> 午饭之后，卫老婆子又来了。
> "可恶！"四叔说。

简短的句式从内容到印象都使读者觉到卫老婆子一进门，便被鲁四老爷啐了一口。那愤愤的样子、恶狠的表情都跃然纸上了。这个标榜"事理通达心气和平"的理学道德家，是一个多么"得理不饶人"且毫不讲道德的家伙呀！然而到了卫老婆子强赔笑脸、将他恭维一番并一再赔罪之后，他的气似乎又消了下去，用"然而"一转，语气又稍稍缓和了一些。但也就是这个"然而"，把祥林嫂的一场大灾难化成了一场微不足道的小事，肯定了别人卖她、抢她都是理所应当的、无可置疑的、顺理成章的。

"然而……。"四叔说。
于是祥林嫂事件便告终结，不久也就忘却了。

鲁四老爷的行动描写也是极少的，唯一的一次具有"历史意义"的"出征"，是去寻淘箩：

于是大家分头寻淘箩。她先到厨下，次到堂前，后到卧房，全不见淘箩的影子。四叔踱出门外，也不见，一直到河边，才见平平正正的放在岸上，旁边还有一株菜。

祥林嫂有何不虞，他是全然不放在心上的。他更关心自己的淘箩，在关心着淘箩的前提下要维护自己外表的尊严。他是不"阿呀，米呢？"那样大叫的，他是不会慌慌张张东寻西找的，他有更"周密的思考""细密的推理""明白的判断"：鲁四太太说："祥林嫂不是去淘米的么"，鲁四老爷凭他的"健全的悟性"便能推断可能在河边。但他从本能上不会事先说出，万一推断有误便会有失尊严，但淘箩又是绝不能丢的，所以只好自己亲自出马。他关心着淘箩，可不能让人看出他是在寻淘箩，所以要表现出若无其事的样子，像平时一样"踱出门外"。他沿途留心，到门外实际上也在看，所以说"也不见"。寻至河边，果然不出鲁四老爷所料，淘箩在岸上。也就在鲁四老爷以内心的极大张力和表面若无其事的样子寻找淘箩的过程中，祥林嫂已被抢走了。人命等于零、淘箩重千钧、面子不可丢——这便是鲁四老爷的全部价值观念，也便是封建伦理道德的主要内涵。

把地主统治者人物形象的肖像、外貌、表情和部分动作放在其他人物的眼中，在二者的关系中显现人物的形象是这类形象塑造的另一个主要特征。这个特征也产生于他们在当时的实际社会"主人"地位的基础上。我们可以看到，鲁迅小说中经常出现两个辏集点：一是鲁迅描绘的辏集点，亦即他设置的主要人物；二是他所描绘的社会关系的实际辏集点，这便是这些地主阶级统治者。他们出现在哪个篇章里，哪个篇章的背景画面的中心就自然而然地向他们辏集，似乎整个社会的眼睛都是注视着他们的，整个社会的耳朵对从他们那里发出的声音特别敏感。他们的一颦一笑、一举一动、一抬手一投足，都能在周围人的眼睛里、耳朵里以格外粗的线条、格外响亮的声音反映出来。实际上，这便是鲁迅特别多地从别人的眼睛里、耳朵里转播他们的"录像""录音"的现实基础。而通过不同人、不同时期、不同目的的转播装置传送出不同的信息，揭示地主统治者岸然外表与卑下的灵魂、庄严面孔与实际上的无知之间的矛盾，则是鲁迅这类描写的实质意义。

这一点，我们结合《离婚》中对"七大人"的描写进行分析。传送他的"录像""录音"的转播装置则是爱姑的眼睛和耳朵。

爱姑这个转播装置的基础是建立在她对大官的敬畏之上的。"知书识理的人是讲公道话的。我要细细地对七大人说一说，从十五岁嫁过去做媳妇的时候起……"正是因为她把自己的希望全部寄托在七大人的"公道"上，所以她的眼睛、耳朵才会对七大人的行动、语言有一种极强烈的自然选择性，只要七大人一有所行动，一开口说话，这个转播装置的接收器便立即对向了他。但可惜的是，这个转播装置的"性能"颇有点问题，常常会在不知不觉间出点"小毛病"，录的音有时会变点调，录的像有时候会走点样。其他的转播装置应当作为特写镜头的，它弄不巧便一闪而过了；而其他的转播装置不一定收录的，它却搞成了特写镜头。就这样，七大人的形象被搞得既有些像，又有些变形。人们既可以看得出他在其他人那些"正常的"转播装置里"应当"是什么样子，又有点像映在哈哈镜中一样有点可笑。但读者知道，前者是七大人的表象，后者才是他的本来面目。

爱姑这个转播装置一被推进客厅，马上便在刹那的搜寻之后自然地转向了七大人，播映出了他的一个特写镜头——七大人的肖像描写：

> 客厅里有许多东西，她不及细看；还有许多客，只见红青缎子马挂发闪。在这些中间第一眼就看见一个人，这一定是七大人了。虽然也是团头团脑，却比慰老爷们魁梧得多；大的圆脸上长着两条细眼和漆黑的细胡须；头顶是秃的，可是那脑壳和脸都很红润，油光光地发亮。爱姑很觉得稀奇，但也立刻自己解释明白了：那一定是擦着猪油的。

我们看到，这个装置的选择性能基本上是良好的，它非常迅速地发现了目标。但在录像过程中，一开始便出了点"小毛病"，它把原有的慰老爷的录像与七大人的录像不自觉地叠印在一起了，这样便把慰老爷的"团头团脑"移用在了七大人身上，但保留了七大人"魁梧得多"的特征。假若没有这种叠印现象发生，原本似乎应是"身材魁梧，相貌不凡"的。"大的圆脸上长着两条细眼和漆黑的细胡须"也有点不对，应该是"福态的脸上有一双和善的眼睛，须眉浓密黝黑"；下面当然是"满面红光"，不应说"油光光"。至于那"头顶是秃的""脑壳"和"擦着猪油"，都是不宜做特写镜头放出的。

这个肖像描写，爱姑是怀着有点敬畏而又远不够敬畏的心情用眼睛看到的。下面的"屁塞""烂石似的东西"也是在同样的心境中听到的七大人的话，看到的他的动作。而当后来议事开始后，她的这种不够敬畏的心情更使她发生了"不知怎的总觉得他其实是和蔼近人，并不如先前自己所揣想那样的可怕"的错觉，因而她越来越对他有些不敬了，这时甚至连"七大人对她看了一眼"也没有注意到，只好由作者特地指出。七大人发言之后，她更有些"放肆"，直至七大人发了怒，这架转播装置才渐渐恢复了"正常"：

> 她打了一个寒噤，连忙住口，因为她看见七大人忽然两眼向上

一翻，圆脸一仰，细长胡子围着的嘴里同时发出一种高大摇曳的声音来了。

"来～～～兮！"七大人说。

这里的表情、动作、语言又都是从爱姑眼里、耳里出现的，但色调变了，强度变了，线条更有力了，声音也更响亮了。"七大人将嘴一动"这种细微表情也以格外清晰突出的面目出现在爱姑惊恐不安的眼前了。"她这时才又知道七大人实在威严，先前都是自己的误解，所以太放肆，太粗卤了。"

但事情一过，爱姑那紧张的心情略一平静，她那粗野的本性又在不自觉地起作用了，她这个转播装置又出了"毛病"，七大人的形象再次发生了"变形"：

"呃啾"的一声响，爱姑明知道是七大人打喷嚏了，但不由得转过眼去看。只见七大人张着嘴，仍旧在那里皱鼻子，一只手的两个指头却撮着一件东西，就是那"古人大殓的时候塞在屁股眼里的"，在鼻子旁边摩擦着。

就在爱姑这个人物不断更迭着的眼睛和耳朵里，七大人的肖像、外貌、表情、语言、动作也不断变更着色彩。他的威严专横、他的虚伪的中庸面孔、他的无知可笑、他的庸俗卑琐都被生动而又集中地刻画了出来。

《呐喊》和《彷徨》中地主阶级统治者的形象也分明是在反封建思想革命的历史需要指导下塑造出来的，它们的特征也是在这种思想斗争中的主要特征。若拿到地主阶级与农民阶级的政治对抗中来认识，鲁四老爷那未费举手之劳而杀死祥林嫂的事实就远非典型的了，他的残酷性也便不能仅仅是内在的了；若拿到地主阶级与农民阶级的经济关系中，赵太爷让阿Q点灯舂米、剥夺了他的小褂那些"细微末节"也便远不足代表地主阶级经济剥削的残酷性了。在这两个领域中，政治经济的实利都将激发他更加积极的行动，他们的虚伪性就会大大降低，残酷性就会大大提高，因而他们身上的喜剧色彩也便会淡到很淡的程度。因为人们是很难在黄世仁与杨白劳、喜儿之间的政治经济对立中还能有心境嘲笑黄世仁的。而在思想斗争中，地主阶级的虚伪、无知才会更多地引起人们的轻蔑而不单单是憎恨。而一旦他们的特征发生了转移，塑造的方法也必须发生相应的变更。他们的思想会在政治经济利益的推动下活跃起来，心理描绘也便有了可能；他们的动作性要加强、语言要增多，这种较少的人物语言、人物动作的设置不能适应那种状况。在短篇小说中，动作性的加强，人物语言设置的增多，与人民形象的直接对立的矛盾斗争，都将不允许把他们主要纳入人民群众的眼睛、耳朵中来做第二手的传送……总之，《呐喊》和《彷徨》塑造地主阶级典型形象的艺术手法的特征，是与中国反封建思想革命的特殊要求相联系的。

九

维护封建道统的知识分子人物形象的塑造。

这里仅指上述《呐喊》和《彷徨》第三个人物形象系列中的封建思想卫道者的形象，孔乙己、陈士成这类受害者的悲剧主人公不在此列。

地主阶级知识分子，就其思想本质而言是同地主阶级统治者相同的，但他们之间也有差别。像鲁四老爷这类地主阶级统治者，本身就是地主阶级的知识分子，是封建思想的维护者，并且这也正是中国封建社会形态的一个重要特点。（在西欧中世纪封建社会里，教会作为最高的思想统治机构是独立于政治经济统治机构的贵族政权之上或之外的，中国只有佛、道这两个非主要的、非统治地位的宗教是独立的宗教组织，而作为被地主阶级直接利用的统治思想——儒家封建思想学说一直与封建政权合二而一，地主阶级知识分子的绝大多数都同时是大大小小的地主、官僚。鲁四老爷的典型性远远高出四铭、高老夫子的原因也就在于此。）但是，地主阶级统治者主要活动于政治、经济领域，他们的追求主要是实利的、物质的东西（政治作为一种权位争夺也是实利性质的东西）。在他们那里，封建思想和封建伦理道德的观念实际上并非产生于他们自觉的社会意识，而是利用这种社会意识攫取个人的、实利的东西。所以他们的思想实质是在道德维护（道德维护就其自身是社会意识的表现）的掩护下进行的最粗糙、最简单，并且也不难被人觉察到的个人物质实利的追求。而这些知识分子，则主要活动于社会思想领域里，他们自居于社会道德教化施予者的地位。他们的主要任务是维持封建社会思想界的正常秩序，负责这个领域的"治安保卫工作"，充当社会思想的宪兵。因而他们的"社会意识"要比地主阶级统治者本身还要强烈一些，这种"社会意识"常常驱使他们走到离开可见的物质实利追求和纯个人的私欲很远的地方去，致使人们有时连他们自己也难以在他们维护社会道德风化的似乎真诚的热情中辨识出与他们自身利益和欲望的联系了。也就是说，在他们身上，作为精神的、意识形态的封建伦理道德，与地主阶级个人的私欲，拉开了很大的距离，插入了更多的中间环节。但是，二者的联系仍然是存在的，否则他们那以虐人为乐事的卫道行为便成为无本之木、无源之水了，他们那专门窥测别人的行动、以最恶毒的心理揣测他人的愚妄行动便似乎是无因之果了。当然，选择一个满口仁义道德、满肚子男盗女娼且行为卑鄙、无恶不作的人物进行揭露是并不困难的，但这却极少具有典型意义，因为他们绝代表不了所有封建卫道者的本质。在他们身上，鲁迅所要做的艺术探讨必须集中于一点：为什么他们总是以最恶毒的心理，从最肮脏的方面揣测那些无辜的人们和社会思想改革者？在他们那表面的"社会热诚"背后到底埋藏着什么？他们是循由一种什么样的思想逻辑离开了正常人的正常判断而反对新思想、新道德的？要完成这个任务，当然不能依靠他们自己的交代，而他们常常具有的那种自我良好感觉也使他们难于知己，也就是说，表现觉醒知识分子的那种由内而外的显示法对他们是不适用的。但假若承认有些封建卫道者的卫道行为表面上还确实呈现着一种"社会热诚"的话，假若承认他们这种"社会热诚"并不一定像地主阶级统治者那样与直接的物质实利相联系的话，那么适用于地主阶级统治者形象的那种由外而内的透视法也不足以完满地完成这一任务。不难看出，这便是鲁迅在《肥皂》《高老夫子》《弟兄》三篇小说中所使用的艺术手法的主要根据。循由封建卫道者的外部表现（主要是语言、行动）、穿过他们的表层心理意识、直向他们潜意识心理的深层意识结构做无情的挖掘，就是上述三篇小说塑造封建卫道者人物形象的主要艺术手法。在过去，我曾称之为潜意识心理描写，现在觉得不大妥当，因为鲁迅直接描绘的不是这些人物的潜意识心理活动本身，而是从他们的外部行动的蛛丝马迹中寻绎他们这些表现的潜意识心理根据。它仍然属于由外而内的透视法，但透视的深度加强了。

为了更清楚地认识《肥皂》这篇小说"逆"的表现（由外而内的透视），我们必须先做"正"的叙述（由内而外的说明）。"一种历程若活动于某一时间，而在那一时间之内我们又一无所觉，我们便称这种历程为'无意识的'。"①

四铭在大街上遇到了一老一少两个女乞丐，忽听得一个光棍说："阿发，你不要看得这货色脏。你只要去买两块肥皂来，咯支咯支遍身洗一洗，好得很哩！"便由此对那位年轻女乞丐动了淫念。但这种淫念仅仅活动在潜在的意识活动里，现实条件的限制和那位女乞丐的脏都无形地抑制了他这种淫念，使其无法发展为明确的自我意识。但这种潜意识心理活动却开始支配着他的思想心理和实际行动，只是他自己并没有明确意识到罢了。应当指出，压抑着四铭的淫念的，还主要不是他的道德自觉，不是足以控制他的思想意识的"超我"，而主要是女乞丐的"脏"，他所欲念着的是"咯支咯支遍身洗一洗"之后的这个年轻女乞丐。所以他的这种潜在意念发生了转移，转移到了足以消除其"脏"的"肥皂"。但由于对女乞丐的淫念仍然属于潜意识的心理活动，这块"肥皂"与洗后的女乞丐的联系在四铭的意识活动里中断了，而作为替代物的是他的妻子四铭太太。于是离开女乞丐后，四铭便去广润祥为"太太"买"肥皂"。

---

① ［奥］弗洛伊德：《精神分析引论新编》，55 页，北京，商务印书馆，1987。

他果真是为"太太"买肥皂吗？不是！他实际上是为那位女乞丐买肥皂，或曰他实际上仍是在下意识的支配下去追寻自己的淫欲意念。他到了广润祥，反复地挑选着肥皂，其中固然反映着他的狭隘自私，但以弗洛伊德潜意识学说仔细分析一下他的东挑西拣，便会知道他不是单纯地考虑着价钱，也并非真的在衡定着肥皂的质量，而是在寻找他自己也不太明确的那种淫欲意念。我认为，我们要特别注意他无缘无故地加上的一句话："便挑定了那绿的一块。"他不是在考虑着价钱的高低吗？不是认为四角多的太贵、一角一块的太坏吗？不是他就是要一块不贵不贱的就可以吗？为什么又突然冒出了一个颜色的标准呢？但决定四铭买这块而不买另外一块的最终因素却是它的"绿"，他无意间说出来的标准也是它的"绿"，他最中意的一点、特别注意的一点也是它的"绿"。

　　后来，鲁迅还反复提到这块肥皂的"绿"色特征：连同四铭买肥皂时"挑定了那绿的一块"那一处，全文共有十一处提到这块肥皂的"绿"色特征。或者有的人认为，肥皂本来是绿色的，提到肥皂必涉及它的"绿"，未必便有深意。但在第二天早晨，四铭看四铭太太录用这块肥皂的时候，这个绿色特征却未被注意，只说它的泡沫很大，着眼于使用价值，而这时也正是四铭的淫欲意念淡了下去的时候。我觉得我们还有必要结合弗洛伊德精神分析学说仔细体味一下原文中的一些话。如"似橄榄非橄榄的说不清的香味""金光灿烂的印子""许多细簇簇的花纹""光滑坚致"的特征、"米色的"薄纸、"小小的长方包"，以及秀儿、招儿、四铭太太之间的微妙关系。假若我们把这些因素都有所体味，我想我的下列结论便不会让人们感到是武断的：其一，这个"绿"是"年轻的"代名词；其二，四铭是以那个十七八岁的女乞丐为意念对象选择肥皂的；其三，四铭买的这块肥皂是他意念中的"咯支咯支遍身洗一洗"之后的女乞丐。

　　"焦虑神经症的最常见的原因为发泄不了的兴奋。里比多的兴奋已被唤起，但无法满足或消耗；由于里比多无处消耗，于是焦虑乃代之而起。我甚至认为这未经满足的里比多尽可直接化为焦虑。"①四铭的性欲冲动受到了压抑,心情受到潜意识冲动的扰乱,遂变得莫名的焦躁不安。当受到小学生的嘲笑之后,他的由内在的原因引起的神经焦急便以客观焦急的形态表现出来了。②

在广润祥买肥皂时,四铭自知理亏,没有公开发泄,回家后便把恼怒之情转移到了学程身上。他叫学程不应时,"仰着头焦急的等着";当学程的回答不如他意时,他"怒得可观"。此后这种焦躁之情又由小学生和学程转移到新学堂,由新学堂转移到女学堂,终于移注于整个新文化、新道德,这时他也便好像真的"忧国忧民"起来。而在实际上,这一切都不过是他对女乞丐那种不可实现的淫欲意念的转换形式罢了。

以上是四铭由对女乞丐产生淫念、受到压抑以至发展到攻击新文化、新道德的正的发生、发展过程。但是,这个过程四铭自己是不会也不能告诉别人的。这就需要鲁迅从四铭外在表现的蛛丝马迹中理出脉络、抽出线头,并沿此一步一步深入下去,直到把他的原发性变态性欲的心理根源揭示出来为止。在这个过程中,四铭的人物语言起着关键性作用。鲁迅像一个用精神分析学诊治病人的医生一样,一步一步诱导他说出自己埋藏在潜意识中的淫欲意念来。他的行动、表情描写在这里起到的是辅助作用,主要表现他欲有所得而未得的恼怒焦躁心情。

四铭虽然大骂新文化、新思想、新道德,但其意念中心还是对那个女乞丐的性欲冲动。这个被压抑的性欲冲动顽强地要表现自己,它在四铭那表面冠冕堂皇的道德言论中时时浮现出自己的面孔,如水底的腐物不断使水面冒出气泡一样。首先,四铭的谈话虽时时转换,越谈越玄,越谈离他的意念中心越远,但又有一种无形的力牵着他的谈话在周围旋

---

① [奥]弗洛伊德:《精神分析引论新编》,64页。

② 按照弗洛伊德的精神分析学说,焦急分为两种:一、客观的焦急;二、神经的焦急。前者为对外界威胁或预料中的外界伤害的反应,后者为欲望压抑过程中表现出来的莫名的焦躁不安,但二者又是相互联系、彼此转化的。参看《精神分析引论新编》第四章"焦急与本能生活"。

转，仿佛放到空中的风筝，尽管满天飘游，但仍被牵线左右，不能完全自由。这使他的谈话通过各种渠道向一个"女"字上凑。嘲笑他的是一个男孩子，回答不出问题的是他的儿子学程，他的恼怒首先发泄在新学堂上。但他猛然一转便又落在对女学生的攻击上了：

秀儿她们也不必进什么学堂了。"女孩子，念什么书？"九公公先前这样说，反对女学的时候，我还攻击他呢；可是现在看起来，究竟是老年人的话对。你想，女人一阵一阵的在街上走，已经很不雅观的了，她们却还要剪头发。我最恨的就是那些剪了头发的女学生，我简直说，军人土匪倒还情有可原，搅乱天下的就是她们，应该很严的办一办……。

一谈到有关"女"的话，四铭便莫名其妙地爆发出空前的热情，正像四铭太太所说，"不是骂十八九岁的女学生，就是称赞十八九岁的女讨饭；都不是什么好心思。"

而且，四铭的谈话，不断向产生淫欲意念的始发点靠拢。这种靠拢也是他在不自觉的状况下发生的。

"学生也没有道德，社会上也没有道德，再不想点法子来挽救，中国这才真个要亡了。——你想，那多么可叹？……"

"什么？"她随口的问，并不惊奇。

"孝女。"他转眼对着她，郑重的说。"就在大街上……"

"孝女"两个字，几乎是毫无根由地蹦出来的。它的根由便是四铭潜意识心理中那变态性欲的冲动，它告诉我们四铭对国家前途的慨叹，实质上只是对自己性欲要求不得满足而发的慨叹罢了。

"哼，你看，也没有学问，也不懂道理，单知道吃！学学那个孝女罢……"

"条条道路通孝女"，这便是四铭语言的核心特征。鲁迅精妙地设置了四铭的人物语言，妙趣横生地揭示了他的所有那些维护旧道德、攻击新道德的莫名其妙的言论和"热诚"，都无非发生于自我的"非道德"的性欲冲动上罢了。当四铭自己做了充分表演之后，鲁迅又用四铭太太和道统的话，把他的淫欲意念做了明确的肯定。这个人物的假道学面孔也便被撕下来了。

十

封建思想舆论界人物形象的塑造。

这类人物的思想特征是什么呢？他们是封建思想、封建伦理道德的盲目维护者。就其本质而言，他们不同于封建统治者之维护这种思想和道德，他们在这种维护行动中得不到实际的经济利益，所以他们的行动就其总体而言是无目的的，假若有所私利考虑，他们便必然落到获小利为大害的境地，而这个大害又是他们意识不到的内容；他们也不同于封建知识分子，因为他们只被传统习惯推动着，没有也不想为他们的行动找到更多的理论根据。他们的力量不来源于思想的质，而来源于存在的量。"社会上多数古人模模糊糊传下来的道理，实在无理可讲；能用历史和数目的力量，挤死不合意的人。"①他们就是一个"无主名无意识的杀人团"。所以，无个性就是他们的个性，无思想就是他们的思想，无意识就是他们的意识，无目的就是他们的目的。他们在《呐喊》《彷徨》中主要不是以个体而存在，而是以群体而出现。严格说来，我们不能把他们作为典型人物形象来看待，因为个性是典型性的基础和前提，无个性也便不能构成典型人物。但是作为一个群体，它却是《呐喊》和《彷徨》中最有"个性"、最有力量、最有"意志"、最为重要的一个形象。地主阶级个别的人物也不能不怕它三分，因而要极力维持自己外表的尊严；地

---

① 《坟·我之节烈观》。

主阶级知识分子也不能不屈服于它的压力，而常常要把自己邪恶的意念压到潜意识的深层心理空间；觉醒的知识分子在它的面前感到软弱无力，宏图大志不得展，一腔热血无处流；劳动群众和下层知识分子的悲剧主人公在它面前更是哭诉无门、求告无路。就这个意义而言它又是《呐喊》和《彷徨》中最重要的一个典型形象。

它是一个群体，所以在《呐喊》和《彷徨》的部分篇章里和部分篇章的片段中，它只是混混沌沌、模模糊糊的一片。它没有眼耳口鼻舌，没有颜面发肤，没有衣饰穿着，没有形状体积，只有一些声音，像旷野发出的鬼魂的号叫，闻声不见人。在这时，用不到肖像描写、外貌描写、表情描写、行动描写，只有人物语言。语言是它的唯一进攻手段，"众口铄金"，片言杀人。

　　孔乙己一到店，所有喝酒的人便都看着他笑，有的叫道，"孔乙己，你脸上又添上新伤疤了!"他不回答，对柜里说，"温两碗酒，要一碟茴香豆。"便排出九文大钱。他们又故意的高声嚷道，"你一定又偷了人家的东西了!"孔乙己睁大眼睛说，"你怎么这样凭空污人清白……""什么清白? 我前天亲眼见你偷了何家的书，吊着打。"……(《孔乙己》)

这些地方，封建思想、封建伦理道德这个"无主名无意识"的群体形象，是作为一个整体与其他人物发生对话的。

有的时候，在这个模糊混沌的背景上，没有声音，只有一些不分明的形体、杂沓的动态。忽而伸出一个头，忽而张开一张嘴，这里有一双闪光的眼睛，那里有一团活动的躯体。它像在夜光中游动着的鬼魂，但见鬼影绰绰，不闻足声语声；又如毕加索的立体主义绘画，只有一些残缺不全的肢体的杂陈。在这时，没有语言描写，没有完整的肖像描写，只有零散的人物动作、个别的外貌、特殊的表情，它们分属于不同的个体，构不成一个统一的人物。

早上小心出门，赵贵翁的眼色便怪：似乎怕我，似乎想害我。还有七八个人，交头接耳的议论我，又怕我看见。一路上的人，都是如此。其中最凶的一个人，张着嘴，对我笑了一笑；我便从头直冷到脚跟，晓得他们布置，都已妥当了。（《狂人日记》）

以上两种的结合便构成了杂沓的形和无主名所发的声的混合体。这里有对人物语言、动作、表情、外貌特征的描写，却是支离破碎的，拼凑不成一个完整的人物。

当鲁迅把这个模糊混沌的群体向读者面前稍微推近一些，它的画幅相对缩小了，可轮廓相对清楚了，原来黏连在一起的人物形体现在分了开来。但他们还是初具人形，如刚刚成形的蝌蚪，彼此差别甚小。他们仍然作为一个群体被处理着，人物语言和人物行动描写对他们还是主要的刻画手段，在形体描写上极为简单，"借代"以及近于"借代"的方式在这里得到了广泛的应用。例如，《药》中的"花白胡子的人""驼背五少爷""二十多岁的人"，《示众》中的"十一二岁的胖孩子""车夫""秃头的老头子""赤膊的红鼻子胖大汉""抱着孩子的老妈子""小学生""工人似的粗人""挟洋伞的长子""瘦子""弥勒佛似的更圆的胖脸""戴硬草帽的学生模样的头""满头油汗而沾着灰土的椭圆脸"，《伤逝》中的"鲇鱼须的老东西""搽雪花膏的小东西"，等等。他们都还是有个体而无个性，合则有用，分则无益的人物。他们之间的区分不带有任何实质性的意义，主要为了便于叙述。

当这个群体再向前靠近一步，画幅进一步缩小，轮廓进一步分明，于是人们才看清了独立活动着的人。他们不但形体特征更明晰了，个人的不同活动轨迹也更鲜明了。作为单个人的人物语言、人物行动的设置有了明显增加，形体、外貌、表情的描写也有了相应加强。但在这时，他们的个性特征仍不具有实质性的意义，共性还是他们统一的"个性"，外貌描写主要采用漫画化的手法，有的还带着自己的一两个形体标志到处乱转。《明天》中的红鼻子老拱、蓝皮阿五、何小仙、王九妈，《祝福》

中的卫老婆子、短工、柳妈，《长明灯》中的阔亭、三角脸、方头、庄士光、灰五婶，《孤独者》中的大良的祖母，等等，都大致属于这一类。鲁迅曾称赞陀思妥耶夫斯基说："他写人物，几乎无须描写外貌，只要以语气，声音，就不独将他们的思想和感情，便是面目和身体也表示着。"①同样的话也用于称赞巴尔札克，他说："高尔基很惊服巴尔札克小说里写对话的巧妙，以为并不描写人物的模样，却能使读者看了对话，便好象目睹了说话的那些人。"②鲁迅写人物语言的本领，在这些人物的刻画中表现得更为突出，因为这些人物作为个体在小说中所占空间很小，有一些主要用人物语言显示人物的性格。这个画面再向前推进一步，人物的轮廓更加分明，彼此的独立性更加加强，他们各自的独立特征也开始取得一些社会典型意义。在这里，我们可以举出《故乡》中的豆腐西施杨二嫂和《风波》中的七斤嫂。由扁平形人物向凸圆形人物趋近是这两个人物的特征。上述这个系列的各类形象，就其每个人都是可笑而又可悲、可憎而又可怜的，但由于鲁迅更多地着眼于封建思想盲目维护者在社会上的破坏性力量，亦即更着眼于他们的思想本质，所以就其具体表现，鲁迅还没有展示他们可悲可怜的另一个侧面。但在这两个人物身上，可悲的一面已经初露端倪。在《故乡》中，鲁迅不但表现了豆腐西施杨二嫂现在的可憎可恶，而且也简单地交代了一下她的过去。在年轻时，她有些风骚，但总还能风骚得起来。她那时是"搽着白粉"，坐在门前，招引着男人，吸引着顾客，豆腐店的买卖因此也颇兴隆。但现在连风骚也风骚不起来了，穷酸到连一副手套也要塞在裤腰里偷走，其中不无可悲哀的因素在。这样，她们性格的内核中便不仅仅有封建思想、封建伦理道德歹毒、恶辣、凶残、可笑的东西，而且有了被这种思想吞噬、残害的可悲的因素。但在这两个人物身上，前者的比重仍然大于后者的比重，《故乡》着重表现的不是豆腐西施杨二嫂的悲剧命运，《风波》

---

① 鲁迅：《集外集·〈穷人〉小引》。
② 鲁迅：《花边文学·看书琐记》。

中的七斤嫂也还主要处于折磨人的地位。

这个画面至此已不能再向前推进，再向前推进，便成了其中一个人物的特写镜头。在这个特写镜头中，这个人物将不再是这个群体的附属物，而将以个体处于与这个群体相对立的地位。因为它不与这个群体相分离，它将不可能与这个群体相区别，而要相区别，它便取得了与这个群体相对立的本质。在这时候，他不再是可怕、可憎、可恶的形象了，而主要成了可悲、可怜，至多有些可笑的人物。因为原本他们只是封建思想和封建伦理道德的盲目维护者。当《阿Q正传》将这个群体的一员阿Q推到特写镜头的地位时，阿Q便主要不属于这个形象系列了。

这个形象系列的意义不在分而在合，从上述第一种类型到第六种类型的发展，是逐渐丧失这个系列的意义的过程，也是人物逐渐取得个体意义的过程。相反，从第六种向第一种的发展，则是人物逐渐丧失个体意义的过程，同时又是这个系列的自身意义逐步加强的过程。由此我们也可以看出，为什么《狂人日记》要采用象征主义的某些艺术手法，为什么它能最强烈地表达对社会封建思想和封建伦理道德的抽象本质的认识。封建舆论的可怕、可憎、可恶，只有将它作为一种抽象的力量看待才能够把握住它的"个性"和"意志"，将它视为个体便失去了它的本质属性。用句不合逻辑的话来讲，以"共性"揭示"个性"是这个系列人物形象塑造的突出特征。封建舆论依靠的主要是语言，所以人物语言在这里起着特别重要的作用，人物行动有其独立意义，但在更多的场合中起到的是辅助人物语言的作用。心理描写在后几类人物的刻画中有时得到运用，但从整体而言，它在这个形象系列中的活动余地最小。它是个"无主名无意识"的杀人团，无意识也便无心理。不但觉醒知识分子那种由内而外的心灵表现在这里根本没有插足的余地，就连由外而内的透视也只能用于后几类人物，而这种运用的本身也便标志着向它的"独特个性"丧失的方向在发展。肖像描写只有在上述第六种类型的豆腐西施杨二嫂身上才有不太完整的应用，漫画勾勒是上述第五种人物的刻画方式，第四种人物仅仅是挂着一个鼻子或顶着一个脸的人物，对他们已经无所谓外貌描写，前三种没有个体区分，更谈不到描写人物外貌。所以外貌描写的简洁是其特征之一。表情描写的重要性几乎不下于人物语言，一个鄙夷的表情同一句尖酸刻薄的话对于弱者的精神杀伤力是同等的。但可惜它定向性太强，没有语言的传递性能良好，这大大影响了它发挥作用的机会，所以对他们的表情描写鲜明而简要。如：

> 前舱中的两个老女人也低声哼起佛号来，她们撷着念珠，又都看爱姑，而且互视，努嘴，点头。（《离婚》）

十一

劳动群众和下层封建知识分子悲剧主人公的人物形象塑造。

这两类人物有所区别，但共性是主要的，他们都是在迷惘中被封建思想、封建伦理道德吃掉的。被吃掉而又不知怎样被吃掉，使他们与第一个形象系列的觉醒知识分子有所区别，也与第二至第四个形象系列的吃人者或暂时尚跻身于吃人队伍中的人物有所不同。不论基本的思想特征，还是鲁迅对他们的处理方式，都标明他们应当属于同一个形象系列，硬性把他们分开是不对的，因为我们没有任何理由断定孔乙己的悲剧与阿Q的悲剧有什么本质的差别，也没有任何理由认为鲁迅会觉得孔乙己的悲剧就是咎由自取而阿Q的悲剧就是于理不当的。

这一系列的人物形象也是没有个性意识的人物，他们的不同建立在个人不同的生活立足点上。当封建思想和封建伦理道德在其他社会因素的辅助下摧毁了他们足以在封建社会现实中立足的生活支撑点后，他们也便被彻底毁灭了：孔乙己的生活立足点是极力维持住自己长衫阶层的面子；陈士成的生活立足点是对权势、金钱的幻想；华老栓的生活立足点是自己的儿子；单四嫂子的生活立足点在前是自己的儿子、在后是茫然的期待；闰土的生活立足点是宗教信仰；阿Q的生活立足点是精神胜利法；祥林嫂的生活立足点是个人默默的挣扎；爱姑的生活立足点是蛮野盲目的抗争。但他们都缺少以下这两样东西。其一，他们缺少与封建现实贴紧需要的虚伪。他们的生活地位没有可能提供给他们虚伪的条件，孔乙己也想维持自己的尊严但要吃饭就不能不去偷，虚伪不下去。（他们之中的大多数人都不是残酷的，但阿Q对待弱者也很残酷，所以缺乏残酷性不是他们在封建社会无以立足的根本思想原因。封建思想、封建伦理道德是以禁欲主义为特征的虚伪思想道德，他们的地位使他们虚伪不下去，便必然使他们不能在社会上立足。阿Q不否认任何封建伦理道德信条，他与地主阶级统治者和封建卫道者的性格差别就是不虚伪，鲁迅说他"有农民式的质朴"就是为此。不虚伪可以说是这个系列的人物与觉醒知识分子唯一相同的重要思想特征。）其二，他们缺乏向新道路突进的新的社会理想。（过去常说他们缺乏革命觉悟，实际并没有抓住核心，因为阿Q也是要求"革命"的）他们的不虚伪，为他们提供了更多表现自我和自我心理活动的可能性，也给作者直接描绘他们的心理活动带来了方便。但他们缺乏新的社会理想，缺乏新的思想观念，没有正确的自我意识，他们不可能像觉醒的知识分子那样更清晰明白地分析自己的思想。这两个方面的结合，决定了这个系列人物形象心理描写的特点。

封建思想和封建伦理道德的禁欲主义、抑情主义的长期统治，使劳动人民思想感情的表现长期受到摧残，这在他们的精神发展中造成了异常严重的损失。中国文字的繁难，劳动人民没有文化的落后状态，也使他们的语言表现力受到极大限制，而语言是思想的外壳，劣于语言表现亦即难于进行正常的心理思维活动。在中国文学史上几乎只有鲁迅才能如此深刻地体会到中国劳动人民那寡言少语背后所隐藏着的深沉悲剧性，而这又经常被人们误认为是人民群众的高贵品德而错误地加以歌颂。人民应该有自我表现的权利，应该有自我表现的能力，这是鲁迅严峻地向我们提出的问题。但是，鲁迅要恰当地传达当时劳动群众和其他悲剧主人公的精神状态，却不能更多地直接刻画他们的心理活动本身，对这类人物，他不得不更多地采用由外而内的透视法。而在由外而内的透视法中，人物语言一项也不占有更重要的地位。因为他们心理状态的迷惘性，正是由他们外部语言表现力的缺乏造成的。只在很少的时候，他们才能用语言表达自己的思想感情，而这种表达方式与上引单四嫂子的心理活动方式本质上也是相同的。它们不是自我思想感情的直接抒发，甚至连"我心里是多么痛苦"一类的感情表达也很难出口，而依然是联想性、回忆性的。

> "我真傻，真的，"祥林嫂抬起她没有神采的眼睛来，接着说。"我单知道下雪的时候野兽在山墺里没有食吃，会到村里来；我不知道春天也会有。我一清早起来就开了门，拿小篮盛了一篮豆，叫我们的阿毛坐在门槛上剥豆去。他是很听话的，我的话句句听；他出去了。我就在屋后劈柴，淘米，米下了锅，要蒸豆。我叫阿毛，没有应，出去一看，只见豆撒得一地，没有我们的阿毛了。他是不到别家去玩的；各处去一问，果然没有。我急了，央人出去寻。直到下半天，寻来寻去寻到山墺里，看见刺柴上挂着一只他的小鞋。大家都说，糟了，怕是遭了狼了。再进去；他果然躺在草窠里，肚里的五脏已经都给吃空了，手上还紧紧的捏着那只小篮呢。……"她接着但是呜咽，说不出成句的话来。（《祝福》）

描述性的语言让我们体会到叙述者内心的痛苦，这与单四嫂子那段心理描绘在本质上是相同的。但即使这样，也只能说上一两次，说多了，人们便厌烦了。为什么呢？因为开始人们也并不是接受她的感情表达，而是听个新鲜故事，人们一旦听过了这个故事，她的话便仅具有感情表现的作用了。这种内心感情的表现，被他们认为是可笑的、可厌的。而当祥林嫂的这种语言表现被抑制之后，作者也便不再可能主要通过人物语言透视人物的心理活动了。所以，在这类人物中，人物的动作、表情是透视人物内心世界的主要艺术手段。在《祝福》中，除祥林嫂自叙儿子之死的语言外，鲁迅仅给她设计了十句话，而且全部在与"我"和柳妈的对话中，前面五句，后面五句，都是一些简短的问句或应答之词。赖以揭示她心灵活动的主要是她的行动和表情描写。

　　日子很快的过去了，她的做工却毫没有懈，食物不论，力气是不惜的。人们都说鲁四老爷家里雇着了女工，实在比勤快的男人还勤快。到年底，扫尘，洗地，杀鸡，宰鹅，彻夜的煮福礼，全是一人担当，竟没有添短工。然而她反满足，口角边渐渐的有了笑影，脸上也白胖了。

这是她初来鲁镇时的情景。

　　然而这一回，她的境遇却改变得非常大。上工之后的两三天，主人们就觉得她手脚已没有先前一样灵活，记性也坏得多，死尸似的脸上又整日没有笑影，……

这是她二到鲁镇时的情景。

　　她张着口怔怔的站着，直着眼睛看他们，接着也就走了。

这是她叙述儿子之死的故事遭到冷遇以后的情景。

　　她当时并不回答什么话，但大约非常苦闷了，第二天早上起来的时候，两眼上便都围着大黑圈。

这是她听了柳妈的话之后的情景。

　　她大约从他们的笑容和声调上，也知道是在嘲笑她，所以总是瞪着眼睛，不说一句话，后来连头也不回了。她整日紧闭了嘴唇，头上带着大家以为耻辱的记号的那伤痕，默默的跑街，扫地，洗菜，淘米。快够一年，她才从四婶手里支取了历来积存的工钱，换算了十二元鹰洋，请假到镇的西头去。但不到一顿饭时候，她便回来，神气很舒畅，眼光也分外有神，高兴似的对四婶说，自己已经在土地庙捐了门槛了。

这是她捐门槛前后的情景。

"你放着罢，祥林嫂！"四婶慌忙大声说。

她象是受了炮烙似的缩手，脸色同时变作灰黑，也不再去取烛台，只是失神的站着。直到四叔上香的时候，教她走开，她才走开。这一回她的变化非常大，第二天，不但眼睛窈陷下去，连精神也更不济了。而且很胆怯，不独怕暗夜，怕黑影，即使看见人，虽是自己的主人，也总惴惴的，有如在白天出穴游行的小鼠；否则呆坐着，直是一个木偶人。不半年，头发也花白起来了，记性尤其坏，甚而至于常常忘却了去淘米。

这是由动作、表情等外部表现刻画出来的一个完整的精神、心理的变化过程。之所以逐段摘引了我们已经非常熟悉的这些精彩描写，是因为我们要更深入地体味一下这种由动作、表情刻画人物内心世界所具有的特殊表现性能。祥林嫂这种无言的行动、动作、表情，本身就具有外压力与内拒力的紧张相持的表现性能，就显现着祥林嫂内在精神力的强毅性和深沉性。这种祥林嫂自身所具有的表现性，只有通过祥林嫂心灵表现的方式才能有力地传达出来，这就决定了鲁迅所能选择的传达方式只有这一种才是最强有力的。假若鲁迅用直接的心理描绘表现出来，虽然也能让读者知道祥林嫂的精神、心理经历了怎样的变化，但它的直观性消失了，它原有的那种外压内拒的紧张性、祥林嫂内在的强毅性和性格的深沉性，读者便无法再用心灵感受到了。而祥林嫂的内蕴力和深沉性，却又不同于地主阶级统治者和封建思想卫道者们的虚伪性，不论祥林嫂把自己的痛苦埋得何等深，她的行动、动作、表情仍然直接反映着她内在感情的变化。他们内外两面的色彩是相异的或相反的，祥林嫂内外两面的色彩是相同的。用动作、表情直接刻画祥林嫂的内在世界的方式本身也能正确传达祥林嫂的正直、淳朴和诚实。

这个系列的内向性的人物自我表现的性能低，对外界事物理性思索的能力差，但他们有着人们所必具的感受性，他们的痛苦处境则有助于她们感受性的加强。所以，通过人物对外界的感受刻画人物的心理状态、反映客观环境是鲁迅塑造这类人物的独特艺术手法。（刻画觉醒知识分子人物形象时虽也应用它，但远不如在这个形象系列中显得这么突出。）单四嫂子死了儿子后，说不出心里的痛苦，但她对外界事物的具体感受却深刻地反映着她精神上的痛苦和悲哀：

> 他站起身，点上灯火，屋子越显得静。他昏昏的走去关上门，回来坐在床沿上，纺车静静的立在地上。他定一定神，四面一看，更觉得坐立不得，屋子不但太静，而且也太大了，东西也太空了。太大的屋子四面包围着他，太空的东西四面压着他，叫他喘气不得。（《明天》）

她的丈夫死去了，在封建伦理道德的压迫下，她不能改嫁。生活是艰难的，难耐的，她的生活还有什么意义呢？还有什么希望呢？她用什么支撑着自己的生活意志呢？在先只有她的宝儿。她的宝儿给她的生活点燃了唯一一点火焰，使她有了活力，有了温暖；使她的心里还存有希望，感到充实。但现在她的宝儿又死了，她的生活中再也没有一点活力了，她的心里再也没有希望了。她感到了生活的沉寂、心灵的空虚，所以她直感到自己的屋子也"太静""太大""太空"了。这种生活的岑寂感、心灵的虚空感，使她的心感到深沉的悲哀，因而她又觉得"太大的屋子四面包围着他，太空的东西四面压着他，叫他喘气不得"。这里直接写的是单四嫂子的感觉，刻画的却是她的心理。

对于表现人物的心灵，最直接、最方便的是由内而外的三种表现方法，在由外而内的透视法中，人物语言又是最便当的一种。但对于一个内向性格，这些方法运用得太多，便在艺术直感上失去了人物的精神。所以鲁迅在塑造这类的人物时，必须调动一切可以调动的人物外在的表现以透视人物的心灵。在《呐喊》和《彷徨》里，鲁迅较少细致地描绘人物的肖像，独有在这类人物中，肖像描写得到了比较充分的发展。《故乡》中有闰土的前后两段肖像描写，《祝福》中有祥林嫂的三段。

> 她不是鲁镇人。有一年的冬初，四叔家里要换女工，做中人的卫老婆子带她进来了，头上扎着白头绳，乌裙，蓝夹袄，月白背心，年纪大约二十六七，脸色青黄，但两颊却还是红的。
>
> 但有一年的秋季，大约是得到祥林嫂好运的消息之后的又过了两个新年，她竟又站在四叔家的堂前了。桌上放着一个荸荠式的圆篮，檐下一个小铺盖。她仍然头上扎着白头绳，乌裙，蓝夹袄，月白背心，脸色青黄，只是两颊上已经消失了血色，顺着眼，眼角上带些泪痕，眼光也没有先前那样精神了。
>
> 我这回在鲁镇所见的人们中，改变之大，可以说无过于她的了：五年前的花白的头发，即今已经全白，全不象四十上下的人；脸上瘦削不堪，黄中带黑，而且消尽了先前悲哀的神色，仿佛是木刻似的；只有那眼珠间或一轮，还可以表示她是一个活物。她一手提着竹篮，内中一个破碗，空的；一手拄着一支比她更长的竹竿，下端开了裂：她分明已经纯乎是一个乞丐了。

假若说前引数段祥林嫂动作、表情的描写是她的一部完整的精神发展史，是她心理变化的一个不曾间断的流，那么这里的三段肖像描写则是她精神发展史上的三个里程碑，它们浮雕般地刻出了祥林嫂人生道路上的三幅精神画像。第一幅是一个以精神力量抗拒着人生灾难、对生活充满希望的青年劳动妇女的画像。她的生活是困苦的，"脸色青黄"，但精神是充盈的，精力是充沛的，两颊是红的。她的穿着不但表明了她旺盛的生命力量，也反映着她心理上的平衡、内心世界的明净。第二幅画像是一个精神上受到挫伤、意志的支柱在生活的重压下已经动摇但仍在勉力维持着的劳动妇女形象。穿戴的描写前加了一个"仍然"，使人觉得它们已经不再是她现在心理世界的反映，而只是勉力维持着的习惯性打扮了。脸色和眼光已经表明她失去了充盈的精神之力。第三幅画像则是一个精神完全枯竭的妇女形象。鲁迅为什么说她已经"纯乎"是一个乞丐了呢？难道还怀疑她没有完全沦为经济物质上的乞丐吗？我认为，鲁迅是说她不但在物质上，而且在精神上也是一个一无所有的人了。过去她的精神是充盈的，后来也没有完全丧失生活的意志，但现在连精神上的活力也丧失殆尽了。可以说，这幅肖像描写，标志着鲁迅对祥林嫂精神、心理刻画的完成。祥林嫂这个艺术形象的成功塑造，除了动作、表情的描写之外，这三幅肖像画所起的作用便是最大的了。

在其主要方式上，鲁迅对孔乙己的塑造同于对祥林嫂、闰土、单四嫂子、华老栓的塑造。他是一个可以表达自己的心迹而无法表达的人物，所以鲁迅给他设计的人物语言的比重相对要大于上述那些人物。《药》中的华老栓说了四句话，其中有两个两字句、一个五字句；《明天》中的单四嫂子说了五句话，其中有一个两字句、一个五字句；《故乡》中的少年闰土语言设计较多，反映着他心灵的轻松、明净和性格的活泼可爱，除此之外有七处，其中有一个两字句、两个七字句。它们的篇幅较《孔乙己》都长得多，而《孔乙己》中有孔乙己的十四句话。对于别人的奚落，他是有争辩能力的：

> ……他们又故意的高声嚷道，"你一定又偷了人家的东西了！"孔乙己睁大眼睛说，"你怎么这样凭空污人清白……""什么清白？我前天亲眼见你偷了何家的书，吊着打。"孔乙己便涨红了脸，额上的青筋条条绽出，争辩道，"窃书不能算偷……窃书！……读书人的事，能算偷么？"……

但是，孔乙己虽有争辩能力，却难以为自己辩解，这也就决定了对于刻画他内心感受最为有力的还是他欲争辩而无力争辩时的表情或动作。上引一段中那"涨红了脸，额上的青筋条条绽出"，较之此后的辩词，更能反映他内心的焦急无奈。孔乙己的肖像描写，虽不及祥林嫂和闰土的具有那么强的力度感，但在刻画这个人物的精神面貌中也具有很重要的作用。

《白光》中的陈士成是介于内向和外向两者之间的人物，就其原来的面貌讲，他是一个偏于内向的人物，但他的精神一失常态，便由内向转为外向了。鲁迅对他的描写，主要通过他的感觉写他的心理变化，在这一点上，这篇小说与《药》对华老栓的描写有些相近，但在心理直接描绘上，又有与外向性人物相同的地方。假若说单四嫂子的心理描写本质上与祥林嫂关于儿子之死的语言叙述本质上是相同的话，那么陈士成的心理描绘则与阿Q的心理描绘在色彩上是一样的。

> 隽了秀才，上省去乡试，一径联捷上去……绅士们既然千方百计的来攀亲，人们又都象看见神明似的敬畏，深悔先前的轻薄，发昏……赶走了租住在自己破宅门里的杂姓——那是不劳说赶，自己就搬的，——屋宇全新了，门口是旗竿和匾额……要清高可以做京官，否则不如谋外放。

这与阿Q关于"革命"后情景的幻想何其相似乃尔！这里说的还并非其内容，而是他的心理活动的特征。单四嫂子和祥林嫂浮在自己心理上的仍然并非她们自我思想愿望的直接表现，读者还必须通过她们在想什么以及怎样想再思索和感受她们的内在思想感情，而陈士成和阿Q的心理活动则能直接表明他们的思想愿望。爱姑的也是如此。

外向性人物的心理活动在浅层浮露着，它们向内沉入的程度不深，所以随时可以浮上水面，变成人物的语言、动作和表情。这样，在这些人物的刻画中，鲁迅的描写手法便较之内向性人物运用得广泛得多。其中既有由内而外的直接心理描绘，也有由外而内的透视；在由外而内的透视中，既有动作和表情的描写，也有较多人物语言的设置。《离婚》的篇幅不及《祝福》的三分之二，爱姑又面临七大人、慰老爷在场的议事厅，但爱姑的人物语言共有十三处之多，并且每次都酣畅淋漓、无遮无拦地说一大篇；鲁迅的笔触不断地由人物的内心跳到人物的外在表现，又由人物的外在表现转而进行心理刻画；在外在表现的描写中几乎同时有人物语言，有动作，有表情、也有外貌描写。散而不整，灵活而不凝重，并以此适应着他们感情变化迅速而不深沉，思路跳跃性大而不具有内在严密逻辑性的特征。这些特点在阿Q性格的塑造中表现得最典型。

在这个形象系列中，人物自身性格的差别性最大，所以艺术手法的运用也各不相同。但从总体而言，上述第三种和第六种是主要艺术表现方式，而其中内向性的人物更偏重于第三种由外而内的直接透视法，甚至在运用第六种（由内而外的直接心理描绘）时，也带有某种透视性质，因为这种描绘本身仍非人物自身思想感情的公开显现。在由外而内的透视中则主要运用人物语言以外的动作、表情、感觉和肖像描写，这都是难度更大的透视手段，表示着人物外在表现与内在心理的远距离间隔，因而我们又可以称之为深透视；外向性的人物则兼用第三、第六种表现方式，但对他们的直接心理描绘不再具有透视性能，而完全是显露的、表现的。由外而内的透视也因其外在表现与内在心理的间隔距离较小，我们又可以称之为浅透视。不论鲁迅采取的手法何等不同，寻找与人物自身的表现性能相适应的手段则是其共同的规律。

十二

自然人人物形象的塑造。

前五个形象系列的人物，虽然本质各有不同，但有一点是相近的，即都是一些封闭着的心灵。鲁迅塑造这几类人物形象的手段各有不同，但有一个共同的本质，即他选用这些艺术手段的原则都是用强力撬开他们的封闭的心灵。首先觉醒的知识分子具有自我表现的能力，也有自我表现的强烈愿望，但他们的心灵表现在周围封建传统观念的强力抑制下，实际上变得极少可能，对后果的考虑使他们不得不把自我封闭起来。鲁迅除了用他们的日记、手记这种书面的"自语"形式之外，只有把他们放在另外一个觉醒的知识分子面前，他们自我表现的欲望才有可能得以实现，封闭的心灵才能够向读者开放。劳动群众、下层封建知识分子中的悲剧主人公也有自我表现的强烈愿望，但他们在长期的封建传统观念的束缚下，已经失去了对自我的大部分明确意识，也失去了进行自我表现的较强的能力，在现实社会思想环境的压迫下，他们的心灵是封闭的。封建社会里那些舆论家们，心灵是被扭曲的，他们的表现也不是真正意义上的自我表现，而是莫名怨毒之气的任意宣泄，他们既不能、也不想把自己的心灵向人们开放。封建地主阶级统治者和卫护封建道统的知识分子，更是企图把自我的心灵封闭得紧而又紧。总之，封建传统道德长期而又残酷的统治，封建礼教的长期束缚，把中国社会各阶层的心灵都严密地禁锢起来。这里的自然人形象系列，是没有被封建传统道德偏见扭曲的心灵，没有被封建礼教制度污染过的心灵，在他们所处的环境条件下，也还没有受到封建环境的重压。其中多数人是尚未被施以礼教教育的农村的少年儿童（《故乡》中的少年闰土、宏儿、水生，《社戏》中的双喜、阿发等），少数人是淳朴憨厚的劳动者（《一件小事》中的车夫、《社戏》中的六一公公）。他们的心灵是开放的，内与外有着和谐的统一。在这种和谐的统一中，个性与爱他人的界限消失了。他们真诚地表现着自我，但这个自我又对人充满着真诚的爱。在他们之间的关系中，没有虚伪，没有繁文缛节，没有上下尊卑的差别，也没有心灵间的隔膜。由于他们的内外和谐一致，心灵活托在外面，外面浮现着心灵，所以鲁迅塑造他们的艺术手段主要是外在表现，他自由灵活地运用着人物语言、表情、肖像、行动的描写，在这一切里呈现着他们透明的心灵。

以上六个人物系列的塑造，构成了六个不同的人物描写的子系统。这六个子系统都是适应着不同人物系列的人物的不同表现性建立起来的。在同一个子系统内，不同的人物也有不同的变化，对单四嫂子的描写，与对祥林嫂的描写，各不雷同，成功地塑造出她们不同的个性形象，但较之对其他系列的人物的塑造，她们所使用的描写手段及其构成又大致相近。这六个子系统，又构成了《呐喊》和《彷徨》人物塑造方式的大系统。在这个大系统中，由外而内的各种透视手段居于中心地位，直接的心理描写和人物的内心独白仅居次要地位，这显然与当时多数群众在封建传统道德的长期禁锢中缺乏自我表现性能、心灵处于封闭状态有关。而鲁迅在中国小说史上首先使用的对人物心理的细微刻画和人物心理的自我剖白的艺术手段，必将随着全民文化修养的提高、对自我和对社会人生的意识明确性的增强，而得到越来越多的运用和发展。

第二节　两条因果链的辩证统一——论《呐喊》《彷徨》的情节和结构

一

《呐喊》和《彷徨》是中国反封建思想革命的一面镜子，鲁迅不是把中国封建传统思想看成某个或数个思想信条的实践化，而是看成一个彼此制约、相互联系的思想系统，这决定了鲁迅小说的主题不会是也不能是单一的。为了掌握的方便，我们有时对他的某一篇小说做出某种主题性的规定，但我们所说的主题，与鲁迅小说的实际主题之间将永远会存在着整体与部分间的差异关系。例如，我们说《狂人日记》的主题是表现封建思想、封建伦理道德"吃人"，但这绝非概括尽了《狂人日记》的全部主题意义。就对封建思想、封建伦理道德的本质揭露而言，它仅仅概括了《狂人日记》对它们的残酷性一个主导方面的揭露，对它们的虚伪性、陈腐性的抨击没有被包括在这个主题的规定之内。我们看到，在《狂人日记》中，封建思想、封建伦理道德的本质是由各个不同本质方面组成的本质系统，而不是一个侧面的抽象化。"狮子似的凶心，兔子的怯弱，狐狸的狡猾"，"结成一伙，互相劝勉，互相牵制，死也不肯跨过这一步"……这诸多本质侧面的统一体，在上述那个主题中被简化了。就肯定与否定的关系方面言之，上述主题是仅就对旧的批判方面做出的，但《狂人日记》却绝不是只有这一个方面，与这个吃人世界相对照，"狂人"提出了不吃人的理想世界，所以作为历史、现实与未来三个时间子系统组成的人类社会史的整体系统，在上述那个主题的归纳中也被简化了。就封建思想、封建伦理道德的复杂内容而言，上述那个主题仅仅是一个抽象的概念，《狂人日记》所涉及的一系列封建思想、封建伦理道德的具体内容，如旁观者的冷眼杀人手段、非科学的杀人手段、家族制度的杀人手段等，都不足以在上述那个主题规定中得到应有的说明。总之，鲁迅反映整个社会意识形态现状的根本目的性，改变了鲁迅小说主题的基本面貌。古典小说中充斥着的是单一的、单向的、具体而又明确的简单主题。例如，《王安石三难苏学士》的主题是"为人第一谦虚好"，劝人莫恃才傲物，随便臧否他人；《乔彦杰一妾破全家》的主题是"好色亡家国"，劝人莫贪色好淫。其中虽然也可以从另外的侧面归纳其他的思想内涵，但作者直接追求的只是这些单一的理性主题。鲁迅创作的社会性目的，要求小说扩大主题的含量，使小说的主题实现了从单一向复杂、从单向向多向、从具体明确的教训性主题向概括抽象而又内涵丰富的哲理性认识主题的过渡。

假若说绝大多数古典小说的单一主题是个点，那么导向这个点的则是故事情节的一条线。这个故事情节的线是直接由小说有形的、外部的、体现在人与人之间的公开矛盾冲突组成的因果链构成的。例如，在《王安石三难苏学士》这篇小说中，苏东坡"自恃聪明"，对王安石"颇多讥诮"，构成了小说情节发展的原发性基因。这个基因是作为一个现成的结论被使用着的。它不必再追溯它赖以产生的前因，而又是具有生发力、能够在人物的矛盾中派生结果的因素。也就是说，在小说中，它只作为原因而存在。一旦这个基因出现，它便会产生结果，苏东坡讥诮王安石后，获罪王安石，被贬黄州。这个果，同时还可转化为另一个果的原因，苏东坡在黄州见菊花落瓣，认识到过去对王安石诗句的批评是错误的。这样，因生果。果同时为因，因又生果，环环相扣，因果相连，导致最终的结果。这个结果，最终消除了小说的原发性基因，它再也没有继续生发的能力了。也就是说，在小说中，它不再能或不再使它成为另一个果的原因，它仅仅以果的性质存在着。当苏东坡最后服膺了王安石的渊深博学后，二人矛盾消除，小说便走到了终点。这个因果链的基本形式是：

$$因 \rightarrow 果（因）\rightarrow 果（因）\cdots\cdots \rightarrow 果$$

这个因果链，在不同的古典小说中，有不同的具体表现，它以各种不同的变态形式适应着不同的内容，但万变不离其宗，其基本形态就是这样的。

在鲁迅的《呐喊》和《彷徨》中，也有这样一条因果链。例如，在《狂人日记》里，"狂人"精神失常是小说发展的原发性基因。有了这个基因，才有了街头人众对"狂人"的怯视私议，有了大哥为他延医治病，有了"狂人"的种种荒诞的联想和幻觉。最后基因消除，"狂人"病愈，小说结束。再如，在《孔乙己》中，孔乙己读书一生未能走入仕途，落得穷困潦倒是其基因，如此才有周围人对他的歧视嘲笑，才有他的偷窃，才有被吊打，最后他消失了影踪，基因消除，小说结束。

但是，显而易见，《呐喊》和《彷徨》中这条因果链与一般古典小说中的那条因果链情况有所不同了。在古典小说中，小说的主题是由这条因果链导致的，是这条因果链的基因与最后结果的因果联系所体现的基本意义。例如，苏东坡由于自恃聪明而最后"受了些腌臜"，这个因果联系直接说明了它的主题："为人第一谦虚好，学问茫茫无尽期"。但《呐喊》和《彷徨》中的这条因果链已不再是或不主要是主题的栖居处。《狂人日记》的整个情节发展的基础是"狂人"得了精神病，但只有傻子才会认为这篇小说是为了说明"得了精神病就必须请医生诊治"或"不需请医生诊治"的，甚至只要把小说所写的一切仅仅作为精神病患者的正常表现，我们也便无法接近鲁迅这篇小说的主题。同样，在《孔乙己》里，孔乙己的遭遇都是由他没有做到"学而优则仕"酿成的，但这篇小说的主题绝非宣扬"书中自有黄金屋，书中自有颜如玉"的封建思想的。

自然，《呐喊》和《彷徨》的主题不存在于这条因果链上，不在这种因果联系之中，那么，这就说明它们还存在着另外一条隐蔽的因果链。不难看到，在另一种内在的因果链上，小说的整体表现只是一个果，因不在果之前，也不在果之后，而在果之中，是对果的抽象，对果的思索。鲁迅在小说中告诉我们的不是原因，而是结果，是当时社会意识形态的具体社会表现。例如，《祝福》中所有的描写仅仅是封建传统道德"吃人"的一种特定社会表现，它不仅是婆婆害祥林嫂，不仅是收屋的大伯迫害祥林嫂，不仅是柳妈用迷信思想坑了祥林嫂，不仅是镇民的旁观窒息了祥林嫂，甚至也不仅是鲁四老爷、鲁四太太杀了祥林嫂，而是这一切的综合体，是蕴在这一切背后的一种东西。这个背后的东西才是因，这个外在果与内在因的联系，才包孕着《祝福》的主题。

这样，《呐喊》和《彷徨》中就有了两条因果链，一条是有形的、外在的，另一条是无形的、内在的。这两条因果链的关系是怎样的呢？我认为可以用下图表示：

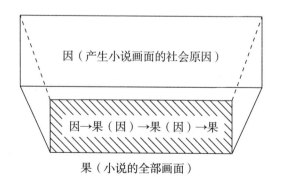

我认为，这两条因果链的存在及其相互关系，构成了《呐喊》和《彷徨》结构艺术的基本基础。下面我们具体研究它的各个方面。

二

我认为《呐喊》和《彷徨》中所使用的封套有以下数种。

1. 精神状态的封套。小说由主人公进入某种精神状态开始，到脱离开某种精神状态结束，是一个完整的精神过程。例如，《狂人日记》由"狂人"进入"狂乱"状态始，到脱离"狂乱"状态终，正文是一个完整的精神病发生、发展到即将脱离精神病狂乱状况的过程，并由"识"中的交代为小说正式封了口，说明"狂人"病愈后已去某地候补，小说已没有继续下去的可能性；《幸福的家庭》以主人公进入小说的构思过程始，到放弃这种构思过程止；《高老夫子》由高老夫子准备去贤良女学校讲课始，到不再准备去那里讲课终；《肥皂》实际写的也是一个精神过程，即四铭变态性欲由亢奋到低落的过程。

2. 场景的封套。小说由主人公进入某种场景、地域始，到离开某种场景、地域终，是某种场景或地域经历的全过程。例如，《故乡》由回到故乡始，到离开故乡终，是在故乡居留期间的经历。

3. 谈话的封套。小说由引起谈话的兴致起，到谈话终止结束。小说是谈话的全过程。例如，《头发的故事》《在酒楼上》都是主人公谈话的记录，谈话既已结束，小说也便没有再继续做过长伸展的可能了。

4. 事件的封套。小说记叙一个事件的全过程。小说由事件起始始，到事件终结止，成为有始有终的一个完整整体。如《一件小事》《风波》《离婚》《药》《明天》等。

5. 动态的封套。小说主要记叙一个动态的过程，由静态描写始，由静态描写终，形成静—动—静的完整结构形式，由两个静态描写把当中的动态封闭起来。《示众》《长明灯》都基本上属于这类情况。《示众》的开头是静态描写，其中的动态是点染静态的；中间主体部分是动态描写，静态是点染动态的；结尾部分又如开头部分，有动态，有静态，但动态是点染静态的，表示街头复归于平静。《长明灯》的开始，是"疯子"要吹熄长明灯的消息刚刚传开，骚动初起之时，它的结尾，则是骚动即将平息之时，孩子们的儿歌预示着静态即将重新来临。

6. 生命的封套。《孔乙己》《阿Q正传》《白光》《祝福》《孤独者》，都以主人公的死亡将小说封闭起来。在《呐喊》和《彷徨》里，这是鲁迅常用的、也是最硬性的一个封套。鲁迅在谈到《阿Q正传》的写作过程时诙谐地说："到最末的一章，伏园倘在，也许会压下，而要求放阿Q多活几星期的罢。但是'会逢其适'，他回去了，代庖的是何作霖君，于阿Q素无爱憎，我便将'大团圆'送去，他便登出来。待到伏园回京，阿Q已经枪毙一个多月了。纵令伏园怎样善于催稿，如何笑嬉嬉，也无法再说'先生，《阿Q正传》……。'从此我总算收束了一件事，可以另干别的去。"①也就是说，主人公阿Q一经死去，小说便有了一个结实的封套，没有续写的可能了，编辑孙伏园便再无计可施。

以上各种各样的封套，有时单独使用，有时结合使用，把《呐喊》和《彷徨》的各篇都封闭得严严的。假若我们抽掉鲁迅小说所使用的这所有具体的手法，而从它的精神上、它的意境整体上着眼，我认为所有这些封套，都可以归结为动态的封套一种，而他的所有小说，都可以归结为静—动—静的结构形式。《呐喊》和《彷徨》中的全部小说，不论以什么具体形式开头，但在美学感受上都使你感到是从静态开始，或是对静态现实的破坏，在结尾时，则静态已经复归或即将复归。这种静—动—静的结构形式，我们可以把它认为是一种圆圈式的。

小说由静态开始，经过动态描写，转了一圈，又重新回到了出发时的静态点上来。

---

① 鲁迅：《华盖集续编·阿Q正传的成因》。

在中国古典小说中，这种结构形式上的封闭性是与思想内容上的封闭性一致的，当封套封住了形式上的口，也便封住了内容上的口。如《卖油郎独占花魁》，最后秦重与美娘终成眷属，离散亲人俱皆团圆，小说在形式上封了口，内容上便也封了口，读者再也没有可以企望的东西。但鲁迅的小说，在结构形式上都是封闭的，在思想内容上却是开放的。《狂人日记》中的"狂人"由常态人到"狂人"又复转为常态人，形式上是封了口的。但在内容上，它却导向了一个没有封口的主题。"救救孩子"不是让我们转回到小说的开头，而是让我们面向未来。在《孤独者》中，魏连殳已经死去，小说已经至此为止，谁也觉不出它在形式上还缺少什么，但在内容上，它不是让我们重新回到魏连殳的生前，而是让我们思索此后。《风波》中的波生波又平，形式上再也没有可续可缀的了，但在内容上是向前继续伸展的，它不是已经言尽意尽，而是言尽之处意乍始。

这里的原因何在呢？

假若结合上面我们所提出的鲁迅小说中的两条因果链，就会看到，鲁迅所使用的所有封套，都只是外部因果链上的封套，它们没有也不可能被用在内部那个因果链上。在内部那个因果链上，小说所描写的一切都是作为果而存在的，它的结束才刚刚是内蕴的那个因的开始，所以当外部因果链被封套正式封口以后，内部因果链上的果才以完整的形态昭示着它的因。任何因果链的封闭态，都来源于对导致这条因果链形成的基本矛盾冲突的原发性基因的消除。在绝大多数古典小说中，只有一条因果链，事件发生的矛盾冲突和整个小说所要表现的基本矛盾冲突都是附着在这条因果链上的，或曰社会基本矛盾冲突在这里是直接表现在人与人的矛盾斗争所形成的事件过程之中的。在这种情况下，事件的结束是对事件发生的基本原因的消除，而这个基因的消除同时也便是小说的基本矛盾冲突的基因的消除。例如《十五贯戏言成巧祸》，一旦把凶手逮捕归案，事件继续伸展的基因就消除了，小说各种矛盾冲突的基因也被消除了，因和果的联系及其这种联系所能说明的主题思想都明确化了，形式上和内容上都有了一个严密的封套。而在《呐喊》和《彷徨》中，构成具体事件发展的外部矛盾并不与鲁迅所要揭示的社会基本矛盾相重合。在《伤逝》中，构成外部因果链的那条婚姻爱情的生活矛盾是在涓生和子君两个人物间具体展开的，但这两个人的矛盾不是鲁迅所要揭示的基本矛盾冲突。所以当涓生和子君经历了由分到合、又由合到分的一个完整过程的时候，当由二者的分离为外部因果链加了封套，并由子君的死亡把这个封套盖得紧而又紧之时，内部因果链上的基因——社会上强大的封建势力及其对觉醒者的巨大作用——却没有得到任何削弱，当然也没有被消除掉，两种思想观念构成的基本矛盾冲突继续在社会上存在着。总之，外部因果链上的基因的消除，给鲁迅小说的外部形式带来了严密的封闭性的特征，而它们的内部因果链上的基因则是永远不可能在小说中加以消除的，这给鲁迅小说的思想内容带来了极大的开放性的特征。而形式上的高度封闭性与内涵意义上的高度开放性的统一，是鲁迅《呐喊》和《彷徨》的结构特征之一。

鲁迅小说的这种结构形态，众所周知，并不是鲁迅在研究小说结构的发展规律及其美学的过程中形成的，而是在他的根本观念意识与他所表现的具体生活对象二者的交互影响、交互融合的过程中逐渐形成的。鲁迅面对的生活对象，是彼此孤立着的人和孤立着的生活事件的组合体，他们彼此之间都是自满自足的，都是自有起讫的，是自有头尾、自相封闭的。在鲁迅所描写的世界里，孔乙己的悲剧就是孔乙己的悲剧，它不再是另一件事的起因，不再与其他的事件发生直接的联系，它不是后浪推前浪的生活洪流中的一个波峰，它就是它，它对任何人、任何事、任何过程都没有产生影响。同样，爱姑的悲剧就是爱姑的悲剧，单四嫂子的悲剧就是单四嫂子的悲剧，祥林嫂的悲剧就是祥林嫂的悲剧，她们都有生有死，有始有终，孤立而存，分散而在，她们的生活是封闭的。难道你能设想她们的一生会带有居里夫人生活的那种开放性吗？甚至你只要把这三个人的悲剧放在同一条情节链条上就会难以再传达她们那种生活、那种悲剧的内在精神。她们的生活是封闭性的，在封闭中令人感到窒息，这不但是她们生活的外在表现，而且是她们生活的精神面貌。《伤逝》中的涓生并不安于自身生活的封闭性，他追求着开放的人生，但他仍然被生活封闭着，他的悲剧不带有开放性，不具有庄严悲剧的性质，因为它没有在继起的社会生活中得到生命的体现，得到具有向未来开放的性能。一个艺术家要保留这些事件的封闭性存在形式，否则，在读者的直观感受中，它便不再具有自身的感性特征。

但是，鲁迅笔下的事件和人物的封闭性，已经不是《卖油郎独占花魁》《乔太守乱点鸳鸯谱》那些小说的封闭性。在那里，表现对象自身的封闭性与作者对它们认识的封闭性是统一在一起的。秦重和美娘的经历有其封闭性，甚至它自身的封闭性较之当时社会中一般人的生活的封闭性是最小的，较之鲁迅笔下那些人物自身的封闭性也是较小的。但它的封闭性与作者的认识、作者所追求的封闭性结合在一起，当他们双双团圆之后，作者的心愿了结了，再没有更高的思想要求了。他们的团圆也就是作者思想感情的满足，作者的要求在这里也被封闭了起来。但在鲁迅的小说里，封闭性仅仅是客观对象的性质和表现形式，鲁迅的思想并不被客观对象自身的封闭性所封闭。他能够看到这些彼此孤立着、封闭着的人物和事件的抽象联系，不论爱姑与单四嫂子、祥林嫂、子君、豆腐西施杨二嫂、七斤嫂、八一嫂这些孤立自存的人物彼此差距多大、距离多远，鲁迅都能够看到牵着她们命运的一条无形的、共同的线，她们自身是封闭的，但在意义上是开放的，因为鲁迅的思想是开放的，向未来，向理想，向宏观，向微观，都是具有最大开放性能的。鲁迅小说的结构美学中，不正消融着对象的封闭性与鲁迅观念意识的开放性两种因素的交融吗？就这个方面来说，鲁迅小说结构的美，是一个极具开放性观念意识的艺术家观照极具封闭性特征的客观对象并将这种观照印象有效地做出艺术传达的结构形式的美。

鲁迅小说形式的封闭性与内涵的开放性集中体现在鲁迅小说的结尾上。我认为，小说开头之难难在它的可生发性上，作家必须把小说开头作为整个小说结构的起点和基础，由此生发出来的一切都要与开头部分构成一个完整的结构整体，当结构的大厦构成之后，它在整体中的和谐状态和在它的基础上建立起的整个结构大厦的完整性、和谐性以及与作者意图、感受的协调性才会得到最终的直观衡定。在大量的可能性中选择一个唯一有效的始发点，是它的困难性之所在。它要求作者对整个艺术作品结构大厦的观念上的预先构成，当作者对笔下的整体结构还没有一个完整的观念上的形象构想时，开头的美学效果便是无法得到证实的。所以很多作家有时会推翻原来的全部构想而重新寻找有效的开头方式。但是，开头一经确定，它自身便极难形成异常突出的美学感受，正像一个建筑物的美往往不表现在基座和基础部分，而集中在上半部分特别是建筑物的顶端，小说结构的美往往集中在结尾时的感受中，因为正是在这时，结构成了一个整体形式，整个结构的美在它的最终完成时才一下子显现出来。鲁迅小说的结尾给人的美学感受较之它们的开头更为强烈，但它表现的却是结构的整体美。在这种美感的形式里，包含的是什么呢？显而易见，鲁迅小说结尾的美感主要来源于形式上的封闭性与内容上的开放性的有机结合。在这时，小说形式已经具有整体性、完整性，它与开头形成了相互照应的对称体，从而完善了整个小说整饬而又和谐的形式构架。但这个美的形式构架却封闭着、囚禁着人的思想感情，人们感到在小说过程中蓄积的感情被这个封套封闭着，还远远没有得到畅快的抒发。结构的封套压抑着感情，储足了的感情要冲破形式的封套，向更广更远的空间扩张。二者这种既联系又制约的关系，形成了二者紧张相持的势能，这种势能造成了、酿成了读者似已无期待而又有强烈期待的心灵状态，从而在艺术处理与心灵状态的共振中唤起了人们的审美感受。

> 自此以后，又长久没有看见孔乙己。到了年关，掌柜取下粉板说，"孔乙己还欠十九个钱呢！"到第二年的端午，又说"孔乙己还欠十九个钱呢！"到中秋可是没有说，再到年关也没有看见他。
> 我到现在终于没有见——大约孔乙己的确死了。（《孔乙己》）

冷静的客观叙述压抑着小说已经唤起的对孔乙己的深厚同情，封闭性的事件结构抑制着读者已经无法被抑制的对孔乙己命运的关切，使《孔乙己》的结尾充满着颤动的余音。

> 单四嫂子早睡着了，老拱们也走了，咸亨也关上门了。这时的鲁镇，便完全落在寂静里。只有那暗夜为想变成明天，却仍在这寂静里奔波；另有几条狗，也躲在暗地里呜呜的叫。（《明天》）

事件已经结束了，但酿成这事件的暗夜却远远没有过去。外在因果链的封闭性与内在因果链的开放性构成了《明天》结尾处两个语义层次的基本内容。

> N愈说愈离奇了，但一见到我不很愿听的神情，便立刻闭了口，站起来取帽子。
> 我说，"回去么？"
> 他答道，"是的，天要下雨了。"
> 我默默的送他到门口。
> 他戴上帽子说：
> "再见！请您恕我打搅，好在明天便不是双十节，我们统可以忘却了。"（《头发的故事》）

用谈话的封套封住了小说结构的套口，但当形式上封口之时，N先生的愤懑情绪却是没有封口的。他的感情是得到了积蓄，而不是已经抒发完毕。小说造成的不可忘却的印象与N先生所说的"统可以忘却"的话更进一步激发了小说揭示出来的基本矛盾的对立趋势，使其不能是封闭了的。

> 现在的七斤，是七斤嫂和村人又都早给他相当的尊敬，相当的

待遇了。到夏天，他们仍旧在自家门口的土场上吃饭；大家见了，都笑嘻嘻的招呼。九斤老太早已做过八十大寿，仍然不平而且康健。六斤的双丫角，已经变成一支大辫子了；伊虽然新近裹脚，却还能帮同七斤嫂做事，捧着十八个铜钉的饭碗，在土场上一瘸一拐的往来。（《风波》）

这里封闭形式的封套和开放内容的喇叭口是凝为一体的：一切恢复了旧观。旧观恢复了，这次的"风波"过去了；但这个旧观却曾是"风波"发生的固有基础，基础保存的完整性，孕育着"风波"随时发生的可能性。

仔细研究《呐喊》和《彷徨》所有小说的结尾形式，几乎无一不呈现着这种封闭性与开放性的双向统一。

在这时，我们需要重新回转头来看一看我们为鲁迅小说的结构形态画的那个圆圈式的结构图像。单纯作为形式的、外在的因果链的图像，它无疑是圆圈式的封闭图像，但假若把外在的封闭性与内在的开放性结合起来考虑，它就不应这样理解了。我认为，鲁迅小说的上述静—动—静的结构形态，实际应该是下列一种形式的图形：

动态描写是在静态背景上涌起的动态波浪，就这个动态描写自身而言，它有起有落、自成一统，但在整体上，它又是可以通过静态背景与另一个有起有落、自成一统的孤立生活波浪相连接、相延续的。正是在静态现实中储存着的封建传统观念的潜在力量，可以吃掉单四嫂子，也可以吃掉祥林嫂；可以毁灭吕纬甫，也可以毁灭魏连殳……这种在两条因果链相互作用基础上构成的鲁迅小说的基本结构形态，不正是鲁迅当时对现实生活真实感受的艺术体现吗？

三

与上述一点相联系，外部时空的狭小性与内部时空的开阔性的结合，是《呐喊》《彷徨》结构艺术的特征之一。

在这里，我们需要区分两个概念，一个是客观的时空规模，另一个是主观的时空规模。所谓客观的时空规模，是就时空存在的客观性质而言的，它是不依人的意志为转移的时间的长度和空间的阔度，它的量度是以数据为标志的。客观的时空规模是人的理性认识的对象，是科学把握的结果，它呈现着人摆脱主观束缚向客观对象接近的趋势。列宁说："空间或时间是实在的还是观念的？我们的相对的时空观念是不是接近存在的客观实在形式？或者它们只是发展着的、组织起来的、协调起来的……人类思想的产物？这就是而且唯有这才是真正划分根本哲学派别的认识论基本问题。"①在这里，我们必须首先承认时空的客观性，承认时空规模的客观性质。但在同时，还存在着一个主观的时空规模，它不是脱离开时空的客观规模而独立存在的，而是在特定情况下、特定人对特定时空的主观感受。这个主观时空规模是以人的主观感受为标志的，是不以客观时空规模自身的真实存在为转移而以主观感受为转移的，所以它是多变的、易逝的，带有更大的相对性。主观时空规模不是人认识客观时空的任务，而是感受客观时空的表现。它反映着客观对象向主观接近的趋向，反映着人在与客观的交接中对自我的某种有限的肯定。两个同样大小的房间，一个拥挤得水泄不通，另一个空旷无人。当我们说这两个房间大小相同的时候，我们使用的是客观时空规模的概念，尊重的是客观对象，诉诸的是人的理性认识；当我们说前者太小、后者很大的时候，我们运用的是主观时空规模的概念，尊重的是主观感受，诉诸的是人的空间感觉或对容量与容纳物比例关系的认识。这两个概念不能互相代替，当我们需要解决对客观时空规模的理性认识的时候，我们不能以主观时空规模代替对客观时空规模的估计或测量，反之亦然，客观

---

① 《唯物主义和经验批判主义》，见《列宁选集》第 2 卷，177 页。

时空规模也不能取代主观时空规模所要回答的问题。

主观时空规模的大小，与客观时空规模有关，但不仅仅以它为标志，它同时受两个主要条件的制约：其一，客观时空规模的具体状况；其二，感受客观时空的人自觉或不自觉使用着的时空参照系统。在后一个条件不变的情况下，主观时空规模与客观时空规模的大小成正比。所谓"宇宙之大，苍蝇之微"，在同一参照系统下，大者为大，小者为小；在前一个条件不变的情况下，主观时空规模与参照系统的大小成反比。"盖将自其变者而观之，则天地曾不能以一瞬；自其不变者而观之，则物与我皆无尽也。"①这是说参照系统变了，时空规模也有了大小之别，大者可变小，小者可变大。地球可说是"小小寰球"，黔之驴可以是"庞然大物"。

在文学作品中，作家同时使用着客观时空规模和主观时空规模这两种观念，前者诉诸读者的理性认识，后者诉诸读者的直观感受。在这里，我们又可以遇到这样几个范畴的时空问题。其一是作家主观上所处理的客观时空规模。例如，鲁迅的《阿Q正传》所自觉概括的是到那时为止整个中国封建意识形态的本质面貌，柳青的《创业史》第一部主观反映的是新中国成立初期整个中国农村的社会及其思想变动。其二是作家在作品中实际描写的客观时空规模。例如，鲁迅的《阿Q正传》实际描写的社会空间是当时的农村未庄兼及城里，柳青的《创业史》实际描写的客观空间也是一个小村庄蛤蟆滩兼及少量的外围空间，鲁迅的《祝福》和列夫·托尔斯泰的《安娜·卡列尼娜》都主要描写了女主人公的一生。其三是作品给读者造成的主观时空规模。例如，鲁迅的《阿Q正传》与柳青的《创业史》虽然都主要描写的是一个农村的狭小空间规模，但在我们的主观感受里，蛤蟆滩的空间规模要比未庄广阔得多。显而易见，当柳青把自己的视野由全国农村收拢到小小的蛤蟆滩以后，他又以自己的艺术描写把蛤蟆滩的空间规模开拓到了足以给人整个中国农村那么广阔的社会

---

① 苏轼：《前赤壁赋》。

幅度的主观印象的地步，因为在柳青的主观感觉中，蛤蟆滩的生活空间是无比广大的，梁生宝在那里可以纵横驰骋，如战斗在万里疆场。而《阿Q正传》能否给人同样广阔的空间感觉呢？显然不能。鲁迅绝感不到未庄社会空间的广阔，感到的是它的狭窄、闭塞。他要精确地再现出它的精神面貌，就绝不能在它里面展开像《创业史》那样的巨幅画卷，甚至当人们把鲁迅小说中的人物都集中到《阿Q正传》中来加以集中表现时，鲁迅笔下的未庄那内在的狭小感觉也损失大半了。同样，就实际的生活年龄而言，《祝福》中的祥林嫂的时间跨度要比《安娜·卡列尼娜》中的女主人公长得多，但只要我们摆脱开理性的考虑，仅凭主观的直观感觉，谁都会觉得，安娜·卡列尼娜的一生要比祥林嫂漫长得多。安娜·卡列尼娜的一生也是苦难的一生，但充满了更多的生活内容和更漫长的心理历程。祥林嫂的一生是被中国封建传统掏空了人所应有的丰富生活内容的一生，是被封建理学道德禁锢了人所应有的丰富心理历程的一生，可以说，除了她的苦难之外，她就不可能再有别的经历，充其量不过是扫尘、洗地这些苦难劳动的年复一年的简单重复。在鲁迅的主观感受里，祥林嫂的一生是要比她的实际年龄还要短暂得多的一生。这种主观时间的实感，他要通过艺术处理诉诸读者的直观感受。

不难看到，鲁迅小说让人直接感受到的时空规模是极其狭小的。鲁迅对客观时空的处理就整体方向而言，是实行高强度的压缩。

鲁迅对空间的压缩，第一步是把他实际处理的客观空间高度压缩到极其狭小的艺术作品中的具体客观空间。在这里，我们可以看到下列几种情况。（一）把小说进行的空间挤于小说实际空间环境的一隅。如《风波》，小说的实际的空间环境是七斤所在的村庄和赵七爷所在的村庄，但小说进行的空间只是七斤一家吃饭的土场，它用张勋复辟的消息和傍晚乘凉的习俗把所有小说的出场人物调集到这个狭小的空间场所中来，造成了一个尺水风波的直观感觉。假若小说从七斤喝醉了酒骂赵七爷是贱胎写起，然后再写七斤在城里被剪掉辫子，而后又写赵七爷在邻村听到消息赶到七斤一家吃饭的土场上，地点变换几次，不但时间由一瞬变成了一条线，空间环境也分散在了几处，《风波》现在的尺水风波的狭小感也就不复存在了。像这样的例子还有《孔乙己》《一件小事》《头发的故事》《祝福》《在酒楼上》《幸福的家庭》《肥皂》《示众》等。（二）小说在不同的环境中进行，但每一个具体的环境都只有狭小的一隅能够印入读者的印象，它给人的主观空间感觉绝不像它的实际背景那么广阔浩瀚。我们知道，鲁迅的《药》是曾受到过安特莱夫的《默》的影响的，其中墓地的描写在氛围上更是相近。但它们给我们的空间感觉是不相同的。安特莱夫笔下的墓场是：

> ……墓场前道路修坦，渐高如坡坂，其端墓门，幽黑有光，若张巨口，四周则白齿抱之。……伊革那支旁皇隘路中，左右悉为丘垄，遍长莓苔，久不得出。其间时见断碑，绿华斑驳，或坏槛废石，半埋土中，如见抑于幽怨。内则有威罗新坟，短草就黄，外围嫩绿，榛楛依枫树而立，胡桃柯干，交于墓顶，新叶蒙茸。伊革那支坐邻坟，吐息四顾，上见昊天，净无云气，日轮如如不动……伊革那支耸其肩，运目至威罗墓上，观纠结之草久久。草蔓衍遍地，遥尽于负雪之野，似无暇更被异域者。①

这里的墓地是荒寂的，但空间感觉是开阔的。而在鲁迅笔下的墓地则是：

> 西关外靠着城根的地面，本是一块官地；中间歪歪斜斜一条细路，是贪走便道的人，用鞋底造成的，但却成了自然的界限。路的左边，都埋着死刑和瘐毙的人，右边是穷人的丛冢。两面都已埋到层层迭迭，宛然阔人家里祝寿时的馒头。

---

① ［俄］安特来夫：《默》，见《鲁迅译文集（一）·域外小说集》。

鲁迅一开始便把城外原本可以是无限伸展着的广阔空间死死地钉在了城根的一小块地面，并且接着把读者的目光引向了小路两旁的乱坟地。他把空间环境大大缩小了，读者对这里的空间感觉不是开阔的，而是狭小的。《药》这篇小说在几个不同的空间环境中展开，但这几个空间环境都像是非常狭仄的地方，所以它们组成的《药》的整体空间感觉也并不开阔。只在结尾，"直向着远处的天空"飞去的乌鸦，才把人们的目光引向了更开阔的空间，但在这里，正如我们上面所指出的，已经不完全是现实的表现了。

（三）在很多处描写里，鲁迅使读者感受不到空间的变换，客观的空间是存在的，但主观上并造不成空间观念。

几天之后，他竟在钱府的照壁前遇见了小 D。"仇人相见分外眼明"，阿 Q 便迎上去，小 D 也站住了。

"畜生！"阿 Q 怒目而视的说，嘴角上飞出唾沫来。

"我是虫豸，好么？……"小 D 说。

对于《阿 Q 正传》中这场有名的"龙虎斗"，鲁迅虽说交代了具体地点，但它并不给我们造成特定的空间感觉。鲁迅说："……我力避行文的唠叨，只要觉得够将意思传给别人了，就宁可什么陪衬拖带也没有。中国旧戏上，没有背景，新年卖给孩子看的花纸上，只有主要的几个人（但现在的花纸却多有背景了），我深信对于我的目的，这方法是适宜的，所以我不去描写风月，对话也决不说到一大篇。"① 我们要注意的，是这个"够将意思传给别人了"，所以鲁迅多不用背景，恰恰在那些地方，鲁迅是失去了主观空间观念的，他也不会把这种空间观念硬添给他所描写的事物。

通过各种压缩空间的方法，鲁迅的小说给我们的空间感觉从总体而

---

① 鲁迅：《南腔北调集·我怎么做起小说来》。

言，是狭小的。我们完全可以感到，《呐喊》和《彷徨》具有史诗的内容，却绝不具备史诗的空间规模。它们只写了几个小村庄，几个小酒馆、小茶店，一两个街头，数个小家庭。

时间，在《呐喊》和《彷徨》中也是被大大压缩了的。这里不仅指像《示众》《风波》《一件小事》这样一些描写一瞬间事件或场面的作品，同时也指《阿Q正传》《祝福》这类表现悲剧主人公一生遭遇的作品。

我们以《祝福》为例看一看鲁迅对客观时间的间隔和跳跃。

《祝福》中对祥林嫂一生的描写，很分明地表现出是以主观时间为量度的。"我"在小说中起到了重新组织祥林嫂一生的作用。鲁迅用"我"把祥林嫂的一生分截成了两大段，一段是她的死，另一段是她一生的经历。祥林嫂的"死"被直接放在"我"的心理感受上，保留了较长的时间印象，从而突出了她的悲惨结局。祥林嫂一生的经历，在"我"的回忆中得到了更大的时间压缩，只留下了三个片段。在一个片段与另一个片段之间，都实现了时间的大幅度跳跃。这跳跃过的时间，只是作为理性把握的客观时间储存在读者的认识中，但并不构成主观时间的长度，因为这种没有或极少生活内容的"空白时间"，这让读者一闪而过的时间，是无法直感到它们的存在的。其中的第二个片段，又经过了卫老婆子主观意识的筛选，她只给她感兴趣的地方保留了一定的时间长度，其他的时间都被她的主观意识筛掉了。

> "后来呢？"
>
> "后来？——起来了。她到年底就生了一个孩子，男的，新年就两岁了。我在娘家这几天，就有人到贺家墺去，回来说看见他们娘儿俩，母亲也胖，儿子也胖；上头又没有婆婆；男人所有的是力气，会做活；房子是自家的。——唉唉，她真是交了好运了。"

三年的时间，在卫老婆子的这几句话中倏忽过去了，在读者的主观感受中，它几乎不具有任何时间的长度。

大幅度的空间压缩和时间压缩，使《呐喊》和《彷徨》给人的外部时空感受是狭小的。但这种狭小感受，是对描写对象的感受，却不是对它们的内部幅度的感受。

鲁迅小说外部时空的狭小性与内部时空的阔大性的对立统一，实际是作家主观思维空间的空前开阔性与描写对象自身的狭小性相结合的产物。在当时的历史时期，占统治地位的封建思想意识形态自身是极其狭隘的，这种狭隘的思想观念具体体现在分散的、狭小的以农业自然经济为基础的生活中。这是鲁迅必须表现的客观对象，不真实地传达出这种客观对象的狭小感，便不足以真实地表现时代生活的基本特征。但是，真正能够感受到它的狭小的，却不是仅仅具有狭小的思维空间的人，因为在一个狭小的思维空间中即使狭小的东西也是阔大的，只有具有无限开阔的思维空间的作家，才会映照出狭小对象的狭小。在这二者之间，狭小与开阔是连接在一起的，思维空间越是阔大，表现对象自身越显得狭小；表现对象越是显现着狭小的特征，说明一个作家的思维空间越是阔大。这种主观与客观的对立统一，寻找着它特有的表现形式，这种表现形式在《呐喊》和《彷徨》中是在它们的两条因果链的基本结构形态中得到完成的。我们说鲁迅小说时空规模的狭小性，是说外部因果链上的时空规模是狭小的，它具体传达着描写对象自身的分散性和狭小性，但这个因果链只是事件的因果链，它自身无法构成小说的思想意义，构成它思想意义的是它之所以存在的社会思想根源，是它赖以出现的社会"因"。而这个"因"，则是具有巨大时空规模的东西。就这样，外部时空的狭小性与内部时空的阔大性被有机地组织在了一起，鲁迅空前广阔的思维空间与对客观对象自身的狭小感受得到了统一的体现。

四

在中国古典小说中，一般只有一条外部的因果链。这条因果链既是小说的故事情节链，又是小说的主题意义的栖居处，所以在古典小说中故事情节是小说结构的基础。人物只有在与其他人物构成矛盾冲突的时候，也就是说正式被组织进故事情节链条的时候，才是有意义、有作用的。作为单个的人物，它不具有独立存在的价值。环境，只有作为矛盾冲突着的人物的活动背景时，亦即只有作为故事情节流淌的河床时，才是有意义、有作用的。作为环境自身，也不具有独立存在的价值。在情节、人物、环境三要素中，故事情节具有凌驾一切的独立地位，其余二者都在故事情节中得到统一。但鲁迅小说中，出现了两条互相交叉的因果链，外部事件的因果链，亦即故事情节的因果链受到了内部主题意义的因果链的严重挑战，它失去了在古典小说中那凌驾一切的崇高地位。具体说来，在鲁迅小说中，它自身已没有独立存在的意义，它是服务于另一条因果链的，它的作用仅仅在于能够造成一种推动力，使处于静态背景上的人物活动起来，形成一个社会生活的图景。一旦完成了这个作用，外部因果链上的一切便不再有存在的价值，它与它发动起的一切将同时转入另一条因果链中去。这样，就导致了《呐喊》和《彷徨》的另一个重要特征：故事情节的弱化趋势。

普鲁塞克曾经指出：

> 我们可以认为鲁迅处理情节的方法是简化，把情节内容简括到单一的成分，企图不借助于解说性的故事框架来表现主题。作者想不靠故事情节这层台阶而直接走向主题的中心。这就是我以为新文学中最新的特点，我甚至想把它列成公式：减弱故事情节的作用甚至彻底取消故事情节，正是新文学的特点。①

他还指出，鲁迅小说的情节弱化趋势，不但不比他的同时代西方同行们表现得微弱，而且较之表现得格外强烈。他说：

> 甚至在他的早期作品中，这位中国作家就已运用了欧洲散文很晚之后才发现的写作手法。

———————————

① ［捷］普鲁塞克：《鲁迅的〈怀旧〉：中国现代文学的先声》，载《文学评论》，1981(5)。

鲁迅作品突出的回忆录性质和抒情性质，使他区别于十九世纪现实主义的传统，而合乎两次大战之间的欧洲抒情散文作家的传统。也进一步肯定了我们的观点：在亚洲，新文学的崛起是一个突然的成长过程，它产生各种类型、体裁的时间和顺序与它的西方样本并不一样。①

　　任何的艺术创造都有其现实的原因，那么，鲁迅小说的故事情节的弱化趋势又是怎样产生的呢？从思想向形式的这种转化过程是不需多少思索便可以理解的，谁着眼于人与人之间的外部斗争，谁着眼于政治、经济的外部世界变动，谁着眼于人物的特殊表现，谁着眼于人物的非常态的思想状况，谁便必须重视社会的公开的、外部的矛盾冲突，谁也便会重视由这种公开的矛盾冲突构成的故事情节。与此相反，谁着眼于一般的、群众性的、普遍的社会思想状况，谁着眼于人物的具有惯性力的常态思想表现，谁着眼于那些没有特殊表现的平凡人物，谁不愿在人物的外部行为上做过多的停留而总是孜孜以求地向人们灵魂的深层心理空间窥视，谁便不必那么重视公开的、外部的矛盾冲突，谁便不必那么重视由这种公开的、外部的矛盾冲突组成的故事情节。总之，是中国反封建思想革命的需要和鲁迅对中国社会意识形态状况的关注，导致了鲁迅小说的故事情节的弱化。

　　这导致了鲁迅小说故事情节的弱化，也决定了这种弱化的程度。我们看到，在《呐喊》和《彷徨》的诸篇小说中，其弱化的程度是不完全相同的。关于这一点，我们可以分两类四种情况加以分析。

　　《呐喊》和《彷徨》是中国反封建思想革命的一面镜子，所以我们可以从解剖中国当时社会意识形态的创作目的性出发，把《呐喊》和《彷徨》的情节样式分为两大类：一是对社会意识形态状况的定点、定面的静态解剖；二是对封建思想、封建伦理道德"吃人"过程的动态解剖。前一类静

---

　　①　[捷]普鲁塞克：《鲁迅的〈怀旧〉：中国现代文学的先声》，载《文学评论》，1981(5)。

态解剖又可分为两种：第一，定面解剖；第二，定点解剖。后一类动态解剖也可分为两类：第一，以不觉悟劳动群众为悲剧主人公的作品；第二，以首先觉醒的知识分子为悲剧主人公的作品。

所谓静态解剖，并非说小说里没有时间的绵延发展，没有发展过程，没有人物的活动经过，而是说这些始终都是为了揭示一个点（一个人物）或一个面（一个场景），其中的过程只是揭示的过程，而不是这个点或面自身发展变化的过程。其中所谓"定面的静态解剖"，就是对一个场景或一种社会环境的刻画。普鲁塞克所重视的《示众》《风波》和鲁迅的文言小说《怀旧》都属于这一类。其他如《故乡》《社戏》《药》《长明灯》等在环境描写中所说的陈列式诸篇，也属这一类。在鲁迅的《呐喊》和《彷徨》中，这类小说的情节因素最薄弱，它们几乎只有一点情节的线头，而没有情节的链条，有的只有极短的情节线。但这类小说的故事情节的削弱，与西方20世纪三四十年代发展起来的意识流小说对情节削弱的状况不尽相同。

在古典小说里，由因果链组成的是有一定阔度的故事情节线（或曰故事情节带），而在《呐喊》和《彷徨》的这类小说中，外部因果链极短，主要运用它缠出一个画面、一个生活的场景。《示众》的外部因果链可以说只有一个简单的因果关系：因为街上出现了示众者，结果招来了一群看客。小说发生的基因出现后，看客的行动意志便被激发起来，一个人物牵出一个人物，人物与人物之间的传递不是串珠式的直线发展，而是有回旋，有涡旋，视线由这个人物转出，经过一个或数个人物，可能又回到这个人物，纵横交错，既避免了直线发展的单调呆板，也把各个人物密网般交叉串联在一起，形成了一个画面，而不是一个线形的队列。

《风波》较之《示众》多了点故事因，但也形不成完整的故事情节，它主要利用事件的原动力，激起了人物与人物的语言交锋。《示众》主要以人物行动的传送带扩展着小说的面，《风波》则主要用人物语言的激动力。一个人物的语言触动了另一个人物的心弦，使另一个人物做出语言的反应，这个人物的语言又触动了其他人物的心弦，使其他人物做出语言的反应。如此循环往复，最后构成的并不是故事情节，而是一幅微妙的人物关系图：

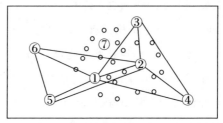

1. 七斤　2. 七斤嫂　3. 赵七爷　4. 八一嫂
5. 六斤　6. 九斤老太　7. 幸灾乐祸的村民

《故乡》的情节是"我"回故乡搬家，但小说主体不是搬家的过程，而是由各种人物图像构成的故乡社会思想现状的平面图：

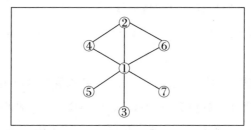

1. 成年"我"　　2. 成年闰土　　3. 豆腐西施杨二嫂
4. 少年闰土　　5. 少年"我"　　6. 水生　7. 宏儿

从这个人物关系图可以看出，"我"实际起到的作用只是连接各个不同的人物，"我"回故乡搬家只是形成这个人物图谱的引线，其本身较少独立的思想意义。

《药》《社戏》《长明灯》则主要利用不同场景间部分人物的连线，展现出一个更大环境中的社会思想意识形态的状况，构成一个更大的面。《药》的情节线是：华老栓用烈士的血为儿子治病未愈而死。鲁迅借用这个情节线展开的是社会思想的现实图景。小说第一节开始出现华老栓、华大妈，继而由华老栓牵出康大叔；第三节除上两节人物，又增加了茶馆中的闲客，重心落在后者；第四节华大妈由此前的隐处上升到显处，又引出夏大妈。实际上鲁迅是在这个情节线的帮助下不断续出新的人物，最后构成一个社会群像图。《长明灯》也与此类似，前三个场景都由阔亭等市井之徒的行径串联在一起，第四个场景由第二节出场的"疯子"连挂在第三节上，人物越续越多，把吉光屯的各类人物都展览出来，最后构成的是吉光屯百丑图。《社戏》则由"我"连起两个明暗不同的图景。

总之，在这类小说里，微弱的情节线头消融在了由它"缠出"的小说画面中，环境的作用盖过了情节的作用，故事情节受到了极大的削弱。

所谓定点的静态解剖，就是通过对特定人物思想面貌的刻画，揭示社会思想意识形态的某个侧面。我们可以把下列小说划归这一类：《肥皂》《高老夫子》《弟兄》《白光》《端午节》《幸福的家庭》《一件小事》。假若说在古典小说中所有的点（人物）都是为了构成一条线（故事情节），那在鲁迅这类小说里，小说过程的叙述归根到底是为了导向一个点，为了表现一个特定人物。例如，在蒲松龄的《画皮》中，王生、妖女、陈氏、道士、"疯者"诸人物组成的是王生被惑、道士除妖、陈氏乞"疯者"活其夫的纵向情节链条。这篇小说存在的主要价值便是这个情节链条，舍弃了它，这篇小说便不复存在了。而在鲁迅的《高老夫子》里，高老夫子到贤良女校上课过程的描写最后都汇入了一点——揭示了高老夫子这个人物的潜在心理动机。当我们看清了高老夫子这个人物时，小说的全部过程在读者的脑海里便可舍弃不顾了。实质上，在这类小说里，小说的情节线条只是形成一种际遇，能在主要人物与周围人物或事物的撞击中暴露出自己的各个思想侧面，从而构成这个人物的整体形象。例如《肥皂》，假若舍弃了它的具体过程，实际上只是这样一个人物关系图：

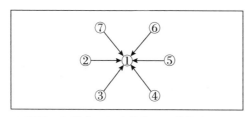

1. 四铭　2. 孝女　3. 小学生　4. 学铭
5. 秀儿、招儿　6. 四铭太太　7. 道统、薇园等

在这类小说里，情节的地位被人物取代了，人物成了小说的核心，作者必须把读者的视线从故事情节移向人物，使故事情节得到削弱。但较之上一类，从总体而言，需要较长的外部因果链条，情节线头更长一些，以便在纵向的持续发展中为人物的自我暴露创造更充裕的空间。

　　所谓封建思想、封建伦理道德"吃人"过程的动态解剖，是说在一个人物被吃掉的过程中揭示封建思想、封建伦理道德的"吃人"本质。属于这类的有《孔乙己》《明天》《头发的故事》《阿Q正传》《祝福》《在酒楼上》《孤独者》《伤逝》《离婚》等。《狂人日记》《兔和猫》《鸭的喜剧》也可归于这一类。较之第一类两种，这类小说由于属于过程的描述，情节具有较为重要的作用，外部的因果链条也较长。例如《祝福》，祥林嫂死掉第一个丈夫，为防被卖掉，逃到鲁镇，后又被抢走卖到山村，第二个丈夫死后，儿子又被狼吃掉，大伯收屋，只得二次来鲁镇，由于改嫁，受人歧视，捐门槛也没有改变这种状况，后被鲁四老爷辞退，以讨乞为生，终在人们祝福时默默死去。但即使在这类小说里，故事情节较之古典小说也大大地削弱了。它不再是围绕着特定事件进行的特定人物与特定人物贯穿小说始终的矛盾斗争，这种矛盾斗争也不再是公开的、外部的、有形的直接冲突，它是分散的、零碎的人物关系的集合体，所以它呈现着散而不整的状况。在这些篇章中，情节只是人物在环境中走过的人生轨迹，而不是某种有形斗争产生、发展、激化、解决的起伏过程。作者赖以吸引读者的也不是情节本身的曲折生动，而是对人物命运的强烈关注和对周围封建环境的深刻憎恶。人物、环境共同压倒了情节，情节得到了削弱。而在以首先觉醒的知识分子为主人公的这类小说中，由于第一人称的心理独白和抒情性的加强，情节弱化的趋势一般比以劳动群众为悲剧主人公的小说为重。《伤逝》《在酒楼上》可视为代表。

　　综上所述，在整个《呐喊》和《彷徨》里，情节的地位降低了，情节的作用弱化了。但这种弱化的趋势在不同的小说里程度有所不同，而其最终的根源在于鲁迅表现当时社会思想意识状况的需要。不难看到，当此后作家们转向政治、经济、军事的外部矛盾冲突的时候，故事情节的作用不是进一步弱化下去，而是重新加强起来。所以我们只有重视《呐喊》和《彷徨》的反封建思想革命的思想特性，才能更准确地把握它们的艺术特性。

五

《呐喊》和《彷徨》存在着两条因果链，这两条因果链的组合关系是以外部因果链的弱化和内部因果链的强化为特征的，这同时也便从根本上改变了小说结构的性质。无论如何，以外部因果链为唯一的因果链条的中国古典小说在其最本质的意义上都将是一条线，而存在着两条因果链并以内部因果链为主的鲁迅小说，不论在何种情况下，它的最本质的面貌则是一个面。

关于大多数古典小说的线形结构，是比较容易理解的。在它们那里，小说的主题意义存在于外部因果链的发展中，存在于外部因果链导致的最终的"果"之中，小说结构的最根本的意义便是有效地、生动而具体地推进这条因果链的发展。它们也有面的扩展，有场景的描绘，但这里的面的扩展和场景的描绘归根到底是为了纵向的推进，因为不在纵向发展中推进到整个因果链条的终极，便不能将小说的主题意义明确表现出来。《水浒传》中的景阳冈武松打虎，不论作者把这个场面描绘得何等细致动人，最终都是为了导向它的果——武松打死吊睛白额大虫。假若最终不是如此，而是老虎吃掉了武松，作者关于武松打虎场面的描绘也便失去了意义，它将不再是为了表现武松的英勇，而是批评他的刚愎自用、不自量力了。所以，在古典小说中，外部因果链中的果在表现小说的主题意义上被认为具有关键性的意义。即以《水浒传》诸种版本的不同为例，便可看出古代小说家对小说外部因果链上的最终的果是何等重视。"宋代外敌凭陵，国政弛废，转思草泽"①，故把小说收束在宋江受招安之后，这样的果与这样的主题意义是联系在一起的。"圣叹生在流贼遍天下的时代，眼见张献忠李自成一班强盗流毒全国，故他觉得强盗

---

① 鲁迅：《中国小说史略》。

是不能提倡的，是应该口诛笔伐的。"①金圣叹"截去《水浒传》的后小半，梦想有一个'嵇叔夜'来杀尽宋江们"②的结局方式，正是与他对农民起义的痛恨之情相契合的，他改变了《水浒传》的结局方式，也便改变了它的主题意义。"故至清，则世界情迁，遂复有以为'虽始行不端，而能翻然悔悟，改弦易辙，以善其修，斯其意固可嘉，而其功诚不可泯'者，截取百十五回本之六十七回至结末，称《后水浒》，一名《荡平四大寇传》，附刊七十回之后以行矣。"③这种结局方式又一次改变了《水浒传》的整体主题意义。新中国成立后，我们供一般读者阅读的七十一回本，到"忠义堂石碣受天文，梁山泊英雄排座次"为止，正反映着我们对农民起义的全面肯定，它既不是像金圣叹那样让"嵇叔夜"来杀尽宋江们以表现对宋江农民起义的全面否定，也不再让宋江受招安后再去镇压别的农民起义军以表现把治国平天下的希望寄托在草泽英雄身上，而成了对农民革命自身的热情歌颂。不同的结局代表了不同的主题思想，所以古典小说的整个结构在本质上便是迤逦向结局发展的一条线。打个比方，古典小说就是一条尖端放电的金属细棒，整个小说是条形的故事情节，主题意义在最终的果这个尖端部分放出。

鲁迅小说的外部因果链已经不是小说的主题意义的链，这条因果链上的果也已经失去了它的关键性意义。《阿Q正传》中的"龙虎斗"，到底是打个平手还是阿Q胜或小D夺魁，都是不具有关键意义的，关键是在"龙虎斗"的本身。就整个小说而言，鲁迅写了阿Q对"革命"成功后的梦想，鲁迅后来也曾提到阿Q掌权，说明这也是《阿Q正传》可能性的结局之一，而这种结局对《阿Q正传》的主题意义也将无根本性的损伤，它可能带来主题意义的某些变化，但不是由这个结局形式带来的，而是由形成这个结局而更改着的小说主体部分的描写带来的。《孔乙己》中孔乙己的死去与否，鲁迅认为无关紧要，紧要的是人们对孔乙己的态度。

---

① 鲁迅：《中国小说史略》引胡适语。
② 鲁迅：《南腔北调集·谈金圣叹》。
③ 鲁迅：《中国小说史略》。

这个果的地位的下降，改变了鲁迅小说结构的本质，因为它不再是为了导向那个果，而是为了在那个果出现之前鲁迅有足够的余裕写出他要描写的整个生活状况。所以鲁迅小说中尽管也有纵向的线形推进过程，但它的本质不是一条线，而是一个面。

在上面，我们已经说明，在对社会意识形态的定面的解剖中，小说不论在其本质上，还是在其形式上，都明确呈现出面的状况。那么，在其他三类情节样式的小说里，它的本质是不是也是一个面呢？我认为也是。

在对封建思想、封建伦理道德的动态解剖中，不论是以劳动群众为悲剧主人公的小说，还是以觉醒的知识分子为悲剧主人公的小说，都是以环境和人物并重的，环境与人物共同压倒了情节的作用，是它们的显著特征。而这里的环境，在本质上便是一个社会关系的平面图，我们在本章第一节曾经以平面图的方式为《阿Q正传》的典型环境制作了示意图，它实际便是鲁迅着力表现的重点之一。人们会说，中国古典小说也能绘制出这样的人物关系图，但是这种关系图本身没有多大意义，它的意义仍在于造成故事情节的链条。《乔太守乱点鸳鸯谱》也存在着相互交叉的人物关系，但这种关系只在于构成它的喜剧性情节，鲁迅的《阿Q正传》这个社会人物关系的面的构成，却是具有最重要独立价值的东西，是鲁迅所致力的主要目的之一。

在这类小说中居于重要地位的还有人物，在定点解剖的小说中人物居于唯一重要的地位。相对于环境来说，人物只是一个点，但当我们将鲁迅小说中的主要人物抽取出来加以分析时，我们可以看到，他们本身构成的实际也是一个面状体。

我们说他们是一个面状体，不是就他们是一个单侧面的人物而言的，而是说他们各自都是具有特定区间的复杂构成体，而不是仅仅具有一种品质的典型人物。每一个现实的、真实的人，都是一个极其复杂的统一体。正像刘再复同志所说："人的性格本身是一个很复杂的系统。每个人的性格，就是一个独特构造的世界，都自成一个独特结构的有机系统，形成这个系统的各种元素都有自己的排列方式和组合方式。"①但是，这种在本来的意义上属于复杂的对立统一体的人物，在古典小说中总是呈现着向单一化方向趋进的倾向，因为在那里，人物是在外部因果链的相对单一的矛盾冲突中表现自己的，并且这种相对单一的矛盾冲突总是向着更加单一的斗争结局、更加单一的"果"发展变化。在这相对单一的矛盾冲突中，在这向单一的果趋进的过程中，一个人物便只能表现出自己的某一两个主要侧面、某一两个主要特征，并且最后得到突出的只能是其中的一个侧面和一个特征。一般说来，古典小说的故事情节越是复杂，起伏波动越大，人物越有可能表现出比较复杂的特征，但不论在何种情况下，就其整体倾向而言，他们都要向单一化发展，因为在小说的主要矛盾冲突中，他们的面貌是具有严格的单向规定的。《说岳全传》中有关岳飞的描写也能让我们看到岳飞这个人物的复杂性，他的地主阶级的阶级局限性使他曾经参与镇压农民起义的活动，他的儒家封建思想使他表现出愚忠的封建特征。但所有这些复杂性的侧面，都不足以说明这个人物不是单侧面的、某种精神品质的具象化的人物，因为作者始终把他放在忠与奸、爱国与投降的单一矛盾冲突中表现着，他的复杂性的一面始终不是作为作者着重表现的对象，甚至不是作为作者所意欲达到的目的。假若就其终极的意义而言，古典小说中的因果链组成的主要是一条故事情节的线，而活动在这条线上的人物则是一个没有长度和阔度的点。在鲁迅小说中，人物不是在外部因果链的单一矛盾冲突中活动的，着重表现社会意识形态状况的目的使鲁迅总是力图揭示人物性格的整体面貌。在这种情况下，人物的性格特征再也不是一种品质的典型形象，而是由众多不同级规定出来的一个人物观念意识存在和活动着的区间。林兴宅同志指出："阿Q性格充满着矛盾，各种性格元素分别形成一组一组对立统一的联系，它们又构成复杂的性格系列。这个性格系列的突出特征就是两重性，即两重人格，自我幻想中的阿Q与实际存在

---

① 刘再复：《论人物性格的二重组合原理》，载《文学评论》，1984(3)。

的阿 Q 似乎是两个人，是不相容的两种人格，但它们却奇妙地统一起来。"林兴宅同志还具体归纳了阿 Q 十种二十个双双对应的二重人格的特征：

质朴愚昧	圆滑无赖
率真任性	正统卫道
自尊自大	自轻自贱
争强好胜	忍辱屈从
狭隘保守	盲目趋时
排斥异端	向往革命
憎恶权势	趋炎附势
蛮横霸道	懦弱卑怯
敏感禁忌	麻木健忘
不满现状	安于现状 [1]

对于鲁迅所实际表现出来的阿 Q 这诸多二重人格特征，我们不应仅仅理解为两两对立、互不联结的点，而是通过艺术想象的补充作用构成的一个面。假若我们不计彼此程度的参差，我们可以用一个圆来表示它：

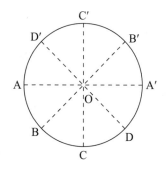

---

[1] 林兴宅：《论阿 Q 性格系统》，载《鲁迅研究》，1984(1)。

在这个圆的圆周上的每一个点，通过圆心所做的直径，都会找到与此点对应、在另一方与圆周相交的点，这两个点便是阿Q一个方面的二重人格的对应表现。实际上，在这个圆周上是可以找到像 AA′、BB′、CC′、DD′ 这样的无数个对应点的。除林兴宅同志列举的之外，我们仍然可以找到很多这样彼此对立的特征：无望时满足精神胜利，有望时诉诸物质手段；骄外时盲目排外，骄内时崇外媚外；小事上斤斤计较（如在法庭上还要极力把圆圈画圆），大事上苟且偷安；言词上好大喜功，行动上不求进取；有时坦诚无伪、胸无城府，有时又顽劣抵赖、死不认账（如死不承认偷萝卜）……这些对立的两极，绝非彼此相游离的单个特征，而是彼此在特定条件下相过渡的链条。假若 A 代表阿Q的自尊自大，A′ 代表他的自轻自贱，那么阿Q自尊自大和自轻自贱的程度则是由他的具体处境的不同决定的。外部的压力越小，他的自尊自大的程度越高，随着压力的渐次增大，他的表现便沿着 AA′ 的连线渐次向自轻自贱的一端移动，直至他再也不可能以自尊自大获取精神的安慰，便达到纯粹的自轻自贱的一极了。阿Q所有这些对立特征，都交叉在一个中心点 O 上，这便是他缺乏自我意识。不论林兴宅同志所说的退回内心，还是泯灭意志，这对立着的两种表现都是他缺乏自我意识的表现。他的自轻自贱固然说明他缺乏正确的自我意识，他的自高自大也不是具有自我意识的表现；他的盲目排外固然说明他没有自我的个性意识，他的崇外媚外也说明他没有自我的个性意识……总之，阿Q的性格不是由一种品质构成的单一的点，而是由诸多特征构成的阿Q性格存在的一个区间，一个有左有右、有前有后、有长度和阔度同时又围绕着一个核心的面。

综上所述，在《呐喊》和《彷徨》里，不论是对封建社会意识形态的定面解剖因而主要展示生活面的小说，还是对封建思想、封建伦理道德"吃人"过程的动态解剖，其中有环境有人物、有面有点的小说，抑或对封建社会意识形态的定点解剖，其中重在人物的表现的小说，就其结构的意义而言，鲁迅表现的都不是一个点，而是由无数个点组成的一个面，面的构成，是鲁迅小说结构的本质。

六

我们之所以指出鲁迅小说结构的本质是面的构成，是因为它对理解鲁迅小说的结构艺术具有关键性的意义。它较之古典小说几乎是无限地扩大了社会意义的容量，实现了小说结构的最佳化。

在古典小说中，在由故事情节的线向最终构成的点发展的过程中，这个线条上的一切，就其本质的意义讲，是不具有独立意义的。也就是说，作者在小说中的全部描写都仅仅为最终的主题意义的一个点服务，脱离开这个点，它们自身可以说没有任何独立意义。假若说它们也可以呈现出一定的独立意义的话，那也不是作者追求的目标。这样，作者便只注目于生动的故事情节，而并不注目于每个艺术细节之是否能负荷一定量的社会思想意义。用个比喻来说，它们的整个艺术描写只是一个高高的脚手架，主题意义站在脚手架的上面，脚手架的每个部分可能有人停留，但就其基本职能而言它是可以不负载任何东西的。这样，从小说表现思想意义的角度上看，它就是极不经济的。

下面是《金玉奴棒打薄情郎》中的一段：

> 你说事有凑巧，莫稽移船去后，刚刚有个淮西转运使许德厚，也是新上任的，泊舟于采石北岸，正是莫稽先前推妻坠水处。许德厚和夫人推窗看月，开怀饮酒，尚未曾睡。忽闻岸上啼哭，乃是妇人声音，其声哀怨，好生不忍。忙呼水手打看，果然是个单身妇人，坐于江岸。便教唤上船来，审其来历。原来此妇正是无为军司户之妻金玉奴，初坠水时，魂飞魄荡，已拼着必死。忽觉水中有物，托起两足，随波而行，近于江岸。玉奴挣扎上岸，举目看时，江水茫茫，已不见了司户之船，才悟道丈夫贵而忘贱，故意溺死故妻，别图良配。如今虽得了性命，无处依栖，转思苦楚，以此痛哭。见许公盘问，不免从头至尾，细说一遍。说罢，哭之不已。连许公夫妇都感伤堕泪，劝道："汝休得悲啼，肯为我义女，再作道理。"玉奴拜谢。许公吩咐夫人取干衣替他通身换了，安排他后舱独

宿。教手下男女都称他小姐，又吩咐舟人，不许泄漏其事。①

这一整段叙述，对于以故事情节为主体结构的古典小说而言，是绝对必要的，因为它是整个小说的线形结构中不可或缺的一段，并且是关键性的一段。但我们又可以看到，除了与小说的其他所有叙述和描写共同构成支撑主题思想的支架外，它自身几乎是毫无社会意义可言的。但在鲁迅小说中，在外部因果链的推动下构成的是一个面形结构体，而这个面形结构体在内部因果链上只是作为"果"而存在的，也就是说，其中的每一个独立的点，都应该存在着它之所以产生并存在的社会原因，对于表现当时的社会意识形态的状况而言，都具有独立的社会意义。这些各自有独立意义的点，共同构成一个面，这个面的存在，也具有一定的社会原因，也具有整体的典型意义，但正像任何一座楼房的意义都是构成它的砖、瓦、木材等建筑材料的集合而又绝不能囊括各种建筑材料自身所可能起到的所有作用一样，它的整体的典型意义又不可能完全取代其中每个独立细节的全部意义。这样，鲁迅小说就获得了多重的、不可穷尽的社会思想意义，为在有限的文字里负载无限的社会意义创造了可能性。

下半天，棺木才合上盖：因为单四嫂子哭一回，看一回，总不肯死心塌地的盖上；幸亏王九妈等得不耐烦，气愤愤的跑上前，一把拖开他，才七手八脚的盖上了。

但单四嫂子待他的宝儿，实在已经尽了心，再没有什么缺陷。昨天烧过一串纸钱，上午又烧了四十九卷《大悲咒》；收敛的时候，给他穿上顶新的衣裳，平日喜欢的玩意儿，——一个泥人，两个小木碗，两个玻璃瓶，——都放在枕头旁边。后来王九妈掐着指头仔细推敲，也终于想不出一些什么缺陷。（《明天》）

---

① 《古今小说·金玉奴棒打薄情郎》。

同上引《金玉奴棒打薄情郎》中的那段一样，这里也是整个小说中一个段落的描写；但是，除了它的段落意义外，这里却有着为上引第一个段落所不可能具有的无限丰富的独立思想内涵。这里表现着单四嫂子对宝儿的深挚的爱，表现着她的痛苦，但这种痛苦又是茫然的，她对儿子的痛悼在当时只能体现在迷信的形式里。这里表现着王九妈并没有对单四嫂子悲苦命运的真挚同情，她没法理解单四嫂子内心那无边的痛苦，对人的痛苦没有感同身受的能力，她十分关心的是单四嫂子对丧葬仪式和程序履行的情况怎样，对此她表现出了"一丝不苟"的精神。这里也表现了所有周围的人都没有想到单四嫂子失去宝儿之后的寡居生活将是怎样的悲苦，没有人真正理解并同情单四嫂子的痛苦。这里表现着当时不觉悟的群众只能通过封建传统的礼仪体现自己内心的感情，而对自己的真实感情找不到应有的表现方式，单四嫂子做到了形式上的那一切，便似乎"实在已经尽了心，再没有什么缺陷"，而单四嫂子那真实的痛苦心情，是无以表现出来的；人们不以情感的充分表现为合理的行为，而仅以理性的节制为准绳。单四嫂子哭得、看得会儿大了些，便被王九妈不耐烦地、气愤愤地拖开，强行盖上了棺材盖。这里甚至表现着中国儿童精神生活的贫乏，宝儿平时玩的只有一个泥人、两个小木碗、两个玻璃瓶。鲁迅在《二十四孝图》中曾说："每看见小学生欢天喜地地看着一本粗拙的《儿童世界》之类，另想到别国的儿童用书的精美，自然要觉得中国儿童的可怜。但回忆起我和我的同窗小友的童年，却不能不以为他幸福，给我们的永逝的韶光一个悲哀的吊唁。我们那时有什么可看呢，只要略有图画的本子，就要被塾师，就是当时的'引导青年的前辈'禁止，呵斥，甚而至于打手心。我的小同学因为专读'人之初性本善'读得要枯燥而死了，只好偷偷地翻开第一叶。看那题着'文星高照'四个字的恶鬼一般的魁星像，来满足他幼稚的爱美的天性。昨天看这个，今天也看这个，然而他们的眼睛里还闪出苏醒和欢喜的光辉来。"[1]而穷苦寡居妇女

---

① 鲁迅：《朝花夕拾·二十四孝图》。

的儿子宝儿生前又用什么满足他幼稚的爱美的天性呢？这"一个泥人，两个小木碗，两个玻璃瓶"就是他天天看着眼里还闪出苏醒和欢喜的光辉来的全部玩具。这个细节，并不是我们精选出来的最优细节，可以说，《呐喊》和《彷徨》里的几乎所有细节，都是具有丰富思想内涵的细节。这些细节的所有意义，都在鲁迅小说的面形结构中占有自己的一席地位，是不应被忽略也不会被忽略掉的。在这些细节以特定的方式构成一个完整的结构系统之后，小说又会获得为每一个孤立的细节所不可能具有的整体意义，但这个整体意义又是与每个细节的分体意义共同闪耀着光辉的。正像一个车水马龙的街道，它的繁华的整体感是在每个具体事物的整体存在中呈现出来的，但又离不开每个具体事物的独立存在及其存在状态。人们可以在不同层次上看清这个街道上的一切，但又不可能穷尽它所包容着的所有事物及其特征。这样，鲁迅小说由线形结构向面形结构的转变，就为小说的思想容量的无限扩大提供了形式上的条件。

细节的情况是这样，人物性格的情况也是这样。在古典小说中，人物性格总是要导向一个点，一个主要的品质，当这个主点形成之后，其他的点就成了不必要或很少必要的东西了。也就是说，真正载有社会意义的，往往只是处在人物性格尖端的一点，其余诸点都必须归拢在这一点之下才有其自身存在的价值。应该说，从人物性格蕴含社会思想意义的角度，亦即从典型化的角度，这也是极不经济的。例如，《三国演义》中的曹操这个人物形象，其思想意义只能作为"奸诈"的整体性格特征才存在着，对这个人物的性格，几乎是无法进行分解认识的，一旦分解开来，便不再有利于认识这个人物形象的社会价值。严格说来，小说中也表现了他的军事才能，表现了他爱才如渴的品质，表现了他的政治才略，表现了他宽容大度的一面，但我们是不能这样分析下去的。这样分析下去，便根本破坏了这个艺术形象的本质意义。我们必须把这一切都当作"奸诈"的表现，它们本身是没有独立社会意义的。但在《呐喊》和《彷徨》中，人物的性格是一个面，是由无数特征组成的系统，其中有一个或两三个主要骨架，但它们并不能代替任何一个其他特征。它们是在彼此连接中起作用的，而不能由一点完全取代其他各点。《肥皂》中的四铭也是个反面人物，鲁迅对他的挞伐并不亚于罗贯中对曹操的挞伐。但这两个艺术形象构成的方式是不一样的，因而他们负荷的社会意义的量也是不同的。例如，四铭自己曾顺便提到，在光绪年间，他曾是"最提倡开学堂的"。对于鲁迅和我们读者，这是四铭的光荣历史。但对他的这个光荣历史，我们却不应忽视，也不能因为他现在的反对新文化、新道德而二折一，不再顾及这个特征。因为只有考虑到这个特征，才能考虑到四铭这个艺术形象的巨大典型概括意义。鸦片战争以来，出现过一批批由"趋时"变为"复古"的人物，这是在中国近现代史急剧发展的特殊历史条件下产生的具有典型意义的历史现象。而在五四前后，有些在此前的洋务运动、维新变法乃至辛亥革命中趋过时的人物，在反对传统封建文化、封建道德的斗争中一变而为复古主义者，正是一种典型的社会现象。中国的反封建思想革命是艰难的、长期的，那些在传统封建思想禁锢中感到窒息的青年，反过一阵封建传统，后来或则由于争得了一点社会地位，或则适应了封建现实，或则原来极有限的反封建要求得到了满足，重又反转来维护封建传统，这也是中国反封建思想革命中的典型现象。"被虐待的儿媳做了婆婆，仍然虐待儿媳；嫌恶学生的官吏，每是先前痛骂官吏的学生；现在压迫子女的，有时也就是十年前的家庭革命者"①，四铭还是这样一个由"趋时"变为"复古"、由反封建到维护封建道统的典型人物，而这，都是由他的"光荣历史"这个特征的存在才取得的。再如四铭反对新思想、新道德，却绝不反对一切"新事物"，他买的便是一块"洋肥皂"。这似乎有点为他评功摆好，但我们不能忽视他的这个"优点"。因为中国近现代的复古主义者，鲜有"真诚"到拒绝享受现代科学技术发展带来的物质成果者，一面饕餮般地追求着现代物质享受，一面堂皇地维持着古老的封建传统思想和传统道德，是中国大多数

① 鲁迅：《坟·娜拉走后怎样》。

复古主义者的典型特征。四铭便是这样一个只见物质的闪光而不见与这种物质的闪光相联系的新思想、新道德的精神成果的中国现代复古主义者的典型。上述两点，与四铭的主要特征的虚伪相较，是很次要的，但它们又是不可或缺的，不能因为我们认识到了他的虚伪，便丢掉这两个特征。总之，鲁迅小说的面形结构，极大地丰富了人物性格自身的思想含量。就其结构而言，作者构成的是人物性格的面，作为人物形象自身的特征而言，我们常常称之为具有多侧面的凸圆形人物。但含义是相同的，就是人物性格不再仅仅具有一个方面的典型意义，而具有无限丰富的思想含量。

鲁迅小说结构的最佳化，其实质意义在于，它挣脱了由外部因果链构成的故事情节链的束缚，直接以内部因果链所需要的思想意义来精选细节，使细节描写和人物刻画都避免了单纯进程的叙述和同种意义的简单重复，从而不断地增加、丰富和发展着小说的思想含量。由此可见，鲁迅小说的面形结构，是适应着表现复杂的而非单一的主题、描绘综合的而非单纯的社会环境和塑造多侧面的而非单侧面的人物性格的需要而产生的，它反过来又实现并加强了鲁迅小说主题的复杂性、环境的多义性和人物的多重性。

七

假若说古典短篇小说的作者的艺术目的只有一个——把故事讲得生动形象，那么，现代小说家的艺术目的则是直接面向主题的，而所表现主题的多样性就需要有多样化的结构形式。因此，鲁迅小说两条因果链的形成，不是使结构艺术规范化了，而是挣脱了外部因果链的束缚，为发挥结构艺术的性能找到了一个更加广阔的自由空间。

在《呐喊》和《彷徨》中，中国小说的叙事角度首次得到了大解放、大丰富。

我们看到，包括文言小说《怀旧》在内，鲁迅的前三篇小说都是第一人称的。在《呐喊》和《彷徨》的二十五篇小说中，使用第一人称的就有十二篇，加上《怀旧》恰为全数的二分之一。其中作者作为叙述者的就有：

《一件小事》《头发的故事》《故乡》《兔和猫》《鸭的喜剧》《社戏》《祝福》《在酒楼上》《孤独者》。假若加上前面的"识"，《狂人日记》也可归于此类。在这些作品里，作者不仅直接与被表现对象发生着思想感情和情绪的交流、共振或抵拒，而且也表现着自己、肯定着自己、解剖着自己和评判着自己。从形式的内在意义而言，反映着作家自我意识的加强，从表现方式而言，在这类作品里大大地加强了由内而外的表现。

"有时候作家把叙述委托给一个虚构的人物去进行，他本身也以第一人称来叙述。这种方法就复杂得多了，它本身含有戏剧因素。如果这种方法运用得巧妙的话，那么在叙述过程中，那个假定的叙述者的形象就会逐渐展示出来。此外，对发生的事情的观察角度改变了，因为叙述者并不是一个不偏不倚的旁观者，而是一个被赋予鲜明个性的人物。在叙述者的转述中会产生对事件的曲解，其中可能而且一定会反映出对事件的一定的看法，这就有助于更深入地理解事件的意义。"①《呐喊》和《彷徨》中属于这类的作品有《狂人日记》（正文）、《孔乙己》、《伤逝》。鲁迅的第一篇文言小说《怀旧》也属于这一类。《头发的故事》《在酒楼上》中主人公的自叙部分也属于这种情况。在这类作品里，作者通过"我"与客观对象发生着直接的接触，不难看到，《狂人日记》中的"狂人"、《孔乙己》中的酒店小伙计、《伤逝》中的涓生，在对生活的认识和理解上，是不完全等同于作者却是比小说中任何一个其他人物都更加接近作者（至少在某一主要点上）的人物。在这种叙事角度中，还隐藏着作者对人的辩证理解。当一个作者认为只有那些全知全能并且完全客观冷静的人才能看到生活真理、才能正确地评判生活的时候，当他认为一个有自己的感情、有自己的独立个性甚至有自己的偏见和缺点的人便不可能发现和感受到生活真理的时候，他是不会把作品的视角移向一个既非全知全能、又非完全等同于作者本人的人物的。在鲁迅研究中，我们常常争论

---

① ［法］乔治·杜亚美：《长篇小说探讨》，见《法国作家论文学》，106 页，北京，生活·读书·新知三联书店，1984。

《狂人日记》中的"狂人"是不是一个精神病患者，我们之所以感到这个问题有必要争论，就在于认为一个精神病患者的感觉是不可靠的，是不"真实"的。但鲁迅的《狂人日记》恰恰表明，鲁迅认为一个精神病患者有可能比当时一个适应了封建传统思想原则的正常人更敏感地感受到它的可怖、可怕和荒谬怪诞。而《怀旧》和《孔乙己》则向我们表明，鲁迅认为一个不懂事的孩子，有时要比一个"懂事"的成人更能发现生活中的细微处。在《伤逝》里，第一人称的哲理内涵，是鲁迅认为被卷入生活旋涡的涓生较之任何站在岸边的人更有权利评判自己和审判自己。在《头发的故事》《在酒楼上》《孤独者》中，鲁迅采用了双视角的写法，其内在依据是鲁迅认为这两种不同处境、不同思想感情、不同性格特征的人能够感到生活真理的不同侧面，而同时又各自有其局限性。生活的真理不存在于单侧面的把握中，单侧面的把握所发现的都只能是相对的真理，全面的真理只能存在于对单侧面的相对真理的抽象中，任何一个单独的人都不可能发现绝对的真理，但脱离开相对的真理也就没有绝对的真理。所以，在《头发的故事》里，第一个"我"绝非N先生的裁判者，N先生比"我"对封建意识形态的保守性有更加强烈也更加正确的感受和认识，在《孤独者》中魏连殳有比"我"更加强烈的生活感受，但N先生、魏连殳也有自己不可避免的局限性，这需要"我"去冲淡它，否定它。在这类作品里，同时进行着由外而内的透视和由内而外的表现。这也是在中国古典小说中所没有的。

第三人称的客观叙事角度，是中国古典小说唯一运用着的叙事角度，这是在作者与描写对象间保持有较大距离的叙事角度。鲁迅承袭了它，但已经不是他运用着的唯一的手段。假若我们把《呐喊》和《彷徨》主要理解为社会、政治的小说，我们就极难说明这种叙事方式的内在思想依据。因为在《呐喊》和《彷徨》里，不但那些地方统治者、维护封建道统的知识分子、下层封建知识分子处于鲁迅的客观观照之下，而且那些劳动群众中的悲剧主人公也处在这种观照之下。假若我们从中国反封建思想革命的角度理解鲁迅这种叙事角度的运用，则极易感到，鲁迅与华老栓、单四嫂子、七斤嫂、阿Q、爱姑这些劳动群众的距离感不产生在政治、经济利益的对立上，而产生在思想素质的差异上，产生在对封建传统思想和传统道德的不同态度上。正是这种距离感，使主要目的在于揭露封建传统思想、封建伦理道德"吃人"本质的鲁迅从没有让他们代替自己的视角而充当他小说中第一人称的"我"。但是，即使在这种叙事角度的运用中，鲁迅与中国古典小说也是极不相同的。在古典小说中，作者更多地以全知全能者的身份出面干预被描写的对象。他是叙述者，又是最高仲裁者。他对人物的行为加以臧否褒贬，他对事件的经验教训进行总结和反省，他对小说的主题思想进行理论概括，他会像教诲小孩子一样教诲读者和听众。甚至在蒲松龄的《聊斋志异》中，也有"异史氏曰"代读者对小说中的人物和事件做出判断和评骘。而在鲁迅的小说中，作者从不作为全知全能者出面评判一切，他有时参与事件的叙述，但不是作为教诲者，而是作为现象的目击者、问题的提问者或原因的说明者。在鲁迅的这种介入方式中，我们感到作者对读者的态度是平等的，这种平等观念只有在《红楼梦》中才有过明确的表现，而几乎在所有其他古典小说中，都是明显缺乏的。假若深入鲁迅第三人称描写的本质中去，我认为鲁迅这种叙事角度与中国古典小说的同种叙事角度的差别绝不小于第一人称与第三人称两种叙事角度的一般差别。在鲁迅小说中，以第三人称的形式发展起来的是多视角，从不同人物的角度观察同一人物并在多种角度和读者自己的角度的结合中确定这个人物的形象，是这种叙事角度的最本质的特征。大多数古典小说做到的远非这一点，而是从外部因果链上行为后果的单一角度表现人物和事件。人物总是要以不同的面目出现在不同的人物眼中，但最终进行判断的仍是外部因果链上的最终结果，只有它才能判断谁是谁非。鲁迅小说中外部因果链的作用削弱了，它的结果也不再是评判一切的标准。剩下的，便是散存在小说中的各种视角和读者自己的判断。这二者之间是绝对不相同的。

在《呐喊》和《彷徨》中，不仅第一次出现了现代小说中各种不同的主要叙事角度，而且还出现了这些角度的不同组合方式。在《阿Q正传》

里，作者第一人称的叙述随着小说的推进渐渐淹没在第三人称的客观叙述之中，并且时浮时沉，结尾时又露出了作者的口吻。在《祝福》中，主体部分的第三人称被置放在了第一人称的整体框架中。《明天》《风波》《长明灯》中，主要运用了第三人称的客观叙述和描写，但作者有时也作为画外音而直接与读者交谈。《示众》《肥皂》等则完全笼罩在客观叙述之中。在第三章中，我们还分析过各种第一人称形式的组合方式。假若考虑到我们面对的是只有二十五篇中短篇小说，假若考虑到此前中国古典小说一直只有一个单一的叙事角度，你能不为这多种多样、变化多端的叙事角度而惊叹吗？

八

中国古典小说多以扣人心弦的故事情节著称，现代小说中常用以造成悬念、加强故事性的倒叙手法从未得到重视和运用。这同样是一个奇怪的文学现象。其中的原因当然也是复杂的，但我认为它与一种社会心理有着不容忽视的联系。现代小说倒叙手法的运用是与这样一种思维方式相联系的：它充分利用读者对事物、事件存在和发生的原因的强烈兴趣，实现着由果向因的回溯。在这类小说中，首先告诉读者的是事件的后果，单纯的"果"已经不再具有任何吸引力，读者假若不再关心发生这种后果的原因，小说便不再具有继续推进的动力。在中国古代叙事性作品里，不能认为没有由果向因的回溯，不能认为由此便不能在听众和读者中造成一定的艺术效果，但这样一个事实是无法否认的，即古代叙事作品在绝大多数的场合下是以"果"的吸引力制造艺术效果的。这说明不但当时的作者，而且当时的读者和听众，关心事物的"果"更重于关心事物的"因"。"这样的人将有什么下场呢？"要比"这样的人为什么会成为这样的人？"更具吸引力，"做好事的人能否得好报，做坏事的人能否得恶报"较之"做好事的人为什么会做好事，做坏事的人为什么会做坏事"更能惹起人的兴味……"果"是作者和读者共同关心的主要目标，有了"果"的出现才能更有效地说明"因"，肯定它或是消除它。好人得了好报用以劝人行善事，"好报"是关键；坏人得了恶报用以戒人莫作恶，"恶报"是轴心。人们总是更急切地关心着事件、人物的"果"，所以作者宜于把"果"放在后面，放在高潮处，这样才能把读者和听众一直导引到小说结尾，不使其丧失对小说的兴味。"要知后事如何，且听下回分解""要知胜负如何，且听下回分解"，是作者由因向果导引过程中时时加强"果"的吸引力的手段。在这种情况下，由因向果的顺时序情节推进是最有效的方式，由果向因的逆时序回溯容易松懈读者和听众的注意力。鲁迅小说不重视故事情节的曲折离奇，却有了倒叙手法的运用，其根本原因在于鲁迅对因的关注较之对果的关注更为强烈。《祝福》倒叙手法运用的基本根据何在呢？对于这个死得平平常常的劳动妇女，鲁迅让读者关心的分明不是她的生动曲折的经历，而是她默默而死的原因。鲁迅后来所写的祥林嫂的一生，从现象上说明了祥林嫂的死因，但因中有因，这还不是她最终的死因，最终的死因仍在她一生经历的背后。所以《祝福》的结构方式，是由果向因的不断深入，它的倒叙手法是在对事物发生原因的强烈关切中得到运用的。《伤逝》的倒叙手法，把涓生和子君追求的失败预先告诉了读者，这个结局已经没有吸引读者的力量了，导致这种结局的原因才是小说推进的动力。

对"果"的吸引力的削弱，对"因"的吸引力的增强，不但产生了《呐喊》和《彷徨》倒叙手法的运用，而且在很多场合下没有了倒叙和顺叙的差别。《狂人日记》《一件小事》《头发的故事》《阿 Q 正传》《社戏》《在酒楼上》这些小说是倒叙呢，还是顺叙呢？界限也已经不那么明晰了。对于一个并不重视故事情节的作用、不重视事件最终结果的吸引力、可以随时把结果告诉读者的小说家来说，顺叙和倒叙的界限并不是那么分明的。《在酒楼上》是倒叙呢，还是顺叙呢？说它是倒叙，它预先向读者宣告了一个什么样的后果？它回述了一个什么样的事件过程？说它是顺叙，其中的几个情节不是确实是在回溯往事时被交代出来的吗？顺叙和倒叙的互相过渡和融合，产生了多种不同的组织方式。《社戏》先以顺叙的方式描绘了在城市看京戏的情景，后又以倒叙的方式描绘了在农村看社戏的情景，两种情景形成了尖锐的对照；《狂人日记》首先交代了"狂人"的病和病愈后的结果，交代了正文发生的时间的界限（"狂人"发病与病愈之间），交代了"狂人"的前情与后果。正文则用顺时序的方式向前推进。

《呐喊》和《彷徨》中顺叙的叙事方式，就按时间顺序组织小说结构而言，与中国古典小说是相同的，但就推动情节发展的基本因素而言，仍然有着很大距离。在中国古典小说里，时间线与故事线是一而二、二而一的东西，时间的长度就是故事的长度。但在鲁迅小说里，时间的长度与故事的长度不再是一回事。这里有三种情况：第一，小说的时间长度小于故事的长度；第二，小说的时间长度长于故事的长度；第三，两者大致趋于一致。《风波》可做前者的例子，小说时间的长度是十多天（"过了十多日，七斤从城内回家，看见他的女人非常高兴……"），而故事的长度则是两年多（"七斤嫂记得，两年前七斤喝醉了酒，曾经骂过赵七爷是'贱胎'"）。《阿Q正传》可做第二种情况的例子。它的故事是从"有一年春天"受人欺侮后又欺侮小尼姑开始的，由此才有向吴妈的求爱、进城、"革命"直至被处死，但小说的时间长度则长得多。《弟兄》可做第三种情况的例子，故事从张沛君疑其弟弟的病为猩红热始，至疑团消解止，小说的时间与此大致相同。不言自明，以倒叙手法写成的小说，严格说来都属于第一类。这种小说时间长度不完全等同于故事时间长度的情况，本身便是挣脱了外部因果链束缚的表现。由此可见，鲁迅小说外部因果链的削弱、内部因果链的加强（具体表现为对"因"的反思力的加强），也带来了小说时序组织的自由化和多样化，为表现不同的主题、题材和思想感情，提供了更加广阔的选择余地。

九

鲁迅小说外部因果链的削弱，直接削弱着小说叙述手段的作用。而内部因果链的加强，则直接加强着小说的描写手段。较之中国古典小说，《呐喊》和《彷徨》是以不同的比重组织在一起的叙述和描写的整体。

当然，外部生活自身的变化对于描写手段的运用也不是没有一定限制的。不难看到，鲁迅小说中的描写不但与福楼拜、左拉的描写不同，而且与巴尔扎克的也有所不同，假若说后者的描写是"告知"性的，鲁迅的描写则是"提示"性的。鲁迅的读者并不是不熟悉《风波》中七斤一家吃饭的土场，并不是没见过《示众》中所描写的场面，也并不是没接触过闰土、单四嫂子这类人物，而是没有留心其中的意味，鲁迅的描写只要起到一定的"提示"作用就可以了。而巴尔扎克、福楼拜、左拉的描写则是告知性的，老葛朗台的发家史并不是每个读者都能了解的，金融资本家的经济手段并不是人人都熟悉的。所以后者描写的幅度更开阔、描写的密度更大，而鲁迅小说则不需要如此大的密度和幅度。我认为，从这个意义去理解鲁迅的白描手法，会对我们有所帮助。

在《呐喊》和《彷徨》中，叙述和描写在不同小说中所占的地位也是不完全相同的。假若仅就成功的例子而言，我们分明可以看到，故事的线头越短，描写的比重越大；故事的线头越长，叙述的比重保留得也便越大。《风波》代表着前者的一极，《阿Q正传》代表着后者的一极。假若故事的线头较长，而小说的篇幅太短，叙述的比重就会显得过大，使小说产生急促感，艺术上的成功就较小些。《头发的故事》《端午节》就有这样的弊病，《伤逝》《在酒楼上》《祝福》随着故事线头的加长相应加长了篇幅，使小说得以容纳足量的描写，艺术上就获得了较《头发的故事》《端午节》更大的成功。总之，鲁迅小说描写手段的加强，同样是与他的创作目的性以及随之而来的外部因果链的削弱有关的。

叙述手段相对是比较单纯的、少变的，描写手段则是多样的、善变的。描写手段的强化与叙述手段的弱化，同样带来了鲁迅小说结构的多样化。

过去我们总是说鲁迅继承了中国小说的优秀艺术传统，主要通过人物的语言和行动表现人物的心理。这固然没有任何不对的地方，但对鲁迅革新传统一面的估计是不足的。事实上，鲁迅小说的描写手段不是变化不大，而是较之中国古典小说变化极大。它增加了整整一个描写手段系统，即我们在本章第一节中所说的由内向外的表现系统。至于由外而内的透视系统，也因为与深层次心理空间的展示相结合而发生了显著变化。除了人物描写的多种描写手段组成的整个系统外，环境描写、景物描写也得到了某种程度的加强。

随着描写手段的加强，抒情的地位也有了相应的提高，它直接来源于叙事角度的多样化，来源于第一人称的广泛运用。

较之描写手段，叙述手段是单纯的、少变的，但这并不意味着鲁迅小说的叙述没有任何变化。例如，用讽刺性反语构成的叙述语言，便丰富了叙述的表现空间。它是把客观叙述与感情表现、讽刺目的与真实反映紧密结合在一起的叙述手段。《孔乙己》《阿Q正传》《风波》《长明灯》等小说都大量采用了这种叙述方式，而在古典小说中，只有在《儒林外史》等少量讽刺作品中才有较显著的运用。

描写在小说中的地位升级，描写手段的丰富化和完善化，抒情成分的增多，叙述手段的多样化，以及各种不同的艺术手段彼此结合的灵活性，同样给鲁迅小说的结构方式带来了广阔的自由选择的空间，加强了结构形式对多种主题、多种题材、多种描写对象、多种感情情绪的适应性。例如，同是反映觉醒的知识分子悲剧命运的《在酒楼上》《孤独者》《伤逝》便是三种不同的描写、叙述、抒情构造起来的结构系统。在《在酒楼上》中，人物的语言占绝对大的比重；在《孤独者》中，人物语言和行动的描写处于并重地位；在《伤逝》中，人物心理变化的过程得到了直接的细腻刻画。即使在同一篇小说中，各种成分也会因为不同的描写对象和艺术目的而有不同的结合方式。在《药》中，第一节以人物行动的描写为主；在第二、第三两节中对话上升为主要描写手段；在第四节中行动和表情描写得到了新的加强，心理描写、景物描写占有了前几节所没有的更大比重。这种不同的组合方式为各节营造了不同的情绪氛围，第一节中人物行动的描写主要在非声态的环境中进行，景物描写加强着寂静清冷的氛围，少量的语言描写从静中来，到静中去，不但不足以破坏这种气氛，反而点缀着它，加强着它。第二节加强着的人物语言描写使第一节的寂静氛围稍有缓解。第三节主要是错落进行的人物对话，漫画化的肖像、表情描写给小说带来更多的喜剧色彩。第四节的行动描写、心理描写、景物描写织成了具有极大内在张力并带有神秘意味的阴冷气氛，人物语言较少，且低低的、怯怯的。乌鸦的叫声蓦然而来，蓦然而去，令人惊悚，具有心灵的震撼力。就全文而言，则构成了由寂静到嘈杂复又沉入阴惨寂静的完整结构形式。总之，描写、抒情、叙述多种成分的巧妙组合，如万花筒般可以变化出不同的结构样式，为作者提供了适应不同思想内容和感情情绪的结构方法。

从关心广大人民群众的思想启蒙，到解剖日常平凡的生活现象；从解剖日常平凡的生活现象，到故事情节的削弱；从故事情节的削弱到外部因果链的弱化和内部因果链的加强；由两条因果链的辩证统一和外部因果链束缚力的松弛到结构形式的多样化。我认为这是一个并不难以理解的从思想到形式发展的途径。当然，一个作家能否沿着这条道路走向艺术革新的道路，那是不能事先断定的，但事实是鲁迅已经完成了这个过程，我们只是发现并说明这种内在的联系，并由这种联系说明鲁迅小说艺术革新的实质。

第三节　喜剧与悲剧的复杂交织——论《呐喊》《彷徨》的感情格调

一部文学作品的感情格调，既离不开作者的主观条件，也离不开作品所表现的客观现实。它产生于主观与客观的交接中，是特定对象作用于特定作者的主观世界所激起的感情情绪变化的艺术表现。所以，《呐喊》和《彷徨》的感情格调，不但可以而且应该从中国反封建思想革命的现实状况及鲁迅对它的具体感情态度中得到基本的说明。

一

鲁迅说："喜剧将那无价值的撕破给人看。"①

---

① 鲁迅：《坟·再论雷峰塔的倒掉》。

在《呐喊》和《彷徨》的喜剧性研究中，我们曾经反复研究过它们讽刺的真实性、尖锐性以及种种造成喜剧效果的艺术手法，但我们较少注意到，《呐喊》和《彷徨》的喜剧构成方式与中国古典喜剧作品有着哪些本质的不同。我认为，我们假若考虑到它们的喜剧构成是与中国反封建思想革命这个深刻的社会意识形态的历史变动联系在一起的，便不难发现，在中国喜剧美学的发展史上，《呐喊》和《彷徨》首次为我们提供了一种可以称之为"自觉的历史的喜剧构成方式"的新的喜剧构成原则。具体说来，就是鲁迅发掘的主要不是人们一向引为笑料的东西，不是有史以来便可以被人视为喜剧性的特征，而是历史的最新发展刚刚把那些具有惰性力的东西转变为喜剧或笑剧的事物的特征。而这，在中国古典喜剧作品中是极为少见的。在它们那里，喜剧都采取着一般的道德否定和人格否定的形式，历史发展过程中构成的具体喜剧形式几乎都作为非历史的形式被运用着，即使中国古代最杰出的讽刺小说《儒林外史》也是如此。例如，其中那个广为传颂的"严监生疾终正寝"的喜剧情节，有着具体的历史背景，却绝不具有严格的历史性质，假若同样的情况发生在春秋战国时期的另外一个人物身上，它同样是喜剧的，其喜剧性的强烈程度也不会有很大的差别。但《呐喊》和《彷徨》中的喜剧构成在整体上是与此不同的。如果在鸦片战争之前，一个人把治国平天下的希望寄托在三国良将张翼德这样人的出现上，如果他夸说一个人手持丈八蛇矛、有万夫不当之勇，如果有一个农村老太婆的手里拿着一个钉了十几个铜钉的碗，如果有一个人的书房里只放了几部像《四书衬》这样的书，如果一个人说儿媳妇要听命公婆的管教，公婆可以任意赶走儿媳妇，如此等等，会不会是喜剧性的呢？绝对不会。那都将呈现出严肃正剧的色彩。但在《呐喊》和《彷徨》里，这一切都是喜剧的，甚至是笑剧的，并且鲁迅显然自觉地运用着时代差构成了大量为此前任何时代所不可能是喜剧形式的喜剧情节。

一般说来，任何一个能够合理地构成的悲剧情节都或多或少地具有严肃的人生意义，而即使那些异常成功地构成的喜剧形式、能够引起周围人开怀大笑的形式，都有可能是极为粗俗、不说明被嘲笑者的可笑反而说明嘲笑者可笑的东西。因为悲剧的内核是对人的基本生存、生活权利的肯定，它的基点是对人的同情，一切悲剧都能够抽象为对人的某种必不可少的生存、生活权利得不到合理满足时的同情心的鼓动，作者可以在此中充塞进他所需要的具体内容，但不能脱离这个基本构成因素，所以他只要能有效地构成一个悲剧情节，这个情节便必然包含着这种永恒有意义的因素。贵族出身的贾宝玉、林黛玉之所以唤起我们的强烈同情，不是因为他们过的是贵族的豪华生活，而是他们丧失了每个人在原则上应该得到的真诚的爱情。普列汉诺夫引用罗斯金的话说："一个少女可以歌唱她所丢失的爱情，但是一个守财奴却不能歌唱他所失去的钱财。"①因为前者失去的是人的最基本的生存、生活权利，而后者失去的是一个人可以不具有的东西。所以当一个悲剧形式有了自身所必需的悲剧性质的时候，它已经当然地包含了严肃人生意义的内核了。喜剧的情况却有所不同。喜剧的内核不是对人的基本存在条件的肯定，而是对人的特殊方面的轻蔑和否定，作者必须把自己立于智慧者的立场上对异己者以笑的形式进行否定。同情者与被同情者在同情的方面应该是失去了任何距离的，而笑者与被笑者在笑的方面却必须保持相当大的距离，这个距离越大，构成的喜剧效果就越强烈，并且笑者必须把自己摆在优越者、智慧者的地位上。在这时，笑者与随从者是否真正处于优越者、智慧者的立场上，就成了这个喜剧形式是粗俗和高雅的区别。了解喜剧这一特性是非常必要的，由此可以看出喜剧的最高形式应当是历史的。因为智慧永远是一个历史的概念，是它不断把智慧的标尺提高，并不断把原来认为是"智慧"的表现的东西降落到非智慧的，甚至愚蠢的领域中去，亦即把原来可以构成悲剧或正剧的东西降落到喜剧或笑剧的范围中来。《呐喊》和《彷徨》自觉的历史的喜剧构成原则的确立，使它们避免了一切形式的粗俗的喜剧性，而给自己留下了深刻的历史性内容。

---

① ［苏］普列汉诺夫：《艺术与社会生活》，225 页，北京，人民文学出版社，1962。

《呐喊》《彷徨》的喜剧性及其自觉的历史的喜剧构成原则的形成，恰恰反映着鸦片战争后中国封建传统观念，特别是儒家封建思想体系在整体上的降格，反映着它们在现代民主观念产生之后已经陷入不可解脱的自相矛盾的困境，反映着它们的统治地位将失未失时的特殊的可笑姿态。并且这种反映绝非不自觉的，而是鲁迅意识到了的历史内容。一句话，《呐喊》和《彷徨》的喜剧性及其自觉的历史的喜剧构成原则的形成，直接产生于鲁迅对中国封建传统观念，特别是儒家封建思想体系的历史主义态度中。

　　孔子，作为中国古代一个伟大的思想家和教育家，作为中华民族思想文化的主要奠基者之一，作为为两千余年的中国社会提供了最有效的思想维系方式和伦理道德观念形式的真诚学者，其实际的生活经历是悲剧的。在他生前，他的存在价值没有得到中国社会应有的肯定，他的地位实际是卑微的，他的身世是坎坷的。他的一生，是一个实实在在的悲剧，一个无权无势的知识者的悲剧，一个有救世匡世之心，而无救世匡世之权的知识者的悲剧，并且可以作为在不重知识、不重文化的中国封建社会中知识者悲剧的鲜明象征。在过去我们有一种误解，似乎鲁迅对孔子其人是持绝对否定态度的。我认为，真正把孔子看作一个悲剧者的，恰恰不是别人，而是鲁迅。他始终把孔子和他的后裔严格区别开来。他说："孔夫子的做定了'摩登圣人'是死了以后的事，活着的时候却是颇吃苦头的。跑来跑去，虽然曾经贵为鲁国的警视总监，而又立刻下野，失业了；并且为权臣所轻蔑，为野人所嘲弄，甚至于为暴民所包围，饿扁了肚子，弟子虽然收了三千名，中用的却只有七十二，然而真可以相信的又只有一个人。有一天，孔夫子愤慨道，'道不行，乘桴浮于海，从我者，其由与?'从这消极的打算上，就可以窥见那消息。"[①]显而易见，就孔子自身而言，鲁迅是同情的。孔子时代，是儒家学说的代表人物的悲剧时代。

_____

　　① 鲁迅：《且介亭杂文二集·在现代中国的孔夫子》。

儒家封建思想体系及其代表人物的喜剧时代，是它成为封建统治阶级的统治思想之后，是在当孔子被追荐为"万世师表"之后。在那时，孔子学说的尊崇者再也不一定是像孔子那样具有独创性的思想家，再也未必是像孔子那样怀着真诚救世匡世之心的知识分子。他们可以是泥古守古的毫无思想个性的蛀虫，可以是纯以儒家思想为"敲门砖"而沽名钓誉的投机之徒。这类儒家思想的代表人物便不再是潦倒终生的悲剧人物，而成了虚伪愚蠢的喜剧或笑剧人物。这种现象，是一种思想与权势结合之后所必然产生的，是统治者"罢黜百家，独尊儒术"政策的必然结果。但是，当中国社会还没有超越儒家思想所规范的那种封建关系的时候，当巩固家庭封建关系和国家封建关系还是一个社会所不得不、不能不实行的基本社会措施的时候，在特定历史状况下，一些有识之士仍然会在自己的独立追求中走上儒家思想的道路，仍然会在救世匡世之心的推动下而提倡儒家学说，在他们身上，还流着孔子时代儒家代表人物的血液。一般说来，这种人物，往往不如那种趋炎附势之徒更能获得统治者的欢心，所以也更多地表现为悲剧。可以认为，从汉武帝提倡"罢黜百家，独尊儒术"到鸦片战争，就是儒家封建思想体系及其代表人物的喜剧和悲剧参半、喜剧和悲剧混杂并以悲剧为主的时代。

鸦片战争之后，儒家封建思想体系及其代表人物的悲剧时代全面结束了。"当旧制度还是有史以来就存在的世界权力，自由反而是个别人偶然产生的思想的时候，换句话说，当旧制度本身还相信而且也应当相信自己的合理性的时候，它的历史是悲剧性的。当旧制度作为现存的世界制度同新生的世界进行斗争的时候，旧制度犯的就不是个人的谬误，而是世界性的历史谬误。因而旧制度的灭亡也是悲剧性的。"[1]但鸦片战争之后的中国历史，从根本上改变了儒家封建传统思想的这种历史地位，因为这段历史已经证明，中国以它作为自己意识形态的基础对中华民族的发展是极其不利的。假若它确确实实是一个强有力的思想体系，

---

① 马克思：《〈黑格尔法哲学批判〉导言》，见《马克思恩格斯选集》第1卷，5页。

两千余年来以它为立国之本的中华民族就不可能较之世界其他民族进步得如此迟缓，就不可能经历近代如此悲惨屈辱的历史。在这时，对这个思想体系的自信，就不可能再是真正意义上的自信，而是像马克思所说的"想象自己具有自信，并且要求世界也这样想象"①。它的被尊崇的地位在这时与此前根本不同了，这或者由于对世界思想现状与中国社会、社会思想现状的无知，或者由于历史的惰性力和思想的惰性力，或者由于人云亦云，或者由于狭隘空洞的民族自尊心，或者出于个人的私利考虑，或者由于以上各种原因的各种不同形式的综合，但无论如何，这都不再是悲剧性或正剧性的了。"历史不断前进，经过许多阶段才把陈旧的生活形式送进坟墓。世界历史形式的最后一个阶段就是喜剧。"②

二

黑格尔在谈到喜剧时说：

剧中人物只有在自己并不严肃地对待严肃的目的和意志时，才把自己表现为可笑的人物。所以对于喜剧人物自己来说，他的严肃就意味着他的毁灭。因为他本来就没有抱定什么较高的具有普遍意义的，而且可以导致严重冲突的旨趣；如果他抱定了这种旨趣，那也只能暴露出他是这样一种性格，凭这种性格的现实存在，就已使他好像在追求的那个目的归于幻灭，从此人们就可以看出他实际上并没有真心真意地要实现那个目的。③

我认为，黑格尔所说的这个喜剧构成的前提条件，对于他所说的剧中人物本身感到的喜剧性与听众感到的喜剧性两种情况都是适用的。只是前者是外在的、明显的、喜剧人物能够自觉意识到的，而后者则是内在的、不明显的、喜剧人物自身没有明确意识到的。因为假若一个人物

---

① 马克思：《〈黑格尔法哲学批判〉导言》，见《马克思恩格斯选集》第 1 卷，5 页。
② 同上。
③ ［德］黑格尔：《美学》第 3 卷下册，316 页。

始终以严肃的态度追求着一个严肃的目的和意志，他的成功和失败都不可能引起我们的轻松的喜悦感，都不可能成为喜剧性的。假若他追求的是一个邪恶的目的，他的成功将构成对我们的威胁，引起的是恐惧沉重的感情，自然也不会是喜剧的。他的失败由于他自己的严肃性会使人物自身受到严重的损害，这时他的邪恶已由他的结局得到惩罚，我们的感情在他的痛苦中已得到补偿，也不会再产生轻松的喜悦感。"当受害者真的受到损害，或者当他人的感情严重地受到创伤的时候，我们都不能对他们的不幸和挫折加以嘲笑。"①所以那些企图通过对敌人失败时的真诚痛苦的描写加强喜剧效果的做法是注定要失败的。正面人物的失败自然不可能是喜剧的，正面人物经过严肃的斗争达到胜利，由于他付出的艰苦牺牲也不会成为喜剧。总之，只有像黑格尔所说的，当对自己的目的和意志采取实质上的不严肃的态度的时候，才有喜剧产生。

　　从喜剧存在的这个基本前提条件来看，我们可以说，人物只有在作为某种思想观念或道德观念的典型时，才有可能是喜剧的人物。在本质上，他不可能成为某种政治力量和经济力量的代表。假若一个人物对自己阶级的政治利益采取一种不严肃的、无所谓的态度，那么他就不可能真正代表这个阶级的政治利益；假若他对自身的和阶级的政治利益采取真正严肃的态度，那么他就不再是一个整体上的喜剧人物，喜剧性至多只能出现在他的某些环节上。政治斗争永远是严肃的，它的严肃性制约着彼此的代表者们都必须采取整体上的严肃态度，这是一个只能容纳少量喜剧情节的领域，并且这少量喜剧情节也只和政治人物的思想道德品貌发生直接的关系。经济斗争不但与政治斗争同为有形的斗争，而且较之政治斗争更直接地与每个参与者发生着联系，这几乎不需要多少阶级的自觉，就能够由切身利害关系促使人物对其目的采取严肃的态度。可以说，唯一能使人对经济利益采取非严肃态度的力量是一个人的思想观念和道德观念。总之，喜剧和喜剧人物在本质上便不是由纯粹的政治、

---

① ［英］李斯托威尔：《近代美学史评述》，225 页，上海，上海译文出版社，1980。

经济的对立构成的，越是直接着眼于政治和经济上的阶级斗争，其作品在整体上越会失去喜剧性。这已经被我国现代文学发展史上的事实所证明。与此同时，我们也不能仅仅以政治的、经济的原因解释喜剧和喜剧人物。当张天翼的《华威先生》出现在文坛上的时候，有人责难它歪曲了抗日阵线的爱国斗争，这种责难之不能成立，不仅在于他们混淆了抗战阵线中存在着两个政治阵线的区别，还在于他们没有想到，喜剧人物的阵线从根本上就不能以他所在的有形的政治、经济阵线为阵线，而应以他的思想、精神、道德的归属为归属。华威先生的喜剧性恰恰在于他活动在有形的抗日阵线中而实际上不是抗日人物，他对抗日的目的和意志实际采取着毫不在乎的态度。

《呐喊》和《彷徨》的强烈喜剧性，从一个侧面证实了，它们直接着眼的不是政治、经济的对立和矛盾。

政治和经济的利益以直接、有形的方式影响着每个单个人的目前的实利追求，它们不容许矛盾对立的双方在更高的程度上采取非严肃态度。但在思想道德领域里，情况就大为不同了。思想道德目的的虚幻性、抽象性和实利追求的具体性、可见性经常处在矛盾对立状态。对思想道德的真正严肃态度是真诚的信仰，是能够在信仰的基础上自觉履行它的原则和信条，能够为自己信仰的原则而牺牲自己的物质实利、本能欲望乃至生命，他的热情应当是以它的荣辱成败为坐标而波动起伏的。他应当为它的实现而感到真诚的喜悦，为它的无法实现而感到真诚的愤怒。只要他能够平心静气地对待它的任何一次成功与失败，就说明他在实质上并不以严肃的态度对待这里的严肃的目的和意志。不难看出，鲁迅之所以能够真实而又有效地构成《呐喊》和《彷徨》中的喜剧性情节和喜剧性人物，其基本前提就是这些喜剧性人物都对自己维护的传统封建思想和传统伦理道德采取着本质上的无所谓态度，他们都是一些毫无信仰、不准备为任何目的和意志做出牺牲的人物。在《肥皂》里，四铭这个人物的喜剧构成的前提，便是他几乎没有一个非达到不可的目的和意志。他言词激烈地攻击着新思想、新道德，但他并不想为维护旧思想和旧道德而采取任何有实质性内容的措施和步骤，并不具有为此而努力的任何真诚的热情，他的热情导源于与此毫无关联的另一个目的。而即使对另一个目的，他也没有非达目的不可的意志和热诚。所以他的变态性欲的暴风雨和由此激发出来的攻击新思想、新道德的"道德热诚"，爆发得快消失得也快，过了一夜（读者知道这意味着什么），他的心情便平静了。鲁迅在《肥皂》的结尾处创造了全文喜剧性的最高潮，就因为至此读者才真正看清了，这一切对于四铭都是无所谓的，他既没有因为社会的道德面貌依然如故而继续愤愤不平，也没有因为那个孝女仍在沿街讨饭而心忧如焚，甚至也没有为思念孝女而焦灼忧悒。这样一个人物，是连充当一个正剧的或悲剧的反面人物形象的资格也没有的，他只能充当一个喜剧的或笑剧的人物。《高老夫子》的喜剧性结尾，所遵循的艺术原则与《肥皂》本质上相同：

> 高老夫子的牌风并不坏，但他总还抱着什么不平。他本来是什么都容易忘记的，惟独这一回，却总以为世风有些可虑；虽然面前的筹马渐渐增加了，也还不很能够使他舒适，使他乐观。但时移俗易，世风也终究觉得好了起来；不过其时很晚，已经在打完第二圈，他快要凑成"清一色"的时候了。

什么"世风可虑"，什么"整理国史之义务"，甚至连那背后隐藏着的坏心思，在未得满足之时也很快消失在了"在初夜的寂静中清彻地作响"的骨牌声中了。实际上，高老夫子只是一个"做戏的虚无党"。

在《呐喊》和《彷徨》里，围绕着这些喜剧性的人物，也有政治变动和经济细节的描写，但这一切，都不是严重到危及他们切身政治、经济利益的事件。辛亥革命只是造成了一个将要危及他们的实际安全的错觉，随即也就喜剧般地结束了。不难看出，这些政治、经济事件的插入，在本质上都不在于揭示他们政治压迫的残酷性和经济剥削的惨重性，而在于展示他们的思想道德面貌。他们的喜剧性也是由他们毫无固定操守的思想道德面貌构成的。在《风波》里，赵七爷对与他有关的所有目的都不是真正热诚的。张勋复辟的消息传来，他似乎精神颇有些振奋起来，但张勋复辟没有成功，他也并没有什么悲哀；从表面看来，他对有无辫子是那么重视，但他何尝真的重视辫子的有无呢？他本人也是"随俗"盘辫的一个，显然也毫无为辫子献身的决心。他真正关心的是报复七斤，但即使这，他又何曾想付出什么代价呢？他只等着一个只有所得而一无所失的机会，机会一到便出巢而动，机会一失便蜷缩如故。

喜剧性人物的这种性质，是《呐喊》和《彷徨》之所以能够构成喜剧情节的客观前提。而这种客观前提，对鲁迅而言，不是为喜剧构成形式的需要而搜求的，而是先有了对这类人物的客观认识而自然构成了喜剧性的形式。在这里，形式也就并不仅仅是形式，而反映着鲁迅对中国封建传统思想和传统道德的理解、认识和感受。

作为中国封建时代统治思想的儒家学术道德体系，较之西欧宗教神学和印度佛学，有它自己的优长，也有它不可避免的弱点。它的优点是它的现实性，它的缺点也是它的现实性。唯其有更强的现实可行性，它才能较之老庄哲学更能获得统治者的青睐并在社会上有更广泛的实际影响，才能较之西欧宗教神学有更长远的生命力而长期居于统治思想的崇高地位，才能不被外来的印度佛学所取代而以更加有利的地位同化、限制着佛学。但是，它的现实可行性不能不是在狭小、落后的农业自然经济基础之上的可行性，不能不是封建专制制度前提之下的可行性。这种可行性的取得，正是由于它更多地适应了狭小、自私、保守的社会习惯心理，恰恰在于它更多地与封建时代社会各阶层的现世的、物质的实利追求相结合。在这种结合中，产生了它自身许多不可克服的矛盾。例如，这个意图为人的精神发展提供规范的学说，却不得不以现世的物质的实利追求为诱饵，其结果是强化着人的现世的物质实利的追求而湮灭着人的精神发展。这个意图造成整个社会人与人仁爱协调关系的学说，却不得不以家族的血缘亲疏关系为基础，其结果是承认了人与人感情关系的等差，从而造成了人与人感情联系的狭隘性和自私性，造成了社会统一联系的松散。这个需要以感情培养为中心目的的学说却处处浸透着理智的功利考虑，从而以理智的功利判断扼杀了人与人的真诚感情联系。这个应当以人的灵魂的完善化为目的的学说，却以一整套烦琐的礼仪制度为根本标志，这样便把人的注意中心转移到了外在表现之上，从而以外在表现代替了心灵的美化。这种种根本的矛盾浸透在它的每一个细部，如它常常把敬、爱合二而一，企图以形式的敬保障内容的爱，而敬的基础是畏，有畏则无爱，畏增则爱减，敬易而爱难，敬成了爱的代用品，对形式的重视超过了对内容的重视，重形则有伪，有伪则无情。总之，儒家学说由于这种种不可克服的矛盾，使它失掉了自己作为一种精神学说的大部分本质属性。任何宗教都是精神的鸦片，都有自己不可克服的矛盾。但老庄哲学、西欧中世纪宗教神学和印度佛学，都以虚幻性为特征，这种虚幻性决定了它们的脆弱性，但也使它们保持了作为一种精神学说的统一本质。它们或者把重心放在主观精神的自我完善上，或者把重心放在来世的追求上，其共同特征是以远离现世的物质实利追求为前提，较之儒家学说，都有重远不重近、重广不重狭、重大不重小、重内不重外、重灵不重肉、重情不重理、重个人牺牲不重实利获取的特征，它们没有给自己的信徒许诺任何现世的实利保证，其主要支柱是精神的信仰。这在精神发展和物质实利不可能和谐统一的社会历史发展阶段，使它们基本上保持了作为一种精神学说的内在本质。而儒家学说的现实可行性则使它加强了物质实利的支架而削弱了精神信仰的支架。事实上，当一个人失去了现实实利的有形追求的时候，他便不再可能走向儒家思想学说，而当他具有了走向儒家思想学说的前提条件之后，那么他实际上也就不再可能真诚地信仰这个学说，因为他走向这个学说的目的便不在对它的真理性的信仰，而在于获取现世的有形利益。也就是说，实用主义地对待儒家思想学说，是这个学说的信奉者们的实质态度。鲁迅把这个学说概括为"敲门砖"，可说一语道尽了它的本质属性。自然它仅仅是信徒手中的一个工具、一块"敲门砖"，他们之不能以严肃的态度对待这个实质上应当严肃对待的思想道德学说，也就并不为怪了。正是在这里，鲁迅发现了儒家传统思想及其卫道者们的喜剧性本质。而在五四新文化运动这个新旧交替的思想变动时期，这种喜剧性变得也愈加显豁、愈加典型了。

三

中国五四时期的反封建思想革命，具体表现为对传统神圣事物的"亵渎"。它的任务是撕破受人"尊崇"的传统思想、传统伦理道德的假面。五四反封建思想革命的这个特点，内在地决定了《呐喊》和《彷徨》喜剧性的构成形式。

所以说鲁迅的喜剧性是对"神圣"事物的亵渎，对"受人尊崇事物"的揭露，就因为封建传统思想在当时的中国社会群众的心目中还呈现着"神圣"的色彩，它还是受人们尊崇的东西。否则，它的"神圣"也便没有了存在的基础。而这里的"亵渎"和"揭露"，也就意味着作者以及由作者所代表着的部分群众(在当时主要是一些首先觉醒的知识分子)心目中的封建传统思想和传统道德已经不再是"神圣"的东西，已经不再具有受他们尊崇的外观形式。在这时，对封建传统思想、传统道德及其具体的社会表现，就存在着两种尖锐对立的视角，在这两种尖锐对立的视角里才会出现对同一事物的两种不同的视觉形象。在这两种对立的视角中，有一个是作者的主观视角，它体现着现代的反封建的民主观念。这个主观视角反映着事物的客观真实，反映着事物的本质属性，但不是当时群众心目中的"客观"形象。另一种视角相对于作者本人而言是客观的视角，是广大群众的视角，他们眼中的映象是被扭曲了的，不反映对象的本质面貌。但在当时的历史条件下，它却具有权威性和形似客观的面貌。我认为，明白了当时存在着的这两种尖锐对立的视角，也就明白了《呐喊》和《彷徨》喜剧性构成方式的大部。因为两种根本不同的视觉印象在读者没有思想准备的情况下的迅速过渡、奇特连接、交叉叠合以及由此构成的庄谐对照，是《呐喊》和《彷徨》喜剧性构成的基本形式。

《示众》的喜剧性是怎样产生的呢？它的叙述方式是客观冷静的，是严肃认真的，这种叙述方式代表着被叙述对象的一种客观面貌，即它具有郑重其事的性质，是平平常常的事物，是毫无滑稽怪诞之处的东西。应该看到，这绝非作者自己的主观印象，假若鲁迅如此看待他所描写的对象，他便根本不会把它复现在小说里呈交给读者，他便会像绝大多数群众一样对此熟视无睹、不予特别的注意。小说中这个场景呈现出来的这种严肃认真、郑重其事的外观形式，这种由小说的叙述形式传达给读者的表层印象，并不是由作者的主观视角产生的，而是作者极力按照一般群众的客观视觉印象进行叙述和描写的结果，是作者压抑着自己的主观感情力求"客观化"的产物。但是，他所描写的这一切，却是作者主观视角起作用的结果，因为没有带着憎恶、蔑视的眼光看待这一切的作者的存在，这一切就无法从纷纭复杂的社会生活背景上被突现出来。因此，《示众》这篇小说是两个尖锐对立的视角所发生的视觉印象的叠合品。这种叠合产生了严肃的形式与不严肃的内容的不协调关系，造成了喜剧的效果。显而易见，假若广大群众不把这类的生活场景看作平淡无奇的东西，《示众》客观冷静的叙述方式便没有存在的基础，作者硬要这样写便会令人感到矫揉造作、假意张扬；而假若作者不把它视作令人厌恶、值得轻蔑的东西，《示众》本身便没有任何意义。正是有了这两个不同的视角，才有了对同一对象的两种视觉印象，也才有了《示众》的喜剧性。

《示众》是以严肃的方式叙述不严肃的对象，《阿 Q 正传》（特别是它的第一章）却是以不严肃的口吻叙述严肃的内容。它也是两个不同视角共同起作用的结果。在《阿 Q 正传》的第一章里，鲁迅提出了阿 Q 的历史地位的问题，这个问题绝非一个只记着阿 Q 的做工而不关心他的"行状"的人所能够想到的。鲁迅提出了这个问题，包含着对阿 Q 这类人的重视 。但假若仅仅有作者的这一个主观的视角，阿 Q 的"行状"的叙述方式就将是严肃的、郑重的。它之所以采用了"开心话"的轻佻口吻，恰恰由于阿 Q 在普通群众的眼中是一个微不足道的人，是不足以用严肃的口吻提到的人物。鲁迅把这两个视觉形象叠印起来，也就是把阿 Q 在当时社会上的客观真实的具体形象与作者主观意识中所认为应有的真实面貌结合了起来，这种结合是不协调的，从表面看来是怪诞的，因而也是喜剧的。

要理解阿Q喜剧性构成方式的社会思想基础，我们不妨与赵太爷、鲁四老爷这类权势者的喜剧性对照着加以思考。赵太爷、鲁四老爷也是喜剧人物，但分明鲁迅构成这类喜剧性形象的艺术方式与阿Q有所不同，假若说鲁迅更多地用轻佻的口吻叙述阿Q的言语、行动和经历，那么，当叙述赵太爷、鲁四老爷的言语、行动时，则更多地采用严肃冷静的笔调，他们的喜剧性不产生在作者的轻佻口吻中，而产生在他们言行的真实意义与鲁迅用尊崇的口吻加强着的他们庄严外观的矛盾中。必须指出，事物的外观形式是不会脱离人的主观把握的。只有令人尊崇的外观形式才能引起一个人的尊崇感情，同样，只有真正引起了一个人的尊崇感情的外观形式才会具有令人尊崇的色彩。鲁迅绝对不会产生对赵太爷、鲁四老爷等这类人物的尊崇感情，因而他们的形象在鲁迅的眼中也不会具有令人尊崇的色彩。鲁迅之所以用能够引起尊崇感情的郑重口吻叙述这类人物的言语、行动，不是真的感到他们的可尊可敬，而是他们在未庄群众和鲁镇居民的眼中是庄严神圣的，他们恰恰代表着当时社会多数人的眼光，不首先赋予他们以这样的外观形式，人们就难以确定鲁迅实际描写的是他们眼中的哪类人物。所以鲁迅在这里不是运用自己的主观视角，而是力图用一般社会群众的客观视角观察对象、表现对象。与此同时，他所描写的具体事实，却又是一般社会群众所绝少注意到的，是他的主观视角才能够敏锐地发现的事实。鲁镇的村民是不认为鲁四老爷和鲁四太太应当对祥林嫂的命运承担责任的，所以他们也绝不会注意到鲁四太太不让祥林嫂动祭品对祥林嫂的致命打击，在叙述祥林嫂的事情时（假若说他们有时会提到她的话），也不会将这件事与祥林嫂的痛苦命运联系起来。所以这里的事实是作者运用主观视角发现到的。总之，阿Q的不严肃的外观形式和权势者的庄严的外观形式，都是以他们在当时社会中的实际地位以及他们在传统观念制约着的多数社会群众眼中的"客观"面貌为根据的。

两种视角的不断变换以及由此造成的不协调感会产生喜剧性的效果，我们在《离婚》中可以找到最有说服力的例证。爱姑本身便具有双重性的人格，一方面她具有蛮野的、不受封建礼教束缚的性格特征，另一方面她又并没有从根本上摆脱封建等级观念和礼教观念的束缚，这两种因素自发地在她头脑中交替出现，造成了她对外界对象（主要是七大人）的视角印象的矛盾性和错乱状况，使其难以形成协调一致的完整感觉。《离婚》的喜剧性也就由此产生。关于这一点，我们在前面已有具体分析。这里需要强调的是，在爱姑的两种交替出现的视角中，一个是由传统封建观念起决定作用的视角，另一个是由本能的、自发的个性要求起决定作用的视角，前者不能代表鲁迅的主观观感，后者则代表着鲁迅本人的视觉印象。所以爱姑的两个视角，同时也是作者所运用的主客观两个视角，是这两个视角的具体体现。

我们看到，不论是以庄严的、郑重的口吻叙述非庄严的内容，还是以非庄严、非郑重的口吻叙述严肃的内容，作为客观视觉形象的因素都属于形式的一面，而作为鲁迅主观视角所发现的事实都在内容的一面。内容永远比形式更有力，事实永远比外观色彩更强大，形式越是远离内容本身，外观色彩越是与事实背离，形式也就越是表现出自身的荒谬，外观色彩越是表现出自己的虚假。所以鲁迅越是用力加强着与内容不相契合的形式因素，越是极力渲染与事实背离的外观色彩，越是能够加强对对象的形式因素和外观色彩的否定力量。换言之，也就越是能够以自己主观的视觉印象否定掉、冲刷掉由封建传统观念加在事物上的虚假的色彩。威廉·莱尔说："他（鲁迅）的讽刺经常指向'名'与'实'之间的割裂。名，是传统的社会公认的理想的美妙名称；实，是中国社会当前的现实。"①封建传统观念所赋予客观事物的"名"，在鲁迅小说中用鲁迅发现的"实"否定着、荡涤着。"名"与"实"的不协调、不合理的怪诞结合方

① ［美］威廉·莱尔：《故事的建筑师　语言的巧匠》，见《国外鲁迅研究论集（1960—1981）》，362 页。

式，使描写对象呈现出了畸形的、可笑的形态，构成了对象自身的喜剧性特征，而"实"与"名"割裂程度的严重性，"实"对"名"否定的尖锐性和彻底性，使鲁迅小说的喜剧性主要不表现为轻松的幽默，而表现为热辣的讽刺。"名"与"实"之所以能够同时被艺术地体现在小说中，则是鲁迅同时运用主客观两个视角的结果。"名"，不是鲁迅主观视角里的东西，而是他对对象在群众眼里的客观风貌的艺术性显现，是他努力按照传统观念的形式想象对象的结果。"实"，才是鲁迅主观视角里的东西。

就某篇小说的整体性喜剧色彩而言，鲁迅的主客观两种视角的感官印象是叠合在一起的。他以尊崇的口吻、语调叙述不值得尊崇的事物，或以轻佻的口吻、语调叙述值得重视的事物，就在同一事物的表现中形成了两种不同的、彼此怪诞结合着的色彩。而在小说的细节描写中，在小说发展的进程中，他则同时常常在不经意间变换视角，从而把两种根本不同的感官印象在紧密相连中实现彼此的混合交错。小说的喜剧性也便在这种混合交错中产生。

> 赵七爷是邻村茂源酒店的主人，又是这三十里方圆以内的唯一的出色人物兼学问家；因为有学问，所以又有些遗老的臭味。他有十多本金圣叹批评的《三国志》，时常坐着一个字一个字的读；他不但能说出五虎将姓名，甚而至于还知道黄忠表字汉升和马超表字孟起。（《风波》）

从表面看来，这段关于赵七爷的叙述是取着同一视角的客观叙述。但假若如此，我们便无法与一般的人物介绍区别开来，也便无法理解它的喜剧性意味。实际上，这里存在着两种根本对立的感官印象的纠缠。一种印象是赵七爷是一个出色人物兼学问家，另一种印象是他是一个无知的可笑人物。这两种印象是怎样产生的呢？前一种印象显然不是鲁迅对赵七爷的主观评价，而是作者从一般人的观点出发对赵七爷的"客观"介绍，后一种印象才代表鲁迅的主观认识。看到这种差别后，我们便会发现，当鲁迅开始说他是"出色人物兼学问家"、说他"有学问"的时候，实际是以社会的一般标准为标尺的，是故意站在赵七爷周围群众的立场上仰视赵七爷的，这不是鲁迅个人的主观视角里的感官印象，而后面的"遗老的臭味"，则说明鲁迅突然返回到了自己的立场上，开始居高临下地俯视赵七爷。"他有十多本金圣叹批评的《三国志》，时常坐着一个字一个字的读"，这是一个没有文化、把赵七爷视为"出色人物兼学问家"的人所不可能做出的交代，只有一个比赵七爷更有学问的人，才能知道他读的书是什么，是谁评注的本子，也才能了解他读的熟练程度。正是由于这里是居高临下的叙述，才向读者暗示了赵七爷的"学问"是何等可怜，何等微不足道。"他不但能说出五虎将的姓名，甚而至于还知道黄忠表字汉升和马超表字孟起"，这里则又是两个不同视角共同起作用的结果，兼有俯仰两种角度。就句式而言，作者故意仰视赵七爷，是用仰慕赵七爷的人的视角看赵七爷的，似是对他的赞颂，但就事实自身而言，则又是鲁迅俯视赵七爷的结果，是承接上一句进一步显示他的学问之可怜的。总之，在这一段喜剧性的文字中，鲁迅时而用自己的语言说话，时而用一般人的语言说话；用自己的语言说话时他居高临下地俯视着赵七爷，用一般人的语言说话时他自下而上地仰视着赵七爷。在这一俯一仰之间对赵七爷既褒又贬，时褒时贬，褒词是空泛的、形式的，贬词是事实的、内容的，从而造成了它的喜剧性色彩，达到了对赵七爷讽刺的目的，也显示了周围人对赵七爷仰慕之情的荒谬。

我们常说鲁迅的讽刺手法之一是庄谐的结合，这庄谐的效果也是两个视角在读者不经意间发生变换的结果。

　　我们不能知道这晚上阿Q在什么时候才打鼾。但大约他从此总觉得指头有些滑腻，所以他从此总有些飘飘然；"女……"他想。
　　即此一端，我们便可以知道女人是害人的东西。
　　中国的男人，本来大半都可以做圣贤，可惜全被女人毁掉了。商是妲己闹亡的；周是褒姒弄坏的；秦……虽然史无明文，我们也

假定他因为女人，大约未必十分错；而董卓可是的确给貂蝉害死了。(《阿 Q 正传》)

这里的前一个自然段就视角而言是作者的，就内容而言是事实的叙述、现实的情况，就表现形式而言是非严肃的、诙谐的。从"即此一端"开始，鲁迅的视角变化了，转而以传统观念解释上述的事实，从表面的语气上是论说性的、严肃的、庄重的。这里的一庄一谐一经连接在一起，二者便彼此发生着渗透。后面的庄重议论因是对一种传统的愚妄学说的调侃而具有了滑稽的性质，前边的诙谐事实因能引出那么一番高论宏议而具有了庄严的外观，因而不仅前后两部分是庄与谐的结合，并且还由此使彼此都成了庄谐两种因素的组合体，这种组合的怪异性产生了喜剧色彩，但归根结底又是鲁迅暗中转移视角引起的。

四

至少在鲁迅看来，五四时期的中国历史在封建思想势力和被封建思想势力扼杀着的人们间，还没有形成像莎士比亚的《哈姆雷特》那样的悲剧情势，足以使对立的两方同时走向悲剧的结局。在那时，除了在较少情况下，悲剧还是单方面的。祥林嫂的悲剧就是祥林嫂的悲剧，它不能同时导致鲁四老爷的悲剧性毁灭；涓生和子君的悲剧就是他们的悲剧，它不能对旧的传统观念及其思想势力造成根本性的悲剧性损伤。但《呐喊》和《彷徨》中的喜剧性却常常是双向发展的，是具有反射性能的。

喜剧、滑稽是由于不协调产生的。严格说来，凡是存在着不协调关系的地方，都存在着喜剧性的因素和滑稽的意味。而不协调的关系是由双方构成的，这里具有喜剧意味的不仅仅是双方中的一方，而是双方。例如，一个人穿着一件极不合身的衣服，这时具有滑稽意味的不仅是穿着不合身衣服的人，而且还有与人不相适应的衣服。在五四时期，传统的封建观念与中国现实的、历史的需要越来越失调。这时它的"名"与"实"的睽异更加明显了，这使它成为喜剧性的和笑剧性的。但在同时，它又仍然是具有巨大影响力的思想观念，是一个客观存在的现实思想因素，而作为一股不可忽视的强大现实力量，它同样要求人们适应。当一个人的思想言行与它发生不协调的关系时，可笑的就不仅仅是现实自身，而且还有与之不协调的人。喜剧性的现实能使所有人成为喜剧性的，因为与它相适应的人必然自身也是喜剧性的，而与它不相适应的人又会因为这种不适应、不协调使自己带有喜剧性的色彩。

在分析孔乙己的形象时，我们往往只强调他脱离群众、厌恶劳动、放不下知识分子架子的一个侧面，似乎这是他的喜剧性的基本根源。我们不能否认这种因素的存在，但它绝非孔乙己喜剧性发生的根本基础，因为它无法有效地说明孔乙己的所有喜剧性表现。实际上，孔乙己之所以好笑主要由于他在自己的地位上已经不能与他的周围环境、与他的现实地位保持和谐的平衡关系。这样理解他的喜剧，便应当承认他的喜剧不仅仅有主观的原因，同时更有现实关系自身的荒谬性，而二者又是互为因果、不可分割的。

　　有几回，邻舍孩子听得笑声，也赶热闹，围住了孔乙己。他便给他们茴香豆吃，一人一颗。孩子吃完豆，仍然不散，眼睛都望着碟子。孔乙己着了慌，伸开五指将碟子罩住，弯腰下去说道，"不多了，我已经不多了。"直起身又看一看豆，自己摇头说，"不多不多！多乎哉？不多也。"于是这一群孩子都在笑声里走散了。

在《孔乙己》中，这个细节是最富于喜剧性的。这里的喜剧性固然也由于孔乙己"多乎哉"一类的迂腐语言，但更由于他失去了与外界的平衡关系后的慌乱神态。这里的平衡关系的丧失，已经不是由于自身思想观念的病态发展，而是由于他的善良，由于他的善良遇到了对他不怀任何尊重和同情的孩子们的残害，由于他的实际经济状况无法负荷他的善良给他造成的物质支出。这里的喜剧性也产生于不协调的关系，但孔乙己与外界的不协调却仅仅由于外界现实的畸形状况，畸形的现实使孔乙己的善良也变得带有了畸形的特征。实际上，即使那些掺杂着孔乙己主观原因的喜剧性情节，也并不单单因为孔乙己的好逸恶劳。例如，孔乙己极力为自己偷书行为辩白固然是可笑的，但这里的可笑同时缘于孔乙己的徒劳的争辩。酒店顾客们的毫无同情之心的嘲弄，使孔乙己的所有辩白都只能使自己陷于困境，所以他越是辩白越说明他的迂腐，越要表现出自己的困窘和无力，也就越是可笑的。他正像落入网罟的小鸟，越挣扎越显出自身的滑稽。这滑稽由于自己的无力，也由于网罟的存在。二者的关系使小鸟的挣扎带有了不自量力的性质。孔乙己的喜剧性又何尝不是如此呢？而这却是以周围社会环境的险恶为前提的。

　　阿 Q 喜剧性的双向性更为明显。阿 Q 的具体言行从来不是一贯的、统一的，他时此时彼，时左时右，既南又北，既东且西，却无往而不具有喜剧性的色彩。他反对革命时是喜剧性的，转而拥护革命的时候也是喜剧性的；他坚持"男女之大防"的封建伦理原则时是喜剧性的，他向吴妈求爱时也是喜剧性的；他失势落魄时是喜剧性的，他稍稍得意时也是喜剧性的；他憎恶蔑视"假洋鬼子"时是喜剧性的，他讨好乞求"假洋鬼子"时也是喜剧性的；他自吹自擂时是喜剧性的，他自轻自贱时也是喜剧性的……"滑稽"像永远烙印在了阿 Q 的眉头上一样，无论他走到哪里，无论他怎样做、怎样说，都无法摆脱滑稽的意味。假若我们不把阿 Q 放在他与环境的"关系"中来理解，而仅仅寻找阿 Q 自身的原因，无论如何也是难以理解的。他之所以无往而不陷入喜剧性的境地，是因为他在自己的位置上，必须同时与两种尖锐对立的对象保持和谐与平衡，而这种和谐与平衡又是根本不可能兼而得之的。一是他的自我，他的本能的欲望、自然的要求，他的实际的生活需要；二是他所处的以封建等级关系为基础的封建社会关系。当他本能地顺从自己的自然欲望时，在他的位置上便必然与周围环境不协调，同时也便失去了与他的实际社会地位、实际能力的协调，在这时他是喜剧性的。但当他企图顺从周围的社会环境、以环境的需要为需要时，他同时也便失去了与自己的本能需要、自然欲求、实际利益的协调关系，在这时他同样是喜剧性的。例如，他在屈从于别人的欺凌侮辱时，可以相对协调自我与环境的关系，但同时也便更加远离了自我本能愿望的要求，远离了自己的实际利益，他的"精神胜利法"之所以可笑，就是因为它以怪诞的方式掩盖了而不是实现了自己的实际利益，就在于它与自己的真实自我要求是无法协调一致的；但当他企图反抗时，当他顺从自我的本能欲望时，他又失去了与周围环境的协调关系，其结果是又把自己置于了"不自量力""鸡蛋碰石头"的愚蠢境地，其结果是仍然落到失败的境地，必须再次乞灵于"精神胜利法"，其表现仍然是喜剧性的。再如他之维护"男女之大防"，实际上远离了他自己的现实需要，远离了他的实际社会地位，远离了他的具体生活状态。对于一个有着自己的家庭，需要以"男女之大防"的堂皇理论维护自己私有的封建家庭关系的人来说，这种主张是可以理解的，而阿Q却是无家无室、无妻无女的一条穷光棍汉子，居然也以维护"男女之大防"为自己的神圣职责，这不能不令人感到滑稽可笑。但是，当他向吴妈下跪求爱的时候，他又未能顾及自己的实际地位、周围的社会环境、社会习俗。周围人认为一个上无片瓦下无插针之地的流浪汉，一个无勇无谋的穷小子是不应当奢望求爱纳妻的，他们认为无父母之命、媒妁之言的私下求爱对于阿Q这样的人是极不正当的，而阿Q的笨拙的纯自然欲求的表白也不利于他的目的的实现。以上这一切都使阿Q的行动失去了与现实关系的协调一致，他不但没能达到目的，而且吓跑了吴妈，招来了祸患。在这时，他就是一个盲目地追求着一个在读者看来明显无法实现的目的的人，就是一个"自寻烦恼"、"自找苦吃"、不会审时度势的蠢人，因而他仍然不能不是喜剧性的。

阿Q喜剧的这种双向性，把《阿Q正传》的喜剧性提高到了喜剧艺术前所未有的境界上来。喜剧假若仅仅是人物的喜剧，假若仅仅是人物与社会的不协调，假若仅仅是由人物自身的喜剧性过失造成的，那么这里的喜剧便是自我封闭的，它不但不能通向悲剧的艺术境界，而且也不大能够直接跨入社会喜剧的境界，并且不带有更高的历史喜剧的性质，因为它给人物的自我选择留下了更广阔的空间，使他完全可以通过个人的修养改变自己的喜剧面貌。喜剧假若仅仅是社会的，假若仅仅表现为社会与人的不协调，假若仅仅由于某种社会模式的错误，那么这种喜剧也将是自我封闭的。晚清谴责小说之所以不能同时上升到社会悲剧的艺术境界，之所以仅仅具有责他性而不具有自我认识的艺术功能，就是因为它们的喜剧仅仅是异己的"社会"的喜剧，是由那种社会状况的少数统治者负责的喜剧，是那些代表着社会喜剧的喜剧人物的喜剧。在这种喜剧里，"社会"似乎有着自己独立的自由选择的性能，似乎可以不受社会绝大多数成员的强大制约，因而它的畸形状态只能是它的喜剧性表现，而不能同时是它自身的悲剧。以上两种喜剧，都是在一个畸形体与一个常态体的对照中产生的单方面的喜剧，因而它是可以靠单方面的自我调整摆脱自身的喜剧状态的，其喜剧性是易逝的、单薄的。而《阿Q正传》的喜剧性则总是建立在两个畸形体喜剧性的不协调上，这里的喜剧性不但由于彼此的激化而发挥到了极致，而且由于彼此的制约而具有很大的恒定性。也正是因为如此，这里的喜剧性不但可以在两个畸形体中互相开放，而且还对悲剧性采取了开放的姿态。当阿Q的喜剧性根本无法通过自身的调整得以摆脱的时候，阿Q在这里也便是不具有自我选择的主动性的，也便是不自由、不自主的，而这本身也就正是阿Q的悲剧性之所在。同样，当社会的喜剧状态根本无法靠着自身的变革得以摆脱的时候，社会也便是不能够自由、自主地规定自己的，而这也就是社会的悲剧性之所在。在我们分析《阿Q正传》的时候，总是只强调鲁迅对辛亥革命的批判，但辛亥革命在鲁迅的笔下实际也正像阿Q一样，是喜剧的，也是悲剧的，它因有阿Q的存在而是喜剧性的，因为在一个充斥着阿Q的环境里而企图进行一场根本性的社会改造，其失败的命运是必然的，它只能以喜剧性的失败告终。并且，这种与社会自身不协调的革命本身便具有滑稽的意味，但它同时又是悲剧性的，因为它的失败不仅仅由于它自身的过失，而且由于中国社会思想的客观条件的限制。具体说来，也便是因为阿Q，因为阿Q主义的存在。《阿Q正传》的这种喜剧艺术境界，至少在迄今为止的文学发展中，是属于最高喜剧艺术境界范畴的，它不但为此前中国古典喜剧艺术所不可企及，就是鲁迅自己的《肥皂》《高老夫子》《弟兄》这些较为单纯的讽刺喜剧作品，也没有进入如此高的喜剧境界。由此也可看出，《阿Q正传》之成为中国现代文学的一个艺术高峰，绝不仅仅由于它内容的丰富、思想的深刻，而且也由于它对于现代艺术的美学贡献。但它的艺术价值又是与思想价值不可分割的。鲁迅分明意识到，社会若不打破阿Q主义，将永远无法脱离自身荒谬的喜剧性状态，而阿Q若不打破社会的荒谬喜剧性状态，也将永远无法摆脱自己喜剧性的滑稽面貌。这里是两种机制的同时调整的问题，不是单方面的自我改善的问题。显而易见，没有鲁迅的这种观念上的深化，也便没有《阿Q正传》喜剧艺术的完善化。

五

当分析了鲁迅小说喜剧性的双向性特征之后，我们也就理应得出这样一个结论：鲁迅小说中的喜剧性，其根源不仅仅或不完全存在于喜剧性载体的自身。明了了这一点，我们才有可能进入对首先觉醒知识分子形象的喜剧性色彩的分析。

《狂人日记》中的"狂人"这个形象，就是带有喜剧性色彩的。他思路混乱、行动失常、语无伦次、议论怪诞，使人感到可笑。但是"狂人"的价值也就在他的可笑特征之中。唯其是"狂人"，唯其有"狂人"的诸种可笑的特征，他才是一个有价值、有思想的人物。当他病愈之后，他不再是"狂人"，他不再是可笑的，而同时也便不再是有价值的人物了。这是为什么呢？因为从本质上说，"狂人"的喜剧性不是由于他自身是畸形的，而是由于现实是畸形的，他背离了畸形的传统思想，背离了周围人的畸形道德，与周围的现实发生了严重的不协调关系，他在这种不协调关系中呈现出了喜剧性的色彩，但这也正是他的价值之所在。在这里，鲁迅在表层使用的是"客观"的视角，把传统的、畸形的作为正常的、正剧的东西叙述着，而把"狂人"作为非正常的人。但在鲁迅的主观视角里，现实的封建关系才是畸形的，所以，"狂人"只是喜剧性的载体，却不是喜剧性产生的根源。其中纳入的不是鲁迅对"狂人"的讽刺，而是他对现实封建关系的控诉。

《幸福的家庭》的喜剧性较之《狂人日记》《长明灯》更复杂一些，但从总体的方向性上，应当认为三者是一致的。在这篇小说里，其喜剧性产生的根源在于理想与现实的喜剧性冲突，小说的主人公力图把理想与现实的关系协调起来，在现实的背景上为理想的幸福家庭找到一个合适的位置，找到一种二者和谐共存的可能性。但它们总是冲突着，抵触着，"现实的"因与"理想的"不协调而呈现着喜剧性的色彩，"理想的"也因与"现实的"不协调而带有喜剧性的特征。它们彼此背离，各自把对方变成喜剧性的、可笑的。但其中谁起着决定性的作用呢？显而易见，是"现实"。"理想"映衬着"现实"，使"现实"现出自己的粗俗的可笑面目，但它无法改变"现实"，无法将"现实"扭曲，无法粉碎"现实"的本质。而"现实"却可以一步步把"理想"扭曲，使之畸形化，从而使"理想"不情愿地放弃自身的本质，成为可笑的东西。

他的笔立刻停滞了；他仰了头，两眼瞪着房顶，正在安排那安置这"幸福的家庭"的地方。他想："北京？不行，死气沉沉，连空气也是死的。假如在这家庭的周围筑一道高墙，难道空气也就隔断了么？简直不行！江苏浙江天天防要开仗；福建更无须说。四川，广东？都正在打。山东河南之类？——阿阿，要绑票的，倘使绑去一个，那就成为不幸的家庭了。上海天津的租界上房租贵；……假如在外国，笑话。云南贵州不知道怎样，但交通也太不便……。"他想来想去，想不出好地方，便要假定为 A 了，但又想，"现在不少的人是反对用西洋字母来代人地名的，说是要减少读者的兴味。我这回的投稿，似乎也不如不用，安全些。那么，在那里好呢？——湖南也打仗；大连仍然房租贵；察哈尔，吉林，黑龙江罢，——听说有马贼，也不行！……"他又想来想去，又想不出好地方，于是终于决心，假定这"幸福的家庭"所在的地方叫作 A。

"总之，这幸福的家庭一定须在 A，无可磋商。家庭中自然是两夫妇，就是主人和主妇，自由结婚的。他们订有四十多条条约，非常详细，所以非常平等，十分自由。而且受过高等教育，优美高尚……。东洋留学生已经不通行，——那么，假定为西洋留学生罢。主人始终穿洋服，硬领始终雪白；主妇是前头的头发始终烫得蓬蓬松松象一个麻雀窠，牙齿是始终雪白的露着，但衣服却是中国装，……"

"不行不行，那不行！二十五斤！"

"理想"是自由的，在自由中才有幸福，在自由中才有理想。但主人公在描写理想的幸福家庭时，却已经可怜地失去了自由想象的余地，失去了自由选择的起码的空间。在这里，"理想"也像在泥泞中彳亍，找不到自己插脚的地方，因紧张而肌肉抽搐，脸上溅满了现实的泥浆，呈现着可笑的面目。但是，这"理想"的可笑仅仅在于它不再是"理想的"，在于现实毁灭了它，扭曲了它，它是喜剧性的载体，但不是喜剧产生的决定性力量。所以，我们与其认为因理想脱离了现实因而理想是可笑的，不如认为因现实太不理想因而理想呈现出可笑的形态。前一种理解把喜剧产生的原因主要放在理想这个喜剧性载体上，得出的结论是理想要屈从于现实，迁就现实；后一种理解把喜剧造成的原因放在现实上，得出的结论是应当把现实改造得更合乎理想。由此也可以看出，《幸福的家庭》的喜剧性的作用主要集中在它的反射性能上。这同样适用于小说的主人公。我们应当认为因主人公的理想脱离了现实因而主人公是可笑的呢？还是应当认为现实并不如主人公想得那么理想因而主人公是可笑的呢？显然应当取后一种态度。因为前一种态度否定的是主人公的理想本身，后一种态度否定的是不理想的现实和主人公对现实的迁就与屈从。

《幸福的家庭》中的主人公因低估了现实而在行动上迁就与屈从着现实，《端午节》中的方玄绰则因为充分地估计到了现实的困难而屈从着现实。他们都带有喜剧性特征，但他们的喜剧性的作用都主要在于它的反射性能。必须看到，《幸福的家庭》中的主人公和《端午节》中的方玄绰都不是封建传统的维护者，不是鲁四老爷、赵七爷式的喜剧人物，不是四铭、高老夫子式的人物，也不是被封建传统观念和畸形的现实关系盲目支配着的阿Q、孔乙己、爱姑式的喜剧人物。他们的可笑不是由于与畸形传统思想和畸形现实关系的相同而使自己有了畸形的特征，而是因为他们抛弃了这种畸形的东西，失去了自身与现实关系的协调性，因而变得可笑了。假若《幸福的家庭》中的主人公不为自己设想一个更高于周围现实的理想家庭，而安于现状，把现实的当作理想的，把畸形的当作正常的、天然合理的，对现状没有不平，或者看不到传统封建思想对现实社会思想束缚的严重性，他的喜剧性也会消失或者转化为别种的形态。他们在离开畸形的东西的时候而仍带有畸形的特征，他们由于离开了畸形的东西而显出了畸形的面貌，这样，他们的畸形就主要不是由自身的不完美引起的，而是由于存在着一个畸形的背景。不难看出，他们在判断美丑的标准上，与作者的主观原则并没有根本的差别，他们的不完美表现在行动的原则上，而这种行动的原则则是在现实关系的制约下陷入了混乱和不合理的状态。我们假若不把这里的喜剧性看作对畸形现实的反射，而仅仅看作鲁迅对主人公的鞭挞，便从根本上背离了这两篇小说的主旨。

至此为止，我们实际分析了《呐喊》和《彷徨》喜剧职能的三种类型。（一）对喜剧性载体的讽刺。属于这类的喜剧人物有鲁四老爷等权势者的喜剧形象和四铭、高老夫子等卫道知识分子人物形象，部分背景人物（封建舆论的组成者）也属于这一类。这里的喜剧性是单向的，是直接面向喜剧性人物自身的。他们具有自我选择的主动性，他们不是在别种力的强制下成为畸形人物的，他们是权势者，他们的选择不受物质条件和文化条件的强力挟制。在历史进入需要扬弃腐朽封建传统的时代里，他们之成为这种传统的维护者仅仅由于自己的愚昧无知、虚伪和狭隘自私等个人道德的原因，因而他们的畸形应由他们自身来负责。（二）同时对喜剧性载体及其所处的畸形社会思想环境的讽刺。这里的喜剧性的讽刺职能是双向发展的，它既指向喜剧性的载体自身，也通过喜剧性的载体的反射作用指向它周围的社会环境。属于这种类型的有阿Q、孔乙己、爱姑这类喜剧人物。一些背景人物也接近这种类型。他们是被封建传统观念盲目支配着的人物，就他们是封建传统观念的载体而言，他们的可笑的原因在于自身，但就他们极少摆脱这种观念的主动性而言，他们的可笑是封建现实关系的产物，他们的畸形同时是畸形现实关系的反映。

（三）主要着眼于喜剧性载体的反射性能的讽刺。这种喜剧性的讽刺职能也主要是单向性的，但它不是直接指向被讽刺的主体，而是通过喜剧性载体的折射，对封建传统思想和现实封建关系进行揭露和讽刺。这类喜剧人物由于失去了与现实封建关系的协调性、失去了适应自己思想原则的行为原则而显得可笑，但他们行为原则的错乱又主要受制于现实关系的畸形状态。在这种情况下，这类人物的喜剧性就主要表现在它的反射性能上，作者的讽刺表面看来指向喜剧人物自身，实际上却意在嘲讽使他们呈现出喜剧面貌的畸形封建现实。不难看出，《呐喊》和《彷徨》这三种主要类型的喜剧性，实际上是从三种不同途径导向一个共同的方向：将那无价值的封建传统思想观念、封建伦理道德撕破给人看，将那被这种无价值的思想观念和伦理道德维系着的无价值的封建现实关系撕破给人看。

六

鲁迅说："悲剧将人生的有价值的东西毁灭给人看。"[①]

鲁迅这个定义对我们是十分重要的。在我们研究鲁迅的悲剧性作品时，特别是研究《呐喊》和《彷徨》中最纯正的悲剧作品——以觉醒的知识分子为悲剧主人公的悲剧性作品时，总是自觉不自觉地把笔触移向鲁迅对悲剧主人公的批判上。鲁迅的定义告诉我们，悲剧所毁灭的东西是有价值的东西，而绝不是无价值的东西。悲剧性作品的研究中心必须放在悲剧主人公有价值的东西的发掘上，不应放在对他们无价值的东西的挑剔上。

如上所述，喜剧是作者与喜剧性事物在喜剧发生的质点上保持着一

---

① 鲁迅：《坟·再论雷峰塔的倒掉》。

定距离的结果，是作者在特定方面俯视表现对象的结果，没有距离感便没有喜剧，不俯视对象便发不出笑声，仰视着对象的笑只会令人感到肉麻，因为那是阿谀的谄笑而不是真正的喜剧效果。悲剧则与此相反。悲剧是作者与悲剧事物在悲剧发生的质点上消失了距离的结果。作者若不能够在发生悲剧的地方与悲剧主人公失去任何距离感，他便创作不出悲剧；读者若不在悲剧发生的地方设身处地为悲剧主人公着想，他便感觉不到悲哀。由此可以看出，悲剧的基点只能放在作者与悲剧人物的一致关系中，而不能放在居高临下的批判上。

在喜剧的境界里，必须同时容纳理智的判断。不迅速判定对方的谬误便发不出笑声，不维持着对对方谬误的理智判断便不能维持笑声。而在悲剧的境界里，理智判断是被排斥的。你越是理智，就越是远离悲哀的感情；你越是沉入悲哀的感情，就越是不能进行冷静的理智判断。因为笑是有我的，有我才能对对象进行理智的思考，悲是无我的，当我已完全转移到对象的位置上的时候，也便无法再对对象进行观照和思考。就这个意义而言，悲剧的基点也不能是作者对悲剧主人公的理智批判。

喜剧的作用"在于训练我们发现可笑的事物的本领"[①]，是增强理智活动的敏捷性的需要，是加强自我尊严感、远离可笑的事物的能力的需要。而悲剧则在于培养我们对别人痛苦的感同身受的能力，是加强人与人感情联系的需要，是培养我们能够与有价值的东西融为一体的能力的需要。因此，悲剧的分析必须加强人们对悲剧主人公的理解和同情，假若它使我们不能更同情悲剧主人公而是更厌恶悲剧主人公，那么它就是与作者的目的背道而驰的。这只有在评论者与作者立于相反的立场并否认其悲剧的存在价值时才是合理的、正当的。

当然，这绝非说悲剧主人公是没有弱点和过失的，也绝非说在悲剧中是没有任何理智判断的。但是，理智的判断主要发生在悲剧境界的形成之前和消失之后，而在悲剧境界形成之前，作者绝对不可能主要依靠

---

① ［德］莱辛：《汉堡剧评》，152页，上海，上海译文出版社，1981。

对悲剧主人公的错误和缺陷的描写而把读者引入悲剧境界之中，因为这些因素是与读者的思想感情发生抵触的，是把他们推动着离开悲剧主人公的因素。只有当人们在悲剧主人公身上发现自己所宝贵的东西丧失掉了之后，他们才能陷于悲痛之中，才会在感情上与悲剧主人公融为一体，并不自觉地在悲剧主人公的立场上感受人生。这就是鲁迅所说的悲剧是把有价值的东西毁灭给人看。假若毁灭的不是有价值的东西，人们便会淡然视之或感到欣然庆幸；假若有价值的东西不被毁灭，人们便获得心灵的安慰或充满自豪感。这两种情况都构不成悲剧。这也就是说，悲剧主人公尽管也可能有错误和过失，但他之所以成为悲剧人物，并不在于他的错误和过失，而在于他的有价值的方面。不研究他的有价值的方面而专注于他的错误和过失，就不再是悲剧的分析。

为什么悲剧人物有错误和过失，人们还能同情他呢？就因为当我们发现他的有价值的东西被毁灭了的时候，亦即我们进入悲剧的境界的时候，我们可以暂时消失了对他的错误和过失的感觉。这种感觉不消失，我们便始终不能与对象失掉距离感。我们之能暂时失掉这种感觉，至少我们认为他的错误和过失在这时是可以原谅的。人都是有缺点和错误的，人与人之间都是有差异的，但人与人之间仍然能够发生同情心，人与人仍然能在感情上联为一体，就因为我们可以忘掉差异，可以原谅对方的缺点。可以说，没有原谅就没有同情，没有同情就没有悲剧。所以，当我们谈论悲剧主人公的缺点和错误的时候，必须认为这是可以原谅的，假若我们斤斤计较于他的缺点和错误，认为这是不可原谅的，那么实际上便是不让读者同情他们，这是与悲剧的目的不相容的。因为悲剧的目的便是加强人与人之间的同情心，使人能够原谅别人那些可以原谅的缺点和错误，改变人与人之间斤斤计较于对方的一些不值得计较的东西因而不能加强人与人感情联系的状况。

人们之所以能够原谅对方的错误和过失，是因为能够认识到在这方面他也不是完全主动的，是不得已而然的，原因在他的外部而不仅仅在他主观自身。当我们说人都是有错误和缺点的时候，我们已经在说人的错误和缺点的产生并不完全由他自己决定的了。任何"咎由自取"的感觉都会抑制人的同情心的产生，因而也会削弱悲剧人物的悲剧性。喜剧人物的错误和过失必须使人感到是他个人的主观失误，这样才能使人感到他是可笑的，而悲剧人物的错误和过失必须使人感到他是失去了自我选择的主动性的，是不能由他自己负主要责任的，这样才能使人原谅他的错误和过失，而能够真诚地同情他。所以对悲剧人物错误和过失的分析必须从其发生的必然性着眼，必须看到凌驾于主人公之上的某种更高的势力的存在。

总之，喜剧的基点要高，而悲剧的基点要低。前者的基点高，才能发现喜剧人物之低，才能觉得他是可笑的。基点高，才能不使喜剧变得粗俗低劣，才能使它的笑成为健康的笑。后者的基点低，才能把同情心普及到尽可能大的范围，才能尽可能加强人与人之间的感情联系。

我认为，为了正确理解《呐喊》和《彷徨》的悲剧艺术，首先说明悲剧的这些特性及悲剧分析的一些基本要求，是很有必要的。

七

我们首先观察一下《白光》这篇小说。

《白光》中的陈士成，在小说的整个进行过程之中，我们都感到他是喜剧性的，但到小说的最后，他的悲剧性的一面浮上来了，我们感到了一种悲哀，一种莫名的却是真实的悲哀。我们似乎听到了他那"含着大希望的恐怖的悲声，游丝似的在西关门前的黎明中，战战兢兢的叫喊"，我们似乎看到他两手乱抓着水底的河泥，在做着最后一息的绝望的挣扎。在这时，他此前的可笑在我们脑际暂时地消失了。此前我们一直像站在他的旁边，望着他的一举一动，听着他的嗫嚅自语，感到他是好笑的，是没有价值的。但在这时，我们与他的距离不自觉地消失了。我们再也不能对他袖手旁观了，好像我们也成了陈士成，也落到了他的境地。我们也在城外战战兢兢地发着恐怖的悲声，也在水底恐怖地挣扎着，绝望地用手乱抓着河泥。我们不再考虑他是如何利欲熏心、怪僻可笑，我们不再蔑视他，他的死似乎使我们失掉了一种东西，一种我们所珍贵、不想丢失的有价值的东西。在这种失落感中，我们觉得悲哀，觉得陈士成的命运是悲惨的，他的一生是一个悲剧。

这一切都不是在理智的推理中进行的，而是一种感情的变化。但我们的感情为什么发生了这种变化呢？假若说我们确有一种失落感，我们这种失落感又是怎样产生的呢？

陈士成始终是一个利欲熏心之徒，他的死不是为了一个高尚的目标，而是利欲之心的恶性发作使他走向了死亡的道路。显而易见，我们并不会为他的品格德行而悲哀。在这方面，他是毫无价值可言的。

陈士成是一个无能之辈，是一个毫无作为的迂腐的知识分子。我们虽然知道他教有七个学童，但并不为这七个学童失掉了这么一个塾师而悲哀。除此之外，他实在也无什么社会价值可言。

在这里，只有一种解释，就是使我们感到悲哀的，亦即使我们感到失去了的有价值的东西，不是陈士成的任何别的什么，不是他的道德品行，不是他的社会价值，而是他的自身，他这个人本身，亦即他的生命，他的物质存在着的生命。

也就是说，在鲁迅的心目中，在我们的心目中，陈士成的物质存在着的生命，是有价值的，是有独立的、不依附于其他东西而存在的价值的。

它的价值量有多大呢？至少，它的值要大大地大于陈士成那些毫无价值的缺点和错误的负值的绝对值。因为在他的物质生命被毁灭掉的时候，我们是失去了对这些东西的厌恶之情的，而这只有在前者大大地大于后者的情况下才会发生。

这意味着陈士成的物质生命不但是有独立的价值的，而且这个价值还相当巨大。假若说像陈士成那样令人厌恶的思想品德都无法抵消掉它的价值，那么还有什么能够与它相抵消呢？它使我们感到，生命的价值只能以它自身来衡量，因而也只能以它自身来抵消。只有当一个生命毁灭了另外一个具有同样价值的生命的时候，它的价值才在等量交换中被销去。而陈士成是未曾毁灭过别人的生命的，所以他的生命的价值依然存在。他死了。我们失去了这个有价值的东西，所以觉得悲哀。

陈士成物质生命的毁灭，撬开了我们悲哀的心扉，也就是撬开了陈士成悲剧的大门。而一旦这个悲剧之门被撬开，他的悲剧便不再仅仅是他物质生命丧失的悲剧了，我们走进了一个更幽深的悲剧境界。因为它使我们发现了陈士成在自己命运中的被动性。

当我们开始注视着陈士成的言语举动的时候，我们还把他的言语举动以及由此标示出来的他的思想品貌当作他个人的东西，我们认为他是可以不如此的，所以我们感到他是可笑的。在这时，我们是把他放在与自己的关系中来感受的，他的那些令人厌恶的东西我们是没有的，所以我们无法原谅他的错误和缺点。但在陈士成的物质生命被毁灭了之后，我们开始感到，陈士成在自己的命运之前，实际上是没有多大的主动性的。任何一个人，乃至一个动物，都不会在完全主动的情况下毁灭掉自己的生命，陈士成当然也是如此。但他确实走向了自我毁灭的道路，并且不是由于别的原因，而是由于他的利禄之心的恶性发作。假若说他不会自觉自愿地毁灭掉自己的生命，难道他就会自觉自愿地接受一个导致他死亡的思想品德吗？在这时，由于对他的同情，我们不能不自觉地把衡量陈士成的基准放得更低一些，不能不转到他的立场上设身处地地为他着想了。我们开始想到，封建等级制度以及与此相呼应的封建等级观念并不是陈士成主动创制的，它们都先于他而存在于中国社会中。他是在自己毫无主动权的情况下降生在这样一个社会环境中的。在这样一个社会上，在这样一个思想环境中，一个弱者，一个下等人，是受人歧视、被人凌辱的；而一个强者，一个上等人，是受人尊崇的，是可以不受别人歧视凌辱的。我们谁又情愿受人歧视和凌辱呢？在这样的社会条件下，在这样的社会思想环境中，陈士成增长了利禄之心，企图在科举的道路上爬到上等人的地位上去，不也是可以理解的吗？如果他真的爬了上去，成了上等人，成了可以威压别人的人，我们当然不会再同情他。事实上，他那时也再用不着我们的同情。但现在他没有爬上去，成了失败者，欲焰既已燃旺，前途愈加渺茫。欲焰令其痴迷，痴迷导向了他的死亡。这一切难道都应当让他负责吗？人生为什么偏要设此圈套，让他钻，让他爬，然后把他缠死、绞死呢？如果我们对毁灭了他一生的封建等级制度，对促使他产生利禄之心的封建等级观念不置一词、不责一声，而只嘲笑这个弱者、死者，不是有点太残忍了吗？……

人们可能没有这样想，没有这样说，但陈士成的死确实把人们推向了这样一条感情的路。它在作品中是一个极为有力的杠杆，借助它，鲁迅把陈士成一生的经历，都提高到悲剧境界中来了。

《白光》不是《呐喊》和《彷徨》中最杰出的具有悲剧性质的作品，但是它们的悲剧艺术的一系列特质却可以从这篇作品谈起。

在鲁迅的悲剧性作品中，特别是在《白光》中，我们异常分明地看到，在表面看来非常相近的大量悲剧中，确确实实存在着两种截然不同的悲剧。有一种悲剧，主要同情的是一种人的社会作用、社会价值。就悲剧人物而言，是一种为他的价值，就同情者而言，是一种为我的价值，因为它的悲剧感受的内在基础是：当这种人与我相处时不会于我有损而是于我有益。超出这个范围的人，便不会同情了。这一种悲剧，在热烈感情的背后，实际上仍然包着一个冷的内核，因为它对人、对人的自身是冷漠的，它教人只能同情自己认为好的人、有价值的人。而当你特别是你和周围社会群众都认为这个人不好、没有用处时，你就可以不必同情他了，他的一切便都是"咎由自取""活该如此"了。在这种情况下，咸亨酒店的顾客嘲笑孔乙己、未庄人奚落阿 Q，便都是应该的，因为他们并不认为孔乙己、阿 Q 是什么"好人"和"有用的人"，而孔乙己、阿 Q 确也难以算得上"好人"和"有用的人"。另外一种悲剧，当然也是重视人的社会作用和社会价值的，但它的悲剧基础并不建立在一个人的社会作用和社会价值上，而是建立在对人、对人的自身的高度热情上。在这种悲剧中，人是有独立的存在价值的，他在没有任何附加价值的情况下，依然有一个巨大的价值额，人们是不能漠视他的存在的。这个价值只要还没有被他个人支付罄尽，人的毁灭就意味着有价值的东西的毁灭，就是悲剧性的。也就是说，人的附加价值只是增加了人的总价值量，却不是人的唯一价值。如果用这两种不同的悲剧观看待鲁迅的《白光》，我们便可以看出，它实际是一个提纯了的"人"的悲剧，因为陈士成除了自身的"人"的价值之外，是没有任何附加价值的。他的悲剧只是一个"人"的悲剧。

这种"人"的悲剧，是与中国的反封建思想革命联系着的。

世界上所有的封建思想、封建伦理道德，都是以维护封建社会秩序的社会需要为前提的，它抹杀了这种社会秩序对人的制约性，因而也便抹杀了人在这种社会秩序中整体上的被动性，从而把人的发展和人的道德面貌的决定权全部留给了人的主观能动性，留给了一个个独立活动着的个人。而一旦把某种社会秩序当作永恒不变的、绝对合理的社会秩序肯定下来，一旦把人看作可以自由地选择自己的道德发展道路的人，一个人就要对自己的精神面貌、道德修养担负起全部的责任，他的"好""坏"就完全是他自己进行主观选择的结果，因而也就是他自己存在的全部价值。除此之外，他不会再具有自己的独立价值。只有当人们对封建的统治秩序以及与此有关的伦理道德的神圣性发生怀疑的时候，只有人们认识到社会对人的制约作用并从而认识到一个人的思想观念、道德风貌、才能的发展都不仅仅是他个人主观的愿望所决定的时候，当人的注意力不再仅仅放在个人的道德修养并同时以更大的热情注意于整个社会的改善的时候，"人"才不仅仅被认为是应当向社会负责的主体，而且成了"社会"应对它负责的客体。"人"的价值才不仅仅作为社会价值而存在，而且它自身就是一个巨大的价值量。在这时，"人"的一切不是要以"人"以外的东西为标准加以衡量，而是要以"人"自身的需要来衡量。而人类认识的这一变化，是在与封建思想、封建伦理道德的决裂中实现的。

喜剧的基点要高，它不能满足人仅仅是人，还必须要求人是理想的人、高尚的人，对不合乎理想标准的人及其行为它有权加以讽刺和嘲笑，从而激发人向完美、高尚发展的主观进取心，它对人的真诚热情是浸透在对人的更高要求之上的，它的发展变化是体现在理想标准自身的变化之上的。悲剧的基点要低，它不允许人仅仅同情少数理想的、高尚的人，它要激发人对人的最大程度的热情，并从而激发人改造社会、改善环境，把社会、环境改造成最利于人、利于最广泛的人健康发展的社会环境。所以，喜剧的基点的提高使喜剧越来越远离仅仅以人的最低限度要求为基点的喜剧，亦即越来越远离可以称之为"人的喜剧"的喜剧，而悲剧基点的降低才体现着人对人的同情心的深化发展，使它越来越表现为"人的悲剧"。这种"人的悲剧"，便是以人为根本，把人当作一种独立的巨大价值，并以此作为衡量社会、衡量现行社会观念的悲剧。这种悲剧，在鲁迅的《呐喊》和《彷徨》中得到了最鲜明的体现。

实际上，这种"人的悲剧"，把人当作人的最高本质的悲剧，不仅仅是《白光》的悲剧性特质，而且是《呐喊》和《彷徨》所有悲剧的特质。

当我们问《孔乙己》中的孔乙己到底有什么值得同情的地方的时候，我们往往已经着眼于他的社会价值了。是的，在这个范围中，我们确实难以找到更为充分的理由。他的那点善良抵得过他的"好吃懒做"吗？他对社会的贡献抵得过他对社会的拖累吗？仅仅在这个社会功利主义的范围中，孔乙己的缺点是无论如何也得不到原谅的。在这种情况下，我们只有站在酒店顾客一边对他进行无情的嘲笑，甚至在嘲笑的时候，我们还会自豪地想：我是在维护社会公德，对这样一个人难道还应当姑息纵容吗？有时，我们还会以另外的形式加入酒店顾客的行列，在这时，我们仍有自己的自豪，想：我是维护社会进步的，对这样一个"封建余孽"，我们难道还应当同情吗？

我们与鲁迅的隔膜发生在什么地方呢？就发生在对孔乙己作为一个"人"的独立价值的重视上。当我们把这个沉重的砝码加在孔乙己的一边的时候，我们才会对孔乙己发生同情心，有了同情心，我们才会看到孔乙己不能对自己的命运负完全的责任，假若在孔乙己降生之前就先天地为他布置了一个封建等级制的社会和一个以封建等级观念衡人待物的社会思想环境，假若说在孔乙己降生之前人们就给他安了一个科举制度的梯子，并对他说：爬吧！爬上去你就可以荣耀显贵，爬不上去你就只好甘居人下。他爬了，结果没有爬上去，反落了一个不如不爬的下场，从而把自己的一生全部葬送了，难道他的命运不值得我们同情并进而要求废除社会的封建等级制度和封建等级观念吗？

当我们提到陈士成、孔乙己的悲剧的时候，我们就无法把鲁迅对阿Q的同情仅仅归结为他是一个贫雇农、一个劳动农民了，因为前两者并非这样的人，鲁迅也赋予了他们以深厚的同情。假若抛开这一点，我们便会看到，单单作为社会的价值，阿Q较之陈士成、孔乙己更无可取之处。陈士成、孔乙己主要是被动自守的，他们于人无益，但也于人无损，孔乙己还颇有正派善良的表现。阿Q则不单单消极自守，同时还主动侵入，"估量了对手，口讷的他便骂，气力小的他便打"，侮辱小尼姑，挑衅王胡，报复小D，内心其实有着强烈的权势欲，一旦得势，其强横是不会亚于赵太爷的。他之成为悲剧性的，更必须从鲁迅对人的独立价值的重视出发才能理解。

当我们确定了鲁迅关于人的价值观念的这个重要内容的时候。我们便能够感到，鲁迅小说中一个最关键的悲剧冲突便是生命价值的被毁灭与人们对毁灭了的生命价值的高度漠视。可以说，这是构成《呐喊》和《彷徨》悲剧冲突的首要的、也是最高的形式。因为这种对生命价值被毁灭的高度漠视，等于对生命价值的第二次毁灭。通过这个第二次毁灭，一个人的生命价值才成了被完全毁灭了的价值。假若一个人的生命价值被毁灭，人们还能够在其被毁灭之后得到启迪、感到震惊，或至少引起同情，促人沉思，那这个生命的价值总算在其毁灭之后得到了部分的体现，总算在其熄灭之后有些余烬。而当这种可能性也被冷漠湮灭了的时候，这个生命的价值也就真的毁灭无遗了。《呐喊》和《彷徨》中悲剧的苦味在这里最浓。当孔乙己去后人们在不知不觉间将他忘却了的时候，当阿Q被处死人们还认为理所当然的时候，当陈士成死后只剩下捞尸验尸这些冷冰冰的法律程式的时候，当祥林嫂死后还受到鲁四老爷的责骂、短工漠然无觉、鲁镇的人照常忙于祝福以祈祷自己的幸福的时候，当魏连殳死后被大良们的祖母用艳羡的口气加以评论的时候，这些都表现出了封建传统观念造成的对人的生命价值的极端漠视与鲁迅对它的高度重视的思想感情。二者在这些地方的接触，爆发出了最强烈的悲剧火花。《药》的悲剧结尾之所以留有一点亮色，是因为夏瑜的生命价值的毁灭总算在夏大妈的疑惑中得到了一点朦胧的肯定。

在中国古典的悲剧作品中，构成悲剧高潮的首要形式是一个人的物质生命的丧失以及物质生命丧失之前的痛苦。由于鲁迅更重视它的第二次的也是最终的毁灭，古典悲剧中关于物质生命丧失时的描写被相对淡化了。除了《阿Q正传》写了阿Q就刑前的感受外（他的感受恰恰不是剧烈的内心痛苦），其他各篇悲剧人物的死都以各种形式被掩在了幕后。《孔乙己》中孔乙己的死是最终未经证实的猜测；《药》中夏瑜的死在华老栓的茫然、怔忡中完成了，华小栓的死也没有具体描写；《明天》中宝儿的死只在王九妈、单四嫂子的神情中得到了反射；《白光》中陈士成的死是在捞尸验尸的时候得到证实的；《兔和猫》中小兔的死也是在事后发觉的；《祝福》中祥林嫂的死谁也没有见到；《在酒楼上》中阿顺的死出于事后的追述；《孤独者》中魏连殳的死让人看到的是一个"在不妥帖的衣冠中，安静地躺着"的遗体；《伤逝》中子君的死是离开涓生之后的事情。鲁迅的这种艺术处理，加强了读者对他们的死的无声无息的感觉，从整体上再现了社会对他们的生命价值的极端漠视。但由此也可以看出，鲁迅虽然重视人的物质生命，但更加重视的则是人的精神生命。

八

生命是双重的：肉的与灵的、物质的与精神的。

《呐喊》和《彷徨》悲剧构成的基本内容无非是物质生命和精神生命的价值的毁灭，但二者的关系如何呢？我们不妨从中国反封建思想革命的意义上来理解。

首先必须指出，封建传统思想、传统伦理道德在当时的社会上还是人们确定人的精神价值的主要标准，鲁迅若不把精神的东西首先放在对人的物质生命的意义上来衡量，精神的东西就难以重新估价，人们对人物的精神要求便依然可能按照传统的方式进行。事实上，物质的生命是精神的生命的基本载体，肉是灵的不可缺少的基础，没有物质的生命便不可能有精神的生命。所有反动的精神学说归根到底都是于人类的自身发展不利的，亦即导向人类物质生命的毁灭的。封建传统思想、传统伦理道德的反人性本质就在于它们漠视人、漠视人的物质生命的价值，成了摧残人的学说。也就是说，只有在封建思想、封建伦理道德对人的物质生命的扼杀中，才能充分暴露其反人性的本质。但精神的东西一旦在对物质生命的作用中得到了重新的估价，精神的东西也便成为真正重要的了。事实上，对于人，物质的生命与精神的生命是不可分割的，精神的生命固然离不开物质的生命，但物质的生命也离不开精神的生命。精神的东西若走上对物质生命的否定，精神的东西便是谬误的、反人性的东西；物质的生命若走向对精神生命的否定，物质的生命也便仅仅成了动物式的存在，也失去了自身作为人的本质，对于人也就表现为苟活者的哲学。鲁迅是着眼于反封建思想革命的，是着眼于国民灵魂的改造的，为了反封建，他重视人的物质生命的价值以暴露封建思想、封建伦理道德的"吃人"本质，同时也更重视精神生命对物质生命的作用，重视人的精神生命的价值。上述这一切，直接影响到《呐喊》和《彷徨》悲剧性的艺术特征。

《白光》的悲剧主体何在呢？它的形成离不开陈士成物质生命价值的毁灭，但我们又可看到，它的悲剧主体却绝不是他的死，而是他的精神生命的毁灭。在开始，陈士成的思想精神表现为喜剧性的，但当他的物质生命被毁灭之后，人们却感到最可哀的还不是他的物质生命的毁灭，而是封建等级制度、封建等级观念毁灭了他的一生。在这一生中，最可哀的也不是他物质生活的低下，而是他精神的毁灭。这与中国古典悲剧性作品中的绝大多数悲剧结构是不相同的。窦娥（关汉卿《窦娥冤》）的悲剧何在呢？她的冤死既是她的悲剧高潮也是她的悲剧主体。假若她的命运不是如此，那么她的悲剧就绝不如现在之惨重。陈士成的悲剧却并非如此。陈士成不走向死亡，我们觉察不出他的悲剧意义，但一经觉察到他的悲剧意义，我们便又感到，即使他不死，他的悲剧性也丝毫不比现在轻。与此相联系的还有，窦娥的悲剧命运是由外部有形的因素造成的，与她自己的精神面貌没有直接关系，不是由她的精神弱点导致的，而陈士成的悲剧恰恰在于他的精神因素。也就是说，外部力量是在没有毁灭窦娥的精神生命的时候便毁灭了她的物质生命，而陈士成是首先被毁灭了精神生命而后又由此毁灭了他的物质生命的。总之，陈士成的悲剧主要是精神生命毁灭的悲剧，而不是物质生命毁灭的悲剧。

《白光》的这种悲剧结构，实际也是《呐喊》和《彷徨》绝大多数悲剧性作品的结构。我们看到，鲁迅从不越过悲剧主人公精神被毁灭的过程而直接导向主人公物质生命的被毁灭。在这种结构里，悲剧主人公的精神生命的被毁灭总是能够直接导向他们的物质生命的被毁灭，而他们的物质生命的被毁灭总是由于他们的精神生命的被毁灭。悲剧的高潮出现在悲剧主人公物质生命被毁灭之时或之后，但悲剧的主体却在他们精神生命的被毁灭。不但陈士成、孔乙己、阿 Q 的悲剧是如此，祥林嫂的悲剧是如此，就是子君和魏连殳的悲剧也是如此。生活首先磨损了子君的精神，摧毁了她的理想，然后把她送上了夭亡的路；生活首先压折了魏连殳的精神支柱，然后让魏连殳用自己的手撕毁了自己的物质生命价值。正是在精神生命与物质生命毁灭的辩证联系和互相区别中，正是在鲁迅重视人的物质生命的价值但重点表现的是人的精神生命的价值的思想需要中，鲁迅小说的悲剧高潮与悲剧主体成了在相互联系中彼此分离的两个概念。在这里，悲剧高潮虽然是悲剧主体的果，但只是悲剧主体的一个并不格外重要的组成部分，它的任务主要在于撬开悲剧主体的悲剧境界的大门，而悲剧主体是导向悲剧高潮的过程，是悲剧高潮的因，但却又是整个悲剧的主体，它之导向悲剧高潮仅仅是为了加强自己，而不是为了把自己融化在悲剧高潮中。

鲁迅的这种悲剧结构的关键在于它的回溯性能。《窦娥冤》中窦娥的悲剧是由量变到质变的积累过程，我们沿着她的生活经历一步步看到了她的悲剧高潮，而当我们看到她的悲剧高潮的时候，便产生了"会当凌绝顶，一览众山小"的感觉，觉得她此前的悲剧经历比起这时候的可悲来，已经微小得多了，我们的悲剧感受不能再回溯到对她此前的生活悲剧情节中去，我们必须保持住她处在悲剧高潮时的悲剧感受。但鲁迅的悲剧性作品，却必须依靠回溯。在鲁迅的作品中，其结构形式是：

悲剧形成过程→悲剧高潮

但我们的悲剧感受，却不能在悲剧高潮中停留下来，而必须继续进行一个逆向的回溯过程：

悲剧高潮→悲剧形成过程

这两个过程结合起来，才是鲁迅悲剧性作品的完整的悲剧构成形式。这里的悲剧形成过程才是悲剧的主体，所以它的完整过程实际是这样的：

悲剧主体→悲剧高潮→悲剧主体

关于这一点，《白光》中陈士成的悲剧也最能说明问题。在悲剧高潮到来之前，它的悲剧主体亦即悲剧形成过程，还主要停留在喜剧性的境界里，当我们走到悲剧高潮的时候，我们的感受不能停留在悲剧高潮的这个点上，否则它的悲剧主体便依然停留在喜剧境界之中，只有我们沿着悲剧高潮重新回溯到悲剧形成过程中去，悲剧主体才从喜剧性境界中脱离出来。实际上我们也可以这样说，鲁迅悲剧性作品中有两种意义上的悲剧高潮：第一，在作品中实际体现着的悲剧高潮，但它还不是悲剧感受中的高潮，当读者的感受再一次返回到对悲剧形成过程的感受时，才把他们的悲剧感受推向了一个新的高潮，但这个高潮不是有形的，而是无形的；第二，不是有顶点的，而是一种感情趋向，一种悲剧境界，它没有一个明确的顶点或顶盖。我认为，我们可以把《白光》的悲剧性结构用下图表示：

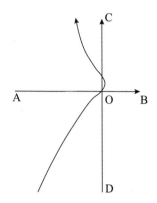

在这个图形中，AB 线下代表《白光》中有形的艺术结构，AB 线上代表读者的悲剧感受领域。O 点是作品中有形的悲剧高潮。当陈士成在作品中出现的时候，他一直活动在 AB 线以下、CD 线以左的这个喜剧艺术境界之中，这同时也是他的悲剧形成的过程。而当他达到了 O 点这个悲剧高潮之后，读者的悲剧感受只在这个高潮上停留较短暂的时间，马上便折回到陈士成悲剧的形成过程中去。但这一次的回溯，已不是简单地回归到原来的喜剧境界中去，而是进入了 AB 线以上、CD 线以左的悲剧境界中了，并在这个境界中有着无限上升的趋势。所以，就作品而言，O 点是陈士成死讯发出时的悲剧高潮，但就读者的感受而言，其悲剧的高潮出现在读者对陈士成悲剧形成过程的重新回溯中。

那么，这种回溯是怎样具体实现的呢？为什么有的悲剧只有很小的回溯力而鲁迅的悲剧性作品能造成这种强大的回溯力呢？这实际上仍然在于作者对作品的艺术处理。《窦娥冤》中窦娥的悲剧之所以不能造成如此巨大的回溯力，是因为对于读者而言，她的悲剧结局形成的原因已是非常明确的，这时他们已没有什么理不清的思绪。但当陈士成的悲剧结局实现之时，当你已经实际感到悲哀的时候，你对陈士成的悲剧结局造成的原因、对自己的这种悲哀心情，仍然是不很清楚的，仍然有着理不清的思绪。你不知道你笑着、笑着为什么又突然觉得了深挚的悲哀，你不知道像陈士成这样人的死为什么还是令人悲哀的，你必须重新思索导致陈士成惨死的原因，你必须重新品味他的一生。而一旦回溯到他的悲剧经历中去，陈士成悲剧的苦味便更浓了。实际上，你回到了陈士成精神生命被毁灭的悲剧中来了。

如果剔除掉一些其他的因素，我们可以说《孔乙己》《阿Q正传》的悲剧结构与《白光》实质是相同的。后两者在悲剧高潮到来之前，就已有一种悲剧的苦味，但它的味道还没有浓到应有的程度。当孔乙己、阿Q的物质生命丧失之后，当我们重新折回到他们整个的人生经历的时候，他们精神生命被毁灭的悲剧才以足够的浓度表现出来。

与《白光》《孔乙己》《阿Q正传》不同，《祝福》中祥林嫂的物质生命的被毁灭亦即她的悲剧高潮是放在篇首的，这种结构方式的内在根据我们下文再做阐述。它有一个明显的艺术效果，即它直接由祥林嫂物质生命被毁灭的悲剧高潮，推到了祥林嫂精神生命被毁灭的悲剧主体之中。在这里，祥林嫂物质生命的被毁灭仍然仅仅是悲剧的高潮，而不是她的悲剧主体的主要组成部分，它的作用仍然是为了造成一种回溯力，只不过这里的回溯已不是依靠读者自己重新回溯作者早已描写的事实，而是作者带领读者一起回溯作者尚未交代的祥林嫂的人生经历，尚未叙述的她的精神生命被毁灭的悲剧。

从表面看来，《孤独者》的悲剧结构与我国古典悲剧的结构是相同的。魏连殳的物质生命的被毁灭既不像《白光》《孔乙己》《阿Q正传》那样把读者从喜剧境界中转送到悲剧境界中，也不像《祝福》那样在形式上便明显地具有加强回溯力的性能。但实际上，它的作用与上两类都没有什么本质的不同。魏连殳并没死在人们通常认为他可能死去的时候，并没死在他政治上受迫害最惨重、经济上境况最窘迫的时候，而是死在他"飞黄腾达"的时候。他的死因的模糊性造成了一种大的推动力，迫使我们的思绪在悲剧高潮出现之后继续向前伸展，并且它已不能在政治地位、经济处境这些有形的管道中前进了，而必须深入他的精神世界中。当我们再次沿着他的内在精神痛苦回味起他的人生经历的时候，我们此前已经感到的他的精神悲剧便进一步升华了。在这时，我们感到原来对他的精神生命被毁灭的悲剧体会得是不深的，只有当我们重新回溯到他的悲剧经历的时候，这种悲剧的全部深重性才更充分地呈现在了我们面前。

《伤逝》中子君的死兼有《祝福》和《孤独者》同类因素的两种职能：一方面，它促进了涓生对以往生活经历的回溯；另一方面，它也加强了读者再次回味她的人生道路。这两者都使我们走向子君精神生命被毁灭的过程。

如上所述，在鲁迅的悲剧性作品中，悲剧主人公物质生命被毁灭的悲剧，构成的是作品悲剧结构的高潮，但不是它的主体意义，主体意义在于他们精神生命被毁灭的悲剧。前者在悲剧结构中的作用是产生一种强大的回溯力，把读者重新推回悲剧高潮前的形成过程去，推回到他们精神生命被毁灭的悲剧中去。这种回溯力之所以能够产生，是因为当悲剧高潮出现之后，读者对悲剧主人公物质生命被毁灭的原因仍然是不清楚的，在这时，感情情绪的确定性、浓郁性与理智认识上的模糊性、朦胧性处在一种不和谐的矛盾状态，使读者的心理仍然无法回复到原有的心理平衡。不平衡的心理要寻求平衡，他们便必须重新回溯到悲剧的形成过程中去，在那里，他们发现或深入领会到的是导向悲剧高潮的原因，即悲剧主人公精神生命被毁灭的悲剧。在最后，我们还需补充说明一点：这些悲剧主人公物质生命被毁灭的原因为什么都不那么明确、具体呢？归根到底还是因为鲁迅着眼的是封建传统思想、传统伦理道德"吃人"的事实。这种"吃人"方式的隐蔽性、曲折性、无形性，使作者难以找到一个或数个具体、明确的冤主。《白毛女》中喜儿的悲剧必须有黄世仁等几个明确的杀人者参与，否则读者便不能把喜儿悲剧的罪责落实到地主阶级统治者对农民阶级的政治压迫和经济剥削上，《祝福》中祥林嫂的悲剧却不能仅仅落实到鲁四老爷一两个人身上，否则我们便不再注意于整个社会的思想状况和道德观念。所以，当读者重新回溯到悲剧主人公的悲剧经历之中，只是对他们精神生命被毁灭的悲剧有了更深的感触，他们仍然无法找到悲剧主人公走向死亡的一个或数个具体、明确的原因，仍然无法把自己的悲感化为对一个确定的对象的憎恨从而使内心的悲剧感受消失，达到心理平衡。他们的思绪将在悲剧主人公的人生经历中久久盘旋，从而使其悲剧感受历久不息。从认识上的无限性而言，我们过去称之为"含蓄"；从形象的不逝性而言，我们常常称之为"意境"；从感情情绪的持续性而言，我们有时称为"韵味"。我认为它们都是由感情情绪的浓郁性、感受的确定性与理智认识上的朦胧性、模糊性之间的矛盾造成的，由于这种矛盾，读者在读完作品之后，不能马上恢复原有的心理平衡。在鲁迅小说中，这一切都与封建思想、封建伦理道德"吃人"的基本主题通过多种转化有机地联系着。

九

就整体结构形式而言，鲁迅的悲剧性小说大多数是由悲剧主人公精神生命的被毁灭和物质生命的被毁灭两部分构成的，并以前者为主体，后者为高潮，后者的作用是加强和突出前者的。那么，在它们的悲剧主体中，其悲剧性是怎样构成的呢？

我们不妨仍从《白光》入手分析。

陈士成的行为表现，在开始我们感到是荒谬的、可笑的，在这时，我们实际并不同情他。但当他丧失了自己的物质生命之后，我们又在他生前的行为表现中感到了一种可悲悯的东西。在这时，我们觉得陈士成有着不得不如此的被动性的一面。我们的心理过程实际是这样的：既然封建等级制度、封建等级观念先他而存在于社会上，既然在这种制度下、在这种观念支配着的社会上一个下等人总是处于受凌辱、被歧视的地位，既然陈士成还没有其他方法可以摆脱自身受歧视的地位，那么他的热衷于仕途、企望于发财也就有他不得已的苦衷。不难看出，在这里，鲁迅和我们都有限地肯定了陈士成那种为我的行为，假若我们认为他根本没有为自己的命运考虑的必要性，那么我们便不可能原谅他的思想行为，因而也便不会认为他是不得已的，是悲剧性的。

人的物质生命具有自身的独立存在价值，而物质生命的存在和发展又是在"为我"的形式中实现的，因而人不能没有"为我"的行为。封建思想、封建伦理道德漠视人、漠视人的价值，实际上就是因为它否定了人的"为我"的价值。反对封建传统思想、传统伦理道德的鲁迅，要揭露它们的"吃人"本质，不能不首先肯定人的这种"为我"的价值。显而易见，假若认为单四嫂子、祥林嫂没有任何"为我"考虑的必要性，我们也就不会认为她们有改嫁的权利，因而也便不会认为封建节烈观是荒谬的、"吃人"的。但是，假若鲁迅仅仅承认人应当是"为我"的，那么，他也就等于承认了鲁四老爷、赵太爷这些反动统治者的"吃人"行为，也就等于承认了封建传统思想、传统伦理道德支配下的一切行为的合理性。因为如果一个人仅仅为自己的生存和幸福考虑，那么在当时历史条件下就只好屈从于这种强大的思想统治力量，就只有利用它来达到行私利己的目的。实际上，作为个体存在的人，他有着自己的存在价值，不承认这种价值，便会走向对人的自身的否定；但作为社会的人，人又是在社会联系中存在的，人与动物的区别，就在于他是有精神需要的动物，有感情的动物。人与人的感情联系，主要体现在为他的性能上。如果一个人活着仅仅为他自己一己的生存，他便就对人无爱心、无感情，而如果一个人对人有爱心、有感情，他会在自然的而非在强制性的状态中为他人着想，为他人的幸福着想。要理解鲁迅的悲剧性作品，我们必须在悲剧主人公为我和为他的两种价值的消长中来理解。

如上所述，陈士成、孔乙己、阿Q的精神价值也是在被动的状态下被封建环境扼杀的、毁灭的，他们为了自身的生存而不得不成为那个样子。但是，在这种总体的被动性中，他们依然有一个虽然狭小却能够进行主动选择的空间。在这个主动选择的空间里，陈士成可以不把自己的升官发财的欲望燃烧到那么炽烈的程度，孔乙己可以不成为满口之乎者也、好吃懒做的孔乙己，阿Q也不一定成为浑浑噩噩的阿Q。他们之所以如此，还因为他们已经失去了对人的真诚的感情，失去了人所应当具有的"为他"的精神价值。而一旦失去了这种东西，他们便会以积极进取的态度去适应封建关系的要求。陈士成的喜剧性之所以更为强烈，悲剧性的色彩更为淡薄，其原因就在于鲁迅在他的身上已经看不到任何"为他"的精神价值，他的利禄之心已经炽烈到了极点，这种人物存在着成为权势者、压迫者的精神势能；阿Q的被动性比陈士成大得多，但他同样潜藏着极大的权势欲，他在极有限的空间里施展着凌辱别人的本领。孔乙己较之以上两者保留着更多的对人的感情，所以他的悲剧性也更为浓重，但孔乙己之所以成为现在的孔乙己，到底因为他过于热衷仕途，有着过于强烈的向上爬的愿望。从整体上看，他们的物质生命和精神生命的被毁灭都是悲剧性的，但他们身上也有很多无价值的东西，所以在他们的总体的悲剧性中，在他们总的价值毁灭中，必须扣除他们这些无价值的东西，就这个意义而言，他们的喜剧性就是一种价值回扣的方式。事实是，如果作者不让读者以笑的形式吐出对他们的精神弱点的厌恶之情，他们这些弱点便会妨碍人们对他们整体命运的同情心的自然生长。

《明天》中的单四嫂子也是愚昧的，为什么她自身不带有喜剧性色彩呢？因为单四嫂子除了具有自身的价值之外，还具有为陈士成、阿Q所不具有的"为他"的精神价值。在她身上，保留着人类所应有的真诚的感情，保留着真诚的母爱，在这种感情中，她不但是"为己"的，更是"为他"的，她把自己的心融化在了对宝儿的爱怜、关心中。也就是说，在鲁迅的实感中，她作为一个悲剧人物的价值总量，要大大地大于陈士成、孔乙己和阿Q。她是愚昧的，但鲁迅分明认为，愚昧本身还不能决定人们对它的感情态度。只有在愚昧中杀人、害人才是可憎的，只有愚昧而又自以为是才是可笑的，单四嫂子的愚昧仅仅构成了自己命运的悲惨，使她成了封建道德的牺牲品，所以她的愚昧不足以影响她的悲剧的纯正性。

在这里，我们可以比较一下《祝福》的悲剧性和《离婚》的喜剧性。

在第一章中我们曾经指出，鲁迅也曾在劳动群众中摸索反封建思想的力量，《离婚》可为其代表。爱姑的思想中，已存在着微弱的新因素。她的封建等级观念已经不那么齐整了。但是，只要从《祝福》和《离婚》这两篇具体作品出发，我们便会感到，在深层次的思想意识中，鲁迅是更爱祥林嫂而并不那么喜欢爱姑的。这里或有鲁迅理智判断和感情体验的微弱差异，鲁迅在 20 世纪 30 年代编选《〈中国新文学大系〉小说二集》的时候，选了《离婚》而未选《祝福》，除了更重视前者的杰出喜剧艺术外，是否觉得爱姑较之祥林嫂更富于反抗性呢？我们不得而知。但假若如此，我们认为鲁迅在写作时的感情体验更带合理性。祥林嫂也有奴性表现，但浅层次中的多于深层次中的，有形的多于无形的，外表表现的多于性格内涵中的。她始终不敢也想不到应该肯定自我的价值，肯定自我内在愿望的合理性，她始终把封建舆论对自己的价值判断当作应有的判断，这也就使她始终在封建道德的网罟中挣扎。但在她的深层次的思想意识中，在她的性格内涵中，她却远非如此卑下的，她有一颗倔强的、坚韧的、反叛的、无奴性或极少奴性的灵魂。她从不把自己的命运寄托在别人的宽容和恩赐上，她从未曾阿谀强者，没有奴颜媚骨，总是企图依靠自己的努力摆脱自己的困境。她缺少的只是一个理性觉悟的外壳，一旦她与理性觉悟相结合，她便是一个鲁迅理想中的中国劳动妇女。在浅层意识和外在表现中，爱姑的个性比祥林嫂强烈得多，她不屈服于公婆，不屈服于慰老爷，面对七大人，她也能理直气壮地抗争一下。但一旦深入她的深层心理空间中，她却较之祥林嫂茬弱得多、奴性得多、驯顺得多。她始终把自己的命运寄托在外在的力量上，她靠母家的势力，靠慰老爷的公断，靠七大人的公道，当这一切都不中用了的时候，当只剩下了一个赤裸裸的“我”的时候，她便没有任何的力量了，她的奴性便暴露出来了。假若说祥林嫂的个性更属于性格的内涵，因而带有不可摧毁的稳固性特征，爱姑的个性则更属于外在表现，是依其可依恃力的大小而起伏涨落的，因而带有极大的不稳固性特征。由此可以看出，《祝福》之所以具有震撼人心的悲剧力量，《离婚》之所以带有更明显的喜剧性，是与鲁迅内在的感情尺度相关联的。鲁迅一生憎恶奴性，并把它当作封建思想、封建伦理道德在中国社会精神发展中造成的最大毒果，所以他能够感到祥林嫂的精神价值，较之同类人物更大、更宝贵。

悲剧的冲突必须是两种合理性的冲突，假若戏剧冲突在悲剧人物自身无法转化为两种合理性的冲突，悲剧主人公就具有在两条或两条以上迥然不同的道路中进行完全自由选择的广阔余地，在那时他的结局就必须由自己负责，人们便不会对他的不幸表示同情，因而他的生活道路便不会是悲剧性的。在《呐喊》和《彷徨》的悲剧性作品中，这两种合理性的冲突并不明显，但它却是存在的，看不到它们的两种合理性的冲突，我们便无法说明它们的悲剧性发生的根源。我认为，在所有这些悲剧人物身上，"为我"与"为他"两种价值的互相排斥，是两种合理性冲突的具体内容。在作者看来，人的"为我"的生存需要与"为他"的精神需要是应当和谐地融为一体的。当"为他"的精神需要不但不会成为对"为我"的生存权利的排斥和否定，而且会造成"为我"生存的自然需要的时候，当"为我"的生存需要不但不会成为对"为他"的精神需要的排斥和否定，而且会成为"为他"精神需要的自然基础的时候，人才会在灵与肉两方面都得到和谐而又健全的发展。但在封建等级制度和封建等级观念支配着的社会上，这两种本质上属于合理的东西却成了互相排斥、绝对对立、无法共存的东西。保存自己、发展自己、改善自我的生活和命运，这原本合理的愿望和要求，在封建等级制度下，势必表现为努力爬到更高的封建阶梯上去，因为不如此，一个人便只能处在被压迫、受屈辱的地位上。而在这个过程中，发展起来的只能是封建礼教制度所要求的虚伪以及伴随虚伪而生的对人的感情的淡漠，发展起来的是人与人不平等的封建等级观念。也就是说，它排斥着一个人"为他"的精神价值，从而也扭曲了自己，毁灭了自己，把原本合理的改善自我命运的愿望转化成了可憎可厌的对利禄、权势的饕餮欲望。"为我"的行为排斥了"为他"的精神需要，从而也毁灭了自己。陈士成对地位、金钱的热衷，孔乙己对科举道路和个人面子的沉湎，阿 Q 对权势的向往，都是"为我"的考虑排斥了"为他"的精神价值的结果。但在同时，处于封建等级制下层的人民群众，假若仅仅有"为他"的考虑，"为我"的生存基本条件就不能得到基本的保障，而一旦失去自我存在的条件，"为他"的精神价值亦将化为乌有。孔乙己在内心与孩子们是亲善的，他给他们茴香豆吃，但一旦孩子们抢起来，他便又慌恐起来，因为他们多吃几颗，他自己就没有可吃的了。总之，在封建等级制度下，"为我"与"为他"的两种价值总是互相排斥，并在互相排斥中两者俱伤、玉石俱焚。这就是鲁迅笔下悲剧人物精神毁灭的根本原因，同时也是构成他们的悲剧的基本冲突。

上述那些悲剧人物，对自身精神毁灭的意识是不明确的，所以这种冲突只存在于他们精神状态的形成之前，在作品中表现得并不明显。而在觉醒的知识分子的悲剧中，这种"为我"和"为他"的悲剧冲突始终是他们的悲剧的中心冲突。

在很多评论文章中，我们的基点往往放在不承认觉醒的知识分子自身的"为我"价值上，这样，我们便再也无法理解他们的悲剧了。实际上，鲁迅始终认为，这些知识分子不但应有为社会做贡献的"为他"的权利，也应当有自我生存、自我发展的权利：

> 我要借了阿尔志跋绥夫的话问你们：你们将黄金时代的出现预约给这些人们的子孙了，但有什么给这些人们自己呢？

《头发的故事》中 N 先生的这句话实际也是鲁迅自己所要说的话。

N 先生剪了辫子，结果在社会上失去了自己的立足之地。在这时，他要为社会、为他人，就会走上自我的毁灭，而要为个人、为自我，就会放弃为社会、为他人的考虑。两种合理性互相排斥，结果为我的考虑排斥了为社会、为他人的考虑，构成了 N 先生的精神毁灭的悲剧。假若鲁迅根本否认 N 先生有为我考虑的任何权利，N 先生的行为就不会得到鲁迅的同情，从而也不是悲剧性的。同样，假若鲁迅认为 N 先生不应为社会、为他人着想，他的"为我"的行为完全是合理的，《头发的故事》也将不再是悲剧的，N 先生的经历也就是从迷误走向正确的正剧题材了。

《在酒楼上》中的吕纬甫的悲剧，包含着更复杂的"为他"与"为我"的两种人生价值的冲突。在小的范围中，他的为母亲、为阿顺的"为他"的考虑，排斥着他个人的理想与追求；在大的范围中，他的为母亲、为阿顺的个人私情的考虑，排斥着他的为社会、为他人的考虑。我们只有认为这些都是可以理解的、具有合理性的东西，吕纬甫才能是悲剧性的。

《孤独者》中魏连殳的悲剧与《头发的故事》中 N 先生的悲剧实质是相同的。开始他是为他的，为社会的，但这种"为他"的价值却排斥了他"为我"的生存权利，后来他的"为我"的考虑又排斥了他的为他的、为社会的精神价值。这两种情况对魏连殳都是痛苦的，因而也都是悲剧性的。

假若说《白光》的悲剧性以其单纯性显示着鲁迅小说的悲剧性与古典悲剧的不同性质的话，那么《伤逝》的悲剧性则以其复杂性显示着鲁迅小说的悲剧性与古典悲剧的不同。在古典悲剧中，两个彼此排斥着的人物仅仅有一方是悲剧性的，并且只能是被排斥者的一方。《秦香莲》的悲剧仅仅是秦香莲的悲剧，不能同时是陈世美的悲剧；《杜十娘怒沉百宝箱》的悲剧只能是杜十娘的悲剧，不能同时是李甲的悲剧。即使二者都有可能具有一些悲剧性的成分，也一定呈现着互相排斥、此消彼长的状况，此方的悲剧性的增长，必须伴随着彼方悲剧性的减弱。但在子君和涓生这两个彼此排斥着的人物之间，悲剧性却是在双向上同时发展的，并且彼此加强而非彼此削弱。任何一方的悲剧性的加强都将促进对方的悲剧性的加强。这里的原因是多方面的，其根本原因在于古典悲剧是单纯的个人道德的冲突，这种个人道德的冲突是直接由人物的行为体现出来的。当一个人的行为成了对另一个人物的合理性的排斥力量时，这个人的行为便认为是"恶"的，这个人物的道德价值便大大降低了，人们便再也不会对他表示同情。在这种悲剧中，任何能够构成对其他人物的合理性进行排斥的力量的"为我"的行为，都是应该被否定的。"为我"的价值不是固定的，它必须随着"为他"的需要而增减扩缩，后者大时，前者必须要小，才被认为是合理的。因而在实际上彼此进行着排斥的人物之间，必有一方是合理的，一方是不合理的，悲剧性是单方的、单向的，而不能是双方的、双向的。不难看出，这种悲剧仅仅依靠自身的力量是无法上升到社会悲剧的高度的，因为任何一个悲剧人物的悲剧都能够在另外一个或一些人的道德过失或其他过失中找到原因，没有这种人的过失便没有这个人物的悲剧，这样便可在社会和社会思想的整体性质不变的情况下通过人的道德完善而避免任何悲剧的发生。鲁迅的悲剧性作品着眼于社会和社会思想的整体性改造，他的目的不是在现有社会思想基础上促使个人道德的完善，而是表现现有社会思想基础的荒谬。在这种情况下，人所应有的最基本的生存生活权利才必须是具有独立意义的东西，人的"为我"的价值才不能随意增减扩缩，而只有"为我"的价值被固定下来，两个个体的相互排斥才有可能是两种合理性的排斥而不再是非合理性对合理性的排斥，在这时，两个个体的悲剧性才能同时发生并彼此加强。由此可以看出，鲁迅的悲剧与古典悲剧的根本不同，就在于鲁迅从不绝对排斥"为我"行为的独立价值，当人物自身同时追求着两种价值而不得不放弃一种价值、保存另一种价值的时候，都是悲剧性的。在《伤逝》中，子君和涓生都企图在"为我"与"为他"的两种行为间保持平衡，不愿损害这两种价值中的任何一种，但在封建传统思想势力的压迫下，他们根本不可能兼而得之。子君最终以"为他"的考虑排斥了"为我"的考虑，同时她也就等于放弃了自己应有的生存权利，走完了自己悲剧的一生。涓生企图始终保存自我的存在，坚持着"为我"的考虑，但同时又不愿失掉"为他"的考虑，不愿放弃对子君的道义责任，但最终还是失掉了"为他"的精神价值。涓生和子君的悲剧都是两种合理性相互排斥的结果，他们两人之间的相互排斥的倾向同样是由两种合理性的彼此排斥造成的。只有这样，我们才能理解《伤逝》的悲剧性及其特征。

悲剧是把有价值的东西毁灭给人看。鲁迅关于首先觉醒的知识分子悲剧命运的描写，包含着对他们生存价值的全面肯定，他既肯定了他们作为一个人所应有的与其他人相同的基本生存权利，也肯定了他们反封建的正义追求，假若说他们总是难以按照自己的意愿同时保存和发展自己的"为我"和"为他"的两种价值的话，其原因在于封建传统思想势力的压迫。他们是被毁灭者，这种思想势力才是毁灭者。这类作品最少喜剧性因素，也就是说这里的价值毁灭的悲剧是最少需要进行价值回扣的悲剧，是具有更大的价值量的价值的毁灭。

十

在中国，贯彻到底的悲剧性作品，亦即最终不以快感冲掉或冲淡悲感的悲剧性作品，自鲁迅始。

显而易见，这里也不仅仅是一个悲剧艺术自身发展的问题，而是一个中国社会思想变革的问题。正是在中国五四时期的反封建斗争中，人们首次以密集的火力，对向了以前普遍存在的反悲剧的"大团圆"结局。鲁迅在《论睁了眼看》一文中，重点解剖了中国封建传统思想的特征，同时也解剖了反悲剧艺术的"大团圆"结局产生的思想根源。

鲁迅这种贯彻到底的悲剧性作品，是彻底地、不妥协地反对封建传统思想的产物。只有感到人的悲剧命运根本无法在这种思想环境和社会环境中得到本质上的改变的时候，只有感到任何单个人的道德完善都不足以消除这类悲剧产生的根本原因的时候，才会产生这种贯彻到底的悲剧艺术。我们常常把这种艺术结局同悲观主义等同起来，实际上是大谬不然的，因为没有一种新的理想高悬于作者的精神境界的上空，没有对这种新的理想的必欲实现的不可动摇的愿望，作者便不会感到现实中的不完满的事物是不可忍受的，从而也不会感到人的悲剧在现有条件下是不可改变的。真正的悲观主义不存在于严肃的悲剧艺术中，而存在于古典作品的"大团圆"结局中，因为正是在这种"大团圆"的结局中，包含着对人们的痛苦的温情抚慰，这种温情抚慰则是在产生悲剧的最终根源无法消除或根本不想消除的潜在意识作用下发生的。悲剧的布局方式可以是多样化的，它不绝对地排斥"大团圆"的结局。但它作为古典悲剧和古典叙事性作品的一种压倒一切的普遍布局方式，则是由于封建传统观念的狭小的短视主义、没有新的社会思想理想并不想寻求新的社会思想理想的犬儒主义、只承认温柔敦厚的中和之情而不承认强烈的悲剧痛感的合法地位的封建抑情主义的综合作用产生的，因而它在乐观主义的外壳中包含着真正深刻的悲观主义的社会潜在意识。鲁迅对"大团圆"结局的反叛，就是对封建传统观念的短视主义、犬儒主义和抑情主义的反叛，就是向新的社会思想理想突进的精神力量在艺术形式上的表现。

鲁迅对"大团圆"结局的反叛，具体到对社会人生的态度上，还与他的对人、对人民群众生活命运的这种理解有关：每一个悲剧主人公亦即任何一个人的悲剧命运是不可能以任何后续的方式挽回的，它只能用人们的痛感加以精神感情上的补偿，这种补偿绝对不是已经挽回了既成的悲剧命运，不是这种悲剧命运已成为我们可以忍受的东西，而只能起到唤起人们杜绝今后发生同类的悲剧的强烈愿望。在古典叙事性作品中，"大团圆"结局总是以对既经发生的悲剧的补偿方式出现的：《说岳全传》中岳飞被害后若干年，秦桧得到了应有的惩罚，于是岳飞的悲剧再也不是悲剧，不是可哀的，有价值的人的毁灭用无价值的人的毁灭做了完全的补偿，作者和读者对这种补偿感到了完全的满足，悲情被欢情代替了。实际上，秦桧的毁灭并没有改变岳飞悲剧命运的一丝一毫，秦桧之受到惩罚是应该的，但并不因他之受到应有的惩罚岳飞的悲剧性毁灭便不复存在，岳飞的悲剧性毁灭便不再是值得悲哀的了。由此可以看出，"大团圆"结局是一种对悲剧主人公悲剧命运的虚假补偿方式，是建立在悲剧主人公没有独立存在价值，他可以失掉自己自身的幸福和生存权利的基础之上的。鲁迅对悲剧的处理方式表明，他认为任何悲剧都是不可挽回的，悲剧主人公有自己独立存在的价值，他的悲剧性毁灭一旦形成，便永远不可能得到任何有实质意义的价值补偿，因而也是永远值得我们为之悲哀的。阿Q死后作者不再考虑赵太爷、"假洋鬼子"可能会有什么可耻的下场，祥林嫂死后他也不再表现鲁四老爷将有什么不幸的结局，并非因为鲁迅不主张、不希望对他们施行合理的报复，而是他认为他们的任何结局都已不能改变阿Q、祥林嫂的命运，他要把最深沉的悲哀留给读者，也就是要把对悲剧主人公的最深沉的同情留给读者，并以这种强烈的感情效果激发人们去铲除产生这类悲剧的根源。其中也可能包括对赵太爷一类人物的可能有的合理惩罚，但这一切仅仅有利于后来者的幸福，阿Q、祥林嫂的悲剧依然是悲剧，是再也难以消除的值得人们悲哀的事情，它们将永远作为封建传统思想、传统伦理道德"吃人"的铁证存活在人间。由此可以看出，"大团圆"结局包含的是封建传统思想的对人的独立生存价值的漠视，而鲁迅的悲剧处理包含着对悲剧主人公独立生存价值的高度重视，它是建立在每个人都应该获得幸福生存权利的理想基础之上的。

鲁迅的这种悲剧观念，与五四反封建革命以及中国封建传统思想的具体特征相结合，产生了他的悲剧艺术的个性特征和民族特征。只要把鲁迅的悲剧性作品同莎士比亚、易卜生、席勒、契诃夫、狄更斯这些不同的戏剧家和小说家的悲剧性作品略加比较，我们便会感到，外国作家的悲剧性作品都程度不同地呈现着悲情的扩散特征，其艺术效果有的更多壮感，有的更多伤感；在鲁迅的悲剧性作品中，其悲情是在压抑中呈现着凝聚状、密闭形的。假若说前者的悲情有时如狂风，如激流，以浩荡的气势冲击着读者的心扉，有时则如弥漫的雾气，如扩散着的阴云，以源源不断的湿气浸润着读者的心灵；后者则如被地壳压抑着的熔岩，被活塞压缩着的空气，有鼓动之力，但无喷发之势，使人的胸臆感到胀疼、憋闷。

鲁迅悲剧的这种特殊艺术效果是在多层次上产生的。第一，它是中国封建传统思想的抑情主义对悲剧主人公心灵的封闭作用造成的。当悲剧主人公强烈的内心情感急欲抒发而立即被外界环境压缩到心灵之中，并严密封闭起来的时候，造成的便只能是这样的艺术效果。

第二，当悲剧主人公在受到人们的无情嘲弄而又在普遍被承认的封建传统道德中为自己找不到任何有力的辩词时，他们的感情也只有压抑在自己的心灵中，形成对感情的强力压缩和密闭。

第三，在强者的强力压迫下，悲剧主人公不敢表达自己的真实感情，这种感情也是密闭在人们的心中的。

阿Q的感情压抑，还是与第四类感情的密闭形态结合在一起的，即当悲剧主人公处在读者所感到了的悲惨痛苦的地位而他自己却不以为苦时，读者的痛苦感受不能在对象的痛苦宣泄的行为中得到宣泄，只有密闭在自己的心灵中。

第五，悲剧主人公在封建礼教的禁锢中，其正常的感情不得表现时，感情是封闭起来的。例如，《故乡》中"我"与闰土重会时的情景，两者的感情都无法向外表现，只能向内压抑。

第六，由于悲剧主人公的愚昧麻木，无法用语言表现自己的感情，这时感情也无法从心灵中宣泄出来。如《明天》中单四嫂子内心的悲情，不但由于封建礼教制度和外部世界感情的凉薄得不到应有的缓解，就是她自己也无法把它们从潜在感觉中用语言的形式唤到前意识的思绪中来。

第七，那些觉醒的知识分子，或由于自知不能被人理解，或由于自知对方难以承担，也常常把自己的真实思想感情幽闭在内心深处，他们的心灵欲敞开而不能，强烈的痛苦只能以自觉的强力压抑密闭储藏着。

以上这一切，又与鲁迅面临强大的封建思想势力那种欲说还休、痛苦无告的心情融为一体，他以客观冷静的笔法把自己的强烈感情封结在事实内部，这样，感情的流在作品每一处都鼓动着，但在作品的每一处都找不到自己的宣泄口。鲁迅悲剧性作品给人的便是这种感情不得抒发的感觉。我认为，在这一方面，鲁迅的作品在世界文坛上也是无人可比的，他在悲剧美感领域的扩大上做出了自己独特的贡献。但这种独特贡献，又是与中国封建传统思想的特征以及中国反封建思想革命的特点联系在一起的。

十一

上面我们分述了《呐喊》和《彷徨》喜剧艺术和悲剧艺术的一些特征及其产生的根源，但单独地作为悲剧或单独地作为喜剧，都不是《呐喊》和《彷徨》最鲜明的特征，它们最突出的特征是悲剧因素与喜剧因素的完美融合。

鲁迅小说的这种艺术特征是怎样形成的呢？

鲁迅小说中最纯正的悲剧集中在以觉醒的知识分子为题材的作品中和以被动自守的劳动群众悲惨命运为题材的作品中；鲁迅小说中最纯正

的喜剧性作品集中在以卫道知识分子为题材的作品中和对封建权势者的人物形象的描写中，而悲剧因素与喜剧因素相融合的典范作品则是以不觉悟的下层群众为题材的作品。

鲁迅说悲剧是将有价值的东西毁灭给人看，喜剧是将无价值的东西撕破给人看。他们身上有价值的东西是什么呢？就是他们自身应有的基本生存权利，他们作为一个人所应有的独立存在价值。这种价值被传统封建思想、封建伦理道德、封建等级制度毁灭了，他们是悲剧性的；他们身上的无价值的东西是什么呢？就是他们自身所具有的封建传统观念和由此造成的各种精神残疾。悲剧因素和喜剧因素之所以能在他们身上得到融合，就因为他们同时具备这种有价值的东西和这种无价值的东西。

悲剧的基点要低，喜剧的基点要高。鲁迅只有把自己同情的基点能够放到一切理应获得生存权利而生存生活权利却被封建等级制度和封建等级观念所毁灭了的人们之下，他才能够把这些仍然具有浓厚的封建传统观念以及与此相联系的具有精神弱点的人包括在自己的同情心之内，并丝毫不以他们的弱点而削弱对他们的同情；与此同时，也正因为鲁迅能够站在彻底反封建的思想立场上，他才能够在思想上高踞于这些愚昧麻木的人们之上，并不以自己对他们的深厚同情而默认他们的思想观念上的弱点，并不以他们值得同情的生活命运而削弱对他们的讽刺。

这两者之能够结合的客观基础是这类人物的政治经济地位与他们思想观念两相分离的特征的存在。前者以及由此决定的他们生活命运的悲惨使他们成为悲剧性的，后者以及由此决定的他们行为表现的可笑性使他们成为喜剧性的。并且也只有如此，这两种原本尖锐对立的感情态度才成了不是互相排斥而是互相加强的因素。他们政治经济地位的低下和他们生活命运的悲惨愈加显示了与他们的根本利益不相符的传统思想观念的可笑性：悲剧加强着喜剧；他们可笑的思想观念愈加加重了他们生活命运的悲惨性：喜剧加强着悲剧。

这两者之能够结合的主观基础是鲁迅博大的人道主义思想和强毅的

个性主义立场相结合的革命民主主义思想。没有前者便不会把这类人物看作值得同情的悲剧人物，没有后者便不会把他们看作荒谬可笑的喜剧人物。

悲剧和喜剧在这类人物身上是双向发展的，前者最终也无法抑制住后者，后者也总是无法抑制住前者。对于《呐喊》和《彷徨》的这种艺术特征，我们用它们的思想特征同样可以表述：这类人物生活命运的悲惨最终也无法证明他们思想观念不是荒谬可笑的，他们思想观念的可笑性最终也不能说明他们的生活命运不是悲惨的；对这种艺术特征，我们用鲁迅的思想意识的本质特征也是可以表述的：鲁迅对人民群众的深厚的人道主义同情最终也无法使他放弃反封建的坚定立场，最终也无法使他不蔑视他们所持有的封建传统观念；鲁迅坚定的反封建立场，他对这些人物身上的可笑思想观念的蔑视，最终也无法使他不再对他们抱有深厚的人道主义同情，最终也无法使他放弃坚定的人民立场。

由此也可以看出，《呐喊》和《彷徨》喜剧因素与悲剧因素相结合的特征，是两个不同的视角看待同一个事物的结果：从人物生活命运的角度看，它会呈现出悲剧性的面貌；从人物的思想观念和精神特征的角度看，它会呈现出喜剧性的面貌。例如，当我们立足于阿Q生活命运看待他画圆圈时的表现，我们感到他是悲惨的；当我们立足于他的思想行为本身看待他的同一言行表现时，我们认为他是可笑的。鲁迅为我们提供了在两个不同的方向上看待和感受同一个艺术细节的可能性，同时也为我们提供了悲剧和喜剧的两种因素。这两种因素结合的完美性，就在于它是同一个细节的两个不同侧面，而不是两个不同东西的机械拼凑。

在同一个艺术细节有机地融合着悲剧因素和喜剧因素的同时，二者在小说的整体布局中又可以形成此起彼伏、彼起此伏的两种旋律的和谐配合。我们不妨仍从它们的思想需要入手分析和理解这种艺术特征。这类人物的悲剧性存在于他们生活命运的悲惨性中，而他们生活命运的悲惨性是在过程中越来越明显地呈现出来的；这类人物的喜剧性存在于他们的思想观念的荒谬性上，而他们的思想观念则随时可在他们的言行中表现出来,它不需要过程和在过程中的积累。与此同时,悲剧性的感觉实质是对人物非自由状态的感觉,只有当人们感到人物已失去了自己进行自由选择的更大空间时,才会更深地感到他的悲剧性的一面;而喜剧性的感觉则是对人物自由状态的感觉,只有当人们感到人物自身还有较大的自由选择的空间时,才会更深地感到他的喜剧性的一面。所以在《阿 Q 正传》和《孔乙己》这类作品中,悲剧的因素呈现着由隐向显的发展,喜剧性因素则呈现着由显向隐的变化,但开始时喜剧性之显,又并不完全排除掉人们的悲剧感受,结局时喜剧性之隐,也不会隐到乌有之乡。作品始终在二者的变奏中进行,形成了和谐配合的整体。

在这里,我们附带谈一谈《阿 Q 正传》的结构布局。

夏志清先生说:

> 《呐喊》集中最长的一篇当然是《阿 Q 正传》,它也是现代中国小说中唯一享有国际盛誉的作品。然而就它的艺术价值而论,这篇小说显然受到过誉:它的结构很机械,格调也近似插科打诨。①

司马长风先生在引用了鲁迅《阿 Q 正传的成因》的一段话之后说:

> 这里所说的不必要的滑稽,是指《序》里,解释主人公为什么叫"阿 Q",为什么叫"正传",不叫"别传""外传"等,全是游戏文字,根本不是小说的格调。其中两段插科打诨的话,尤其违反小说的要求。
>
> ······
>
> 检读阿 Q 全文,第一篇《序》可以完全取消,那篇序好像画人多画了一条尾巴。②

---

① 夏志清:《中国现代小说史》,70 页。
② 司马长风:《中国新文学史》(上),109、110 页。

他们的指责，主要集中于《阿Q正传》篇首的"插科打诨"式的杂文笔法。对这个问题，苏联学者彼得罗夫和谢曼诺夫持有不同的意见。谢曼诺夫说：

> 鲁迅在一系列场合都采用了插科打诨式的杂文笔法。……例如彼得罗夫就正确地认为，这对于中国短篇散文作品是一种新的创造。①

我同意后一种意见。

任何一种艺术形式都必须从作品自身的艺术需要出发，假若它对于这种艺术需要是不可或缺的，我们就应当认为这种形式是好的、美的。只有这样，艺术形式才会在艺术需要的发展变化中不断丰富和发展。假若我们先有一个小说的写法应是怎样的固定概念，小说的表现形式便会僵化了。事实上，《阿Q正传》的整体结构布局，便应当是喜剧性由显向隐的变化和悲剧性由隐向显的发展，只有这样，才能造成两种旋律的和谐配合，并同时表现出阿Q悲剧性的一面和喜剧性的一面。喜剧性更多地要求着思维的自由性，在形式上则要求着相对的松散性，因为只有在读者感到比较轻松地、自由地、随意地思考着的时候，他们才会发生更强烈的喜悦感觉，形式上太强烈的规整化会更明显地给读者以约束，使他们沿着作者所要求的固定思维线路进行发展，这种非自由的感觉会相对地降低喜剧性的效果。《肥皂》的喜剧性结构是非常巧妙的，但它的喜剧性不带有轻松的性质，只能使人在心灵深处发生会心的微笑，其原因就在于它的严密的、规整的小说结构无法给读者以更自由、更随意地思考的空间。《阿Q正传》开始的结构呈现着更加松散的形式，鲁迅表面上在离题意很远的地方随意而谈，不像怀有什么固定的目的，并且随时可以插科打诨，把读者的思路引向更远的地方，又随时跳回来，不给读者

---

① ［苏］谢曼诺夫：《鲁迅及其先驱者》，俄文版，135页。

任何拘束的感觉。它所造成的是读者的最大限度上的自由感，其具体表现为"开心话"的形式。在这时，阿Q地位的卑下、生活的悲惨全笼罩在喜剧性的氛围中，悲剧性还是一种潜流。小说越到后来，越被相对集中地收拢到一个固定的轨道上来，读者越来越感到了作者的目的性，他们的思维路线相对地集中了，自由的感觉逐渐被不那么能够自由思考的感觉所代替，伴随而来的则是轻松的心情渐渐罩上了阴影，喜剧性渐渐淡化，悲剧性渐渐显化。到小说的结束时，结构上达到了空前的集中，这时阿Q的所有喜剧性的表现都笼罩在了悲剧性的气氛之中，喜剧性只成为一种潜流。人们说《阿Q正传》的结构前后不统一，是的，它们是不统一的，但关键在于这种不统一是一种艺术需要，所以它们的不统一才是一种更高意义上的统一。假若全文都采用开头的开心话形式，那么阿Q的悲剧性将永远处于被压抑的状态，《阿Q正传》便成为对弱者的残酷调侃。假若全文都采用结尾的凝重结构形式，那么阿Q的喜剧性将永远处于被压抑的状态，《阿Q正传》便成为对阿Q观念的变相肯定，这两者都不是鲁迅的需要，所以这里的不统一只是外形的，统一才是内在的。我们之所以说它是统一的，还因为这种由松散向规整的变化不是在硬性转折中做到的，而是在渐进中进行的。研究者可以把前与后折裂开来进行机械的比较，但这种比较自身就割裂了艺术作品的完整性。事实上，读者是从头向尾阅读下去的，他们的思路渐渐被作者由散漫向集中收拢，他们觉不出小说中间任何一个地方有一个断裂层。小说的第一章《序》是人们称为插科打诨式的写法最典型的一章。第二章进入了阿Q的描写，相对集中了，但散的程度仍很大，是一些不相连贯的事实。第三章仍是一些不相连贯的事实，但最后走向了一个固定的线索。相对的集中到了第四章才算形成，它是由上一章侮辱小尼姑引起的性要求开始的。从"恋爱的悲剧"开始，小说开始沿着一条线向前发展，但在这一条线上，开始进程是比较缓慢的，从第七章"革命"之后发展才更加峻急，最后一章"大团圆"进程的发展大大超过了情景的横向铺展，从被捕到被枪毙只在一章中就完成了。所以开头和结尾的写法变化虽然很大，但作为一个过程却是在不知不觉间过渡的。不论《阿Q正传》发表时怎样由"开心话"栏移出，不论鲁迅自己怎样说是"胡乱加上些不必有的滑稽"，"其实在全篇里也是不相称的"①，评论者却应从艺术品自身的需要对作品做出独立的判断。从这个意义上，从《阿Q正传》喜剧因素与悲剧因素必须做到和谐的融合的意义上，我认为《阿Q正传》的结构没有多少可指责的地方。

我们还可以用《孔乙己》的艺术结构印证《阿Q正传》。《孔乙己》的开头，实际上也是在离题较远的地方入手的，实际上也给人一种随意而谈的感觉。由远及近、由松散到规整是这两篇小说的共同特点，而它们都是出于喜剧因素与悲剧因素相融合的需要，只不过《孔乙己》篇幅较短，喜剧因素比《阿Q正传》较微弱，我们在艺术感受上感觉不出这种明显的变化罢了。

喜剧因素与悲剧因素相结合的特征，是以以不觉悟群众为题材的作品为中心展开的，但并不局限于这类作品，而是浸透在《呐喊》和《彷徨》的整体之中，是《呐喊》和《彷徨》最突出的艺术特色之一。从更根本的意义上来说，它是鲁迅把握现实的一个重要的艺术方式，更是鲁迅的一种哲理意识。因为从整体上看待中国的反封建思想革命，从整体上看待中国国民灵魂的改造，这是一种悲剧意识和喜剧意识相混合的意识。中国反封建思想革命的需要是在帝国主义侵略和欺侮之下发展起来的。它基于中华民族自立与自强的需要，基于对中华民族痛苦地位的深刻同情以及由此产生的深刻悲剧意识，中国封建的传统思想和传统伦理道德是阻碍中华民族自立自强的因素，是腐朽落后的东西，是荒谬可笑的东西。在这里，悲剧性与喜剧性是掺杂在一起、融合为一体的。阿Q之所以能被视作国民性的典型，原因也就在此，阿Q的问题就是中国反封建思想革命应当解决的带有全局性的重要问题。

中国反封建思想革命把中国从中世纪式的封建传统中解放出来，把

---

① 鲁迅：《华盖集续编·阿Q正传的成因》。

中华民族带进了现代社会。

悲剧意识与喜剧意识融合为一体的复杂意识标志着中华民族的思想观念、哲学意识和思维方式已经从狭小的、机械的、单一的封建意识中解放出来，正式迈入了现代的思想观念、哲理意识和思维方式的领域。

悲剧因素与喜剧因素完美融为一体的艺术形式标志着中华民族的文学艺术已经从单一的感情态度、单一的主题思想、好坏分明的人物和好坏分明的特征的简单表现中解放出来，正式进入了处理复杂现实、复杂感情、复杂心理、复杂人物、复杂意识的文学艺术发展的现代阶段。

标志着中华民族从思想到艺术这些根本转变的是我们的鲁迅，我们伟大的鲁迅！

集中体现着这些变化的是《阿Q正传》，我们不朽的《阿Q正传》！

《呐喊》和《彷徨》的艺术特征是多方面的，本书原想对它们的语言风格也做一些分析，因篇幅关系，只好暂付阙如。但仅就已经论述的三个方面，我们也能够看到，它们的艺术特色是与它们的反封建思想的思想特征相联系的。假若我们仅仅着眼于它们对于政治革命问题的反映，就难以在艺术上对之进行深入细致的探讨。

我相信，当我们不再局限于从单一政治革命的角度研究《呐喊》和《彷徨》的思想意义之后，鲁迅小说的研究将会有更长足的发展！多侧面的研究即将开始，对于鲁迅小说丰富的内容、深刻的思想和灿烂的艺术，我们将会有更深的理解和认识！

后　记

　　假若说《鲁迅前期小说与俄罗斯文学》是我的第一本学生作文，那么这本书就是我的第二本学生作文。它是我在北京师范大学中文系攻读博士学位期间在导师李何林先生和副导师杨占升先生、郭志刚先生指导下写成的。在他们的具体指导和辛勤培育下，我于 1984 年 10 月通过了博士学位论文答辩，并有幸获得了博士学位。该书就是我在博士学位论文的基础上修改而成的。

　　感谢中国社会科学院文学研究所唐弢先生，鲁迅博物馆王士菁先生，北京大学中文系严家炎先生和我校（北京师范大学）钟敬文先生、郭预衡先生，他们在百忙中审阅了我的论文，并参加了我的答辩会。在答辩会上，这些我素所尊敬的学术老前辈，对我这个后辈学子，进行了热情的鼓励，并提出了很多宝贵的意见。

　　在我这本书的写作中，给我很大帮助的还有中国社会科学院文学研究所樊骏同志、《文学评论》编辑部王信同志、鲁迅博物馆王德厚同志，他们都阅读了全部或部分我的博士学位论文的原稿，提出了很多具体的修改意见。还在我于西北大学中文系攻读硕士学位的时候，他们都已给了我多方面的关怀和帮助，这是我难以忘怀的。

在导师李何林先生和上述诸位学术前辈提出了批评意见之后，我又对全书做了较大的增补修改，有些地方改正了以前的错误和缺点，但又有可能在另外一些地方产生了新的甚至更多的错误，对于这一些，我应当自己负责。

我的导师李何林先生亲自为本书作了序，我是感到很荣幸的。不过有一点，还需要我自己做一点说明。李先生在序中录引了专家们为我的毕业论文写的评语，其中多有赞词，作为对一个研究生的鼓励，或无不可，但作为对现在正式出版的学术著作的评价，就不尽适合了。不过它可以作为学术前辈们对后学的殷殷之情、拳拳之意的证明，它将永远留在我的心中，并鞭策我不断前进。

最后，还应感谢北京师范大学出版社的同志，有赖他们的帮助，这本书才得以与广大读者见面。

谨以此书纪念中国现代最伟大的思想家、文学家鲁迅逝世五十周年！

作者

1985 年 10 月 22 日于北京师范大学

丛书后记

　　这套"王富仁论文精粹"是由北京师范大学出版社提议，刘勇、李春雨、宫立、张悦组成编选小组，合力完成的。一年多来，我们对王富仁先生的学术论著进行了精心的选编，最后形成了这样两卷本的册子。

　　在这里要特别感谢北京师范大学出版社，能够推出这样一套论文精粹集。这既体现了他们的学术眼光，又蕴含着深厚的人文情感。要感谢各位编辑细致的工作，特别是在整个论文集的编撰过程中，周劲含编辑为我们提供了大力的支持，为论文集的出版付出了辛劳。另外，还要感谢胡金媛、陶梦真、汤晶、解楚冰、乔宇、陈蓉玥、庄敏等各位博士、硕士研究生，他们在文字校对等方面做了大量辛苦细致的工作。

　　我们在此次的编撰过程中，深切地感受到学术精品的价值与魅力，王富仁先生作为一个思想型的学者，他的影响和价值会在很长的时间内不断显现出来。我们在王富仁先生去世六周年之际推出这套论文精粹集，也算是对王富仁先生的敬意与怀念吧！

编　者